Wellness-Wochenende

Margarete Schwer

novum pro

Bibliografische Information
der Deutschen Nationalbibliothek:

Die Deutsche Nationalbibliothek
verzeichnet diese Publikation in
der Deutschen Nationalbibliografie.
Detaillierte bibliografische Daten
sind im Internet über
http://www.d-nb.de abrufbar.

Alle Rechte der Verbreitung,
auch durch Film, Funk und Fernsehen,
fotomechanische Wiedergabe,
Tonträger, elektronische Datenträger
und auszugsweisen Nachdruck,
sind vorbehalten.

© 2015 novum Verlag

ISBN 978-3-99048-030-4
Lektorat: Maria Riedl
Umschlagfotos:
Photomak, Softdreams,
Kadokarci | Dreamstime.com
Umschlaggestaltung, Layout & Satz:
novum Verlag

Gedruckt in der Europäischen Union
auf umweltfreundlichem, chlor- und
säurefrei gebleichtem Papier.

www.novumverlag.com

Inhaltsverzeichnis

Wellness

„Hi, ihr alle! Ich dachte, du wolltest fahren, Tina." Die Angesprochene grinst schief. „Gewollt hab ich schon, aber der Kölner Ring ist wegen Schneechaos derartig dicht, dass ich auf die gute alte Bahn umgebucht hab. Wir haben den Termin so lange geplant, da wollte ich nicht jetzt noch absagen." „Das wäre dir auch nicht gut bekommen …", frotzelt Lydia. „Anne hat mich vom Bahnhof abgeholt und Astrid …" „Ich bin dann mal eben rüber gefahren, den Wagen braucht ja sonst niemand, der steht jetzt bei Anne an der Straße." „Na, dann kann's ja losgehen. Habt ihr denn noch Platz im Kofferraum?" Anne lächelt. „Mein Gatte hat freundlicherweise seine Dienstkutsche leer geräumt. Der Krempel liegt jetzt komplett in der Garage. Aber was soll's, muss am Sonntag wieder eingeräumt werden. – Habt ihr jetzt alle Platz?" Lydia rutscht zu Tina auf die Rückbank, Astrid sitzt vorn neben Anne. Die bedient noch gerade das Navigationsgerät. „So, Else, dann rechne mal."

Zügig sind sie auf der Autobahn. „Und du warst da schon mal, in diesem ‚Vital-Hotel'?", will Astrid von Anne wissen. „Ja, vor einem halben Jahr, mit meinem Gatten zum 15. Hochzeitstag. Mir hat's wirklich gut gefallen, deshalb kam ich auf die Idee." Anne beschreibt noch einmal ausführlich die Saunalandschaft und die Therme des Wellness-Hotels. Dann kichert sie. „Ob wir auch so viel Glück haben, weiß ich natürlich nicht. Aber im August waren da drei ausgesprochen ansehnliche Jungs anzugucken." „Erzähl!", verlangt Astrid. „Athletisch, schlank, glatt rasiert. Nur, zwei hatten Vollbärte, da steh ich ja gar nicht drauf. Aber von hinten, mmm. – Einer von den beiden war auch etwas vollschlank. Dafür der Dritte ein echter Till-Schweiger-Verschnitt, etwas kleiner, könnte als der jüngere Bruder durchgehen." „Äh …" Astrid zieht ratlos die Brauen hoch. „Klingt ja ganz gut. Aber waren die nun rasiert oder hatten Bärte?" Tina verdreht die Augen. „Mensch Astrid! Warst wohl länger nicht mehr in der Sauna? Im Gesicht Vollbart, ansonsten überall rasiert. – Wirklich überall?" Anne überlegt. „Glaub schon. – Hab die zwar dezent beobachtet, aber so anstarren wollte ich die auch nicht. Der Till-Schweiger-Verschnitt ist ja schon aus der Bio-Sauna geflohen, als ich den mal ab und zu anguckte. Und mein Mann saß neben mir. Wohl ein bisschen schüchtern", erzählt Anne. „Wieso schüchtern? Was hättest du denn sonst vorgehabt? Ich denk', ihr hattet Hochzeitstag!", hakt Lydia nach. „Na klar. Kennst du denn nicht den Spruch: ‚Appetit holen ist erlaubt, aber gegessen wird zu Hause'?" „Schöner Spruch", lässt sich Astrid vernehmen. „Wenn zu Hause mal jemand kochen würde. Muss ich ja alles selbst machen." „Hm", verstummt Anne betroffen. Astrid ist seit fast drei Jahren verwitwet, die Tochter jetzt gut 15 Jahre alt. Darmkrebs war es, zu spät erkannt. In nur einem halben Jahr war alles vorbei. „Aber gucken ist ja auch mal ganz schön, auch ohne anpacken", muntert sie die betretene Stimmung wieder auf. Jetzt bieten die anderen Anekdoten auf, bei denen sie schon mal einen hübschen Kerl, einen ansehnlichen Jungen zu Gesicht bekommen haben. „Bus fahren ist gut!", schwärmt Anne. „Die, die noch keinen Führerschein oder zumindest kein Auto haben, sind seltener verfettet. Und so im öffentlichen Raum lassen sie sich auch nicht so hängen." „Findest du?", meint Lydia. „Also Schwimmbad oder Strand ist nicht schlecht. Einfach in strategisch günstiger Position ruhig hinlegen, Zeitschrift in die Hand und die Blicke schweifen lassen. – Klar musst du viele Nieten einfach ausblenden, aber die eine oder andere Grazie ist immer dazwischen." „Grazie? Meinst du jetzt Frauen???", fragt Tina entgeistert. „Nee", grinst Lydia, „natürlich nicht. Bin doch schwul, ich steh auf Männer. Aber Anne schwärmte doch von den drei Grazien im August in der Therme." „Grazien? Na gut, wenn ihr meint." Anne lacht. „Fiel mir damals so spontan ein. Und mein Gatte hatte es auch sofort verstanden." „Okay, okay", beschwichtigt Tina. „Dann gehen wir mal Grazien gucken." „Falls welche da sind …", bremst Anne die Begeisterung. „Ach, komm. Am Wochenende wird schon der eine oder andere Jüngling da sein." „Klar, nur in Begleitung." „Na und? Wir wollen doch auch nur gucken, oder?" „Jou."

Gut zwei Stunden später betritt das Quartett die ‚textilfreie' – so der Hinweis im Hotelgang – Saunalandschaft. Die Taschen werden deponiert, Handtücher und Bademäntel herausgeholt, ein erster Rundgang gestartet. Anne zeigt, wo die Klos sind, die Schließfächer für die Hotelchips, die Bar und der Weg zur ‚Asia-Lounge'. „Womit fangen wir an?", will Astrid unternehmungslustig wissen. „Bio-Sauna", schlägt Lydia vor. „Heißer ist mir erst mal zu anstrengend. Das ist für mich kein Wellness mehr." Der Rest stimmt zu. Feixend breiten sie ihre neuen Saunatücher aus. Es war Annes Idee: Zu Weihnachten schenkte sie jeder ein großes Badelaken mit der unübersehbaren Aufschrift ‚Rubens' Topmodell'. Jede hat eine andere Farbe, damit sie nicht verwechselt werden. Die Vier lassen sich gemütlich auf den Bänken nieder. Die Sauna ist sonst leer. „Und, hat eine schon was gesichtet?", will Anne wissen. Zwei schütteln den Kopf. „Nö, wir sind doch gerade erst da." „Also, ein Schlaksiger war unter der Dusche. Hatte aber den Rücken voller schwarzer Haare." „Iiih!", macht Lydia spontan. Die drei gucken sie überrascht über den Ausbruch an, dann lachen sie los. Tina berichtet gerade von ihrem zwar netten, aber äußerst hässlichen neuen Kollegen, als Till Schweiger persönlich die Bühne betritt. Anne erkennt ihn sofort, er hat auch das gleiche hellblaue Handtuch um die Hüften, das er, überrascht und verunsichert von den ihn neugierig abtastenden Blicken, noch festhält, und verdrückt sich in die äußerste Ecke der obersten Bank. „Grazie!", sagt Anne mit bedeutsamem Blick in die Runde. Astrid grinst breit. „Das heißt nicht ‚Grazie', sondern ‚tante grazie'!" „Oh ja, tante grazie!", bestätigt Tina und versucht einen Blick in die dämmerige Ecke zu werfen. „Bella Italia!", ruft Lydia seufzend aus und lacht leise los. „Sie sind wieder zu dritt", flüstert Anne, die die beiden anderen Jungs durch das Fenster gesehen hat. „Einer hat eine Perle dabei." „Egal", raunt Lydia zurück. „Angenehme Träume sind gesichert."

Anne fragt dann laut in die Runde „Kommt eine mit raus? Ich hab genug." „Jetzt schon?" Doch Astrid reagiert und geht

mit. „Bis später!“, ruft Anne noch kühn in die obere hintere
Saunaecke. Das Licht springt gerade auf helles gelb und sie sieht
den verdutzten Blick des schönen Jünglings. Sie zwinkert ihm
einfach zu, dreht sich um und geht. Astrid folgt ihr, sie duschen
kalt, tauchen ein paar Minuten in das kühle Außenbecken ein.
Dann holen sie die Bademäntel und lassen sich auf der geschützten
Terrasse auf den Liegen nieder. „Hier?“, fragt Astrid verwundert.
„So heiß ist mir auch nicht mehr, dass ich Schneegriesel gemütlich fände.“ „Warte ab, nur ein paar Minuten“, lächelt Anne verschmitzt. Astrid legt sich neben sie. Es dauert nicht lange, bis
sich ihre Miene aufhellt. „Bella Italia!“, murmelt sie. „Tre tante
Grazien …“ Anne zwinkert ihr wissend zu. Und die drei Jungs
hängen ihre Handtücher auf die Haken und hechten ins Becken.
Sie planschen und tauchen ein bisschen herum, lassen immer
wieder ihre kräftigen gebräunten Schultern und Arme sehen, die
muskulöse blanke Brust. Schließlich steigen sie wieder aus dem
Wasser, trocknen sich ab, wobei die nackten weißen Ärsche hell
unter den schlanken Taillen leuchten. Wohl noch Strand- statt
Solarienbräune. Jetzt scheinen sie zu tuscheln, zwei drehen sich
vorsichtig halb herum und linsen herüber. Der kleine Till scheint
gepetzt zu haben. Anne schmunzelt in sich hinein und winkt
freundlich hinüber. Erschreckt wenden sich die zwei ab, schlingen
eilig wieder die Tücher um die Hüften und sind verschwunden.
„Wow!“, macht Astrid nur. Anne lacht. „Hübsch, nicht?“ „Zum
Anbeißen!“, schwärmt Astrid begeistert. „Ich glaub, ich bleib hier
liegen.“ „Quatsch. Die gehen sich jetzt auch ausruhen oder was
trinken und später zum zweiten Gang. So schnell hauen die nicht
ab. Wenn die ungefähr den gleichen Rhythmus haben, kannst
du sie bei jedem Gang hier wieder treffen. Oder guck, in welche
Sauna die gehen.“ „Zu heiß vertrag ich nicht mehr. Ich bleib bei
Bio.“ „Da werden sie wahrscheinlich nicht rein kommen, Till
hat wohl gequatscht.“ „Heißt der wirklich so?“ „Ach was. Er
sieht nur fast so aus.“ „Besser sogar. Der Schweiger ist ja auch alt
geworden.“ „Wir aber auch“, schmunzelt Anne. „Das brauchst
du mir nicht zu sagen. Bin ja froh, dass ich überhaupt noch mit-
spiele.“ „Wir auch.“ Anne guckt sie an. Die Freundin hatte vor

drei Jahren Brustkrebs überstanden, mit Chemo und allem Drum und Dran. Und dann starb ihr Mann. Wie sie dabei den Lebensmut nicht verloren hat, ist Anne immer wieder ein Rätsel.

„Komm, wir gehen planschen“, schlägt sie vor. „Die runden Becken drinnen sind badewannenwarm.“ „Das ist gut, ich hab schon kalte Füße.“ Entspannt treiben sie im illuminierten warmen Wasser. „Oh, tante Grazien!“, raunt Astrid der Freundin zu. Die hübschen Bengel kommen geschlossen aus dem Duschbereich. Einer erkennt sie und raunt den anderen etwas zu. Eingehüllt in ihre Bademäntel legen sich die drei auf die Ruheliegen. Mit Blick auf den Planschpool. „Na toll!“, mosert Astrid leise. „Rollentausch. Jetzt gucken die.“ „Hm.“ Anne hat es auch schon bemerkt. Sie lacht leise. „Dann zeigen wir denen halt, was frau in den besten Jahren zu bieten hat.“ „Cellulite? Schwabbel? Narben?“ „Genau! Stell dir vor, du bist Rubens’ Topmodell und präsentierst mal richtig sexy, was du hast.“ „Sehr witzig. Und du hast gut reden, mit deiner Figur.“ „Ach, geht so. Und ist nicht mein Verdienst. Lass uns mal aussteigen. Ich krieg schon Schwimmhäute.“ „Du zuerst!“ Anne seufzt. „Zusammen wäre solidarischer.“ „Hm. Ich komm direkt nach.“ „Okay.“ Anne strafft sich. Also los. Sie blinzelt zu den Liegen hinüber. Die jungen Männer gucken überhaupt nicht. Haben die Liegen zurück gekippt und quatschen miteinander. Na dann. Mit Schwung steigt sie aus dem Becken, steigt in ihre Badeschlappen und schreitet aufrecht zu ihrem Handtuchhaken. Betont gründlich trocknet sie sich ab, darauf achtend, ihr Dekolleté und nicht die Schinkenseite zu den Liegen zu wenden. Einer scheint zu gucken. Der kleine Till? Der hat sie doch eh schon in der Sauna gesehen. Anne wirft schwungvoll ihren knallorangen Bademantel über. Der fällt auf. Astrid steht jetzt auch triefend neben ihr, mit breitem Kreuz und aufrechter Hüfte. Anne grinst. Rubens’ Topmodell stimmt schon. Sie reicht Astrid ihr Badelaken zum Einwickeln. „Hat die Chirurgin aber gut wieder hingekriegt“, lobt Anne leise. „Wenn ich’s nicht wüsste, würde ich nicht glauben, was du hinter dir hast.“ „Danke.“ Astrid wird erfreut etwas rot. „Sie hat mich auch gut beraten. Wurde erst nach der Chemo gemacht. Sonst heilt es ganz schlecht. Und ich

hatte Zeit mich zu entscheiden. Ich bin zu jung für Schaumstoffprothesen. Das ist jetzt Eigengewebe." Sie lacht leise. „Und ich
war heilfroh, als der Silikon-Skandal hoch kam. Und das Beste",
sie hebt die Brüste etwas an, „die altern ganz natürlich mit. Stell
dir mal vor, ich werd' mal 60 und hab so einen ,27+'-Silikon-
Busen auf den Rippen. Furchtbar!" Anne lächelt respektvoll.

Tina haut ihr von hinten auf die Schulter. „Gehen wir was
trinken, Mädels? Ich hab Durst wie 'ne Bergziege." „Gute Idee!"
Bis auf Lydia nehmen alle alkoholfreies Pils. Sie zuzelt an ihrer
Cola light. „Bella tante Grazies!", deklamiert Tina plötzlich.
„Was sagst du? Dein Italienisch war auch schon besser …", mault
Astrid. Sie hatten vor gut zwei Jahrzehnten zusammen studiert.
„Oh làlà", schnalzt sie dann mit der Zunge. Die Jungs betreten
gerade die Bar. Till ist stehen geblieben und guckt, als würde er
am liebsten umdrehen und weglaufen. Lydia lächelt ihn mütterlich an, er guckt schnell weg und folgt eilig seinen Kumpeln ans
gegenüberliegende Ende der halbrunden Theke. Amüsiert werfen
die Freundinnen Blicke hinüber. Der große Vollbart scheint sich
nicht allzu viel daraus zu machen. Er trinkt sein Bier, bestellt eine
Brezel und winkt sogar grinsend zurück, als Astrid ihn hemmungslos anglotzt. „Mach den Mund zu, Süße, du sabberst gleich", ermahnt Tina sie freundlich. „Geh doch rüber. Die haben doch mehr
Respekt vor uns als umgekehrt. Außerdem sind wir eine mehr."
Astrid lacht. „Stimmt!" Sie schnappt sich Glas und Deckel und
geht um die Theke herum. Anne folgt ihr neugierig. Lydia und
Tina bleiben noch stehen. Überrascht gucken die drei Grazien
ihnen entgegen. Astrid schwingt sich auf den Barhocker neben
ihnen. „Na, ihr drei Hübschen, seid ihr öfter hier?" Den platten
Spruch hätte Anne sich nie getraut. Verlegen bleibt sie stumm.
Die Jungs gucken sich an, dann antwortet der große Vollbart höflich: „Ja, meistens einmal die Woche. Wir wohnen ja hier in der
Nähe. Und in der Stadt ist ja sonst nicht viel los. – Und Sie sind
im Hotel?" „Genau. Wellness-Wochenende unter Freundinnen, ist
wohl unverkennbar", erklärt Astrid. „Hm", brummt er und guckt
die Frauen vorsichtig an. Anne meint spöttisch: „Wir tun nix,
wir wollen bloß spielen." Astrid stupst ihr sichtbar den Ellbogen

in die Rippen. „Das sagst du …“, murmelt sie halblaut, sodass
der knackige Athlet vor ihr es durchaus noch hören kann. „Dann
scheint es Ihnen ja gut zu gehen“, lässt sich der Molligere vernehmen. „Klar.“ Tina, die zögernd nachgekommen ist, zieht die
Augen zu blitzenden Schlitzen. „Wer gutes Geld verdient, kann
sich auch mal was gönnen.“ „Ist ja ein schönes Haus, das Hotel“,
macht der Große weiter Konversation. „Was man so im Internet
sieht. Sind die Zimmer wirklich so riesig?“ Holla! denkt Anne
nur. Was hat er vor, will er mitgenommen werden? „Nein, das
sind die Suiten“, erklärt Lydia geduldig. Sie hat wohl keine Hintergedanken dabei. „Aber diese Komfort-Doppelzimmer sind auch
groß. Die vier Sterne sind schon berechtigt. Bin mal aufs Frühstück gespannt.“ „Das ist riesig!“, wirft der Mollige ein, er taut
jetzt auch auf. „Ich war mal zum Sonntags-Brunch eingeladen.
Puh!“, schwärmt er. „Ich bin schon beim Gedanken daran pappsatt.“ „Man sieht’s!“ Till knufft ihn in den sanft gerundeten Hüft-
speck. Dafür erntet er einen bitterbösen Blick. „Ich genieße halt
das Leben, statt krankhaft Gewichte zu stemmen. Hat dir bisher
auch nichts geholfen, du Möchtegern-Schwarzenegger“, folgt
die Retour-Kutsche.

Die Freundinnen haben das Geplänkel verfolgt. „Also, wenn
ihr euch jetzt duellieren wollt, sagt Bescheid. Dann gehen wir
schon mal in die Bio-Sauna“, schlägt Astrid vor. „Keine Sorge,
die spielen nur“, erklärt der Große schmunzelnd und guckt huld-
voll auf seine Begleiter herab. „Da waren wir doch gerade erst“,
wendet Anne ein. „Welche sind denn noch nicht so heiß?“, fragt sie
direkt den kleinen Till. „Ihr kennt euch doch hier aus.“ „Äh …“,
kommt er ins Rudern, fängt sich dann. „Also, die 75°-Sauna
zum Beispiel. Das Dampfbad …“ „Und die Eukalyptus-Sauna
oben“, ergänzt der Mollige. „Stimmt, oben waren wir noch gar
nicht“, meint Anne. „Wer kommt mit in die Eukalyptus-Sauna?“
„Ist aber Geschmackssache“, warnt der Große. „Ich mag dieses
Aroma überhaupt nicht.“ „Schade“, rutscht es Astrid heraus. Sie
hatte gehofft, dass er mitgehen würde. „Aber ich probier’ es mal
aus.“ „Und wieso wollen Sie nicht in die normalen Saunen?“,
fragt nun der Mollige nach. „Ist mir zu anstrengend“, gibt Lydia

zu. „Ich geh auch sehr selten saunieren." „Und ich vertrag es seit meiner OP nicht mehr", erklärt Astrid knapp. Die Nachfrage bleibt aus. „Welche gibt es denn noch mal im Sauna-Garten? Da war ich im Sommer auch nicht", will Anne wissen. „Sie waren schon mal hier?", fragt der Große und schaut ihr direkt in die Augen. Annes Herz fängt an zu klopfen. „Ja, am siebten August, zum 15. Hochzeitstag, zusammen mit meinem Mann." „Deshalb kam mir Ihr Bademantel irgendwie so bekannt vor. Als hätte ich ihn schon mal gesehen." Er lächelt sie breit an und wendet dann den Blick wieder ab. Was der jetzt bloß gedacht hat. Hat er wirklich nur den Bademantel oder auch sie wieder erkannt? Oder war Till es, der sich wieder erinnerte und die Kumpel informierte? In ihre Gedanken hinein zählt der Große die Einrichtungen des Sauna-Gartens auf. „… die sind aber alle sehr heiß, auch auf den unteren Stufen. Schön, gerade jetzt im Winter, ist aber das Kaminzimmer." Sein Blick trifft sie noch einmal. Schade, dass er diesen Vollbart trägt. Tina ergreift die Initiative. „Los, Mädels. Lasst uns mal diese Eukalyptus-Sauna testen." „Viel Spaß!" wünscht der Mollige. „Danke!", lächelt Anne. „Und bis später."

Neugierig gehen sie in den obersten Stock, hängen ihre Handtücher auf und betreten die Eukalyptus-Sauna. Nach nur drei Atemzügen dreht Tina auf dem Absatz um. „Nee, Leute. Das ist nix für mich. Ich geh runter in die Bio-Sauna." Die übrigen drei inhalieren das intensive Aroma, der Schweiß fließt schnell in Strömen. Lange halten sie es nicht aus. Kalt abgeduscht gehen sie auf die Dachterrasse hinaus, genießen die klare frische Luft, die irgendwie nach Schnee riecht. Ein einzelner Saunabesucher ruht auf einer der von leichtem Griesel beschneiten Liegen. Anne ist sich nicht sicher und sagt lieber nichts zu den Freundinnen. Lydia testet mit den Zehen die Temperatur des sacht vor sich hin dampfenden Außenpools. „Ist warm!", stellt sie fest. „Au ja, lass uns rein gehen!", meint Astrid erfreut. „Ich krieg immer so schnell kalte Füße nach dem Duschen und draußen." Kurzerhand streift sie den Bademantel ab, hängt ihn auf und geht die Treppe hinein in den Pool. „Herrlich!", ruft sie. „Kommt doch auch!" Der einzelne Gast hat sich aufgesetzt, schaut unverwandt zu ihnen hinüber. Anne dreht sich um und folgt Astrid. Lydia und sie haben noch nichts bemerkt. Das Wasser ist wirklich herrlich warm. Genussvoll lassen sie sich treiben, der Schnee bleibt kurz auf ihren nassen Haaren liegen, die Stimmung ist ein wenig verzaubert. Als Anne sich wieder umschaut, steht der Große an der Treppe, nackt wie sie, und kommt ins Wasser. Sie schluckt. Es bedeutet nichts, natürlich. Astrid und Lydia bemerken ihn nun auch. „Hallo!", grüßt Astrid ihn freudig. „Das ist ja nette Gesellschaft hier." Er grinst nur. „Hallo. Wie war's mit dem Eukalyptus?" Er lässt sich ganz ins Wasser gleiten, wie sie drei lässt er möglichst nur die Nasenspitze in die kalte Luft ragen. „Och. Gewöhnungsbedürftig", antwortet Astrid. „Aber nicht schlecht. Und was stört dich daran?" „Ich hab das Aroma danach noch die ganze Zeit im Rachen kleben. Da schmeckt nichts mehr, vor allem kein Bier." „Hm. Ich schmeck es zwar auch noch. Aber so extrem finde ich es jetzt nicht. – Wo hast du denn deine Kumpel gelassen?" Er taucht kurz ganz ab, antwortet dann prustend. „Die wollten runter in die Bio-Sauna. Aber Ihnen fehlt doch auch eine, oder?" „Tina fand den Eukalyptus schrecklich und ist auch runter. In die Bio-Sauna", grinst Lydia. „Na, da haben die zwei ja Unterhaltung", lächelt er. „Wenn Till nicht wieder abhaut …", stichelt Anne. „Till?" Sein Gesicht ist ein einziges Fragezeichen. „Na, der Kleine von euch. Till Schweigers jüngerer Bruder. Zumindest sieht er so aus", erklärt Anne grinsend. Der Große platzt bald vor Lachen. „Till – das ist gut. Das müssen Sie ihm unbedingt sagen." „Dann läuft er doch bestimmt wieder weg", mutmaßt Anne. „Nö. Er wird knallrot und sagt kein Wort mehr." „Ist er immer so schüchtern?", will Lydia wissen. „Hm. Deswegen trainiert er ja wie ein Besessener. Vielleicht spricht ihn dann ja ein Mädchen an …" Verblüfft gucken Astrid und Anne sich an. „Und du?", hakt Lydia neugierig nach. „So eine Figur fällt doch auch nicht vom Himmel." Er taucht wieder kurz ab. Sichtlich verlegen hängt er sich an den Beckenrand und schaut in den Himmel. „Ich arbeite auf dem Bau. Maurerlehre. Da bleibt das nicht aus, wenn man ein bisschen auf sich achtet." Astrid lächelt ihn warm an. „Dann achtest du aber gut auf dich. Hut ab!" Er weicht errötend ihrem Blick aus. Taucht dann unter und quer durchs Becken zur Treppe. „Danke!", antwortet er noch verlegen lächelnd über die Schulter, ehe er aus dem Wasser steigt. Noch triefnass wickelt er sich sofort das Handtuch um und geht hinein. „Der ist echt süß!", seufzt Astrid. Sie grinst Anne breit an. „Das war eine deiner besten Ideen, hierher zu kommen." „Naja, für das Publikum kann ich auch nichts", lacht sie zurück.

Später dösen sie eine Weile auf den großen Polsterliegen, Tina ist auch wieder zu ihnen gekommen. Sie erzählt leise, dass die zwei Grazien tatsächlich in der Bio-Sauna waren, aber ziemlich maulfaul. Ohne den Großen dabei kriegten sie die Zähne kaum auseinander. „Naja, Till ließ sich wenigstens angucken. Hat sich schließlich lang auf den Bauch gelegt. Echt hübscher Kerl." Tina seufzt. „Von der Bettkante schubsen würde ich den bestimmt nicht." „Und dann braucht er ja auch nichts zu sagen", frotzelt Lydia. „Hm." Stumm hängen sie ihren jeweiligen Gedanken nach. „Hattest du nicht gesagt, einer hätte eine Perle dabei?", fragt Lydia unvermittelt. „Ich hab keine mehr gesehen." „Ich auch nicht. Vielleicht war es ja auch nur eine Bekannte und es sah in dem Moment nur so aus", überlegt Anne. „Wollen wir eigentlich auch noch in die Therme runter? Oder wollt ihr nur saunieren?", will sie schließlich wissen. „Hm." Astrid zögert. „Ein bisschen rumplanschen ist sicher nicht schlecht. – Oder verpassen wir dann hier zu viel?" Alle wissen, was sie meint. Anne schaut auf die Uhr an der Wand, überlegt. Vielleicht begegnen sie den Jungs ja irgendwo. Sie könnten auf dem Weg zum nächsten Saunagang sein. „Lasst uns mal gucken. Und festnageln können wir sie eh nicht. Wenn sie weg sind, sind sie weg." Astrid strafft sich. „Also los. Wir sind für Wellness hier. Die optische Dreingabe ist nur das Sahnehäubchen."

Sie fischen ihre Badeanzüge aus den Taschen, ziehen sie an und nehmen die Handtücher mit. Von den drei Grazien fehlt jede Spur. Im Badebereich schauen sie sich erstmal um, testen dann den Massagestrudel, lassen sich Runde um Runde treiben. Dann ist auch Platz im Whirlpool in der Grotte. Derweil werden die Springbrunnen im großen Becken eingeschaltet, farbige Beleuchtung kommt dazu. „Schön“, stellt Lydia fest. „Ich bin schon ganz aufgeweicht“, erklärt Anne. „Ich leg mich ein bisschen hin, Leute gucken.“ „Gibt’s hier denn auch was zu sehen?“, zweifelt Astrid. Anne schaut sie an. „Das weiß ich nicht. Aber ich will auch den Jungs nicht nur nachlaufen.“ „Hm.“ Astrid brummt etwas beleidigt. Sie folgt Anne bald unter die Dusche. Die legt sich mit ihrem Badetuch wie angekündigt auf eine der Liegen mit Blick auf die bunten Wasserspiele. Sie träumt ein wenig vor sich hin, duselt fast ein. Die ungewohnten Saunagänge sind doch anstrengend. Und die süße Unterhaltung durch die hübschen Jungs ist anregend, aber nicht entspannungsfördernd. Jetzt sieht sie sie schon die Treppe herunter kommen. Anne schüttelt sich ein wenig. Aber sie ist wach. Sie kommen tatsächlich herunter. Die beiden Vollbärte tragen diese unsäglichen, unförmigen, karierten Badeshorts. Nur Till hat eine Sportbadehose an. Steht ihm wirklich gut. Sie haben sie noch nicht gesehen. – Wie auch, hier in dem Gewimmel. Und sie werden sie ja nicht gerade suchen, vier reife Damen, die zum Wellness-Wochenende hier weilen. Gibt genug knackige und hübsche Mädchen, die sich hier tummeln. Ein, zwei schauen Till auch prompt nach, als die drei zum Sportbereich hinüber gehen. Anne zögert, dann steht sie auf. Wo sind die Freundinnen? Lydia und Tina duschen sich noch das Thermalwasser ab, Astrid lehnt lächelnd an einer der Säulen und beobachtet die drei Grazien beim Wettspringen vom Drei-Meter-Turm. „Na, verpasst du auch nichts?“, foppt Anne sie. „Ach, lass mich doch. Ich tu doch keinem weh. Und von diesem Wochenende kann ich dann lange zehren.“ Anne lächelt berührt. Davon hat Astrid noch keinen neuen Mann – wenn sie überhaupt einen will – aber reale Jungs zum Angucken und Weiterträumen sind sicher nicht schlecht. Geht ihr ja genauso. Obwohl sie so lange und sicher glücklich verheiratet ist. Träume und Fantasie beleben das Eheleben. Der große Vollbart klatscht gerade etwas unglücklich nach seinem Salto-Versuch ins Wasser. „Autsch, das tat weh.“ Astrid verzieht mitfühlend das Gesicht. Till legt einen sauberen Kopfsprung nach, er taucht fast ohne zu spritzen ins Wasser ein. Der Große stemmt sich am Beckenrand hoch, das Wasser trieft

aus seiner weiten Hose. Anne stellt sich prompt seinen weißen
Hintern und die muskulösen Oberschenkel vor. „Die Badehosen
sind wirklich unvorteilhaft“, kommentiert sie leise. Astrid grinst.
„Stimmt. Hab ich auch sofort gedacht. Dabei brauchen sie sich
doch wirklich nicht zu verstecken.“ „Vielleicht wollen sie es ja.“
„Meinst du?“ „Weiß nicht.“

Tina und Lydia winken hinüber. „Ich geh mal ein bisschen
schwimmen“, kündigt Astrid entschlossen an. „Nur rumhängen
muss ja auch nicht sein, ein bisschen Bewegung schadet nicht.“
Erstaunt folgt Anne ihr. Tina und Lydia haben sich schon die
Logenplätze am Becken gesichert. Der Mollige steigt gerade auf
der gegenüberliegenden Beckenseite aus dem Wasser. Till steht
schon wieder oben auf dem Brett und wippt. Kleiner Mann ganz
groß, denkt Anne amüsiert und hält dann kurz die Luft an. Einen
sauberen gestreckten Salto springt er und taucht gerade ins Wasser
ein. Der Große hat es auch vom Beckenrand aus beobachtet, verzieht griesgrämig das Gesicht. Ob er seinen Rücken noch merkt?
Anne lässt sich bei den Freundinnen nieder. „Was macht Astrid?“,
fragt Tina. „Sie will schwimmen und sich bewegen“, antwortet
Anne. „Also, ich mach hier Wellness und sonst gar nichts“, erklärt
Lydia mit Nachdruck. Astrid ist neben den Startblöcken ins Wasser
gestiegen. Es scheint kalt zu sein. Sie paddelt auf die erste Bahn,
dann fängt sie an zu kraulen. Zügig und kraftvoll pflügt sie durchs
Wasser, wendet am Ende und arbeitet sich wieder zurück. Am Start-
punkt wieder angekommen pausiert sie kurz am Beckenrand – und
grinst breit. Der Große kommt ihr auf Bahn zwei entgegen. Soll
sie warten? Und dann? Etwa um die Wette schwimmen? Sie stößt
sich ab, aber krault in Rückenlage. So kann sie bei allem Spritz-
wasser doch noch erkennen, dass er auf den Startblock steigt und
sie anguckt. Dann hechtet er flach ins Wasser, taucht weit. Und
krault ihr nach. Erst am Ende hat er sie eingeholt. Prustend und
schnaufend hängen sie am Beckenrand. Sie lacht ihn an. „Ganz
schön schnell, für eine Frau“, schnauft er anerkennend. „Sieht man
mir auch nicht an“, lächelt sie verschmitzt. „Hm. Stimmt. Aber
auch daran hätte Rubens sicher seine Freude gehabt.“ Sie hebt erstaunt die Augenbrauen. Wann hat er ihre Saunalaken gesehen? Er

lächelt verlegen, wird sogar etwas rot. „Danke für die Blumen."
Sie hält seinen Blick einen Moment lang fest. „In der Reha hab
ich angefangen zu trainieren, zur Stärkung des Oberkörpers. Und
schwimmen macht mir mehr Spaß als reines Krafttraining an den
Maschinen." „Man merkt's. – Noch eine Runde?" Sie lächelt breit
und stößt sich anstelle einer Antwort kräftig vom Rand ab. Er folgt
ihr beim Sport-Brustschwimmen, hat aber offensichtlich Mühe
mitzuhalten. Sie bemerkt es und nimmt etwas Tempo heraus.
Vorführen will sie ihn ja nun auch nicht. Außer Atem kommt er
gleichzeitig mit ihr wieder unter den Startblöcken an. Er schnauft
heftig und wirft ihr anerkennende Blicke zu. Sie strahlt sichtlich
stolz und zwinkert zurück. Er macht keine Anstalten, noch einmal
zu starten. Astrid stößt sich vom Rand ab und krault wieder auf
dem Rücken. Sie will wenigstens mitbekommen, ob er geht. Tatsächlich steigt er, diesmal an der Leiter, aus dem Wasser. Langsam
betritt er den Startblock zwei. Er holt tief Luft, konzentriert sich
und springt. Astrid verlangsamt ihr Schwimmtempo, er taucht gar
nicht wieder auf. Wo ist er? Dann stößt er nach Luft schnappend
auf der halben Bahn wieder aus dem Wasser. Erleichtert schwimmt
sie weiter, er paddelt gemächlich auf seiner Bahn zum Rand. Sie
wartet auf ihn. „Ich dachte schon, du wärst verschwunden", begrüßt sie ihn. „So weit, wie du getaucht bist." Erfreut hört er
ihr Kompliment. „Früher hab ich das auch gemacht. Aber mit
Kontaktlinsen ist das nicht so ratsam", erzählt sie weiter. „Springen
Sie deshalb auch nicht?", will er wissen. „Auch", gibt Astrid sich
einsilbig. Gegenüber steht Anne auf Startblock drei, der Mollige
und Till turnen nun am Ein-Meter-Brett herum. Der Mollige
nimmt Anlauf und klatscht mit einer gewaltigen Arschbombe ins
Becken. Astrid lacht. „Jetzt kriegen wir sogar noch ein Wellen-
bad!" Sie stößt sich wieder ab und paddelt gemütlich die letzte
Bahn zurück. Sie hat genug und steigt die Leiter wieder hinauf.
Der Große ist wieder bei seinen Kumpeln. Anne übt noch ein,
zwei Kopfsprünge, dann kommt sie auch wieder aus dem Becken
und greift sich ihr Handtuch. „Du bist ja richtig fit drauf!", be-
wundert sie Astrid. „Hast den Athleten ja bald abgehängt." Astrid
schmunzelt. „Danke", gibt sie nur bescheiden zurück.

„Kaminzimmer oder Sauna-Bar?", fragt Lydia in die Runde. „Hm. Im Kaminzimmer gibt's nichts zu trinken, oder?", meint Astrid. Wenig später sitzen sie auf den Barhockern am Tresen. „Wieder drei Pils ohne und eine Cola-light?", werden sie von der Bedienung gefragt. „Ja. – Oder?" „Mir jetzt auch ein Pils ohne, keine Cola mehr", erklärt Lydia. „Sagen Sie mal", setzt Anne an, als die Gläser vor sie hingestellt werden, „diese drei hübschen Jungs sind doch öfter hier, haben sie erzählt. Was trinken die denn am liebsten?" Überrascht schaut die Frau hinter der Theke auf. „Das Trio?", denkt sie laut. „Die haben meistens ihre Wasserflaschen in den Taschen. Aber wenn sie hier mal was trinken, dann Pils ohne, wie Sie." Anne zögert kurz. „Dann geht die nächste Runde auf meine Rechnung. Mit einem schönen Gruß von Rubens' Topmodels." Sie schiebt den Hotelchip über die Theke. „Okay." Anne unterschreibt die Kassenquittung und steckt den Chip wieder ein. Kurz darauf betreten die Jünglinge den Raum. Tina kichert verstohlen. Eigentlich wollten sie gerade gehen. Aber jetzt wollen sie doch noch eben die Reaktion auf Annes Einladung erleben und halten sich an ihren fast leeren Gläsern fest. Dezent gucken sie abwechselnd hinüber und flüstern den anderen – albern wie die Schulmädchen – zu, was gerade passiert. „Jetzt sitzen sie. Die Pilsgläser stehen schon bereit. Die Bedienung macht die Flaschen auf und – jetzt stellt sie sie den Jungs hin." Tina übernimmt von Lydia. „Jetzt sagt sie es ihnen. Nein, wie die gucken, das müsst ihr sehen!" Fast gleichzeitig drehen sich die Freundinnen um und schauen zu den Jungs hinüber. Der Große hat sich wohl wieder als Erster von der Überraschung erholt. Er winkt und prostet ihnen zu. Sie heben ihre Gläser und leeren die letzten Schlucke, ehe sie gehen.

„Wir sollten allmählich aufbrechen, Kinder. Unser Tisch im Restaurant ist für halb neun reserviert." erinnert Tina. „Echt, schon?", ist Lydia verblüfft. „Ich hab aber noch gar keinen Hunger", mault Astrid. Anne guckt sie fragend an. „Schon gut. Okay, wir gehen." Sie seufzt tief. Anne versteht. Die Jungs haben es ihr schon angetan. Naja, kein Wunder, sind ja auch eine Augenweide. „Wenn ihr wollt, können wir morgen ja auch noch ein paar Stündchen herkommen, die zweite Tageskarte ist auch inklusive", erklärt sie tröstend. „Hm. Mal sehen. Ob es dann noch was zu gucken gibt, wird sich zeigen müssen", gibt sich Astrid geschlagen. „Also los! Kurz vor halb am Restaurant? Oder gehen wir zusammen rüber?", will sie wissen. „Zusammen natürlich", entscheidet Lydia. „Wozu haben wir die Zimmer gegenüber liegen?"

Knapp eine Stunde später betreten sie frisch gestylt und geföhnt das Restaurant. Zuvorkommend begleitet sie ein Kellner an ihren Tisch, reicht die Speisekarten und fragt nach ihren Getränkewünschen. Wenig später löffeln sie die köstlich würzige Vorsuppe und genießen bald den reichhaltigen Hauptgang. Beim sahnig-cremigen Nachtisch fängt Tina an zu kämpfen. „Ist das lecker! Aber selbst mein Puddingmagen macht fast schlapp", stöhnt sie. „Lass dir Zeit", rät Lydia. „Das rutscht schon noch. Und die Kalorien lohnen sich wirklich." „Hm", bestätigt Anne und lutscht genießend jeden Löffel ab. „Ob man hier wohl noch einen Kaffee kriegen kann?" „Oh ja, ein Espresso wäre jetzt gut." Der herbeigewinkte Kellner bedauert sehr. „Das tut mir so leid, heute Mittag hat unser Heißgetränkeautomat den Dienst eingestellt und der Servicetechniker hat es noch nicht hierher geschafft. Aber an der Bar unten gibt es auch Kaffee oder Espresso, in allen Variationen. Die ist auch noch länger geöffnet als unser Restaurant. Vielleicht möchten Sie dort Ihren Espresso trinken?" „Hm. Schade. Na, dann werden wir mal runter zum Meister gehen." Anne ist etwas enttäuscht. „Wieso Meister?", will Tina wissen. „Der Barkeeper ist Bar-Meister. Das Diplom hängt gerahmt an der Wand. Nur von Kommunikation hat der noch nicht viel gehört – redet ja auch meistens selbst", erzählt Anne. „Aha. Klingt jetzt nicht so einladend", meint Tina. „Ach kommt, Mädels. Ich brauch jetzt wirklich einen Espresso, sonst kann ich gar nicht schlafen, nach diesem Festmahl. So eine Labertasche werden wir doch wohl zum Schweigen bringen, oder? Ist doch unsere leichteste Übung!", ermuntert Astrid die Freundinnen. Anne grinst „Wenn du ihn k. o. schlagen willst, warte bitte, bis der Kaffee fertig ist." „Pah! Wir sind doch alle nicht auf den Mund gefallen. Erst mal charmant ein paar Stiche versetzen, und wenn er gar nichts merkt, gibt's halt eine eiskalte Breitseite." Astrid ist in ihrem Element. „Ja, Frau Trainerin", foppt Lydia sie.

Und tatsächlich sitzt der Bar-Meister in einer der Sitzgruppen bei Gästen und erzählt raumgreifend von seinem Urlaub auf Formentera. Die Freundinnen wollen erst einmal Abstand halten und gehen um die Theke herum zu weiteren Sesselgruppen. „Ach nee!", rutscht es Anne heraus. „Ach doch!", strahlt Astrid. Die drei Grazien lungern entspannt hinter der Theke an ihrem Tischchen. Astrid steuert zielstrebig die Sitzgruppe neben ihnen an. Ganz so überrascht scheinen die Jungs nun doch nicht zu sein, dass wir hier auftauchen, denkt Anne. Täuscht sie sich, oder freut sich der Große tatsächlich über die Nachbarinnen? „Hallo!", ruft er herüber und lächelt Astrid an. Oder meint er sie alle? Sie grüßen freundlich zurück, widmen sich dann der Getränkekarte. „Hast du schon Espresso gefunden?", fragt Lydia Astrid. „Hier drin nicht. Aber der Kellner hat ja gesagt, dass es so was hier gibt." Gemächlich wendet sich der Barkeeper zum Aufstehen und schlendert zu ihnen herüber. „Was darf es denn für die Damen sein?", fragt er jovial in die Runde. Nachdem sie ihre Wünsche genannt haben, fragt Anne ihn ganz treuherzig „Wie ist denn ihr Salat geworden, letzten Sommer?" „Äh … welcher Salat?" Der Meister ist verwirrt. „Na, die Setzlinge, die Sie Anfang August auf dem Markt gekauft und in ihrem Garten eingepflanzt haben", hakt Anne lieblich lächelnd nach. „Ach die! Ja, die sind wunderbar geworden …" Anne seufzt innerlich, der merkt wirklich nichts. Oder doch? Er stockt. „Aber woher wissen Sie das denn? Hab ich Ihnen das damals erzählt?" Jetzt grinst Anne breit, aber der Kerl scheint den Unterschied gar nicht wahrzunehmen. „Oh ja, das haben Sie", säuselt sie. „Und fünf anderen Gästen auch, hier in der Bar. Wenn man an seinem 15. Hochzeitstag ungefragt mit solch' Welt erschütternden Themen beglückt wird, prägt sich das schon ein, nicht wahr?" Ihr Mund lächelt süß, aber ihre Augen blitzen ihn an. „Ah, ja." Er wird plötzlich wortkarg und wendet sich geschäftig der Hightech-Kaffeemaschine zu. Astrid muss sich sichtlich zusammenreißen, um nicht loszuprusten. Sie hebt nur mit einer Grimasse den Daumen und deutet dann schräg hinter Anne, wo die Jungs alles mitgehört haben. Anne dreht sich halb um. Allen dreien reichen die Mundwinkel fast bis zu den Ohren, der Große hebt ebenfalls den Daumen. Der Mollige macht Gesten, die wohl so etwas wie ‚Labertasche‘ bedeuten sollen. Sie amüsieren sich offensichtlich königlich. Anne dreht sich belustigt wieder zurück. „Also, falls die tatsächlich auf uns gewartet haben sollten, dann scheint es sich ja schon für sie gelohnt zu haben“, raunt sie in die Runde. „Meinst du wirklich?“, fragt Astrid verblüfft. „Keine Ahnung. Aber fällt dir ein Grund ein, warum die in dem Alter am Samstagabend um diese Uhrzeit in einer kleinen Hotelbar mit einem lästigen Barkeeper abhängen und sich an ziemlich teurem Bier festhalten sollten?“ „Hm. Nicht wirklich. Aber vielleicht ist hier einfach nichts los in der Stadt.“ „Könnte sein. Widerspricht aber nicht der ersten These. Vielleicht fallen wir tatsächlich so auf, dass sie einfach noch gucken wollen. Ehe sie sich woanders langweilen.“ Astrid riskiert den ein oder anderen Blick zu den adrett geföhnten Jungs in ihren Jeans und Shirts. Hübsch sind sie angezogen immer noch. Aber nur noch die muskulösen Unterarme lassen ahnen, welche gut gebauten Körper sich unter der Kleidung verbergen. Naja, sie selbst sitzen ja auch nicht im Badeanzug hier. Ist wahrscheinlich auch vorteilhafter, für Rubens’ Topmodels. Sie lächelt in sich hinein und wendet den Blick ab, als Till ihr schon wieder furchtsam ausweicht. Wirklich nett, so eine unerwartet spielerische Unterhaltung.

Ihre Gespräche landen bald bei den Urlaubsplänen und der Überlegung, wohin ihre nächste Fahrt gehen soll. „Paris!“, wirft Lydia ein. „Ich war ewig nicht mehr da.“ „Ich war überhaupt erst einmal in Paris“, kommentiert Anne und überlegt. „2000 war das, im Januar. Ich hatte noch den Resturlaub aus der Probezeit beim neuen Job.“ „Im Winter ist es aber nicht schön. Nur kalt und nass, genau wie hier. Wenn, dann aber, bitte schön, im Frühling oder Sommer“, wendet Tina ein. „Genau“, schwärmt Astrid. „Romantischer Frühling an der Seine, das hätte was.“ Anne lächelt sie an. „Willst du Begleitung mitnehmen oder bleibt es bei einer Freundinnen-Tour?“ „Wieso?“, reagiert Astrid beleidigt. „Eine Stadt wie Paris kann auch ohne Mann im Arm romantisch sein.“ Sie verstummt. Anne stupst sie an. „War nicht so gemeint, sorry", entschuldigt sie sich leise. „Schon gut", brummt Astrid. „Hab wohl ein bisschen zu viel geguckt, heute." „Haben wir wohl alle, glaub ich", gibt Anne leise zu. „Also Paris? Oder ist eine dagegen?", fragt sie laut. „Nö." „Dann brauchen wir nur noch einen Termin …" Anne zieht gespielt gequält die Augenbrauen hoch. Alle wissen, dass das immer das Schwierigste ist. Nicht umsonst sind sie im Januar hier gelandet, ein halbes Jahr vorher hatten sie das Wochenende vereinbart und mit Zähnen und Klauen verteidigt. „Nehmen wir noch einen?" Astrid blättert in der Cocktail-Karte. Betont laut spricht sie: „Da könnte uns doch mal der Meister zeigen, was er drauf hat, oder?" Tatsächlich schlendert der Barkeeper zu ihnen hinüber, nachdem er sie nach ihrer Kaffeebestellung geflissentlich ignoriert hatte. „Für mich bitte ‚Sex on the Beach'", gibt Astrid ihre Bestellung auf. „Wie bitte?", frotzelt Lydia. „Gucken allein reicht dir wohl nicht, wie? – Äh … für mich auch einen, bitte." Tina grübelt noch über der Karte, kann sich nicht entscheiden. „Was ist denn da drin?", fragt sie den Bar-Meister. Anne verdreht innerlich die Augen. Hoffentlich nimmt er das jetzt nicht zum Anlass, sie totzulabern. Bisher war es so angenehm, ohne Störungen. Aber nein, er zählt nur geflissentlich die Zutaten auf und erwähnt, dass man den Drink sowohl mit als auch ohne Eis servieren könne, er täte es aber immer mit. Aus purem Widerstandsgeist bestellt Anne dann: „Für mich auch einen, aber ohne Eis, bitte", und blinkert den Typen von unten herauf an. Er guckt, als würde er gleich ‚Sehr wohl, die Dame' sagen und salutieren. Zu Annes Leidwesen tut er es aber nicht. Tina hat sich auch entschieden, sie schließt sich der Mehrheit an. Bald stehen korrekt verteilt, der Cocktail ohne Eis vor Anne, die hübsch dekorierten Gläser auf dem Tisch. „Na dann!", ergreift Tina das Wort. „Auf einen schmackhaften Ausklang eines wunderbaren Wellness-Tages mit euch!" „… und hübscher Augenweide obendrein!", ergänzt Astrid halblaut. Sie probieren. „Hm, lecker. Aber ordentlich gehaltvoll, oder?", fragt Lydia. „Hm. Den werde ich auch schnell merken, fürchte ich", bestätigt Anne. „Gehen wir rauf?", will Tina schließlich wissen. „Oben ist der Weg zum Bett nicht mehr so weit." „Hm." Die

Müdigkeit spüren alle nach dem langen und ungewohnt anstrengenden Tag. Sie quittieren ihre Belege. „Und …“, Astrid sprüht der Schalk aus den Augen, „… bitte noch eine Runde ‚Sex on the Beach‘ für den Nachbartisch, auf meine Rechnung.“ Der Barmeister hebt nur eine Augenbraue und jetzt sagt er tatsächlich: „Sehr wohl.“ Er nimmt ihren Beleg wieder mit und kehrt nach einer Weile mit drei Gläsern auf dem Tablett zurück. Die Jungs gucken ziemlich verblüfft, als er sie vor sie stellt. Sie hatten mitbekommen, dass die Damen aufbrechen und selbst nach ihren Portemonnaies gekramt. Der Barkeeper reicht Astrid den Beleg, den sie kurz abzeichnet. Der Große guckt sie ganz unverwandt an. Sie spürt seinen Blick und schaut zurück. Da wird er kurz rot und schluckt. „Danke schön“, sagt er laut in ihre Richtung. „Bitte schön, gern geschehen“, antwortet sie warm lächelnd. „Lasst es euch gut gehen.“ Das ist ihr Abschiedsgruß. Sie stehen auf, nehmen die Handtaschen und gehen. Anne schaut noch einmal vorsichtig zurück, als sie an der Tür sind. Sie setzen gerade die Gläser an und probieren. Adieu, ihr drei Hübschen, denkt sie ein bisschen wehmütig. Ihr habt uns den Tag versüßt und werdet uns noch süßere Träume bereiten, wisst ihr das überhaupt?

Besuch

Tina und Astrid sitzen auf den zwei Sesseln, Anne und Lydia haben es sich auf dem zugedeckten Bett gemütlich gemacht. Der kleine Beistelltisch steht zwischen ihnen, darauf eine aufgerissene Chips-Tüte, die Schokolade ist schon fast aufgegessen. Tina schwenkt gedankenverloren ihr Wasserglas, als müsse sie darin etwas auflösen. Sie starrt in ihren Kalender und sinniert. „Das dritte Mai-Wochenende", sagt sie unvermittelt. „Ist Christi Himmelfahrt vorher. Wer kann da nicht?", fragt sie in die Runde und hebt den Blick. „Hm. Könnte gehen. Müsste ich Montag sofort den Brückentag eintragen", meint Anne. „Ich hab da sowieso schon frei", erklärt Lydia. „Schön! Und was ist mit dir?", will Tina von Astrid wissen. „Hm", brummt sie. „Ich bin mir ziemlich sicher, dass ich den anderen Brückentag hab. Aber vielleicht kann ich mit meinem jung-dynamischen Vertreter ja noch tauschen. Der bucht sowieso meistens ‚Last-Minute'." Anne strahlt. „Mensch, das wär doch klasse! Paris im Mai! Sieh' bloß zu, dass du den Freitag getauscht kriegst!" Astrid lacht. „Ich tu mein Möglichstes. Vielleicht fällt mir noch etwas ein, wofür ich bei ihm noch einen gut habe." „Wenn er bestechlich ist, schmeißen wir zusammen …" „Und ob er das ist, der Möchte-gern-Lebemann." „Gutschein für ein teures Restaurant in Essen?", schlägt Tina vor. „Zur Not, ja." „Dann ist ja alles geritzt!" Anne ist begeistert. „Noch nicht …", bremst Astrid, stößt aber auch mit den anderen an.

Da klopft es. Lydia schaut auf und stumm in die Runde. „Habt ihr das auch gehört?", fragt sie zögernd. „Vielleicht sind wir zu laut?", raunt Anne. „Hm. Ich guck mal." Lydia steht auf. Es klopft noch einmal. „Ja, Moment", ruft Lydia in Richtung Tür und zieht die Shirtbluse glatt. Dann öffnet sie vorsichtig die Tür und linst um die Ecke. „Ach, hallo!" „Guten Abend, ich hoffe ich störe nicht", antwortet der Große und deutet eine Verbeugung an. „Wer von Ihnen bekommt diesen Cocktail?" Auf seinem

runden Tablett balanciert er offensichtlich einen ‚Sex on the
Beach‘. Das weiße Kellner-Tuch hängt elegant über seinem Arm,
die fast bodenlange, schwarze Schürze liegt schmal um die Hüften.
Nur das weiße Polohemd ist viel zu eng, die Knopfleiste offen,
er würde sie sonst wohl mit jedem Atemzug seines muskulösen
Brustkorbs sprengen. Lydia hat sich von der Überraschung halbwegs erholt, tritt feixend zurück ins Zimmer. „Wer wollte noch
‚Sex on the Beach‘?“, fragt sie in die Runde. Astrid steht schon.
„Ich!“ Sofort hatte sie die Stimme erkannt. Was auch immer er
hier will, sie ist dabei. „Hallo!“ Sie tritt ihm entschlossen lächelnd
entgegen. „Hallo!“, lächelt er zurück. Wird er verlegen? In dem
dämmrigen Nachtlicht auf dem Gang kann sie nicht sicher erkennen, ob er tatsächlich rot wird. „Dann komm mal mit rüber.“
Sie deutet auf die gegenüberliegende Zimmertür. Sie fischt den
Code-Chip aus der Hosentasche und öffnet die Tür. Sie bedeutet
ihm einzutreten, steckt den Chip in die Lasche neben der Tür,
das Licht flammt auf. Geblendet von der plötzlichen Helligkeit
bleibt er abrupt stehen. Sie dimmt die Hauptbeleuchtung, schaltet
die Strahler am Schrank aus, schließt die Tür hinter sich. Von
hinten blitzen zwischen den Schürzenteilen seine nackten Beine.
Was hat er nur darunter?, schießt es Astrid durch den Kopf.
„Und“, fragt sie mit spöttisch-freundlichem Unterton, „Wette
gewonnen?“ Stumm stellt er das Tablett auf das Beistelltischchen.
Er richtet sich wieder auf, schaut sie offen an. „Ja.“ Sie lacht leise.
„Und was bekomme ich vom Wett-Einsatz ab?“ „Äh.“ Damit
hatte er offensichtlich nicht gerechnet. Er überlegt krampfhaft,
fragt dann vorsichtig: „Was möchten Sie denn?“ Gut gekontert,
denkt sie, und mutig, ihr quasi alles zu eröffnen. Ob er so weit
denkt? Mit ihren Hintergedanken rechnet? Sie zögert kurz. „Würde
es dir etwas ausmachen, das Hemd auszuziehen? Es scheint ohnehin nicht deins zu sein, oder?“ Jetzt lächelt er erfreut, greift sich
über den Kopf hinten in den Kragen und will offensichtlich in
Männer-Manier das viel zu enge Teil über den Kopf zerren.
„Stopp!“, hält Astrid ihn auf. „So zerreißt du nur die Nähte. Darf
ich dir vielleicht helfen?“ Er lässt die Arme wieder sinken. Ein
unergründlicher Blick trifft sie. „Natürlich. Gerne“, sagt er leise.

Sie tritt näher an ihn heran. Ihre Fingerspitzen berühren ihn sacht an den Seiten und fahren vorsichtig unter den straff sitzenden Stoff. Augenblicklich rauscht eine Gänsehaut über seinen gut gebauten Oberkörper. Langsam schiebt sie das Shirt hinauf. Er hält die Luft an, hält ganz still. Die Spannung zwischen ihnen ist greifbar. Astrid spürt es ungläubig, fast bringt es sie aus dem Gleichgewicht. Hoch konzentriert schiebt sie den Stoff weiter. „Nimm die Schultern nach vorn, damit du schmaler bist", bittet sie mit kratziger Stimme. Er tut es. Sie dehnt vorsichtig den Saum über sein breites Kreuz, dann kann er die Arme herausziehen und sie nimmt ihm das Shirt über den Kopf hinweg ab. Erleichtert schüttelt sie das Polo-Hemd aus, breitet es glatt über einer Sessellehne aus. „Wer hat denn Größe ‚M'?", will sie von ihm wissen und schaut ihn an. Diese Spannung nimmt ab, aber sie ist noch nicht ganz verschwunden. Ungefragt lässt er sich auf dem Fußende des Bettes nieder. Ihr Blick streichelt fast zärtlich seine noch leicht gebräunte, glatte Haut, die gut trainierten Muskeln. Er schmunzelt. „Till." Astrid lacht. „Aber so heißt er doch nicht wirklich, oder?" „Nein. Er heißt mit bürgerlichem Namen Paul." Jetzt hakt sie nach. „Und du, Beachboy, wie heißt du?" Erstaunt schaut er auf. „Kevin." Amüsiert zieht Astrid die Augenbrauen hoch. „Sagen Sie jetzt nichts", seufzt er gespielt. „Den Film hab ich nie gesehen. Und als ich zur Welt kam, war er auch schon älter. Aber meine Eltern waren so begeistert von dem Namen." Astrid lächelt. „Und wie alt bist du?" Fragend schaut er sie an. „21, warum?" Astrid verzieht die Mundwinkel ein wenig spöttisch, zögert, dann sagt sie es doch einfach. „Jungs in deinem Alter kann ich schwer schätzen. Und ich will nicht wegen Verführung Minderjähriger angezeigt werden." Verblüfft sieht sie ihn dunkelrot anlaufen, setzt erklärend hinzu: „Schließlich bist du mit in dieses Hotelzimmer gekommen. Und deine Kumpel werden wissen, wo du bist." Langsam normalisiert sich seine Gesichtsfarbe wieder. „Hm." Er atmet tief durch. „Schon klar. Aber ich bin schon groß." Von unten herauf schaut er sie wieder so unergründlich an. Astrids Puls beschleunigt sich. So ruhig, wie es ihr noch möglich ist, sagt sie „Ich heiße Astrid und bin 46." Jetzt ist es an ihm, die Augenbrauen zu heben. „Echt?", fragt er staunend und gibt zu, „Da hätte ich mich aber sehr verschätzt." „Ach ja? Was hattest du denn gedacht?", will Astrid wissen. Er windet sich etwas. „Na, so Anfang, Mitte dreißig, irgendwie." „Oh!" Astrid lacht erfreut. „Danke für die Blumen." Sie lächeln sich einen Moment lang an. Dann weicht er ihr aus, holt Luft und strafft sich. „Bist du verheiratet?" Er schaut sie direkt an. Astrid schluckt, widersteht dem Drang, kurz die Augen zu schließen. Die Tränen bleiben zum Glück, wo sie sind. Sie atmet einmal durch. „Nein", sagt sie ruhig. „Nicht mehr. Martin ist vor fast drei Jahren gestorben." „Das tut mir leid." Erschreckt schaut er sie scheu an. „Schon gut. – Und du?" „Ich?" Sein Blick wandert über das Tischchen hinab zum Teppichboden. Dann schaut er sie wieder kurz an. „Ich bin noch nicht verheiratet." Sein Blick geht durch die Gardinen, als könne er draußen im Dunkeln noch in die Ferne sehen. „Damit hätte ich bei deiner Jugend auch nicht gerechnet. Aber eine Freundin hast du doch bestimmt, oder?", forscht Astrid freundlich nach. „Ja. Wir haben uns in der Berufsschule kennengelernt", erzählt er plötzlich ganz offen. „Wir sind seit über zwei Jahren zusammen – wenn man es denn so nennen kann." Er seufzt tief, wirft ihr einen kurzen Blick zu. „Wieso?", will Astrid wissen. Er zögert sichtlich, dann gibt er sich einen Ruck. „Sie ist katholisch." „Aha." Astrid begreift nicht, was er damit sagen will. In dieser Gegend sind wohl die meisten katholisch. Er scheint ihr Unverständnis zu bemerken. „Sie ist sehr katholisch. – Ich bin ja noch nicht einmal getauft. Meine Eltern kamen noch vor meiner Geburt her, aus Albanien. Das Christentum haben sie erst hier ansatzweise kennengelernt, können aber nicht allzu viel damit anfangen. Ich war in der Schule zumindest im Reli-Unterricht. Sie fanden, ich solle wenigstens wissen, worum es geht. Naja." Er verstummt. Astrid wartet ab, ob noch eine Erklärung folgt. „Marie ist ein wirklich liebes, nettes, süßes, auch modernes Mädchen. Aber sie macht ihre Erzieherinnen-Ausbildung bei der Caritas. Da sind Nonnen dabei, die sie unterrichten. Und ihre streng katholische Großmutter hat sie wohl auch sehr geprägt. Jedenfalls …" Jetzt kämpft er sichtlich mit sich. Nur ein schneller Blick fliegt durch

Astrids Gesicht, ehe er wieder zu Boden geht. Sie wartet still. „Sie will keinen Sex vor der Ehe. Weil es Sünde wäre", stößt er leise hervor. Astrid ist völlig verblüfft. Keinen Sex, mit diesem knackigen jungen Kerl??? Hat die überhaupt eine Ahnung, was sie verpasst?! „Oha", macht sie nur. „Ich hätte nicht gedacht, dass es so etwas heute noch gibt." Kevin lacht bitter auf. „Ich auch nicht." Und leiser: „Ich liebe sie so. Ich kann sie nicht einfach abschießen. Und es macht mich verrückt, fertig." Jetzt schaut er Astrid wieder an. „Ich habe schon angefangen für die Hochzeit zu sparen. Wenn sie ihre Ausbildung fertig hat und ich den Techniker gemacht hab, heiraten wir." Seid ihr wahnsinnig?, will Astrid beinahe ausrufen. So jung und ohne gemeinsame erotische Erfahrungen heiraten, zudem noch katholisch? Wenn sie später geschieden würde, verlöre sie noch ihren Job bei der Caritas. Er scheint ihre Ablehnung zu spüren. „Was soll ich denn sonst tun?", klagt er verzweifelt. Sie weiß es auch nicht. „Du bist sehr mutig", sagt sie ihm ruhig. Er zuckt resigniert mit den Achseln. Dann erzählt er leise weiter. „Am Anfang dachte ich, ich werd' sie schon rumkriegen, sie ziert sich nur. Will vielleicht testen, wie ernst es mir tatsächlich ist und nicht gleich mit dem Nächstbesten ins Bett gehen. Ist ja auch völlig okay, spricht ja für sie. Aber sie ist bis heute standhaft geblieben. Ab und zu küssen wir uns, wenn wir allein sind. Als ich ein Wochenende sturmfreie Bude hatte, war sie bei mir. Wir haben zusammen geduscht, ein bisschen gekuschelt. Aber ich durfte sie noch nicht einmal … anfassen." Kevin schaut Astrid an. „Sie weiß, wie schwer das für mich ist. Manchmal … streichelt sie mich ein bisschen. Schaut dann zu …" Seine Stimme erstirbt. Er kämpft sichtlich mit den Tränen. Sie ist versucht ihn tröstend in den Arm zu nehmen. Aber er ist schon groß. Hat er gesagt. Wieso erzählt er ihr das alles? Hat wieder ihre Kummerkasten-Ausstrahlung zugeschlagen? Sacht berührt sie seine Hand, er hält sie sofort fest, wagt nicht aufzuschauen. Astrid denkt nach, dann fragt sie vorsichtig: „Ich danke dir sehr für dein Vertrauen, Kevin. Wie, denkst du, könnte ich dir denn vielleicht helfen?" Langsam wendet er ihr sein Gesicht wieder zu. Die Augen glänzen verdächtig, er blinzelt. Dann spielt ein kleines Lächeln um seine Lippen. Er sortiert seine Gedanken, setzt an, zögert doch. Dann endlich wagt er es auszusprechen. „Ich hab selbst noch überhaupt keine Erfahrungen." Er holt tief Luft und wird dabei rot. Das gibt es nicht!, denkt Astrid. Damals, bei ihnen, da galt man schon mit 17, 18 als alte Jungfer, wenn frau noch keinen Freund vorzuweisen hatte. Wobei, es wird ja keiner wissen. Die zwei sind zusammen und alle denken sich ihr Teil. „Wahrscheinlich bin ich auch deshalb kein erfolgreicher Verführer. Theoretisch weiß ich natürlich schon Bescheid. Hab alles gelesen und angeschaut, was die Bücherei und das Internet hergeben – ich mein jetzt nicht diese Porno-Seiten." Er wird schon wieder rot. Selbst wenn, Junge, das tun sie doch alle heute. Solange du den Mist nicht glaubst. Astrid ahnt allmählich, wohin es führen könnte, aber sie will es einfach noch nicht glauben. Ermutigend lächelt sie den Athleten an. Du musst es schon sagen, was du wirklich willst. Sein Blick bleibt zaghaft hoffend in ihrem hängen. Seine Stimme ist ganz leise und unsicher. „Könntest du es mir bitte zeigen? Damit wenigstens die Hochzeitsnacht für uns beide schön wird?" Astrid ist wie vom Donner gerührt. Das kann einfach nicht wahr sein. Dieser … Traummann fragt sie, ob … „Und du meinst wirklich mich???" Ihr skeptischer Zweifel klingt unüberhörbar mit. „Ja doch, natürlich." Sein Blick fleht sie an. „Bitte!" Sie scheut sich noch immer. „Aber du hast mich doch gesehen, in der Sauna. Und im Schwimmbad." Er lächelt gewinnend. „Natürlich. Und du bist genau die Richtige, Rubens' Topmodel." Er spürt ihr Zögern. „Du bist schön, Astrid. Und sicher sehr erfahren. Du weißt, was du willst. Deshalb …" Er schaut ihr direkt in die Augen „… hoffe ich so sehr, dass du mir wirklich helfen magst. Ich wünsche es mir." Astrids Herz klopft mittlerweile Stakkato. Sie träumt. Es soll nicht aufhören. Ist so unglaublich verheißungsvoll. „Ja", hört sie sich sagen.

Wie lange hatte sie keinen richtigen Sex mehr? Schon Monate vor seinem Tod war Martin zu schwach. Sie hatte ihn noch heimlich ein wenig verwöhnt. Im Krankenhaus, unter der Bettdecke, wenn sie allein waren und sich die Schwestern zur Schichtablösung besprachen. Er hat es noch genossen, nie wird sie sein glückliches

Lächeln vergessen, mitten in diesem todgeweihten Elend. Aber sie selbst? Sie weiß es gar nicht mehr, war sich nie bewusst, dass es ihr letztes Mal gewesen sein könnte.

Kevin strahlt sie erwartungsvoll an. Sie träumt nicht, er meint es ernst, der Junge hier in ihrem Zimmer. Schlagartig fällt ihr ihre bequeme weiße Bio-Baumwoll-Unterwäsche ein, die gemütlich warmen Kniestrümpfe gegen die oft kalten Füße. So geht das nicht, Rubens' Topmodel hin oder her. Aber was dann? Ihre Gedanken fliegen, dann kommt der rettende Einfall. Das Unterkleid. Sie hatte es zusammen mit dem ‚Kleinen Schwarzen' mitgenommen, weil sie nicht wusste, wie mondän das Restaurant hier sein würde. Das könnte gehen. Mehr sexy Wäsche hat sie ohnehin nicht da. „Warte einen Moment, bitte", lächelt sie ihn an. Sie geht zur Garderobe, fischt dort schnell das Kleidchen aus der Tasche und verschwindet im Bad. Zum Glück hatte sie sich heute Morgen noch gründlich rasiert, Beine, Arme, Achseln. Okay. Schnell streift sie ihre Kleidung ab, schlüpft in das matt schwarz schimmernde Trägerkleidchen, das sich locker um ihre weiblichen Rundungen legt. Zufrieden betrachtet sie sich im Spiegel. Aber was ist mit Verhütung? Selbst wenn sie ihm glaubt, dass er noch mit keiner anderen Sex hatte und hoffentlich gesund ist – ein Kind will sie bestimmt nicht von ihm. Hektisch wühlt sie in ihrer Kulturtasche. Tatsächlich! Ein einsames Kondom findet sie unter den Papiertüchern vergraben. Sie inspiziert die Verpackung. Hm. Einen Monat schon abgelaufen. Aber besser als nichts. Hatte sie nicht letztens auch noch …? Astrid schmunzelt in sich hinein. Der schwarze Fingerdildo am Boden des Beutels gleitet ihr wie von allein in die Hand. So oft der einzige Trost in den letzten Jahren. Wer weiß, vielleicht kann er heute noch nützlich sein. Sie zieht den Reißverschluss zu und nimmt das Täschchen unter den Arm. Sie strafft sich, prüft ihr Lächeln im Spiegel und tritt aus dem Bad. Die zusammengelegte Wäsche wirft sie im Vorbeigehen wieder in die offene Reisetasche.

„Wow!", entfährt es ihm, als sie vor ihn tritt. Er hatte inzwischen schon ihre Bettdecke ganz ausgebreitet und sich, nur noch mit seinem schwarzen Slip bekleidet, darauf gelegt. Die

Schürze hängt über dem Polohemd, seine Socken liegen sauber zusammengerollt in den Badeschlappen darunter. Ein ordentlicher Junge. Der eine Frau im Alter seiner Mutter nicht verärgern will. Sie stellt ihren Beutel auf dem Nachtschränkchen ab, schaut ihn dann an. Halb aufgestützt strahlt er zurück. Seine offensichtliche Vorfreude steckt sie an. Ihr Puls beschleunigt sich. „Hast du Kondome dabei?“, fragt sie freundlich. Die Schamesröte steigt ihm prompt wieder in den Kopf, er senkt den Blick, hebt ihn dann wieder. „Ja, aber nur eins“, erklärt er leise. Die Unsicherheit des unerfahrenen Jungen steht wieder ganz in seinem Blick. Es rührt sie. Sie setzt sich neben ihn auf das Bett, lächelt ihn mütterlich an. „Gut. Dann haben wir zusammen zwei. Wobei meins schon etwas abgelaufen ist.“ Sie legt es offen auf ihre Ablage. Er setzt sich auf, fischt seins hinter dem Bundgummi seines Slips hervor und legt es dazu. Sie lacht. Verlegen schaut er sie fragend an. „Süß, wo du es versteckt hast.“ „Ach so, …“, lächelt er erleichtert zurück, „… ich hatte ja sonst keine Taschen dabei.“ Sie mustert ihn aufmerksam. „Sag mal, hattest du dir das schon vorher vorgenommen, bevor du die Wette angenommen hast?“ Er windet sich unter ihrem forschenden Blick. „Nicht nur das“, gibt er zu. Das Teppichmuster fesselt wieder seine Aufmerksamkeit. „Ich hab die Wette lanciert, quasi angezettelt.“ Jetzt schaut er wieder auf. „Und gehofft, dass du den Cocktail nimmst.“ Warm steigt ihr die ungläubige Freude in die Brust. Er wollte zu ihr. „Und wenn es eine andere von uns gewesen wäre?“, fragt sie nach. Er seufzt „Weiß nicht. – Sie tragen doch alle Eheringe, deine Freundinnen, oder?“ „Ja. Du hast ja ganz genau hingeschaut.“ Er lacht. „Ihr doch auch, oder täusche ich mich?“ Jetzt lacht sie auch. „Klar doch. Wann kriegt frau schon so appetitanregend gut aussehende junge Männer in ihrer ganzen Pracht zu sehen?“ „Hm.“ Ein bisschen schamhaft wendet er sich halb ab. Wie fangen wir nur an? fragt Astrid sich schon die ganze Zeit im Hinterkopf. Er will es von ihr gezeigt bekommen. Sie wird ihn führen, entschließt sie sich, und nimmt seine Hand. Etwas kühl und schwitzig fühlt sie sich an. Scheu schaut er ihr ins Gesicht. Diese Mischung aus jungenhafter Unsicherheit und brennender Sehnsucht in seinem

Blick lässt sie innerlich erzittern. „Wir sind beide viel zu hungrig, Kevin. Lässt du mich für uns beide kochen?", fragt sie leise. Sein fragender Gesichtsausdruck verrät, dass er den Sinn nicht sofort begreift. „Wenn wir fürs Erste satt und entspannt sind, zeige ich dir alles, was du möchtest." Jetzt lächelt er verstehend. Errötend wagt er seinen Blick zu heben. „Ja, natürlich." Seine leise Stimme kratzt. „Ich habe doch keine wirkliche Ahnung", setzt er noch leiser hinzu. Sie hält weiter seine Hand locker fest. Allmählich wird sie warm. „Ich werde nichts tun, was du nicht möchtest", erklärt Astrid ruhig. „Du kannst mich jederzeit aufhalten, stopp sagen. Oder einfach abbrechen und gehen." Sie holt leise Luft, schaut ihn an. „Die Tür ist nur von außen her verriegelt." „Nein. Ich bin hier, weil ich alles erfahren will." Entschlossen klingt seine noch immer leise Stimme. Astrid lacht. Ja doch, er ist mit voller Absicht zu ihr gekommen! „Sag bitte trotzdem, was dir gefällt oder auch nicht. Was du möchtest. Auch mit meiner Lebenserfahrung kann ich noch immer nicht Gedanken lesen." Er richtet sich etwas auf, schaut sie unverwandt an. Wie heute Nachmittag im Warmpool auf der Dachterrasse, denkt sie. „Komm bitte her", flüstert er.

Widerstandslos gibt er ihrer Hand nach, mit der sie seine Schulter sanft nach hinten auf die Matratze drängt. Er lässt sie führen. Sie legt sich neben ihn. Vorsichtig tastend legt er seinen Arm um sie. Sie lächelt ihn ermutigend an. Gekuschelt hat er doch schon. Sie schmiegt sich an seine glatte Haut, warm und sicher hält er sie nun fest. Sie schließt kurz die Augen, seufzt ganz leise an seiner Schulter. Er hat es gehört, neigt ihr sein Gesicht zärtlich zu. Aber sie will nicht küssen, weicht ihm vorsichtig aus. „Magst du nicht?", fragt er leise. „Eigentlich schon", flüstert sie neben seinem Ohr. „Aber die Gefahr ist mir zu groß, dass ich dann morgen mit Liebeskummer nach Hause fahre. Nur deshalb bitte nicht." „Okay." Er hält sie fester. Sie knabbert zart an seinem Ohr, ihre Lippen wandern ganz langsam an seinem Hals entlang. Er lässt sie gewähren, gibt ihr ganz nach. Seine Gänsehaut wandert mit. Er schließt die Augen, liegt ganz still. Seine Nippel sind hart, als ihre Zunge sie umkreist. Spürt sie seinen Herzschlag hinter seinen

Rippen hämmern? Oder rauscht das eigene Blut zu laut in ihren Adern? Zart kitzeln ihre Fingerspitzen seine Haut. Er erschauert sichtlich unter der Berührung, atmet schneller. Langsam wandert sie entlang der Leisten. Die Beule in seinem Slip wölbt sich gewaltig. Er beißt sich auf die Zähne, angespannt und still. Nun fährt sie langsam über seine Schenkel. Ein kurzes Stöhnen flieht aus seinem halb geöffneten Mund. Ermutigt macht sie weiter, will ihn packen. Noch hält die Hemmung ihn zurück, doch sie wird weichen. Ihre Hände streben weiter, erreichen schließlich seine Füße. Sie packt zu. Beim Griff in seine Fußsohlen heult er auf. Und hält sich sofort die Faust vor den Mund. Unerbittlich kitzelt sie weiter. Er bebt und wimmert, zwingt sich, die so gereizten Füße nicht einfach fortzuziehen. Schließlich erbarmt sie sich und kehrt wieder um. Schnaufend genießt er ihr zärtliches Spiel, der Kitzel erfasst nicht nur seine Beine. Je weiter sie sich wieder seiner Mitte nähert, desto hörbarer wird seine Erregung. Sacht greift sie ihm unvermittelt in die Eier. Seinen Aufschrei erstickt er sofort selbst. Sie greift in seinen Slipsaum, zieht ihn hinab. Sofort hebt er den Po, um ihr zu helfen. Sein stolzer steifer Phallus schiebt sich hervor und richtet sich endlich befreit vor seinen Lenden steil auf. Nur einen Moment zögert Astrid, ob sie das Höschen auf Höhe seiner Knie hängen lassen soll. Eine vermeintlich zufällige Fessel kann ihren Reiz haben, für beide. Aber es ist sein erstes Mal. Es soll schön werden, ihn nicht ängstigen. So etwas kann er später selbst ausprobieren. Sie zieht ihm die Unterhose über die Füße und wirft sie zu seiner Kleidung. Er blinzelt sie kurz zwischen den halb geschlossenen Lidern an. Als wolle er fragen, was nun als Nächstes passiert. Sie legt ihm eine Hand auf den Unterbauch, die andere fasst wieder sacht um seinen Sack, massiert die Eier. Sein Becken fängt an zu wippen, seine Hände suchen krallend Halt an der Decke, auf der sie liegen. Ganz langsam schiebt sie ihre Hand auf seinem Bauch nach unten, bis sie schließlich seinen straffen Schwanz fest umfasst. So sacht fährt sie ihn entlang. Er stöhnt jetzt ungedämpft. Er lässt jetzt los. Es ist soweit. Sie nimmt langsam die Hand aus seinem Schritt und langt nach seinem Kondom. Nur kurz lässt sie ihn los, streift geübt das Gummi über seinen Schwanz. Er wird es spüren. Sie rutscht etwas zurück, beugt sich vor. Er hat die Augen fest geschlossen. Als ihre Lippen seinen Schwanz fest umfassen, entfährt ihm ein Schrei. Halb aufgebäumt sinkt er zurück, jetzt bebend und glühend heiß. Gekonnt lutscht sie seinen Luststab, massiert und saugt, er jammert heftig in das herbeigezogene Kissen. Dann lässt sie los. Enttäuscht und verwirrt klappt er die Augen auf, sieht gerade noch, ehe er es überwältigend erfährt, wie sie sich über ihn schwingt. Ihre Muschi fängt den zuckenden Schwengel ein. Seine Spitze hängt in ihren heißen Lippen. Unendlich langsam lässt sie sich auf ihn herab. Erst jetzt spürt sie selbst, wie nass sie schon ist. Seufzend nimmt sie den strammen Phallus auf. Wie lange ist das her. Sein im stummen Schrei verzerrtes Gesicht treibt ihr die Glut in den Schoß. Es tobt in ihm, und doch lässt er sie einfach gewähren. Lässt sie führen und tun, was sie für richtig hält. Sie wippt auf seinem Schwanz, fährt ihn auf und ab. Sie wird so weit, spannt ihre Muskeln an. Er stöhnt langgezogen, fängt an zu keuchen. Jetzt will sie mit ihm fliegen. Er wird sich kaum noch lange halten können, ungeübt. Schnell findet sie ihren Winkel, presst die Knospe fest auf seinen Schoß. Er stemmt sich ihr entgegen, glüht, will ficken, die Ekstase hat ihn gepackt. Doch sie gibt den Rhythmus vor, zieht lang die Schwünge ihres Beckens. Die Glut wächst schnell, es strömt durch ihren Leib, dann kommt es auf sie zu, ist da … Sie bäumt sich auf, als der Orgasmus sie überwältigt. Sie schwingt im Landeanflug weiter und Kevin bockt sich ihr plötzlich aufstöhnend steif entgegen. Sie schaut ihn an. Er ringt noch keuchend um Atem. Sie strahlt. Sie sind fast zusammen geflogen. Schließlich blinzelt er sie ungläubig an. Hebt nur wortlos die Hände als Einladung, der sie sofort folgt und sich sacht auf ihn schmiegt. Ganz fest zieht er sie in seine Arme, noch immer geht sein Atem schnell. „Danke", flüstert er in ihr Ohr. Er holt tief Luft. „Das hätte ich nie geglaubt." Astrid kichert gerührt und ein bisschen stolz, fragt zurück „Dann hat es dir geschmeckt?" Er stutzt, dann lacht er los. Er schaut ihr in die Augen, strahlt. „Einfach fantastisch, du Sterne-Köchin!" Sie lacht. „Dann herzlich willkommen im Club!" Ganz still schaut er sie an. „Danke. Dass du es warst." Er schluckt, setzt leise fort „Und wie du es mir geschenkt hast, jeden Traum übertroffen." Sie wird fast verlegen. „Ist gut, Süßer. Ich hätte mir auch nicht träumen lassen, dass ein knackig-junger Kerl wie du noch mit mir alter Schachtel das Bett teilen will." Stumm zieht er sie wieder fest an sich. „Du bist nicht alt. Und ich könnte dich sowas von knutschen." Er seufzt betrübt. „Küss morgen Marie", erwidert sie leise. „Tu, was sie erlaubt. Denn du meinst doch nur sie." Ein stummes Schluchzen erschüttert ihn. Sie hält ihn fest. Bald fängt er sich wieder, seufzt. „Ja", sagt er traurig. „Du hast ja recht." Astrid stützt sich wieder hoch. „Bitte halt mal das Gummi fest." Vorsichtig hebt sie sich von seinem Schoß. Neugierig betrachtet er die lange, am Ende gut gefüllte Fahne, die von seinem schon wieder halb aufgerichteten Schwanz herab hängt. Er hat es noch nie zuvor erlebt, denkt Astrid still gerührt, reicht ihm ein Tuch. Konzentriert nimmt er das Kondom ab, betrachtet es noch einmal kurz, bevor er es in dem Tuch gut verpackt.

Und nun? Astrids Blick fällt auf den Cocktail auf dem runden Tablett. Sie steht auf, holt das Glas. „Das Eis ist noch nicht ganz geschmolzen", erklärt sie verschmitzt, setzt sich wieder auf das Bett und reicht Kevin das Glas. Er setzt sich auf, ehe er es annimmt. Astrid rutscht ans Kopfende und lehnt sich in ihr Kissen. „Es ist deiner." Er will ihr das Glas zurückgeben. Sie lächelt „Lass ihn uns zusammen trinken. Ein ganzer könnte mich umhauen, nach diesem Tag. Und du hast ihn dir wirklich verdient." „Ich? Wieso ich? Du hast doch …" „Ohne deinen Mut wäre überhaupt rein gar nichts passiert, Kevin", widerspricht sie und schaut ihn direkt an. „Trink du bitte an." Fast ehrfürchtig setzt er das Glas an die Lippen, nimmt einen großen Schluck von dem verführerisch süßen Getränk und reicht es ihr dann stumm zurück. Sie schaut ihn an, während sie trinkt. So teilen sie sich langsam, immer abwechselnd, diesen Cocktail mit dem vielsagenden Namen.

Tina schwenkt missmutig ihr Cola-Glas. Die letzte Dose aus der Minibar steht leer auf dem Tischchen vor ihr. „Was macht Astrid da nur so lange? Ich bin so müde und will in mein Bett", jammert sie. „In welches?", spöttelt Anne. Sie hatten ziemlich deutlich gehört, dass Astrid und ihr Besuch nicht nur den Cocktail tranken. „Mann!“, empört Tina sich. „Ich find das richtig scheiße von ihr! Und ich hab sogar noch meinen Schlüssel liegen gelassen, sie hatte ja ihren dabei.“ „Dann klopf doch an. Sie wird dir schon aufmachen“, meint Lydia, zunehmend genervt von dem Gemaule. „Wenn sie das überhaupt hören. Ich klopf doch da nicht an!“, giftet Tina zurück. Anne holt seufzend tief Luft. „Soll ich den Empfang für dich anrufen, ob sie noch ein Zimmer für dich haben? Oder wenigstens ein Zustellbett hierfür?“ Tina schweigt und schmollt. „Und meine Sachen?“, legt sie nach. „Sind alle drüben! Ich hab nur hier, was ich am Leibe trage.“ „Armes Flüchtlingskind!“, kommentiert Lydia zynisch. Ein bitterböser Blick trifft sie von Tina. Anne beugt sich zu ihr vor. „Ich versteh ja, dass du das alles nicht so lustig findest. Aber denk bitte auch mal an Astrid. Martin ist seit drei Jahren tot. Und sollte sie sich tatsächlich gerade mit dem knackigen jungen Hüpfer vergnügen – dann gönn es ihr doch bitte. Wir drei …“, sie schaut in die Runde, „können alle noch gut zu Hause schmausen. Bei ihr ist der Ofen seit drei Jahren aus.“ Tina senkt zu diesen eindringlichen Worten den Blick und schweigt. Dann steht sie auf, räumt die leeren Verpackungen vom Tisch in den Mülleimer. Mitten im Zimmer bleibt sie nachdenklich stehen. „Ich geh mal runter und frag, was sie frei haben. Ihr wollt ja auch mal schlafen.“ Anne lächelt. „Ist gut, bis gleich.“ Nur wenige Minuten später kommt Tina, sichtlich besser gelaunt, zurück. „Komfort-Suite! Zum Einzelzimmerpreis!“, verkündet sie und wedelt mit der eingeschweißten Zahnbürste und dem Probetübchen Zahncreme. „Alles wird gut!“, lacht Lydia. „Wo ist die denn?“ Tina schaut auf die Karte, auf der der Chip klemmt. „Im Nebenhaus. Wollt ihr mit gucken?“ „Na klar!“ Lydia verschwindet noch kurz im Bad. „Wenn ich deine Bürste mit benutzen darf“, sie schaut Anne fragend an. „Dann kannst du die mitnehmen.“ Anne nickt zustimmend. „Danke schön“, nimmt Tina sie an. „Ohne alles ist ja schon blöd“, gibt Lydia zu. „Na, das Nötigste ist ja da: Seife, Handtücher, Schlappen, Bademantel. Und schlafen kann ich auch in T-Shirt und Unterhose“, meint Tina versöhnlich. „Willst du

Astrid einen Zettel schreiben? Wohin sie deine Sachen bringen soll, morgen früh?", schlägt Anne vor. „Oh ja, gute Idee." Schnell schreibt Tina ein paar Zeilen auf den Hotelbriefbogen. Vorsichtig schiebt sie ihn unter der gegenüberliegenden Tür hindurch.

Astrid kommt aus dem Bad zurück. Kevin erwartet sie noch immer glücklich strahlend wie ein Kind vor dem Weihnachtsbaum. Wie unglaublich süß er guckt! Sie bemerkt schon, wie sehr er ihr ans Herz wächst. Nur bitte, bitte nicht verlieben, keinen Liebeskummer! Sie rutscht wieder neben ihn, angelehnt ans Kopfende des Bettes. „Darf ich wohl auch mal kurz das Bad benutzen?", fragt er vorsichtig. „Aber natürlich!", lächelt sie. Behände huscht er hinüber. Sie hört das Wasser rauschen, dann steckt er den Kopf in den Flur. „Welches Handtuch darf ich nehmen?", möchte er wissen. „Nimm eins von den sauberen." Ihr Blick war kurz an ihrem Wecker hängen geblieben. Um diese Zeit wird Tina ein Bett gefunden haben, wo auch immer. Sie wird morgen sicher ziemlich stinkig sein. Schnell schiebt Astrid den Gedanken beiseite. Kevin erscheint mit einem um die Hüften geschürzten Hotelhandtuch wieder. Er schaut sie direkt an, lässt sich neben ihr auf der Bettkante nieder. Dann holt er Luft, strafft sich und fragt vorsichtig lächelnd „Würde es dir etwas ausmachen, das Hemd auszuziehen?" Astrid stutzt verblüfft, dann lacht sie leise. Er will jetzt wohl übernehmen. „Nein, natürlich nicht", lächelt sie mit forderndem Blick. „Darf ich dir helfen?", bietet er prompt an. Wortlos hebt sie die Arme, schaut ihn unverwandt dabei an. Hoch konzentriert greift er den Saum des kurzen Kleidchens, lässt seine Finger zart über ihre Haut wandern. Sie schließt genießend die Augen, spürt dem Kitzel jeder Berührung nach. Ganz langsam nur schiebt er die Hände mit dem Stoff immer höher, zieht sie dabei näher an sich heran. Sie gibt ihm gerne nach. Warm hält er sie einen Moment umfasst, Haut an Haut. Dann hebt er ihr das feine Textil vorsichtig über den Kopf. Astrids Herz klopft. Wenn er jetzt versucht sie zu küssen, kann sie sich nicht mehr wehren. Doch er liebkost ihre Wangen, das Kinn, küsst ihren Hals, den sie leise seufzend zurückbiegt. Sacht dirigiert er sie auf den Rücken. Es ist so schön, denkt sie nur. Er ist doch gar kein Anfänger, so zärtlich-liebevoll. So gründlich erforscht er ihre Haut, streichelt, küsst, kitzelt. Dann stützt er sich neben ihr liegend halb auf. Sie spürt, wie er ihr ins Gesicht schaut, öffnet die Augen. „Was war das für eine Operation?“, will er leise wissen und fährt zart neben den Narben unter ihrem Busen entlang. Sie schaut ihn an. „Brustkrebs.“ Er schreckt sichtlich zusammen, sagt aber nichts. Sie hält seine Hand auf ihrer Brust sacht fest. „Diese habe ich neu bekommen, nachgemacht. Ich bin noch zu jung für Schaumstoffprothesen.“ „Wie lang ist das her?“ „Über drei Jahre. Die Amputation. Der Neuaufbau gut zwei Jahre. Wegen der Chemo-Therapie. Da heilt alles schlecht. Meine Chirurgin hatte es mir so empfohlen. Und ich hatte noch Zeit zu entscheiden, was und wie ich es will.“ „Und … dein Mann starb auch in der Zeit?“ Kevin schaut sie nur kurz scheu an. „Ja.“ Astrid setzt sich halb auf. „Wir hatten beide Krebs. Er hatte keine Chance mehr. Und ich wollte und musste überleben. Allein für Jennifer. Sie war ja erst 12. Bei seiner Beerdigung trug ich Perücke.“ Sie verstummt. „Aber du lebst“, flüstert er rau. Astrid lächelt wieder. „Ja. Und ich genieße jeden Tag, der mir geschenkt ist. Das klingt sicher pathetisch. Aber ich hab es bis jetzt überlebt, das lässt einen dankbar werden. Und großzügiger im Kleinkram des Alltags.“ Sie lacht. „Komm her.“ Sie rutscht wieder auf das Laken. Kevin folgt ihr zögernd, doch dann hält er sie warm und fest in seinem Arm.

Zaghaft fängt er wieder an ihren Hals zu küssen. Sie schließt genießend die Augen, bietet sich ihm dar. Vorsichtig tastet er sich wieder vor, umkreist ganz sanft ihre Brüste. Seine Finger streifen die Haut zart wie ein Hauch. Elektrisiert stöhnt Astrid leise auf. Etwas mutiger wagt Kevin sich weiter vor, lässt die Fingerspitzen weiter tanzen. Sacht wandert er um ihr magisches Dreieck herum, fährt ihre Schenkel entlang. Sie schnurrt und seufzt vor Wonne, spreizt die Beine langsam. Er zögert noch, sie spürt es, lächelt ihn blinzelnd an „Schau es dir ruhig an, fühl mal.“ Er wird wieder rot, reißt sich zusammen und wagt endlich, hoch konzentriert, sie zu berühren. Sein Finger tastet sich durch ihren Busch, sucht ganz vorsichtig, wovon er schon so viel gelesen hat. Sie wartet ab, lässt ihn gewähren. Dann trifft er unvermittelt, zuckt erschreckt zurück, als sie laut seufzt. Sie hält seine Hand fest. „Bleib nur, da bist du richtig." Sie schaut ihn an und lacht leise. „Du willst es doch wissen, deshalb bist du doch hier, oder?" Verlegen weicht er aus. „Hm. Ja, schon." Sie führt seinen Finger über ihre Knospe hinweg. „Tauch mal hier ein. Keine Angst. Da bin ich schon nass." Sie schiebt die widerstrebend nachgebende Hand vor ihre Pforte. Jetzt fasst er Mut, tastet sich aufgeregt weiter, benetzt die Perle und trillert zart darüber. „Oh ja, genau so …!" Sie gibt sich ihm weit offen preis. Sein Atem beschleunigt sich. Ganz konzentriert fährt er durch ihre Liebeslippen, massiert mit feuchten Fingern den anschwellenden Lustknopf. Astrid seufzt und stöhnt, das ist so gut und wie lange ist das her, dass nicht sie selbst … „Ah! Ja!", feuert sie ihn an, ihr Becken wippt, er folgt ihrem Rhythmus. Die Glut sammelt sich in ihrem Schoß, sie keucht, es hebt sie auf, trägt sie höher. Jetzt will sie alles. Sie führt seine Hand, hält ihn fester, er versteht und bearbeitet sie härter. Sein Schwanz steht straff vor seinen Lenden, feucht glänzt der erste Tropfen auf der Glans. Frauen können öfter, weiß er genau, und legt alles in ihre Lust hinein. Sie schreit und bäumt sich mächtig auf. Überwältigt von dieser Wucht hält er ganz still und wartet ab. Noch heftig schnaufend sinkt sie zurück. Vorsichtig zieht er sie in seinen Arm, löst sacht die Hand von ihrem Hügel. Sie schluchzt auf und umklammert ihn fest, presst sich an seinen Schoß. Heiß durchfährt es ihn, sein Phallus will sich sofort in sie bohren. Er beißt sich auf die Zähne. Wo ist das Kondom? Als ahne sie, was ihn bewegt, löst sie sich etwas, schaut ihn an. „Was willst du denn noch lernen, Beachboy? Du bist verdammt gut …" Sie seufzt tief. „Wenn das nur deine Freundin begriffe." Er zuckt etwas zurück. Er betrügt sie gerade. Genau genommen. Dabei will er doch nur lernen, wie er sie verwöhnen kann. Astrid langt nach dem Kondom. „Ich hoffe, es lässt uns nicht im Stich. Aber ein Monat sollte nicht so schlimm sein." Stumm nimmt er ihr das Päckchen aus der Hand, reißt es auf und rollt das Gummi vorsichtig über seinen glühenden Stab. „Wie ist es denn für dich am schönsten?", will er leise wissen. Astrid überlegt, dann lädt sie ihn in ihre Arme ein. „Verschieden. Lass uns Verschiedenes ausprobieren. Wenn du magst." Er knurrt. „Du meinst wohl eher, wenn ich mich noch zurückhalten kann." Astrid lacht leise. „Natürlich, das auch. Du willst doch Erfahrungen sammeln, oder?" „Ja!" Langsam schiebt er seinen heißen Schwanz zwischen ihre Beine, dringt in sie ein, stöhnt rau und bleibt eine Weile still in ihren Armen liegen. Schließlich neckt sie ihn mit ihren Muskeln, er schreit fast auf. „Was tust du?!" Sie lacht leise. „Spielen. Möchtest du mal wenden?" „Hm. Wie denn?" Statt einer Antwort kippt sie ihn vorsichtig zur Seite. Er hält sie fest und dreht sich weiter, landet unter ihr. „Das gefällt dir?" Er strahlt. „Und wie!" „Dann lass Marie gut üben, wenn sie will. Ist am Anfang nicht so einfach. Am besten führst du sie erst mal an den Hüften. Wenn sie wegrutscht, kann es dir sonst ziemlich wehtun." „Das wäre kein guter Start …", meint er besorgt. „Genau." Astrid turnt auf seinem Schoß halb herum, zieht ihn dann wieder auf die Seite und hat nun ein Bein zwischen seinen, das andere über seiner Seite, sie liegt schräg, fast quer vor ihm. Mit Fragezeichen im Blick lässt Kevin sie machen. Als sie sacht wippt und ihm gleichzeitig in den Schritt greifen kann, verzieht er begeistert vor Lust das Gesicht. „Huh", schnauft er. „Das ist gut." „Genau. Und für Anfängerin und Anfänger genau das Richtige. Finde ich jedenfalls. Ihr seht euch, könnt euch anfassen, den Winkel variieren. Alles ist möglich. Auch der Wechsel in eine andere Stellung." „Hm", brummt er nur noch mit geschlossenen Augen. Sein Becken wippt. Astrid gibt ihm nach. Schnell keucht er lauter, die Stöße werden härter. Sie drängt ihn in ihren geilen Winkel, hält dagegen, ist schon wieder glühend heiß. Ganz lang fickt er sie, stößt tief in sie vor, ekstatisch und doch lässt er sich noch dirigieren. Sie lässt einfach los. Sie haben den Rhythmus gefunden. Der sie packt und aufwühlt, einheizt. Und sie schließlich explodieren lässt. Er heult es hinaus, sie war kurz vor ihm abgehoben, spürt seinen letzten harten Stoß vor dem Flug.

„Hältst du bitte mal fest?", bittet Astrid ihn, wieder zu Luft gekommen. Er öffnet langsam die Augen, brummt noch halb abwesend. Sie rutscht vorsichtig zur Seite, schaut kritisch nach der zum Vorschein kommenden langen Fahne. Er bemerkt ihren Blick und versteht, schiebt das gut gefüllte Gummi vom Schwanz. „Alles in Ordnung“, stellt er fest und wickelt es in ein Tuch. „Schön“, lächelt Astrid ihn an. Sie schmiegt sich erleichtert wieder in seine Arme. Wenn es ein Paradies auf Erden gibt, dann hier und jetzt in Kevins starken, warmen Armen. Sie seufzt ganz leise und schiebt energisch den Gedanken an Morgen beiseite. Als spüre er, was sie bewegt, zieht er sie noch fester heran, umschlingt sie, als wolle er sie nie wieder gehen lassen. Sie taucht ab in diese Wonne, saugt sie auf, soviel sie bekommen kann. Es kann sie warmhalten, in kälteren Zeiten. Feucht rinnt es hinter ihrem Ohr herab. Vorsichtig wendet sie den Kopf, schaut Kevin an. Er versucht das tränennasse Gesicht zu verstecken. Sacht streicht sie ihm über die Wange, sagt nichts. Er wimmert leise. Nur diese Nacht. Für ihn ist es noch viel schwerer. Sie hält ihn fest. Fängt sacht an ihn zu wiegen, wie ein unglückliches Kind. Es wirkt, langsam. Er küsst wieder ihren Hals, knabbert an ihrem Ohr. Und weicht von selbst ihren warmen Lippen aus. Hat begriffen, was sonst passieren könnte. Stumm kuscheln sie sich aneinander, Kevin dreht sich rückwärts in ihren Arm. Sie zieht die Decken über sie zur geborgen warmen Höhle, als Schutz vor dem Morgen, und löscht das Licht. Sie hat gar nicht gefragt, ob er bleiben will. Er weiß, dass er jederzeit gehen kann. Wenn er denn will.

Astrid schreckt auf. Sie ist allein im Bett. Es raschelt leise an der Zimmertür. Er haut ab. Scheiße, der Tresor!, schießt es ihr blitzartig durch den Kopf. Mit dem Schlüsselchip kann er den Tresor ausräumen und Tinas Geld und Papiere sind auch darin. Sie muss ihn überraschen! Lautlos streckt sie sich zum Lichtschalter, zieht die Beine an und stellt die Füße so auf, dass sie mit einem Satz aus dem Bett springen kann. Ob es alles nur Show war und er ein gemeiner Hoteldieb ist? Der alleinstehenden Frauen schöne Augen macht, ihr Vertrauen erschleicht und sie dann um ihre Barschaft erleichtert? Woher kommen diese Gedanken, hat sie ihm nicht vertraut? Aber was macht er da an der Tür? Etwas schabt. Jetzt! Astrid drückt den Lichtschalter und ist mit zusammengekniffenen Augen schon halb im Sprung – doch nichts flammt auf, es bleibt dunkel. Der Chip ist raus! „Kevin?!", ruft sie, etwas zu laut und zu böse. „Ja", antwortet er zaghaft. „Was machst du da?" Astrid hat sich aus dem Bett getastet, ahnt seine Umrisse vor dem Garderobenspiegel. „Ich wollte dich nicht wecken", gibt er verlegen zu. „Was hast du denn vor?" Ihr Ton ist noch immer eine Spur vorwurfsvoll. Astrid erkennt blinzelnd die Zahlen auf dem Radiowecker. 02:16 Uhr. „Ich bin wach geworden und konnte nicht wieder einschlafen. Da wollte ich meine Sachen unten aus der Toilette holen. Ehe die Putzkräfte sie finden und wegräumen." „Ach so." Astrid tastet rückwärts nach der Bettkante und setzt sich wieder. „Und wieso ziehst du dann den Chip heraus? So haben wir kein Licht." „Oh, das wusste ich nicht." Er hantiert neben der Tür. Das eingeschaltete Licht flammt auf. Geblendet schützen sie beide ihre Augen, Astrid dimmt den Deckenstrahler herunter. Kevin steht in einen Hotelbademantel gewickelt vor ihr. „Ich wollte ihn nur mitnehmen, um wieder zurück zu können. Ich hätte ja schlecht die Tür offen stehen lassen können." „Hm." „Hab ich dich erschreckt?" Astrid schämt sich für ihre bösen Gedanken. „Ja", gibt sie zu. Kevin schaut sie betreten an. „Das wollte ich nicht. Tut mir leid." „Schon gut." Sie rutscht wieder unter die Decke, kuschelt sich ein. „Kommst du denn noch mal wieder?", fragt sie zaghaft. „Natürlich!" Kevin hockt sich vor sie neben das Bett. „Ich hau doch nicht einfach heimlich wieder ab. Nach all dem, was du mir geschenkt hast. Astrid! Das könnte ich überhaupt nicht. Hast du das geglaubt?" Sie weicht ihm aus, wagt dann doch einen kurzen Blick in sein hübsches Jungengesicht. Sie holt Luft „Ja, im ersten Moment schon." „Soll ich lieber hier bleiben?" Sie lächelt. „Nein, du sollst bitte wieder kommen, mit deinen Sachen. Damit du zum Frühstück auch was anzuziehen hast." „Frühstück? Ich wohn' doch gar nicht hier." „Nicht? Und was tust du dann in diesem Doppelzimmer?" Astrid lächelt jetzt freundlich-spöttisch. „Aber deine Freundin hat es doch mit dir gebucht, oder?" „Sie wird mit Sicherheit schon längst ein eigenes Bett gefunden haben. Der Anschiss morgen geht übrigens voll auf meine Kappe, nimm dir bloß nichts davon an, falls sie auch dich angiften sollte." „Aha." Kevin grübelt, was er da angerichtet hat. Astrid langt nach dem zweiten Chip auf dem anderen Nacht-schränkchen. „Nimm' den mit, dann bleibt hier der Strom an." Sie blitzt ihn zärtlich an. „Und beeil dich bitte. Ich warte auf dich." Ein rosa Hauch überzieht sein Gesicht. „Ja, natürlich." Er steckt den zweiten Chip ein und wendet sich zur Tür. „Oh, hier ist Post gekommen!" Kevin hebt den Zettel auf, liest und reicht ihn Astrid weiter. Sie lächelt. „Ich sag doch, sie hat längst ein eigenes Bett bzw. ein eigenes Zimmer." „Soll ich ihre Sachen eben hinbringen?", bietet Kevin an. „Hm", überlegt Astrid. „Ich müsste sie erst mal zusammen packen. Nein, hol du erst mal deine Sachen. Das machen wir besser wirklich erst morgen früh. Nicht, dass wir um diese Zeit noch jemanden hochschrecken." „Okay. Bis gleich!" Kevin verabschiedet sich mit einem Küss-chen auf Astrids Nase. Leise zieht er die Tür hinter sich zu. Sie seufzt. Mann, ist der süß! Von wegen Hoteldieb. Sie hat eindeutig zu viele Krimis geguckt in letzter Zeit. Sie steht wieder auf und macht sich daran, Tinas Sachen ordentlich in ihre Reisetasche zu packen. Sie hat ja wirklich nichts dabei gehabt, alles lag hier im Zimmer. Die Rückfahrt kann dann ja lustig werden, da wird sie sich was anhören müssen. Egal. Das war es allemal wert. Kurzer-hand legt sie noch ihre Lieblingsschokolade oben in die Tasche. Dann fischt sie noch ein Klebezettelchen aus ihrem Kalender. In Schönschrift schreibt sie nur ein Wort darauf: „Sorry!" Mehr hat sie jetzt nicht. Ihr Zimmer wird sie natürlich auch bezahlen. Wenn sie das zulässt. Vielleicht sollte sie schon vor dem Früh-stück zur Rezeption gehen und das regeln. Schließlich will sie sie ja nicht als Freundin verlieren. Und Tina kann ziemlich ein-geschnappt und nachtragend sein. Da hilft, wenn überhaupt noch etwas helfen kann, nur eigene Initiative. So wird sie es machen. Erst die Tasche vor ihre Tür, dann das Zimmer bezahlen. Und beim Frühstück ganz zerknirscht entschuldigen. Falls sie noch mehr verlangt, wird sie es wohl sagen.

Es rüttelt vorsichtig an der Zimmertür. Astrid geht hin und öffnet sie einen Spalt. „Komm rein!" Sie tritt beiseite und Kevin schlüpft zurück ins Zimmer. „Wieso klappte das nicht mit dem Chip?", fragt er ratlos. „Hast du die runde Seite vor den Sensor gehalten? Oder die flache?" „Wohl die verkehrte. Gut, dass du wach bist. Sonst hätte ich da jetzt gestanden." Astrid schmunzelt. „Tücken der Technik halt." Sie tritt auf ihn zu. Langsam fährt sie in den Ausschnitt des Bademantels, löst den Gürtel und schiebt ihm den Frottee über die Schultern. Sie lässt ihn zu Boden rutschen. Kevin trägt darunter ein Polohemd mit V-Pulli und Jeans, die Füße stecken in modischen Straßen-Sportschuhen. Er lächelt sie auffordernd an und Astrid lässt sich auch nicht beirren. Pullover und Shirt landen ordentlich auf einem Stuhl. Die Schuhe tritt er schon selbst herunter und steigt barfuß heraus. Bleibt noch die Hose. Astrid lässt ihren Blick wandern, über den so attraktiv trainierten Oberkörper, die muskulösen Arme – und die herausfordernd lässig auf den schmalen Hüften hängende ausgewaschene Jeans. Gürtel trägt man wohl zurzeit nicht. Nackt wie sie ist zieht sie ihn am Hosenbund noch näher heran, nestelt den Knopf auf, schiebt den Reißverschluss langsam und vorsichtig herunter. Sein Slip liegt ja schon länger auf dem Sessel. Er schließt die Augen zu schmalen Schlitzen. Sein Atem geht schneller. Ganz zart berührt sie seinen schon wieder straffen Schwanz, der vorwitzig aus seinem geöffneten Versteck herauslugt. Kevin beißt sich auf die Zähne, knirscht dabei hörbar. Unendlich langsam schiebt Astrid die Jeans über seinen nackten Po, streift dabei sacht von den Lenden über die Hüften bis zu den straffen Backen seine erregte Haut. Die Hose rutscht. Er erschauert. Ihre Hände liegen warm auf seiner Kehrseite. Ein Gedanke schiebt sich Astrid in den Sinn. Sie hält den Beachboy zart im Arm, er erwidert ihren Druck. Astrids Finger wandern auf seinem Rücken auf und ab, suchen die ganz kitzeligen Stellen. Sie finden sie, er unterdrückt sein Stöhnen. „Komm mit ins Bett", raunt sie. Ohne sie loszulassen steigt er aus den Hosenbeinen, lässt sich von ihr auf die große Matratze dirigieren. Sie muss sich heftig zusammenreißen, um ihn nicht doch noch zu küssen, ach was, abzuknutschen mit der ganzen erwachten Leidenschaft und Sehnsucht. Sie küsst stattdessen seinen Hals, knabbert an seinen harten Nippeln und saugt an den Ohrläppchen. Sie umschlingen und liebkosen sich, die Hitze steigt, der Puls beschleunigt sich. Aber es gibt kein

Kondom mehr. Kevin glüht, weiß nicht wohin mit seiner heißen Lust. Sie streicht wie zufällig über seinen Schaft, er stöhnt laut auf, kann nichts mehr unterdrücken. Ganz nah an seinem Ohr wispert sie. „Ich kann dir noch etwas zeigen, wenn du magst. Die meisten Männer lieben es, wenn sie es erst mal zulassen. Und ob deine katholische Freundin es jemals für dich tun wird, kann bezweifelt werden." Unsicher schaut er sie an, ihre Hände liegen fest in seinem Kreuz. „Was ist es denn?", will er wissen. Astrid schmunzelt und fragt zurück: „Hast du nur über Frauen gelesen oder auch über deinen eigenen Körper?" „Hm, nicht wirklich, ich kenn mich doch." Astrid blitzt provozierend. „Das glaubst du. Es gibt Regionen, die du höchstwahrscheinlich noch nicht erkundet hast." Fragend schaut er aus schmalen Augen. Astrid langt nach ihrem Kulturtäschchen auf dem Nachttisch. Langsam holt sie den schwarzen Dildo hervor. Er scheint zu begreifen, die Kieferknochen treten hervor, so angespannt ist er. „Und was hast du vor?", stößt er hervor. „Nur, wenn du möchtest, Süßer. Keine Angst. Es ist wirklich nur ein Angebot. Ich hab auch kein Gleitgel hier, aber ein gutes Öl. Und da wir ohnehin keine Gummis mehr haben, stört das auch nicht." Sie legt das Spielzeug zurück auf das Schränkchen. Er betrachtet es aus skeptischem Abstand, dreht sich lieber um und zieht sie wieder in seine Arme. Es arbeitet sichtbar hinter seiner Stirn. „Aber …", setzt er an und verstummt. ‚Ich bin doch nicht schwul', kommt gleich, denkt Astrid und wartet geduldig ab. Komm, gib dir einen Ruck, Süßer. Dein Mut würde bestimmt belohnt. Wie heute sieht sie noch Martin vor sich liegen, hingegossen, zitternd, heulend, als es vorbei war, sie ihm das Spielzeug vorsichtig wegnahm. Er wollte nicht mehr zurück, nur immer mehr davon. „Ist es …" Kevin schluckt, wird rot und holt noch einmal Luft. „Ich mein, erreichst du damit die Prostata?" Astrid lächelt erfreut. „Ja. Du kennst dich tatsächlich aus." Verlegen weicht er kurz ihrem Blick aus. „Möchtest du es versuchen?", fragt sie mit ganz sanfter Stimme. „Jaaa, … gerne." Er schaut sie direkt an, seine Stimme wird wieder fest und entschlossen. „Wer weiß, ob ich jemals wieder eine Chance dazu bekomme." Astrid lacht leise. „Schön, dass du dich traust. – Ich hol eben das Öl aus dem Bad und ein Handtuch." „Äh, … soll ich mich besser noch waschen?" fällt es ihm plötzlich ein. Sie lächelt. „Wenn du möchtest oder dich dann wohler fühlst, kannst du das tun. Aber meinetwegen brauchst du es nicht." „Hm." Er zögert, dann steht er auf und folgt ihr ins Bad. Sie lässt ihn allein, breitet schon ein Handtuch aus, legt ein zusammengerolltes Kissen darunter. Die Ölflasche steht auf dem Schränkchen bereit.

Als er zurückkommt, bleibt er kurz vor dem Bett stehen, betrachtet das Arrangement. Sie nimmt einfach seine Hand. Wartet still neben ihm ab. Dann schaut er sie an, lächelt, ein wenig nervös vielleicht. Sie setzen sich auf die Matratze. „Du kannst jederzeit abbrechen. Ich hör sofort auf, wenn du nicht mehr willst", erklärt sie leise. „Okay." Er atmet tief durch. „Ich hab in meiner Jugend mal Judo gemacht. Da gab es die Regel, dass bei Hebel- und Würgegriffen sofort losgelassen wird, wenn der Gegner abschlägt. Das heißt, mit der flachen Hand auf die Matte oder den Gegner selbst kurz hintereinander schlagen", erzählt Astrid. Kevin schaut sie fragend an. Sie lacht leise. „Keine Sorge, es geht ja nicht um Judo. Aber nur für den Fall, dass es dir zu viel wird, könntest du das auch tun. Oder ‚stopp' sagen natürlich auch." Er guckt immer noch etwas zweifelnd. „Ich möchte dir nur die Sicherheit geben, dass du allein bestimmst, was mit dir passiert. Denn ohne dein Vertrauen geht es gar nicht." Jetzt lächelt er auch. „Danke. Du bist so fürsorglich." Er nimmt sie fest in den Arm, küsst wieder ihren Hals. Das ist schon so vertraut. Sie seufzt ganz wohlig. Sie sinken zusammen auf die Matratze, kitzeln und liebkosen sich weiter. Allmählich konzentriert sie sich auf seinen Rücken, massiert seinen Nacken, die Schultern. Er streckt sich flach auf dem Laken aus, genießt ihre verwöhnenden Hände. Die wandern dann entlang seiner kitzeligen Seiten hinab. Sein Brummen begleitet sie, Gänsehaut breitet sich auf seinem Rücken aus. Geduldig fährt sie seine Hüften entlang, streift nur am Rande seine Backen und gelangt zu den schon sacht zitternden Schenkeln. Er seufzt und stöhnt schon lauter unter ihren Händen, spreizt leicht die Beine, dass sie die Innenseiten gut erreicht. Sie treibt ihr Spiel in Ruhe weiter, beobachtet zufrieden, wie es ihn langsam packt. Ganz zart streift sie nun seine runden Hügel. Er greift sein Kissen, drückt das Gesicht hinein. Vorsichtig fährt sie ganz leicht mit einem Finger durch seine Spalte. Dumpf tönt es aus dem Kissen und er reckt sich ihr entgegen. Sie wiederholt den Reiz, er stöhnt jetzt laut. Hebt kurz den Kopf. „Komm. Bitte. Jetzt." Und streckt die Beine breit auseinander. „Gut", bestätigt sie. Sie schraubt die Flasche auf, wärmt etwas Öl in ihrer Hand. Konzentriert lässt sie die dicken Tropfen zwischen seine Backen rinnen. Die Gänsehaut rauscht über seinen Po. Sie nimmt mehr, verteilt das Rinnsal zart, tastet sich vor seine Pforte. Er erschauert ein ums andere Mal, atmet schneller. Sanft beginnt sie die Massage. Er liegt ganz still und konzentriert, gibt schon etwas nach. „Magst du rüber rutschen?", fragt Astrid sanft. „Hm? Ja klar." Das Öl verteilt sich schon an seinen Beinen. Er legt sich auf das Handtuch und das gerollte Kissen. Noch mal mehr dargeboten, doch es erregt ihn nur noch mehr. „Komm jetzt bitte", flüstert er rau. Astrid langt nach dem Dildo, setzt aber noch ihre Massage fort. Er zittert immer mehr, der Eingang bebt bei jeder Berührung, fühlt sich schon weich an unter ihren Fingern. Dann nimmt sie wieder Öl, schmiert das Spielzeug gründlich ein und lässt das herabtropfende Öl auf seine Pforte fallen. Er jault auf, zuckt heiß zusammen. Sie setzt die Kuppe an und er hält sofort still. Der Druck drängt ihn zum Nachgeben, noch zögert er, verkrampft kurz für einen Moment. Prompt lässt Astrid nach. Er spürt es und entspannt sich nun ganz. Unendlich langsam schiebt sie das Spielzeug in ihn hinein. Als der Kopf seine Ringmuskeln passiert, heult er auf, gibt gänzlich nach. Wie hingegossen, denkt Astrid tief berührt. Er vertraut ihr vollkommen. Langsam dringt sie weiter vor, beobachtet ihn genau. Doch er zerfließt in seiner Lust, da ist kein Widerstand mehr, keine Angst, nichts als Hingabe. Hoch konzentriert führt sie das Spiel weiter. Immer bedächtig, ihn nicht überwältigen, nur langsam hinführen in diese neue Welt. Als sie sein Lustzentrum erreicht, spannt er sich einen Moment. Ein kehliger Laut verlässt seinen Mund. Dann beginnt sein Becken zu wippen. Sie folgt seinem Rhythmus, gibt ihm, was er verlangt. Es hat ihn gänzlich gepackt, tobt wild und heiß in seinem Leib. Sie spürt die Hitze auch in ihrem Schoß, will ihn nun fliegen lassen, weit, so weit hinaus. Die Macht ist groß und wild. Sie stößt ihn fest und lang, dann hart und schnell, wie er es will. Er keucht und stöhnt, will alles, alles. Immer mehr! Weiter hinauf, hinaus, so weit. Überwältigt schreit er auf, laut, ungehemmt, nicht in der Welt. Sie bleibt bei ihm, erspürt sein Schauern, zurückgekehrt, doch noch im Traum. Er weint. Ihre warme Hand berührt die Haut. Er schluchzt. Bleibt hingegossen liegen. Will nicht zurück. Sie wartet ab, hat Zeit. Nach einer langen Weile dreht er den Kopf aus dem Kissen, flüstert schwach „Das ist so schön. Unglaublich. Schön." Und weint schon wieder. Sacht löst sie eine Hand, streicht durch sein nasses Gesicht. Er schließt die Augen, lächelt. „Danke." Aus tiefster Seele spricht er und berührt ihr Herz. Vor Glück wird es ganz weit und leicht. Dann rührt er sich ein wenig. Sie fasst das Spielzeug wieder an seinem Fuß. „Bist du bereit?", fragt sie ihn. Er brummelt erst, dann sagt er ja. Genauso langsam wie hinein zieht sie den Dildo nun hinaus. Er schwankt zwischen Loslassen und Festhalten. Aufmerksam folgt sie den wechselnden Regungen, will kein abruptes Ende erzwingen. Er lacht und genießt diesen Ausklang, ehe der Eindringling ihn endgültig verlässt. Tief seufzt er auf, plötzlich leer und allein. Die Muskeln suchen noch den Widerstand, doch schon ruht ihre Hand auf seiner Pforte. Schützt warm und weich den gedehnten Eingang, der sich allmählich wieder vorsichtig spannt und schließt, noch arbeitet und probiert, was das gerade war, diese Wonne. Er vergisst es nie mehr.

Kevin pustet leise in ihrem Arm. Rückwärts eingekuschelt wie ein Baby im Bauch schlummert er selig. Ihr Puls beruhigt sich langsam. Schlägt gleichmäßig und stark. Wann war sie zuletzt so glücklich? So eins mit sich und der Welt? Haut an Haut ist sie warm genug für viele Winter. Dies nimmt ihr niemand, das bleibt. Ihr Atem wird ruhig. Auch sie schläft ein.

Frühstück

Es piept. Es piept immer weiter. Es soll aufhören. Sie will jetzt nicht wach werden, liegt noch viel zu schwer im Kuschelig-Warmen. Astrid blinzelt mühsam. Acht Uhr. Der blöde Wecker piept. Sie streckt sich, stellt ihn ab. Sie dreht sich um. Wo ist Kevin? Oder hat sie alles nur geträumt? Sex on the beach. Aber das Kissen auf der anderen Seite ist zerdrückt. Und die Matratze noch lauwarm. Die Decke hat er ordentlich zurückgeschlagen. Wasser rauscht. Er ist im Bad. Zufrieden streckt sie sich noch einmal aus und schließt entspannt wieder die Augen. „Guten Morgen, du Schöne", raunt sein warmer Atem an ihrem Ohr. War sie schon wieder eingeschlafen? Sie blinzelt ihn an. „Guten Morgen, Süßer." Er lächelt und lässt sich in ihren Arm ziehen. „Wie spät ist es?", will sie wissen. Sein Blick sucht den Wecker. „Zehn nach acht." „Das geht ja noch. Was hatte dich denn geweckt? Als es piepte, warst du schon auf." Er lächelt. „Weiß ich auch nicht. Ich musste auf Klo. Vielleicht zu viel Luft im Enddarm …" Sie schmunzelt. „Wenn mehr nicht ist, ist es ja gut." „Nein, nicht gut. – Fantastisch!" Sie lacht und drückt ihn so fest sie kann. „Ich will noch nicht aufstehen", mault sie halblaut vor sich hin. Er schaut sie traurig an. „Ich auch nicht." Noch eine ganze Weile halten sie sich stumm fest, aneinander geschmiegt, warme Haut. „Es hilft ja nichts", seufzt Astrid schließlich und löst sich langsam. Widerstrebend lässt er sie los. Sie weicht seinem Blick aus. Sonst hätte sie die mühsam in Schach gehaltenen Tränen glänzen gesehen. Sie ordnet ihre Bettseite, geht dann ins Bad. „Ich bring eben Tina ihre Tasche", ruft er durch die angelehnte Badezimmertür. „Ja, danke schön. Nimm den zweiten Chip mit, ich dusche gleich." „Mach ich."

Sie legt ihre Kleidung heraus, packt schon die Wäsche in die Tasche zurück. Das Unterkleid hängt noch im Badezimmer an der Tür und erinnert an die vergangene Nacht. Ganz gegen ihre Gewohnheit setzt sie zuerst die Kontaktlinsen ein. Hängt ihr Handtuch direkt neben die Dusche. Es ruckelt an der Zimmertür. Er ist schon zurück! Eine unvernünftige, heiße Freude durchflutet sie. Die Tür öffnet sich. Kevin drückt sie hinter sich wieder ins Schloss. Er klopft an die angelehnte Badezimmertür. „Darf ich reinkommen?", fragt er vorsichtig. „Natürlich!" Astrid zieht ihm die Tür weit auf. Nackt steht sie vor ihm. Er war schnell in seine Sachen geschlüpft, zieht nun den Pullover wieder aus. „Hast du schon geduscht?", will Astrid wissen. „Nein. Ich dachte, je eher Tina ihre Sachen bekommt, desto besser." Astrid lächelt. „War sie schon auf?" „Weiß nicht, glaub schon. Es rumorte irgendwas. Vielleicht auch aus dem Nachbarzimmer." „Hast du geklopft?" „Nö. Nur ihren Zettel unter der Tür durchgeschoben, damit sie sieht, dass die Tasche da ist." Astrid schmunzelt. Gute Idee. Er will ihr wohl kaum allein unter die Augen treten. Kevin zieht auch sein Polohemd aus, steigt aus den Schuhen. Blinzelt sie von unten herauf an, während er die Socken abstreift. „Magst du … also, …" Astrid schaut ihn amüsiert-fragend an. Ist er bei Tageslicht plötzlich wieder schüchtern geworden? „Du wolltest doch auch gerade duschen, oder?" Astrid lächelt. „Ja. Wollen wir zusammen duschen?" Erleichtert nickt er. „Ja, gerne. – Ehe alles zu Ende ist", setzt er leise hinzu. Astrid holt tief Luft. „Ja. Aber Marie kommt doch heute zurück." Kevin senkt den Kopf. Beim Gedanken an sie zieht sich sein Innerstes zusammen. Vor lauter Sehnsucht, nach ihr, ihrem zärtlichen Kuss. Und vor lauter Verzweiflung, wie er es jetzt noch länger aushalten soll. Wenn sie ihn weiter auf Abstand hält. Astrid ahnt ungefähr, was ihn beschäftigen muss. Sacht langt sie nach seiner Jeans, öffnet Knopf und Reißverschluss. Kevin schaut sie traurig-abwesend an, lässt es sich still gefallen. Sie schiebt ihm erst die Hose, dann den Slip über den Po. Er lässt alles nur herunterrutschen, rührt sich nicht. Astrid zieht ihn vorsichtig näher heran. Ihre Hände ruhen erst auf seinen Hüften, dann wandern sie ganz langsam auf seine Backen. Zart kitzelt sie ihn oberhalb seiner Spalte. Mit einem Finger fährt sie ganz langsam und sacht hinab. Jetzt schaut er auf. Erwidert ihre Umarmung und drückt sich fest an sie. „Komm", fordert sie ihn auf. „So wird es uns noch zu kalt." Sie dreht das Wasser auf, stellt die Temperatur ein, dann geht sie weit in die großzügige Duschnische hinein. Kevin folgt ihr stumm. Sie reden nicht mehr, seifen sich gegenseitig ein, umarmen und liebkosen sich. Gerade noch vermeiden sie den Beinahe-Kuss, drehen die Köpfe voneinander. Dann lacht Astrid los. „Ach Süßer, es war so schön mit dir und ist es immer noch. Das kann mir niemand mehr wegnehmen. Lass uns die zwei, drei Stunden noch genießen. Traurig sein können wir noch lange genug, oder?" Kevin wird verlegen. „Hm. Stimmt. – Nur …" Sein Blick wandert die Fliesen hinab. „Hast du Angst?", fragt Astrid aufs Geratewohl. Überrascht schaut er auf. „Ja. Ich weiß nicht, wie es weiter gehen soll." Astrid kitzelt seine Lenden, sein Schwanz reagiert mit freundlichem Wippen. Er seufzt leise. „Wenn du magst, können wir beim oder nach dem Frühstück noch darüber sprechen", schlägt sie vor. „Wirklich?" Eine Spur Hoffnung leuchtet wieder in seinem Blick. „Natürlich, warum denn nicht?", meint Astrid freundlich. „Naja. Ich dachte halt, ihr seid doch zum Wellness hier. Und nicht, um fremder Leute Probleme zu besprechen", erklärt er mit diesem schüchtern-verlegenen Jungenlächeln. „Na, hör mal! Wir sind uns doch nicht mehr fremd! Und was dich zu mir geführt hat, hast du mir doch gleich am Anfang erzählt." Sie hält ihr Gesicht in den warmen Regen. Dann taucht sie wieder hervor und schaut ihm direkt in die Augen. „Ich hab mich doch auf deine ganze Geschichte eingelassen. Nicht nur auf diese wahnsinnig schöne Nacht." Sie fasst ihm mit beiden Händen in die Taille. „Ich fühl mich auch verantwortlich, dir, wenn ich es denn kann, auch darüber hinaus zu helfen. Natürlich nur, soweit du das überhaupt willst." Kevin ist rot geworden vor verlegener Freude. „Danke", krächzt er etwas und räuspert sich. „Natürlich hilft es mir, mit dir darüber zu sprechen. Ich dreh mich immer nur im Kreis und komm nicht heraus." Astrid lacht leise. „Dann werden wir den Ausgang suchen. Nur noch nicht jetzt." Sie geht in die Hocke, hält sich an seinen Hüften fest und fängt seinen steif aufragenden Schwanz mit ihren warmen Lippen ein. Zart trillert ihre Zunge über seine Eichel, was er mit einem Aufstöhnen quittiert. Sie saugt etwas, massiert den Schaft mit festem Druck. Kevin sucht Halt an den Griffen, das warme Wasser strömt über sie hinweg. Gekonnt und zielstrebig treibt sie ihn an. Sein Atem beschleunigt sich, er fängt an zu keuchen. Dann fasst sie an seine Hoden, knetet sie sanft. Er beißt sich in den Arm, um nicht zu schreien. Sein Becken wippt heftig, Astrid kniet sich hin, damit sie nicht kippt. Kräftig saugt und massiert ihr Mund seinen Liebespinsel. Er glüht, der Druck steigt immer weiter. Kurz bevor es ihn zerreißt, lässt sie los, massiert ihn mit einer Hand kräftig zu Ende und schiebt mit der anderen die heißen Eier nach. Kaum unterdrückt schreit er es heraus, sein Saft klatscht auf Astrids Brust, rinnt mit den Wasserströmen herab. Noch benommen blinzelt er sie an. Er sieht zu, wie die Reste seines Werkes verlaufen. Fast ein bisschen ungläubig schüttelt er den Kopf. Dann zieht er Astrid hoch, küsst sie auf die Nase und seift ihre benetzte Brust gründlich ab. Lange halten sie sich in ihrer warmen Nische umfangen. „Wir kriegen noch Schwimmhäute, wenn wir hier noch länger im Regen stehen“, scherzt Astrid und stellt kurzerhand die Armatur ab. Sie reicht Kevin das letzte saubere Handtuch, langt selbst nach ihrem. Schweigend trocknen sie sich ab. Ihre Blicke wandern hin und her, als wollten sie sich den anderen, die andere genau einprägen. Astrid greift noch zum Öl, dreht sich zum Spiegel und verteilt es in ihrem Dekolleté. Kevin lässt sein Handtuch zu Boden rutschen, stellt sich darauf und zieht es mit den Füßen näher zum Waschtisch heran. Er fasst Astrid von hinten an den Hüften, beobachtet sie über ihre Schulter hinweg im Spiegel bei ihrer Kosmetik. Sie zwinkert zurück, setzt ihre Routine fort. Schließlich dreht sie sich zu ihm herum. Er lächelt. „Ich würde mich gerne revanchieren, wenn du erlaubst.“ Sie schaut ihn nur neugierig-fragend an, als er schon in die Knie geht und zärtlich ihr magisches Dreieck umkreist. „Mmh“, stimmt sie zu, lehnt sich rückwärts an den breiten Waschtisch und gibt sich seinem zärtlichen Werben hin. Vorsichtig teilt er den duftenden Busch mit den Fingerspitzen, ertastet die Liebeslippen und fährt dann mit der Zunge hinein. „Oh!“, seufzt sie laut und stellt die Beine weiter auseinander. Ermutigt leckt Kevin über ihre Perle, die sich ihm bald prall entgegenreckt. Astrid schnauft leise vor sich hin, genießt die anschwellende Erregung. Nun löst er eine Hand – „Ah!" – sein Finger dringt sacht in sie ein. Unablässig kitzelt seine Zunge ihre Knospe. Sie drückt sich ihm entgegen, will den festen Reiz. Der Finger – oder sind es zwei? – drängt tiefer, biegt nun ab und … „Ja!" keucht sie. Er hat getroffen, reibt und drängt in ihrer G-Punkt-Zone. Sie wimmert nur noch, glüht, zerfließt. So heiß wallt die Lust in alle Poren, alle Adern, Sehnen. Konzentriert treibt er sie weiter, hoch hinaus. Fast schwankt sie vor dem Ansturm, doch er hält sie fest. Es tobt so wild und mächtig, überwältigt sie. Sie weint auf, schluchzt leise, fängt sich langsam wieder. Kevin hält sie fest im Arm. Noch einmal schluchzt sie auf, dann findet sie zurück. Wischt sich die Tränen ab. Und lächelt still. „Danke, Süßer", sagt sie leise.

„Hast du alles?", fragt sie ihn, checkt selbst noch einmal alle Ecken. Der Tresor ist leer. Ihr schwarzes Kleidchen liegt liebevoll gefaltet oben in ihrer Tasche. Sie zieht den Reißverschluss zu. Das Handy auf dem Beistelltisch brummt. Astrid schaut nach, eine SMS. „Oh, Überraschung!" Sie dreht sich zu Kevin herum. „Wir brunchen bei Tina, ab halb zehn." „Aha." Er schaut auf seine Uhr. „Das sind noch zehn Minuten." Sie mustert ihn. „Magst du nicht?" Er schaut auf. „Hm. Doch, schon." Er holt Luft. „Ist halt 'ne komische Situation." „Versteh' ich. Aber keine beißt dich. Und weißt du was?" Astrid tippt auf dem Display. „Ich geb' ihr Bescheid, dass du mitkommst. Dann ist sie nicht so überrascht." Sie drückt auf Senden und steckt das Gerät ein. „Soll die Tasche schon in euer Auto?", will er wissen. „Klar, aber Anne hat den Schlüssel. Lass sie erst mal hier stehen. Wir müssen ja erst um elf Uhr räumen. – Ich will noch eben zur Rezeption, schon mal zahlen." „Okay." Kevin folgt ihr schweigsam, hält sich in der Halle im Hintergrund. Astrid steckt zufrieden die EC-Karte ein, Tinas und ihr Zimmer sind bezahlt. Mal schauen, wie eng das gleich in ihrem Einzelzimmer wird. Kevin lotst sie zu dem Gang im Nebentrakt. Die Türen liegen weit auseinander, es sind nur wenige auf dem ganzen Flur. Auf ihr Klopfen hören sie Tina rufen „Moment, komme sofort!" Dann reißt sie die Tür auf. „Guten

Morgen! Ach, hallo, schön, dass du uns auch die Ehre erweist!"
Sie strahlt Kevin an. „Guten Morgen", antwortet Astrid verblüfft.
Mit so einem Überschwang hatte sie nun wirklich nicht gerechnet.
Sie deutet förmlich auf ihren Begleiter „Kevin – Kevin, das ist
Tina." „Na, gesehen haben wir uns ja nun schon öfter gestern",
lacht Tina und reicht ihm die Hand. „Kommt rein, ihr seid die
Ersten." Sie geht vor ihnen her durch einen kleinen Flur und stößt
die Tür zu einer großzügigen Suite auf. Zur Rechten ist schon
das Buffet aufgebaut, Tina schiebt noch den Servierwagen beiseite. „Mögt ihr schon einen Kaffee?", fragt sie ihre Gäste. „Oh
ja, gerne", bekommt Kevin nun auch den Mund auf. Er reicht
Tina die Tassen zum Eingießen an, gibt Astrid zuvorkommend die
erste weiter „Milch? Zucker?", fragt er freundlich nach. „Danke
schön, ich trink ihn schwarz." Kevin grinst. „Hast du doch gar
nicht nötig", foppt er sie halblaut. „Wie meinst du das?", will
Astrid wissen. „Na, wird doch oft gesagt, Kaffee schwarz sei gut
für die Schönheit." Astrid lächelt. „Dann danke für das Kompliment." Tina beobachtet die zwei amüsiert. „Greift ruhig schon zu,
wer weiß, wie lange die anderen beiden noch brauchen." „Haben
sie sich denn schon gemeldet?", fragt Astrid nach. „Ja, gerade
eben. Sie waren schon unten im Frühstücksraum, als Lydia die
SMS las. Ich wollte euch halt nicht aus dem Bett klingeln, deshalb hab ich kurz geschrieben." „Danke schön." Astrid riskiert
einen direkten Blick in Tinas Augen. Sie zwinkert ihr nur zu
und öffnet geschäftig die Deckel der Warmhalteschalen. „Rührei mit und ohne Speck, gekochte Eier, hier ist ein Wasserkocher
für Tee, Müslivariationen und warme Brötchen, Vollkornbrot, …
Moment." Sie räumt die Folien von den Aufschnitt-Platten im
Eisbett herunter. „Na, und den Rest seht ihr ja auch selbst!"
Zufrieden und ein bisschen stolz schaut sie in die Runde. „Das
Buffet ist eröffnet, fangt an!" „Danke schön!", lächelt Astrid, und
Kevin wartet ein bisschen verlegen ab, bis sie genommen hat. Es
poltert an der Tür. Anne und Lydia bringen gleich ihr Gepäck
mit. „Hallo zusammen!" Sie lassen sich ihre Überraschung nicht
anmerken, dass Kevin dabei ist. Astrid stellt sie souverän einander
mit Namen vor. Anne schmunzelt, kann den Blick kaum von ihm

lassen. Sie freut sich so für Astrid, weil er sogar bis zum Frühstück geblieben ist. Und auch angezogen macht er eine wirklich gute Figur. Sie merkt, wie er sich verlegen abwendet. „Entschuldige bitte, ich freu mich nur so, dass du mitgekommen bist", raunt sie ihm halblaut zu. Erstaunt dreht er sich um, sie zwinkert verschmitzt und wendet sich dann dem Buffet zu. „Was darf ich dir reichen?", fragt sie ihn, als sie ihn hinter sich warten sieht. „Du wirst ja wohl kaum schon satt sein, oder?" „Nö. Aber mach nur in Ruhe." Anne verbeißt sich den anzüglichen Kommentar, dass sie ja wohl mehr geschlafen und weniger Kalorien verbrannt habe als er… Sie tritt beiseite, nimmt sich noch ein Brötchen und Butter, lässt sich dann bei den anderen in der Sitzecke nieder. Genüsslich schmausen sie in der großen Runde. „So ein Luxus!", meint Astrid zwischen zwei Bissen. „Ich hätte nicht gedacht, dass Einzelzimmer so groß sein können." Tina lacht. „Hab ich doch nur euch zu verdanken! Nachts um halb eins gibt's nicht mehr so viel spontane Nachfrage an der Rezeption. Da kriegst du auch schon mal das Super-Schnäppchen!" Kevin wird rot und senkt schnell den Kopf. Astrid bemerkt es und fasst seine Hand. Sie sucht eine angemessene Antwort, aber ihr fällt nichts ein. Sie wollte sich doch noch bei Tina entschuldigen, aber lieber unter vier Augen. Wie locker sie es nimmt, so ganz ohne versteckten Vorwurf oder bissigen Unterton. Ob allein die Suite sie mit dem Ärger schon ganz versöhnt hat? Nie hätte sie das gedacht. Was ist nur in sie gefahren? Oder hat sie all die Jahre ihre großherzige Seite übersehen? Astrid steht auf und nimmt sich nach. „Magst du auch noch süßen Quark?", fragt sie Kevin. „Süß? Oh ja, gerne." Erleichtert steht er auch auf. „Möchte noch wer?", fragt er die sitzenden Frauen. „Bring doch einfach die Schüssel mit, die wird bestimmt noch leer", schlägt Anne vor. Ganz Gentleman bedient er die Freundinnen, Astrid lächelt ihm stolz zu.

Sie plaudern hin und her, kommen auf die nächste geplante Tour im Mai nach Paris zu sprechen. „Kommst du dann auch mit?", testet Anne das Terrain in Kevins Richtung. „Nein!", erwidert er erschreckt. Astrid ergänzt freundlich „Seine Freundin kommt heute Nachmittag zurück." „Aha." Annes Blick forscht fragend erst in Kevins, dann in Astrids Gesicht. Ein Schweigen breitet sich aus, das allmählich unangenehm schwer wird. Doch dann strafft Kevin sich, holt Luft und sagt „Ich hatte Astrid um Hilfe gebeten." Vorsichtig hebt er den Blick von der Tischplatte, trifft Annes freundlich offenes Lächeln und fährt ermutigt fort. „Ich liebe Marie wirklich. Aber sie will als Jungfrau vor den Altar." Verblüffte Mienen schauen ihn an. Er senkt wieder den Kopf, spricht leise weiter. „Ich wusste nicht mehr weiter. Weiß ich jetzt eigentlich noch viel weniger. Es ist … zum Verrücktwerden!" Astrid legt sacht eine Hand auf sein Bein, er nimmt sie und hält sich daran fest. Lydia findet als erste ihre Sprache wieder. „Dass es so etwas noch gibt, hätte ich nicht gedacht." „Oder wieder gibt? Ist sie katholisch oder noch etwas Strengeres?", will Tina wissen. „Nein, katholisch", antwortet Kevin. „Aber …, entschuldige, ich will dir nicht zu nahe treten …", wagt Anne sich vor „aber du kannst doch sicher jede andere um den Finger wickeln, allein … mit deinem Aussehen." Kevin verbirgt das Gesicht in den aufgestützten Händen. Es wird wieder still. Annes Herz klopft zu schnell. Das wollte sie nicht. „Ich will keine andere", flüstert er schließlich rau. „Ich liebe sie. Wir sind seit über zwei Jahren, ach was, fast drei Jahren zusammen. Aber ich halte es bald nicht mehr aus." „Tut mir leid", flüstert Anne in die Stille. „Schon gut." Kevin grinst schief, wischt sich ein Tränchen von der Nase. „Du bist nicht die Erste, die das sagt." „Habt ihr denn schon mal, hm, darüber gesprochen?", riskiert Anne einen neuen Versuch. „Ich mein', was sie wirklich dazu bewegt?" Scheu schaut sie ihm kurz ins Gesicht. Zögernd erklärt er „Für sie ist es Sünde. Und gerade weil sie mich liebt, will sie es so. Seit ich begriffen hab, dass sie das ernst meint, spare ich für die Hochzeit." „Oha!", rutscht es Tina heraus. „Was soll ich denn sonst tun?" Die ratlose Verzweiflung steht Kevin ins Gesicht geschrieben. Hinter jeder Stirn arbeitet es sichtlich. Schließlich steht Lydia auf, holt die Baguette-Scheiben, das Nutella-Glas, einen sauberen Teller und ein Messer. „Hilft beim Denken", erklärt sie und bietet reihum die geschmierten Scheibchen an. Kevin greift dankbar zu. Wie irre, dass er diesen Frauen sein Seelenleid offenbart. Und auch keine spontan einen

Rat weiß. Es liegt also nicht an ihm. Es ist so verkehrt. Anne kaut heftig, schluckt, holt Luft und schaut ihn direkt an. „Was weißt du über ihre bisherigen Erfahrungen?“ Kevins Blick ist ein einziges Fragezeichen. Er hat doch gesagt, dass sie als Jungfrau … „Könnte es sein“, Anne sieht sein Unverständnis, „dass sie mal bedrängt wurde, schlimmstenfalls schon einmal Gewalt erfahren hat? Vielleicht auch als Kind? Und sich vielleicht einfach bei dir ganz sicher fühlen möchte?“ Erschreckt stellt Kevin fest, dass er in diese Richtung noch nie gedacht hat. Nur um sein eigenes, unerfülltes Begehren gekreist ist. Er denkt nach. „Ich weiß es nicht wirklich“, gibt er schließlich zu. „Aber … ich glaube nicht. So wie sie küsst, wenn wir uns mal küssen. Wie sie mit Macht widersteht, sich nicht hinreißen lassen will. Das ist reiner Wille. Keine Angst. Höchstens vor sich selbst vielleicht.“ „Also vor der eigenen Lust“, vermutet Astrid, die bisher stumm an seiner Seite geblieben ist. Er schaut sie wieder so unergründlich an. „Ja, wahrscheinlich“, sagt er leise. „Katholische Mädchenerziehung also“, stellt Astrid ruhig fest. „Du hattest schon ihre Oma erwähnt. Ist sie bei ihr aufgewachsen?“ „Nein, nicht wirklich. Aber sie war wohl viel bei ihr, die süße kleine Lieblingsenkelin. So hat sie es mal erzählt. Bei fünf Geschwistern weicht man halt gerne wohin aus, wo man umsorgt wird. Sie liebt ihre Oma noch immer heiß und innig. Was ja auch gut ist. Wenn sie nicht diese moralischen Grundsätze mitgenommen hätte.“ Tina seufzt ratlos. „Was willst du da machen?“, fragt sie in die Runde. Resignation kriecht in Kevin hoch. „Weiter sparen“, meint er sarkastisch. „Wie gehst du denn sonst mit ihrem Glauben um?“, fragt Astrid ungerührt freundlich. „Wie meinst du das?“, fragt er irritiert. „Du sagtest, du bist nicht getauft, warst aber im Reli-Unterricht.“ „Hm“, bestätigt er. „Hast du sie mal gefragt, was ihr Glaube ihr bedeutet? Was ihr die Kirche und ihre Lehre gibt?“ Kevins Augenbrauen wandern ratlos nach oben. „Wenn sie mit so viel Kraft und Willen ein vermeintliches Gesetz befolgt, muss es ihr doch unglaublich wichtig sein. Was genau macht das aus?“ Tieftraurig schaut Kevin sie an. „Ich weiß es nicht.“ Astrid hält seinen Blick lange fest. „Dann frag sie. Geh auf sie zu. Vielleicht erfährst du dann mehr, findest so einen Weg zu ihr." „Ich war schon mal mit zur Messe. Aber ich verstehe es nicht. Ist mir zu viel Hokuspokus und Klimbim. Wir leben doch nicht mehr im Mittelalter!" Astrid lächelt. „Kann ich verstehen, geht mir ähnlich. Aber weißt du, es gibt nicht nur Körper und Geist, Herz und Verstand. Jeder Mensch hat auch eine mehr oder weniger ausgeprägte Spiritualität. Die äußert sich ganz verschieden. Im Glauben, welcher Richtung auch immer. Oder als Fußballfan. In der Musik. In der Kunst. In der Natur. Es gibt unendlich viele Wege sie zu erleben und auszudrücken." „Auch katholisch?" „Natürlich. Auch katholisch. Sie wird etwas sehr Persönliches und für sie Wichtiges damit verbinden." „Und das sollte ich kennen lernen", stellt Kevin leise fest. „Ja. Das könnte der Weg sein."

Tina, Lydia und Anne hatten sich dezent zurückgezogen, die Buffetreste auf den Servierwagen gestapelt und auf den Flur geschoben. Am nun freien Esstisch unterhalten sie sich leise, Lydia holt noch einmal den Wasserkocher und brüht eine Kanne Tee auf. „Wir müssten mal langsam bezahlen gehen", stellt sie mit einem Blick auf die Uhr fest. „Habt ihr schon?", fragt sie, zu Astrid und Kevin hinüber blickend. „Ja, schon erledigt. Und was ist hier mit dem Buffet?" „Geht auf meine Rechnung!", verkündet Tina. „Danke schön!" Astrid lächelt ihr zu. Kevin taucht aus seinen Gedanken, in denen er versunken war, wieder auf. „Deine Tasche steht noch drüben. Soll ich sie eben holen?" Astrid zwinkert ihn an. „Sehr gerne. Wenn du noch mal wieder kommst." „Ich hau' nicht ohne Verabschiedung ab", bekräftigt er. „Ich weiß, Süßer." Sie reicht ihm den Zimmerchip. Kevin steht auf, geht zur Tür. „Bis gleich." Das Schloss rastet sanft ein. „Das ist ja 'ne heftige Geschichte!", platzt Tina heraus. „Ja", bestätigt Astrid. „Er hat mir das gleich am Anfang erzählt. Und bat dann um Nachhilfe. Damit wenigstens die Hochzeitsnacht schön für sie wird. Er hatte selbst noch keine Erfahrung." Schon während sie es ausspricht, fühlt es sich wie Verrat an. „Um Himmels Willen!" Anne setzt sich wieder. „Ist das noch Liebe? Oder schon Verblendung?" „Sicher eine Frage der Perspektive. Wenn diese Marie nur begriffe, was sie sich entgehen lässt!" „So gut?", hakt Tina nach.

Astrid schaut versonnen. „Ja. Ein gelehriger Anfänger und wahrlich kein Stümper, ganz im Gegenteil." Anne lächelt tief. „Das freut mich so für dich!" Astrid weicht verlegen ihrem Blick aus, wird etwas rot. Dann wagt sie, Tina ins Gesicht zu schauen. Sie lächelt nur. Als wolle sie sagen: ‚Ist schon gut.' Lydia schnappt sich ihre Handtasche, wendet sich an Anne „Kommst du eben mit?" „Ja klar, bis gleich!"

Jetzt ist Astrid endlich mit Tina allein. Sie holt tief Luft. „Tut mir leid, mit deinem Zimmer gestern. War ja ziemlich blöd alles für dich." Tina schmunzelt. „Ja, war es. Aber es hat sich dann ja geregelt, wie du siehst." Sie holt mit einer großzügigen Geste durch die Suite aus. „Ist in Ordnung. Und schön, dass du dich noch entschuldigt hast." „Ist ja wohl das Mindeste. Und geht übrigens auf meine Rechnung." Tina lächelt. „Ich weiß, hab ich schon bemerkt. Danke schön." „Wie kommt es, dass du so entspannt bist? Ich dachte, du wärst stocksauer auf mich." Tina dreht sich halb herum, schaut sie dann wieder an. „War ich auch. Aber dann hat Anne mir ein paar passende Sätze gesagt. Und sie hatte recht. Und die Rezeption diesen Palast für mich. Eigentlich war es so ein Glücksgriff. – Und für euch beide hoffentlich auch." Astrid staunt still vor sich hin. „Ja. Da kann ich eine gute Weile von zehren." „Dann ist es doch gut." Es klopft. Tina wendet sich zum Flur. „Danke", sagt Astrid ihr noch, dann öffnet Tina Kevin die Tür. „Herein, du Gentleman." Kevin grinst und stellt Astrids Tasche neben die anderen. Seinen fragenden Blick beantwortet Astrid mit einem Lidschlag und einem breiten Lächeln. Ja, sie haben darüber gesprochen, es ist gut. Erleichtert folgt er wieder mit in die Suite, sie lassen sich diesmal über Eck auf den Sesseln nieder. Astrid beschäftigt ein Gedanke. „Seid ihr schon mal zusammen weggefahren?", will sie wissen. „Du und Marie?" Er schüttelt den Kopf. „Ich halt ja meine Groschen zusammen und sie verdient noch nicht viel in der Ausbildung. Bisher sind wir im Urlaub zuhause geblieben, mal ausgegangen oder Rad gefahren." „Wie wäre es mit einem Wochenendtrip nach Münster?", schlägt Astrid verschmitzt vor. „Wieso ausgerechnet Münster?" „Och, Münster ist eine muntere Studentenstadt, hat dementsprechend ein bezahlbares Angebot für junge Leute. Und ist auch im Grundsatz katholisch. Nur nicht ganz so schwarz wie Paderborn." „Aha." Kevin versteht nicht, worauf sie hinaus will. „Kennst du noch die heilige Gertrudis, Tina?" „Wen, bitte? Gertrudis?" Sie grübelt heftig, allmählich dämmert es ihr wieder. „Gertrudis, war das nicht die, die sie fast verboten haben?" „Nicht verboten, nur totgeschwiegen. – Sag mal, gibt's hier W-LAN?" „Ich glaub schon, wieso?" Astrid steht auf und wühlt ihr Mini-Notebook aus der Reisetasche. „Das schleppst du wohl überall mit hin", kommentiert Tina. Kevin beobachtet sie neugierig. Er besitzt nur einen uralten, furchtbar langsamen PC für seine Hausarbeiten. Wenn er ins Internet will, geht er ins Café in der Fußgängerzone. Und zieht sich die Daten auf seinen Stick, um in Ruhe zu Hause zu lesen. Astrid klickt auf dem Monitor herum, murmelt vor sich hin, dann lacht sie. „Jawohl, da ist sie ja noch!" Sie reicht Kevin das Gerät auf den Schoß. Er fängt den Wikipedia-Artikel an zu lesen, über die heilige Gertrudis und ihre freizügige Lehre innerhalb der katholischen Kirche. Kevins Mund zieht sich immer breiter. Der Leib als Schöpfung Gottes und die Lust als sein göttliches Geschenk an die Menschen. Die Liebe sei heilig und daher auch die gottgewollte körperliche Liebe. In langen Zitaten werden die Lehren der heiligen Gertrudis ausgeführt. „Ist das wirklich echt?", vergewissert er sich angesichts der feixenden Gesichter. Es klopft erneut, Tina steht auf und überlässt gerne Astrid die Erklärung. „Gab es die wirklich?", will Kevin noch mal wissen. Astrid schmunzelt „Es gibt, woran man glaubt. Wenn ich an Gott glaube, gibt es ihn für mich." „Okay." Kevin zweifelt noch, aber was bedeutet das schon. Diese Gertrudis könnte zu seiner Schutzheiligen werden. Ob Marie sie schon kennt? Wohl kaum. „Und was hat die heilige Gertrudis mit Münster zu tun?" „Sie wird dort im Dom verehrt, zumindest manchmal." „Manchmal?" Astrid kichert. „Tja, die Kirche ist auch nicht mehr so reich, wie sie mal war, da muss schon mal rotiert werden." „Jetzt spinnst du aber!" Kevin glaubt ihr kein Wort mehr. „Doch. In einer Kapelle sind verschiedene Heiligenfiguren. Eine davon könnte die heilige Gertrudis sein. Aber man weiß es nicht sicher. Und

manchmal liegen dort für die Besucherinnen und Besucher Faltblättchen bereit. Mit dem gleichen Inhalt wie hier in Wikipedia.
Wenn die Blättchen gerade da sind, stehen die meisten Kerzen
vor der Kapelle. Manchmal sind sie auch vergriffen." „Aha."
Jetzt ist er restlos verwirrt. Es wird Zeit, ihn aufzuklären. „Ich
weiß das von einer früheren Studienkollegin. Die hatte Sozial-
psychologie studiert und über ein etwas gewagtes Experiment
zum Thema Heiligenkult in der Gegenwart ihre Examensarbeit
geschrieben." „Also ist es nur … fake?" „Alles eine Frage des
Glaubens", lächelt Astrid. „Das Experiment hat sich zum Teil
verselbstständigt. Und die Kirche ignoriert bzw. duldet es geflissentlich. Vermutlich traut sich keiner, die Geschichten zu
überprüfen, weil die Belege so glaub-würdig sind." „Irre", staunt
Kevin. „Es ist durchaus nicht ausgeschlossen, dass es tatsächlich
solche Freidenkerinnen gab. Wie Hildegard von Bingen zum
Beispiel. Nur weiß man nichts mehr von ihnen, weil sie als Hexen
und Zauberinnen auf dem Scheiterhaufen gelandet sind, oder
ihnen noch Schlimmeres widerfahren ist. Die Heilige Gertrudis
ist ein Symbol für diese Freidenkerinnen, selbstständige Frauen
in ihrem Glauben und in der katholischen Kirche. Das ist etwas
anderes als nur eine platte Fälschung wie in ,Verstehen Sie Spaß?'."
„Wohl wahr." Kevin dämmert allmählich die Dimension dieser
rätselhaften und wunderbaren Heiligen. Und was sie ganz vielleicht
bewirken könnte. „Aber woher weiß ich dann, wann die Blättchen da sind? Wir könnten ja nur an einem Wochenende hin
und ich müsste sehen, dass wir Sparpreis-Tickets ergattern."
„Wenn du mir eben deine Handy-Nummer verrätst, schicke ich
dir meine per SMS. Mein Patenkind stammt übrigens aus Warendorf und studiert in Münster. Sie wird uns bestimmt behilflich
sein." „Du meinst …?" Astrid lacht. „Keine Sorge. Das kriegen
wir schon hin." Kevin lacht übermütig laut los. Wahnsinn! Wenn
das der Ausweg ist! Wie bekommt er nun Marie nach Münster?
Dann fällt es ihm ein. „Das wird der ideale Ausflug zu unserem
Dreijährigen!", verkündet er feierlich. „Wann ist das denn?",
fragt Anne neugierig nach, die sich dazugesetzt und still zugehört hatte. Kevin rechnet. „In fünf Wochen." „Ist da nicht

auch Valentinstag?" Astrid klickt in den Kalender hinüber. „Am Montag danach", stellt sie fest. „Ach, lass doch den ollen Valentin …", meint Kevin begeistert, „die heilige Gertrudis ist mir viel lieber!" Astrid surft zu den Unterkunfts-Angeboten. Sie quetschen sich zusammen in einen der großen Sessel und durchkämmen das Angebot. Sie gleichen auf dem Stadtplan ab, wie weit es zum Bahnhof und in die Innenstadt ist. „Das wäre schön!" Mit leuchtenden Augen deutet Kevin auf ein kleines Familienhotel in einer versteckten Nebenstraße. „Soll ich es dir buchen?" Fragend schaut er sie an. „Geht das denn?" „Natürlich. Wenn du deine Bankverbindung auswendig weißt. Vielleicht reicht auch deine Anschrift für eine Zimmerreservierung." Kevin schluckt. „Ja. Bitte." Astrid klickt sich durch das Online-Portal, reicht ihm das Notebook auf den Schoß, er gibt seine Daten ein. Drückt auf die „Kaufen"-Taste. Ihm wird ganz warm vor Aufregung. Ist das der erste Schritt auf einem neuen Weg? Astrid beobachtet ihn still. Schließlich spürt er ihren Blick, strahlt sie fast glückselig an. „Danke", raunt er leise. Astrid lächelt. „Erwarte bitte keine Wunder, auch wenn es eine Heilige ist." „Doch, ich glaub daran", lächelt er zurück. „Die Hoffnung stirbt schließlich zuletzt." Astrid lacht leise. „Okay. Das ist zumindest eine gute Voraussetzung für ein Wunder." Voller Vorfreude surft Kevin auf die Bahn-Seite, stellt erfreut fest, dass noch einige sehr günstige Sparpreis-Tickets zu kriegen sind. „Darf ich mich wohl einloggen und buchen?", bittet er Astrid. „Natürlich, mach nur." Für Freitag spätnachmittags bekommt er sogar Erste-Klasse-Tickets, am Sonntag wird es enger, aber auch da gibt es noch Erschwingliches am Nachmittag. Er checkt noch kurz den E-Mail-Eingang, die Tickets wird er sich dann zu Hause ausdrucken. „Dann steht ja der Termin", stellt Astrid fest und fischt ihr Handy aus der Tasche. „Gibst du mir deine Nummer? Dann schick ich dir meine." Kevin nennt die Ziffernfolge. „Ich hab's nur nicht hier. War in meiner Badetasche, die muss Paul mitgenommen haben." „Dann schreib ich sie dir vorsichtshalber noch mal auf." Astrid steht auf und nimmt aus der Mappe vom Schreibtisch einen Hotelbriefbogen. Ihre E-Mail-Adresse ergänzt sie auch noch. Kevin nimmt den Zettel, teilt ihn und schreibt seine Nummer und E-Mail-Adresse auf die noch leere Hälfte. „Doppelt hält besser", meint er und reicht ihn Astrid zurück. Seine Hälfte verstaut er sorgfältig im Portemonnaie.

Kevin lässt es sich nicht nehmen, Astrids Tasche zum Auto zu tragen. Anne verstaut das Gepäck im Kofferraum. Und dann stehen sie da, vor- und nebeneinander. Und wissen nicht, was sie sagen sollen. Schließlich gibt Astrid sich einen Ruck, tritt auf ihn zu und schaut ihm in die Augen. „Danke für alles, Süßer." Sie schlingt die Arme um seinen Hals, er packt sie ganz fest. So sehen sie wenigstens gegenseitig nicht ihre Tränen. „Ruf an, wenn ich dir irgendwie weiterhelfen kann", flüstert sie ihm ins Ohr. „Ich möchte nicht, dass du unglücklich wirst." Er zuckt ein wenig in ihrem Arm, räuspert sich ausgiebig. „Ich werd' dir erzählen, wie alles weitergeht. Ganz bestimmt." Seine Stimme ist leise und kratzt. „Und danke für alles, was du für mich getan hast." Sie schluckt schwer. „Du wirst deinen Weg finden, ganz bestimmt." Jetzt heult sie doch und lässt ihn ganz vorsichtig los. Sie wischt sich durch das Gesicht. Er schnieft und seine Augen glänzen nass. „Mach's gut. Und bis bald." Er dreht sich weg, schluchzt hörbar. Betreten stehen sie daneben. „Ja, bis bald, Kevin." Astrid laufen die Tränen herunter. Sie geht zum Auto, setzt sich auf die Rückbank und zieht die Tür hinter sich zu. Anne nimmt ihre Taschentücher aus der Jackentasche, berührt Kevin sacht am Arm und reicht ihm die Packung. Dankbar nimmt er sie an und schnäuzt sich. Er richtet sich auf, holt tief Luft. „Ich hoffe, ich hab euch euer Wochenende nicht zu sehr verdorben. Tut mir leid." „Ach Quatsch!", widerspricht Tina. „Erzähl nicht so einen Blödsinn. Und sag deinen Kumpeln noch schöne Grüße – wenn du möchtest." Sie zögert kurz, dann drückt sie ihn. „Ihr kriegt das hin, Kevin. Ich glaube fest daran." „Danke schön." Er guckt überrascht und tatsächlich dankbar. Anne und Lydia folgen Tinas Beispiel. Dann steigen auch sie ein. Anne startet den Motor, parkt den Wagen aus. Kevin ist ein paar Schritte zurückgegangen. Als Astrid sich umdreht, sieht sie ihn dort stehen und ihnen nachsehen. Sie winkt.

Tina erreicht noch ihren Zug, Anne hat sie direkt am Bahnhof abgesetzt, nachdem sie Lydia nach Hause gebracht hatten. Die ganze Fahrt war sehr schweigsam, das Radio lief. Schließlich sprach Lydia wieder die nächste Fahrt nach Paris an. Sie redeten über die Pläne, was sie dort machen wollten, und ob das lange Wochenende dafür auch reichen würde. Aber wirklich engagiert war keine bei der Sache. Sie sprachen nur, um nicht nur zu schweigen. Astrid blieb stumm. Sie hatte ihre Tränen getrocknet, schaute nur still aus dem Fenster.

„Willst du nicht nach vorne kommen?", spricht Anne sie jetzt an, als Tina sich verabschiedet hat. „Hm." Astrid steigt auf den Beifahrersitz um. Anne wirft ihr bei jedem Ampel-Stopp einen Blick von der Seite zu. „Wie geht es dir?", fragt sie schließlich direkt, als sie auf den heimischen Garagenhof rollen. „Kann ich dich denn jetzt überhaupt Auto fahren lassen?" Astrid schaut sie erstaunt an, als sei sie gerade wach geworden. „Wie bitte? Ja, natürlich kann ich Auto fahren." Sie lächelt Anne an. „Es geht schon wieder. Dank Eurer Rücksichtnahme." Sie seufzt. „Wer rechnet schon mit so was, wenn man nur mal übers Wochenende zum Wellness in die Westfalen-Therme fährt." Anne lacht leise. „Die drei Grazien. Und ein süßer Beachboy mit katholischer Freundin. Das ist so schräg, das glaubt einem kein Mensch." Astrid kichert. „Ich weiß noch gar nicht, ob und was ich Jennifer erzähle." „Naja, merken wird sie bestimmt was, sie ist doch nicht blind. Bleib nah an der Wahrheit, dann brauchst du dir nicht so viel zu merken." Astrid grinst. „Der Spruch ist gut, von wem ist der?" „Hat mal ein älterer Vertriebskollege gesagt. Der hat sich bei mir sofort eingebrannt. Also der Satz." Sie lacht. Astrid stößt schwungvoll die Tür auf, steigt aus. Anne zieht ihre Tasche aus dem nun fast leeren Kofferraum. „Pass gut auf dich auf", wünscht sie der Freundin. „Und wenn du ein Ohr zum Quatschen brauchst, ruf bitte an, ja?" Astrid lächelt. „Danke schön. Aber mach dir nicht zu viele Sorgen. Ich weiß schon, warum wir uns nicht geküsst haben." „Nicht?" „Nein. Dann wäre der Liebeskummer garantiert gewesen. Bei mir auf jeden Fall. Und ich glaub, er hat das auch schnell gespürt. Wir haben es jedenfalls so hingekriegt. Wenn auch einmal nur knapp …" Astrids Blick wandert nach innen, färbt sich melancholisch ein. Doch dann ist sie wieder da. „Es war wunderbar und ich bin dankbar, dass mir das passiert ist. – Seit Martins Tod sind ja schon drei Jahre vergangen. Ich hab plötzlich wieder gespürt, was noch alles in mir steckt. Das tut jetzt ein bisschen weh, aber es war fällig." Anne lächelt überrascht. „Das ist schön. Dann komm gut nach Hause. Und … falls du Neuigkeiten vom Beachboy erfährst: Du weißt ja, wie neugierig ich bin." Astrid lacht. Dann fällt sie der Freundin um den Hals. „Danke fürs Fahren und eure Geduld. Und was die Neugier angeht – wir werden sehen." Astrid kramt den Autoschlüssel aus der Jackentasche, wendet sich zum Gehen zu ihrem am Straßenrand geparkten Wagen. „Komm gut rüber!", ruft Anne ihr noch nach und winkt, ehe sie sich anschickt den Kombi in die Garage zu manövrieren. „Mach ich!", antwortet die Freundin ihr fröhlich.

Erkenntnis

Sie starrt schon fünf Minuten auf denselben kahlen Busch hinter der Leitplanke. Aber sie scheint es gar nicht zu bemerken. Sie schaut aus dem Fenster, ohne die Welt da draußen zu sehen. „Marie?" Ihre Sitznachbarin stupst sie an. „Bist du eingeschlafen?" Wie in Zeitlupe dreht sich die Angesprochene herum. „Nein. Ich denke nur nach." „Aha." Das Mädchen sieht ratlos aus. „Magst du auch Chips? Ich krieg gerade Hunger und will nicht alle alleine essen." Hunger? Das Wort erinnert sie daran, dass sie heute bisher nur gefrühstückt hat. Und das auch nicht gerade reichlich. Die Nacht steckte noch in ihrem Kopf und ihren Knochen. Viel hatte sie nicht geschlafen. Und wenn, dann Wirres geträumt. Unwillkürlich schüttelt sie sich. „Magst du keine Chips?", fragt die Nachbarin vorsichtig. „Hm? Doch. Danke schön." Marie langt in die angebotene Tüte, nimmt sich eine Handvoll heraus. Gedankenverloren knabbert sie Stückchen für Stückchen. Sie stehen noch immer auf derselben Stelle, es geht überhaupt nicht mehr weiter. Als wäre es eine Parabel auf ihr Leben, denkt sie. Sie steckt auch fest, weiß nicht herauszukommen aus ihrer Sackgasse. Dieser Stau wird sich irgendwann auflösen, der Bus wird weiter fahren. Aber wie kommt sie heraus, zurück in ihr Leben?

Sie hatten nach dem Abendessen im Gästehaus des Nonnenklosters noch zusammengesessen und Spaß gehabt. Ein, zwei Flaschen Wein kamen auf den Tisch, es wurde später, die Scherze anzüglicher und die Themen privater. Oft hörte sie nur zu, staunte über die Offenheit der anderen jungen Frauen aus ihrer Ausbildungsgruppe. Beschämt hielt sie sich zurück, wusste zu manchem gar nichts zu sagen und hoffte still, dass sie keine ansprach. Schließlich war der Wein ausgetrunken, sie gähnten um die Wette. Schon um sechs Uhr waren sie zur Frühmesse in der Klosterkirche gewesen, noch vor dem Frühstück. Und seitdem waren sie zusammen. Beim Essen und Beten, in den Workshops und dem anschließenden Plenum, um die Themen der Arbeitsgruppen vorzustellen. Zwischendurch wieder Essen und Gebete, danach ein kurzer Spaziergang durch die Klostergärten und eine Andacht vor dem Abendbrot. Sie räumten noch den Tisch auf, eine Nonne schaute in ihren Raum. „Na, habt ihr genug? Dann kann ich ja fürs Frühstück decken." Sie mochte gar nicht daran denken, dass der Wecker schon wieder um halb fünf läuten würde. Sie wollte nur noch schlafen, lang und tief und bitte ohne Wecker. Sie stellte noch die letzten stehen gebliebenen Gläser auf den Servierwagen, die Nonne schob schon das saubere Geschirr in den kleinen Speisesaal.

„Hilfst du mir bitte noch, Marie?" Muss das denn noch sein!, stöhnte sie innerlich, aber folgte natürlich freundlich der Bitte der Klosterschwester und nahm sich einen Stapel Teller vom Wagen. Die Stimmen der anderen verklangen auf dem Gang, die Flurtür fiel gedämpft ins Schloss. „Bitte setz dich einmal zu mir, Marie." Verwundert schaute sie sie an. Woher wusste sie überhaupt ihren Namen? Und sollte sie nicht helfen? Als erriete sie ihre Gedanken, erklärte die Nonne: „Ich bin übrigens Schwester Anna." Sie lächelte warm. „Wir tragen ja keine Namensschilder, da merkt man sich kaum die Namen der ganzen Trachtenträgerinnen." Marie fühlte die Verlegenheitsröte in den Kopf steigen. „Setz dich doch, die Arbeit läuft nicht weg." Sie folgte der Aufforderung, ließ sich über Eck am Tischende nieder. Sie unterdrückte ein Gähnen. „Ich will dich auch nicht lange von deinem dringend nötigen Schlaf abhalten. Aber ich hatte den Eindruck, dass du irgendetwas mit dir herumträgst." Marie überlegte, was sie meinen könnte. „Ich hab' nebenan in der Geschirrküche gespült und aufgeräumt, während ihr hier noch bei offener Tür geredet habt." Die Nonne zögerte, schien zu überlegen, welche Worte sie wählen sollte. Dann wagte sie den ganz direkten Weg. „Als es um Verhütung ging, hab ich kein Wort von dir gehört, Marie. Alle hatten kichernd etwas beizutragen, nur du nicht. Was hat das zu bedeuten?" Marie lief knallrot an. Die Scham drückte ihr den Blick auf die Tischplatte. Schwester Anna wartete geduldig ab. Aber ihr Mund blieb fest verschlossen. „Marie, bist du schwanger?", ging sie sie direkt an.

„Ich?" Marie zuckte völlig konsterniert zusammen. „Aber wovon denn?", rutschte es ihr heraus. Schwester Anna schaute sie prüfend an. „Du weißt doch sicher, wie eine Frau schwanger wird, oder nicht?" „Ja, sicher weiß ich das", entgegnete sie. „Und ich bin ganz sicher nicht schwanger." Ihr Gesicht verschloss sich. „Entschuldige bitte meine direkte Art. Dann ist es ja gut. Ich war nur auf die Idee gekommen, weil du erst von deinem Freund erzählt hattest und dann bei diesem Thema so auffällig still wurdest. Ich wollte nur vermeiden, dass jemand in einer schwierigen Situation vielleicht nicht alle Hilfen kennt und dann etwas Unüberlegtes tun könnte." „Was denn? Abtreibung vielleicht?" Ihre Stimme klang verächtlich. „Zum Beispiel." Marie schob den Stuhl zurück. „Danke der Nachfrage. Aber da besteht bei mir keine Gefahr. Brauchen Sie noch meine Hilfe?" „Nein, Kind. Ich habe dich nur darum gebeten, um dich ansprechen zu können. Man ist hier selten allein." „Das hab ich gemerkt. Danke noch mal und gute Nacht."

Die Nonne lächelte sie trotz ihrer zur Schau getragenen Distanz warm an. „Dir auch eine gute Nacht, Marie. Nur …" Sie blieb im sich abwendenden Schritt stehen. Schwester Anna schaute ihr mit klarem Blick direkt in die Augen. „Du sagtest gerade so spontan ‚Wovon denn?' Hast du doch keinen Freund oder ist es vorbei?" Irritiert zog Marie die Augenbrauen zusammen. „Nein. Also doch. Wir sind bald drei Jahre zusammen. Und wenn ich Glück habe, holt er mich auch morgen vom Bus ab, wenn wir zurückkommen." „Aber was meintest du dann damit?" Der freundliche Blick der Nonne ruhte unerbittlich in ihrem Gesicht. War es der Wein oder die überwältigende Müdigkeit? Jedenfalls sprach sie mit Stolz aus, was sie sonst niemandem erzählte. Außer Kevin. „Ich meinte damit, dass ich unberührt vor den Altar treten und in den heiligen Stand der Ehe gehen werde." „Nein." Wieso war die Nonne so verdattert, guckte sie so ungläubig an? „Das kann nicht dein Ernst sein, Marie", brachte sie schließlich heraus. „Wieso nicht?" Maries Worte klangen fast schnippisch. Was war das für eine Braut Christi, dass sie ihren heiligen Vorsatz für so unmöglich hielt? Schwester Anna setzte sich schwer zurück auf ihren Stuhl. „Und was hält dein Freund davon?", forschte sie zweifelnd. Marie zuckte mit den Achseln. „Anfangs hat er mir nicht geglaubt. Aber dann hat er es verstanden. – Und er ist trotzdem bei mir geblieben", setzte sie trotzig hinzu. „Alle Achtung. Das muss eine große Liebe sein." „Ja, das ist sie." Sie fühlte sich stolz und bestätigt, dass das auch diese seltsame Schwester einsah. „Und wie lange willst du das noch durchhalten?", fragte Schwester Anna weiter. „Kevin spart schon für die Hochzeit, und sobald ich mehr verdiene, werde ich das auch tun können." Schwester Anna schwieg. Dann setzte sie ruhig wieder an. „Macht euch bitte nicht unglücklich. Es wäre zu schade um eure große Liebe. – Drei Jahre, sagtest du?" „Ja." „Hast du überhaupt eine Vorstellung davon, was das für einen jungen Mann bedeutet, was du von ihm verlangst?" Marie war verärgert. „Er liebt mich genauso wie ich ihn." „Und er will auch selbst ohne jegliche sexuelle Erfahrungen mit dir heiraten?" Die Nonne provozierte sie nun bewusst. Marie schwieg. Kevin hatte sich gefügt. Dass er eigentlich viel mehr von ihr wollte, wusste sie. Auch, dass es ihm schwer fiel. Aber was sollte dieses Verhör? Was ging sie das alles an, ihre Liebe?

„Weißt du, du wirst dich sicher fragen, was mich das alles angeht, wieso ich mich einmische." Schwester Anna schaute ihr wieder gerade ins Gesicht. Dieser Blick war so unerbittlich freundlich. Marie setzte sich wieder, erwartete, was sie zu sagen hatte. Die Nonne fing an zu erzählen. „Ihr habt heute in euren Gruppen über das große Thema ‚Gottesliebe' gesprochen. Du warst, glaube ich, bei der Gruppe ‚Gottes Liebe zu den Menschen', richtig?" Sie nickte. Dass sie das alles wusste. „Ich bin nicht als Nonne zur Welt gekommen, wie du dir unschwer denken kannst. Ich hatte einen großen Bruder und eine kleine Schwester, eine ganz normale Familie. Ich wurde größer, lernte die Jungs schätzen, verliebte mich, verlobte mich, heiratete. Wir bekamen zwei Kinder, ich arbeitete nur noch Teilzeit, hörte bei meinem Sohn ganz auf, widmete mich – durchaus gerne – den beiden und unserem kleinen Häuschen mit Garten. Die Kinder wurden groß, zogen aus. Und unsere Ehe zerbröckelte immer mehr. Eines

Tages erklärte mir mein Mann, er ziehe zu seiner Freundin. Sein Anwalt würde alles Finanzielle fair mit meinem regeln. So war es durchaus. Ich hätte das Haus gerne behalten, aber wovon hätte ich ihn auszahlen sollen? Ich hatte ja nichts Eigenes. Es wurde verkauft, ich nahm eine kleine Wohnung. Der halbe Erlös nach Abzug der Restschulden war eine für mich unvorstellbar große Summe. Ich machte endlich meine Traumreise. Vier Wochen durch Frankreich, Spanien, Portugal, bis nach Marokko. Wieder zurück ging ich zum Arbeitsamt, denn nach den neuen Gesetzen bekam ich keinen Unterhalt aus der Ehe. Freiwillig zahlte mein Exmann mir für ein Jahr monatlich 200 €. Ich machte dazu kleine Jobs. Putzen, Lageraushilfe, Regale im Supermarkt einräumen. Mit Mitte fünfzig und zwanzig Jahren Familienpause sind die Chancen auf eine richtige Anstellung gleich null. Es war immer knapp. Ich beantragte Wohngeld. Dann hörten die freiwilligen Zahlungen auf. Ich musste zum Sozialamt. Dort wurde klar, dass ich erst noch die letzten Euros von meinem halben Haus verbrauchen musste, ehe ich überhaupt etwas bekommen würde. Und meine Kinder würden eventuell auch noch in die Pflicht genommen. Ich war am Boden zerstört. Was waren das für Aussichten? Den Rest des Lebens Bittstellerin, arm, keinen Cent für die kleinste Kleinigkeit extra, dadurch auch abgeschnitten von den früheren Freundinnen und Bekannten. Trost fand ich erst bei Gott, im Gebet, in der Frauengruppe meiner Gemeinde. Ich bekam freundliche Unterstützung, Zuwendung, man hörte mir zu. Als eine Schwester aus diesem Kloster zu einem Vortrag zu uns kam und auch von ihren Nachwuchssorgen berichtete, leuchtete bei mir zum ersten Mal die Idee auf, dass das mein Ausweg sein könnte. Ich war mit 57 sicher eine der ältesten Novizinnen. Seit zwei Jahren bin ich Schwester Anna.“ Sie machte eine kurze Pause, schaute Marie an, die ihr gebannt zugehört hatte. „Hier bin ich versorgt, habe die Sicherheit, dass jemand für mich da ist. Ich wohne hier, bekomme mein Essen, habe meine Arbeit als Hotel- und Gastronomie-Fachangestellte, die ich als junge Frau einmal gelernt habe. Nur, dass ich eben keine Angestellte, sondern Klosterschwester bin. Dafür unterwerfe ich mich den

Klosterregeln, den Grundsätzen der Amtskirche – mit denen ich nicht immer und überall ganz einverstanden bin. Aber in der Liebe Gottes fühle ich mich frei. – Und Angestellte müssen auch häufig tun, was sie nicht unbedingt richtig finden." Sie machte eine kurze Pause. „Alles menschliche Treiben hat auch Fehler und Schwächen, es gibt kein erreichbares perfektes Ideal. Und auch die Kirche ist von Menschen gestaltet, hat dementsprechend natürlich auch Fehler und Schwächen."

Schwester Anna schaute sie lange schweigend an. „Gottes Liebe zu den Menschen wird in der menschlichen Liebe erfahrbar. Wenn es nur etwas Menschliches gibt, das man heilig nennen kann, dann ist es die Liebe." Sie seufzte leise. „Du siehst die Ehe als etwas Heiliges, die Eheschließung ist ja auch in unserer katholischen Kirche ein Sakrament. Sicherlich ist es etwas sehr Bedeutungsvolles, sich ewige Treue zu schwören, in guten wie in schlechten Zeiten, bis dass der Tod uns scheidet. Aber die Menschen werden immer älter und es ist immer seltener der Tod, der scheidet. Sondern die Liebe geht verloren. Das ist traurig, aber wohl menschlich. – Ich konnte auch nur hier im Kloster aufgenommen werden, weil in den Augen der Amtskirche offensichtlich mein Mann die Ehe gebrochen hatte, als er mich verließ. Ich galt als unschuldig, trotz Scheidung." Marie war verwirrt. Was wollte Schwester Anna ihr damit sagen? „Ja soll man denn dann gar nicht mehr heiraten? Nur weil es auch schiefgehen kann?", wollte sie aufbegehrend wissen. Die Nonne lächelte. „Aber ja doch. Natürlich soll heiraten, wer sich wirklich liebt. Ich finde nur, dass es zu viel ist, die Ehe als heilig zu bezeichnen. Sie ist nur ein menschengemachtes Übereinkommen, das in verschiedenen Zeiten und Kulturen auch verschieden ausgestaltet wurde. – Übrigens selten zum Vorteil der Ehefrauen." Marie schwieg. Sie wehrte sich gegen diese ihr fremden Ansichten. Und das von einer Nonne! Einer geschiedenen Nonne mit zwei Kindern. „Haben Sie Enkel?", fragte sie spontan. Schwester Anna schaute überrascht auf, dann lachte sie. „Nein, leider noch nicht. Aber ich hoffe darauf, dass meine Kinder eine Partnerin bzw. einen Partner finden, mit dem oder der sie eine Familie gründen wollen. Aber sie haben auch noch Zeit, sind ja erst Anfang und Mitte zwanzig." Wie Kevin und ich, dachte Marie.

„Aber Sie sagten doch eben selbst, dass die menschliche Liebe etwas ist, das uns die Liebe Gottes erfahren lässt, und dass man sie heilig nennen könne. Wieso ist die Ehe dann nicht etwas Heiliges?" Schwester Anna lächelte sie zufrieden an. Sie fing an, sich mit ihrer Vorstellung auseinanderzusetzen. „Ja, die Liebe ist etwas Heiliges. Sie bewegt uns zu handeln und zu sorgen, ohne sofort an uns selbst zu denken. Sie bringt die Liebe Gottes in die Welt. Die Ehe aber ist zunächst einmal nur eine Institution, ein Vertrag, ein Versprechen vor Zeugen, das mancherorts sogar eingeklagt werden kann – oder die Pflichten und Rechte, die damit verbunden werden. Die Ehe ist nicht die Liebe, Marie. Die Liebe ist die Liebe. Schon jetzt und hier, in deinem Herzen, wenn du an Kevin denkst, dich vielleicht nach ihm sehnst, dich darauf freust ihn wieder zu sehen, morgen zu Hause, wenn er dich abholt. Wenn er auf dich wartet, sich deinem Willen beugt und dich nicht bedrängt, obwohl er wahrscheinlich nichts lieber täte, als dir Freude und Lust zu schenken." Marie sank bei ihren ruhigen Worten immer weiter in sich zusammen. Eine unendliche Schwäche durchspülte sie, lief ihr als Tränen wieder aus den geschlossenen Augen. Die Schwester sprach leiser und sanft weiter. „Unser Schöpfergott hat uns wunderbare und vollkommene Körper gegeben, die zu wunderbaren Empfindungen in der Lage sind und einem geliebten Menschen höchstes Glück und Erfüllung schenken können. Ich halte es für eine Sünde zu behaupten, dass unser allmächtiger Schöpfer das nicht gewollt haben soll, als habe er Fehler gemacht bei der Erschaffung seiner Geschöpfe – nach seinem Bilde, wie es in der Bibel steht. Welch ein Frevel, die Schöpfung unseres Gottes als fehlerhaft und unvollkommen zu betrachten, welch ein menschlicher Hochmut darüber urteilen zu wollen!" Marie weinte immer weiter. Lange schluchzte sie untröstlich im Arm der Schwester. „Aber was soll ich denn nur tun?", flüsterte sie irgendwann. „Schlaf dich aus, es war jetzt alles zu viel. Du kannst bis halb zehn noch Frühstück bekommen, ich melde dich krank, wenn du möchtest." Sie nickte nur schwach.

„Wenn du magst, kannst du dann zur Sonntagsmesse kommen,
sie wird sicherlich sehr schön. Ich werde da sein. – Und auch
ohne ihn zu kennen, glaube ich fest, dass dein Kevin dich unendlich liebt und sich genauso unendlich freuen wird, wenn du
anfängst auf ihn zuzugehen. Schritt für Schritt, durchaus langsam, nicht überstürzt. Wer schon drei Jahre wartet, wird auch
noch genügend Geduld haben, bis du deinen Weg gefunden und
beschritten hast."

Marie schaute sie zweifelnd an. All die Situationen, in denen
er sich verschloss und abwandte, als sie ihn wieder einmal abgewiesen hatte, standen ihr glasklar vor Augen. War sie dann diejenige, die sündigte, sein Geschenk hochmütig zurückwies und
dabei noch stolz auf ihren eisernen Willen war? Seine brennende
Sehnsucht in den Augen, wenn sie sich geküsst hatten, war das
auch die gottgewollte menschliche Liebe? Und wenn es so sein
sollte, was war dann ihr eigener glühender Eifer für die heilige
Ehe? Ein Irrglaube etwa? In dem sie aber doch so viele bestätigt
hatten, die Predigten gegen die wollüstige Sünde und Gier in
der Welt, ihre eigene geliebte Oma, die ihr schon von Kindes-
beinen an eingeschärft hatte, sich bei den Jungs niemals „zu vergessen"? Als Schulkind hatte sie den Sinn dieser Mahnung nicht
verstanden, in der Pubertät hatte sie sehr wohl begriffen, wovor
die Oma sie gewarnt hatte. – Sie wusste nicht mehr weiter, alles
schwamm in ihrem Kopf. Schwester Anna nahm sie am Arm,
führte sie zu ihrem Zimmer, in dem die Kollegin schon lange
schlief. So leise wie möglich hantierte sie im Bad, sank völlig erschöpft in ihr Bett und konnte doch nicht schlafen.

Plötzlich ruckt es, der Bus fährt an. „Na endlich!", seufzt die
Kollegin neben ihr erleichtert auf. Marie lächelt sie vorsichtig an.
„Magst du?" Die Sitznachbarin hält ihr eine Packung Kekse unter
die Nase. „Ja gerne, danke schön!", greift Marie zu. Ihr Magen
ist leer und fühlt sich flau an. Sie fängt an, in ihrem Rucksack
zu wühlen. Dort findet sie noch ein vergessenes halbes Käse-
brot von Freitag in einer Dose. Es scheint noch in Ordnung zu
sein, nur etwas hart ist es geworden. Sie kaut es kräftig, will sich
stärken, ehe sie Kevin entgegentritt. Falls er überhaupt da ist, so

viel Verspätung, wie sie mittlerweile haben werden. Ein Schluck Wasser aus der Sprudelflasche spült die Krümel herunter. Ihr Handy brummt in ihrer Jackentasche, eilig fischt sie es heraus. Ist das Gedankenübertragung?! „Hallo Süßer!", strahlt sie ins Telefon. „Hallo, selber Süße! Ich wollte mal fragen, wo ihr steckt. Ich hab gerade im Radio gehört, wie viel Stau auf eurer Strecke ist." Sie weiß es selbst nicht so genau, hatte nicht auf die Ausfahrten geachtet. „Ruf mich doch an, wenn ihr am Kreuz seid. Dann müsste ich es noch in die Stadt schaffen, bis ihr da seid", schlägt Kevin vor „Holst du mich ab?", vergewissert sie sich. „Aber natürlich! – Oder willst du lieber erst mal Ruhe haben?", fragt er schnell nach. „Nein! Ich freu mich schon so auf dich!" Das hatte sie noch nie zu ihm gesagt. Sie errötet verlegen, was er zum Glück ja nicht sieht. „Ich mich auch auf dich, Süße", hört sie seine Antwort und ist unerklärlich glücklich. „Ich melde mich!" „Ja, bis gleich!" „Bis gleich!" Behutsam steckt sie das Handy zurück in die Jackentasche. Kann es wirklich so einfach sein, wie das gerade eben? Einfach sagen, was sie fühlt? Sie will es versuchen. Hoffnungsvoll schaut sie auf die langsam vorbeiziehende Lärmschutzwand und knabbert von den wieder angebotenen Keksen.

Da steht er am Rande des Parkplatzes, seine türkisfarbene Steppjacke leuchtet in der hereinbrechenden Dämmerung. Die Hände tief vergraben in den Jackentaschen und den Kopf zwischen die Schultern gezogen steht er in der Kälte und wartet. Auf sie. Ihr Puls schnellt in die Höhe, fahrig langt sie nach ihrer Jacke, der Rucksack ist schon fertig gepackt und zugezogen, seit sie die Autobahn verlassen haben. Und dann war da noch der auswärtige Kleinlaster in der Innenstadt, der mitten auf der Straße versuchte zu wenden. Sie hätte schreien können, schon wieder Stau, so kurz vor dem Ziel, und so ging es wohl vielen im Bus. Aber jetzt sind sie da, endlich! Suchend schaut sie aus dem Fenster, hat er sie schon gesehen? Er geht langsam auf den geparkten Bus zu, wartet ab, wer aus den Türen steigt. Die kalte Luft schlägt ihr entgegen, der Atem dampft. Jetzt hat er sie erkannt, kommt lächelnd auf sie zu. Und sie fällt ihm einfach um den Hals, küsst ihn direkt auf den Mund. Überrascht hält er sie fest, schiebt die

Hände unter ihren umgeschnallten Rucksack. Wie sehr hatte sie sich darauf gefreut, diese Sehnsucht ist gar nicht zu bändigen, dabei ist sie jetzt da, bei ihm. Er schaut ihr in die funkelnden Augen, wagt vorsichtig noch ein Küsschen auf ihre Lippen. Und sie küsst heftig zurück, will ihn gar nicht mehr hergeben. Sie liebt ihn doch so sehr! Fast überrumpelt gibt er ihr gerne nach. Sein Puls pocht, er hält sie so fest er kann. Und sie drängt sich an ihn, hat sie das schon jemals so getan? Seine Lenden reagieren sofort. Vorsichtig stellt er wieder etwas Abstand her, will sie nicht abschrecken, falls sie es bemerkt. Sie küsst so heiß … und das mitten in der Öffentlichkeit. Irgendetwas ist anders und er hofft inständig, dass es gut sein wird.

„Marie?" Eine Ausbilderin ruft sie aus ihrer Umarmung, Kevin lässt sie sofort los. „Ist das hier deine Tasche? Der Busfahrer will auch in den Feierabend." „Äh, ja. Entschuldigung." Verlegen läuft sie zu dem letzten einsamen Gepäckstück vor der geöffneten Kofferraumklappe. Der missbilligende Blick der Ausbilderin verfolgt sie. „Tut mir leid", entschuldigt sie sich beim Busfahrer, der nun die Klappe zudrückt. „Ist schon gut. Man ist nur einmal jung", lacht er sie freundlich an. „Dann einen schönen Feierabend!", wünscht sie ihm noch. „Danke, euch auch!", zwinkert er zurück und steigt in sein Gefährt.

Kevin nimmt ihr die Tasche aus der Hand. „Und jetzt nach Hause?", fragt er. „Ja." Wohin auch sonst. Zu ihm?, schießt es ihr durch den Kopf. Später. Sie ist viel zu müde und noch so verwirrt. ,Wer schon drei Jahre wartet, wird auch noch genügend Geduld haben, bis du deinen Weg gefunden und beschritten hast.' Dieser Satz von Schwester Anna kreist ihr immer wieder durch den Kopf, schwebt durch ihre Gedanken. Drei Jahre lässt sie ihn schon warten. Und er wartet auf sie, noch immer. Sie will seine Geduld nicht noch länger strapazieren. Aber sie muss noch ihren Weg finden. Sie schaut ihn von der Seite an, wie er neben ihr geht, ganz selbstverständlich ihre Tasche trägt, sie anlächelt, als er ihren Blick spürt. Sie nimmt seine Hand, die er halb in den dicken Ärmel gezogen hat, er hat keine Handschuhe dabei. Sie selbst auch nicht. Erfreut blinkert er ihr zu, zieht ihre Finger mit in seine geräumige Jackentasche. Sie lacht leise. Und bleibt plötzlich stehen. Er dreht sich fragend zu ihr um. „Kevin, liebst du mich eigentlich noch?“ Ganz ernst blickt sie ihn an. Verblüfft schaut er ihr ins Gesicht. Sie muss sehr müde sein. Was haben sie da im Kloster nur mit ihr gemacht? Er nimmt die Tasche von der Schulter, stellt sie ab. „Aber ja doch, natürlich liebe ich dich, Marie.“ Erleichtert strahlt sie wieder, küsst ihn schnell auf die kalte Nase. Er zögert erst, fragt sie dann doch vorsichtig: „Wie kommt es, dass du daran zweifelst?“ Sie weicht seinem Blick aus, senkt den Kopf, schaut dann zur Seite. Sie ringt mit sich, dann schaut sie wieder auf, mit unsicherem Blick. „Ich zweifle nicht, nur …“, sucht sie nach Worten, er wartet ab. „Ich hab dich schon so viel warten lassen, dass … ich Angst habe, dass deine Geduld irgendwann nicht mehr reicht.“ Er spürt sofort, dass sie wohl nicht die Verspätung des Busses meint. Aber er bleibt lieber auf sicherem Terrain. „Du kannst doch nichts dazu, wenn ihr im Stau steht.“ „Das meinte ich auch nicht“, erwidert sie leise. Wortlos nimmt er sie in den Arm. Mit ganzer Kraft presst sie sich an ihn. Aufgewühlt hält er sie fest. Sie vergräbt das Gesicht an seiner Schulter. Ein leises Wimmern dringt hervor. Was ist nur passiert? Die Unsicherheit lässt ihn innerlich zittern. Dabei wollte er doch auf sie zugehen, erfahren, was sie im Kloster gemacht, worüber sie gesprochen haben. Und was es ihr bedeutet. Der Glaube. Die Kirche. Die Ehe. Und sie zweifelt an seiner Liebe, seiner Geduld. Hat er sie zu sehr spüren lassen, wie schwer es ihm fällt, sie zu lassen? Er hat Angst. Dass es kaputt geht, was sie verbindet. Verbunden hat? Ihre Liebe. Die ihn manchen Frust hat aushalten lassen. Und gestern mit dem schieren Mut der Verzweiflung zu Astrid getrieben hat.

Heiß durchfährt es ihn. Hat ihn jemand gesehen? Und es Marie schon gesteckt? Weiß sie schon, dass er ihr nicht treu gewesen ist, ohne sie betrügen zu wollen? Die Panik verkrampft seine Muskeln. Sie scheint es zu spüren, löst sich ein wenig aus seinem Arm. „Was ist passiert, Marie?“, fragt er rau. Sie schweigt, starrt auf seine türkisfarbene Brust. „Ich habe viel nachzudenken“, sagt sie schließlich und mustert sein Gesicht, ehe sie wagt ihm wieder

in die Augen zu schauen. „Liebst du mich denn auch noch?“,
bringt er todesmutig die entscheidende Frage heraus. Sie ist so
offensichtlich verblüfft, dass ihm schon vor ihrer Antwort die
Felsbrocken vom Herzen poltern. „Aber ja doch!“ Ihre Augen
leuchten. Impulsiv zieht er sie wieder fest in seinen Arm. „Ich
will dich nie verlieren, Marie, niemals“, flüstert er neben ihrem
Ohr. „Ich dich auch nicht, Süßer“, raunt sie zurück. Die Erleichterung wagt sich langsam hervor. Sie kann es nicht wissen.
Wer hätte ihn auch sehen sollen? Sie haben ja sogar bei Tina in
der Suite gefrühstückt, nicht unten im Speiseraum. Höchstens
auf dem Parkplatz, heute Mittag. Aber da hat er Astrid nur gedrückt. Dazu kann er stehen, das ist nichts Verwerfliches. Maries
Lippen suchen seine. Sie finden sich, liegen warm aufeinander.
Zärtlich strömt es aus seinem Herzen, ganz durch ihn durch. Seine
Zunge übersetzt es ihrer. Lange küssen sie sich unter der Laterne.

„Wollen wir gehen?“, fragt er schließlich, als sie ihn wieder
lässt. „Zu dir?“, schlägt sie überraschend vor. „Das ist doch näher.“
„Wenn du möchtest, gerne. Willst du deinen Eltern noch Bescheid geben, dass du später kommst?“ „Hab ich schon im Bus,
als wir im Stau standen. So schnell werden sie sich keine Sorgen
machen.“ Sie biegen in die Nebenstraße ab. Im zweiten Block
steht sein Elternhaus. Er schließt die Haustür auf, macht Licht.
Sie steigen die Treppen hinauf. Er hat das Einliegerzimmer mit
dem Eingang direkt vom Treppenhaus aus. So wohnt er zwar
noch zu Hause, hat aber trotzdem ein bisschen sein eigenes Reich.
Wie gut, dass er noch aufgeräumt hat, als er auf ihre Rückkehr
wartete. Seine Wäsche liegt schon in den Körben im Badezimmer
der Familienwohnung, die etwas muffig gewordenen Handtücher
von gestern lüften auf dem Balkon. Er hat sogar noch einmal geduscht und die Haare gewaschen, als er zurückkam. Wollte alle
Spuren abspülen, den Duft des Hotel-Shampoos, Astrids Küsse
auf seiner Haut, sich irgendwie reinwaschen von der Schuld, die
doch gar keine war.

„Komm rein in die gute Stube.“ Er hält ihr die Zimmertür auf
und schließt sie hinter sich, stellt ihre Tasche daneben ab. Ganz
Kavalier hilft er ihr aus der dicken Jacke, hängt sie an einen der

Türhaken, schlüpft dann aus seiner und hängt sie daneben. Marie hat sich schon in ihre Ecke auf seinem Sofabett gekuschelt. „Ist dir kalt? Soll ich die Heizung aufdrehen?" „Nein, ich bin nur so müde, da friere ich schnell." Er nimmt eine Wolldecke aus seinem Schrank, breitet sie aus und deckt sie fürsorglich damit zu. Sie strahlt ihn dankbar an. „Kommst du auch her?" Das lässt er sich nicht zweimal sagen und kuschelt sich neben sie unter die Decke. Sie sucht seine Nähe, scheint sie zu genießen. Das ist neu. Klar, manchmal wollte sie das schon. Aber sie ließ immer einen gewissen Sicherheitsabstand, oder stellte ihn bald wieder her. Irgendetwas muss in diesem Kloster gewesen sein. „Wovon bist du denn so müde? Haben sie euch nicht ausschlafen lassen, am wohl verdienten Wochenende?" „Nö, wo denkst du hin. Die Frühmesse am Samstag war schon um sechs Uhr, vor dem Frühstück." Sie erzählt vom gestrigen Tag, bis zum Abendessen. „Und dann seid ihr brav um neun Uhr ins Bett gegangen, damit ihr zur nächsten Frühmesse wieder ausgeschlafen wart?" forscht er ironisch. Sie grinst. „Na klar. Deshalb bin ich auch topfit wie hundert Krieger. – Nein, es ist ziemlich spät geworden. Und zwei Flaschen Wein waren auch dabei." Er hält sie lächelnd im Arm, sie krault versonnen seinen Nacken. Dann holt sie Luft, schaut ihn an. „Und dann hat Schwester Anna mich noch angesprochen. Weil sie fürchtete, ich sei vielleicht ungewollt schwanger." Kevins Miene ist ein einziges ratloses Fragezeichen. „Du??? Wie kam sie denn darauf?" Marie macht eine wegwerfende Bewegung. „Eben. Das hab ich ihr auch gesagt. Sie war … hm … ziemlich irritiert. Und hat dann von ihrer Geschichte erzählt. Sie ist geschieden, hat zwei erwachsene Kinder und ist erst mit 57 als Novizin ins Kloster eingetreten. Auch, weil sie sonst arbeitslos gewesen wäre und für den Rest ihres Lebens von Hartz IV hätte existieren müssen." „Ist ja irre", drückt Kevin seine Verwunderung aus. „Ich dachte, die katholische Kirche nimmt keine Geschiedenen mehr." „Ist auch so. Aber sie war ja ‚unschuldig‘, weil ihr Mann sie für eine jüngere Freundin verlassen hatte. Er hatte die Ehe gebrochen, nicht sie." Kevin schweigt nachdenklich. „Wir haben dann über die Ehe und die Liebe gesprochen.

Und …" Marie stockt, muss schlucken und tief Luft holen. „…
sie hat mir einiges zu denken gegeben." Sie wagt einen vorsichtigen Blick in seine Augen. „Ich war völlig erschöpft, aber
konnte nicht schlafen. Und dann hab ich wirres Zeug geträumt
und war wieder wach. Es hat mich sehr beschäftigt." Sie schaut
wieder auf. „Und tut es auch noch. – Das ist passiert. Und ich
hoffe, deine Geduld reicht noch, bis ich meinen Weg gefunden
habe." „Natürlich reicht sie." Er schaut ihr tief in die Augen. Noch
nie hatte sie bemerkt, wie gleichzeitig klar und dunkel sie sein
können, wenn er sie so meint, nur sie. Sacht schmiegt sie sich in
seinen Arm. Wie gut das tut, seine Wärme zu spüren, wirklich
zu spüren, nicht nur zu wissen, dass sie da ist.

Wie lange sie schon schweigend so beieinander liegen, kann
er gar nicht mehr sagen. Er versucht die ganze Zeit, diese un-
bändige Hoffnung im Zaum zu halten. Dass es jetzt gut wird. Sie
ihre Einstellung zur ‚heiligen‘ Ehe überdenkt. Und vielleicht …
Er wagt nicht, es auch nur zu denken. Und doch liegt sie warm
und ganz nah in seinem Arm. So lange, wie sie es noch nie getan
hat. Aber vielleicht ist es auch nur die Erschöpfung, die ihr die
Kraft zur Abwehr raubt. Er will sich nicht in unnütze Träume
versteigen, die dann doch nur zur nächsten Enttäuschung führen.
Allmählich schläft sein Arm ein. Vorsichtig zieht er ihn frei, Marie
hebt den Kopf, der darauf lag, und lächelt ihn an. „Dann muss ich
wohl mal nach Hause gehen und die Tasche für morgen packen."
Sie seufzt. „Und gründlich schlafen, Süße." Sie lacht leise. „Ja,
ich hoffe, es geht wieder." „Sonst rufst du an und ich wiege dich
in den Schlaf", frotzelt Kevin halb ernst, halb ironisch. Erstaunt
sieht er sie rot werden, sich verlegen abwenden. Sie ist nicht mehr
ganz die, die er kannte. „Wenn du es willst, würde ich es wirklich
tun", setzt er vorsichtig hinzu. „Ich weiß. Danke schön." Sie pellt
sich aus der Wolldecke, Kevin hilft ihr in die Jacke, greift sich
seine und nimmt wieder ihre Tasche. Schweigend wandern sie
Hand in Hand durch die dunklen Straßen. „Danke fürs Tragen."
Sie übernimmt wieder ihre Tasche. „Und fürs Abholen natürlich auch." Sie schaut ihn scheu lächelnd an. Sie stehen vor dem
Mehrfamilienhaus, in dem sie mit ihren Eltern und noch zwei

Geschwistern eine Wohnung teilt. „Schlaf gut“, wünscht er ihr herzlich. Sie lächelt. „Du auch, Süßer.“ Wie oft hat sie das heute schon zu ihm gesagt?, fragt er sich. Sie hat sich schon verändert. „Wirst du mir später erzählen, worum es genau ging?“, will er vorsichtig wissen, sein Blick ruht ernst in ihrem. „Ja natürlich, gerne. Ich finde mich nur selbst noch nicht wieder zurecht. Ich brauche noch etwas Zeit.“ „Nimm dir, soviel du brauchst.“ Er schaut sie an. „Ich habe gelernt zu warten.“ Sie holt tief Luft und lächelt vorsichtig zurück. „Ich weiß, Süßer. Danke schön.“ Er wartet noch vor der Tür ab, bis sie in den zweiten Stock gestiegen ist, sich die Wohnungstür hinter ihr schließt. Das Treppenhauslicht verlöscht, er dreht sich um und geht.

Hoffnung

Sein Schädel brummt, genervt haut er den Wecker aus. Wenn er vier Stunden geschlafen hat, wäre das viel. Kreuz und quer verfolgten ihn die wirren Gedanken. Er träumte von Astrid und Marie, schreckte wieder auf, lag wach, fand sich kaum noch zurecht zwischen Traum und Wirklichkeit. Panik überrannte ihn, dass Marie von seiner Untreue erfahren und ihn endgültig und für immer zurückweisen könnte. Dann wieder schwebte er in der seligen Hoffnung, dass alles gut würde, sie sich besinnen, ihn ganz und gar lieben würde. Die Nacht kroch unruhig und dunkel dahin.

Mühsam rappelt er sich hoch, geht hinüber ins Badezimmer. Unter der Dusche wird es langsam besser. Er trocknet sich ab, zieht sich an. In der Küche deckt er den Frühstückstisch, wie jeden Morgen ist er der Erste, der aus dem Haus geht. Als er die Rollläden hochzieht, klatscht der Regen an die Scheiben. Er schüttelt sich unwillkürlich. Sauwetter. Und stockfinster, wann wird es endlich wieder Frühling? Dabei hat der Winter gerade erst angefangen. Missmutig schaut er dem kalten Nass zu, wie es unablässig am Fenster herabrinnt. Innenausbau machen sie ab heute, Kernsanierung eines Altbaus. Zum Glück. Da werden ja wohl hoffentlich noch Fenster und Türen drin sein, wenn schon wahrscheinlich keine Heizung. Einige Kollegen im Technikerkurs sind schon auf Kurzarbeit oder Schlecht-Wetter-Geld.

Im Flur steht er vor der Garderobe, überlegt, welche Jacke heute die beste wäre. Dann fällt sein Blick auf sein Handy. Das muss er gestern Abend hier liegen gelassen haben. Er schaltet es ein, checkt, ob Nachrichten oder Anrufe gekommen sind. Nichts. Auch gut. Dann fällt ihm etwas ein. Schnell schreibt er Marie eine SMS. ‚Guten Morgen, meine Süße, hast du gut geschlafen? Ich denke dauernd an dich. Wann können wir uns sehen? Dein Kevin.‘ Er zögert. Soll er das wirklich so schreiben?

Doch. Er drückt auf „Senden“. Steckt das Gerät dann sorgfältig in die Innentasche und geht hinaus, in diese furchtbar nasse und kalte Welt.

In der Mittagspause kontrolliert er sein Telefon. Marie hat geantwortet! Sein Herz macht einen Hüpfer, nervös klickt er die Nachricht auf. ‚Hallo Süßer, danke schön für deine Guten-Morgen-Grüße! Ja, ich habe gut geschlafen. Du hoffentlich auch? Heute Abend möchte ich noch etwas für mich und meine verwirrten Gedanken tun. Darf ich morgen zu dir kommen? Ab wann wärest du zu Hause? Gruß und Kuss von deiner Marie.‘ Hoch erfreut und enttäuscht zugleich lässt er das Telefon sinken. Erst morgen. Eigentlich wollte er da mit einem Kumpel für die nächste Klausur lernen. Aber vielleicht kann der ja auch schon heute. Er erreicht ihn sogar direkt, macht auch gerade Mittag. Es ist ihm recht, also heute Abend lernen. Kevin seufzt. Die Arbeit ruft. Aber wenigstens lenkt sie ab. Auf dem Heimweg im Bus wählt er ihre Nummer. Wahrscheinlich ist sie noch bei der Arbeit, um diese Zeit. Aber sie geht dran! Das Kindergeschrei im Hintergrund ist unüberhörbar. Sie freut sich, kann aber nur kurz sprechen. Ja, bis morgen Abend. Gegen sechs kommt sie zu ihm. Wie soll er es bis dahin noch aushalten? Seine Sehnsucht ist so überwältigend groß geworden. Dauernd denkt er daran, wie sie sich im Arm hielten, auf seinem Sofa, wie sie sich küssten, draußen unter der Laterne. Was hat er behauptet? Er habe gelernt zu warten? Wie konnte er nur diesen idiotischen Satz sagen! Er will nicht mehr warten!!! Dabei weiß er zu gut, dass er sie nicht bedrängen darf, das zarte Hoffnungspflänzchen ist zu schnell zertreten.

Endlich, endlich! Es hat geschellt. Mit einem Satz ist er am Türdrücker, unten summt es, die Haustür springt auf. Am liebsten würde er ihr entgegen laufen, so aber bleibt er in der Tür stehen, erwartet sie, seine Ungeduld lächelnd verbergend. Erhitzt von ihrem Fußmarsch und dem schnellen Treppenaufstieg lacht sie ihn an. „Hallo Süßer!“ „Hallo selber Süße!“ Er tritt beiseite und schließt die Tür hinter ihr. Ihre Handtasche rutscht von ihrer Schulter, sie lässt sie zu Boden plumpsen und noch in der Jacke zieht sie ihn in den Arm, um ihn zu küssen. Überrascht und glücklich kommt er ihr entgegen, hält sie fest. Unbändig wallt die Hoffnung in ihm auf. Sie liebt ihn. Und sie küsst ihn. Und wie … Sacht löst sie sich wieder, lacht ihn an. „Schön, dass du da bist", bringt er leise heraus. Seine Stimme fühlt sich rau und fremd an. Ihre Augen werden ernst, sie lächelt scheu. „Schön, dass du schon wieder auf mich gewartet hast." „Ja." Mehr kann er dazu gar nicht sagen. Jetzt ist sie da. Sie zieht die Jacke aus, hängt sie auf, schaut versonnen auf das gegenüberliegende, hell erleuchtete Fenster. „So wie wir dort kann jeder hier hinein schauen", stellt sie fest. „Darf ich zu machen?" Kevin kommt ihr zuvor, nimmt den Rollladengurt, zieht dann die Vorhänge zu. Sie zieht gerade ihre Stiefel aus, steht nun in Socken unschlüssig im Zimmer. Er tritt auf sie zu, sie schaut ihn an, hält seinem Blick stand. Dann strafft sie sich, senkt den Kopf. „Ich hab so furchtbar viel falsch gemacht, Süßer." Sie holt Luft und hebt den Blick wieder. „Glaubst du, ich könnte noch einmal neu anfangen?" Er hält die Luft an. Kann nicht glauben, was er hört. Tief in ihm will es vor Jubel losschreien. „Ja", hört er sich nur sagen und nimmt sie stumm wieder in den Arm. Wie eine Ertrinkende umklammert sie ihn, stumm schüttelt sie ein Schluchzen. Er hält sie fest, fühlt sich wie ein Fels in ihrer Brandung. Langsam beruhigen sich die Wogen. Schließlich hebt sie den Kopf vorsichtig wieder von seinem nass geweinten Hals. Überrascht erkennt sie nun seine Tränen, die ihm über die Wangen rinnen. Doch er lächelt. Und weint gleichzeitig. Schüchtern küsst sie die versiegenden Tropfen trocken. Er schließt die Augen, lässt sie gewähren, spürt schwebend ihrer ungeahnten Zärtlichkeit nach. Sie sucht sacht seine Lippen, tastet sich vorsichtig vor. Und er kann seine Sehnsucht kaum mehr zähmen, leidenschaftlich fordert er ihren heißen Kuss. Und sie küsst ihn wild und glühend zurück. Sie sinken auf das Sofa, lassen sich nicht los, umschlingen sich heftig, atemlos die Münder aufeinander gepresst, als seien sie für immer verschmolzen. Ungläubig und benommen lösen sie sich schließlich vorsichtig voneinander. „Ist das wirklich wahr?", fragt er leise. „Ja. Wenn du mich noch immer willst", erwidert sie. „Und ob ich will! Ich hab es nur fast nicht mehr zu hoffen gewagt." Kevin lacht laut heraus. Packt sie in der Taille und schaut sie überglücklich an. „Es ist so, so … überwältigend schön! Wunderbar, ja, ein wirkliches Wunder!" Beschämt senkt sie den Kopf, wendet sich halb ab. „Marie!", bittet er erschreckt. Sie sieht ihn bedrückt wieder an. Er überlegt, erklärt dann „Wir kennen und lieben uns schon so lange, über zwei Jahre. Es war eine schöne Zeit und … wahrscheinlich wird es noch viel schöner." „Es hätte schon längst schöner sein können." Sie weint wieder still. „Was ich von dir verlangt habe, kann ich nie wieder gut machen." Still greift er ihre Hände. „Doch. Indem du es lässt, wie es war. Und nach vorne schaust, Süße. Du willst neu anfangen, hast es schon getan. Bitte nimm mich mit, Schritt für Schritt. In deinem Tempo. Wir haben keine Eile. Und wenn ich noch mal warte, weiß ich doch auf wen und wozu." Weinend sinkt sie in seine Arme. Schniefend bringt sie schließlich her: „Es tut mir so leid. Ich war eine dumme Gans und auch noch stolz darauf." Still krault er ihren Nacken, sie richtet sich wieder auf. „Es ist in Ordnung, Marie. Bitte zerfleische dich nicht selbst. Ich liebe dich! Ich habe dich immer geliebt, die ganze Zeit." „Ich dich doch auch. Nur …" „Na also", unterbricht er sie sanft, küsst sie zart auf die Stirn. Sie hält still, sammelt sich einen Moment. „Magst du …" Ihre Stimme zittert etwas, er wartet freundlich ab. „Magst du kuscheln? Ich mein, unter der Decke?" Breit zieht sich das Lächeln über sein Gesicht. „Natürlich, sehr gerne. – Komm her!" Er steht auf und zieht sie hoch. Gemeinsam nehmen sie die Tagesdecke und die Rückenkissen von seinem Bett. Er schüttelt die Decke und das Kissen auf. Sie ist schon aus Jeans und Pulli geschlüpft, zieht nun auch das Shirt über den Kopf. In schwarzem Slip und BH steht sie verlegen vor ihm, sein Puls hämmert heftig. Er lächelt sie an, sie kuschelt sich schnell unter die Decke und schaut ihm zu, wie er Hose, Socken und Pullover abstreift. Dann steigt er zu ihr ins Bett. Vorsichtig tasten sie sich aneinander, bis sie sich warm in den Armen liegen. Ihre Hände wandern unter sein lockeres T-Shirt, fahren zart über seine vor Erregung so kitzlige Haut. Er unterdrückt jeden Laut, hält sein Becken auf Abstand, der Slip hält kaum noch sein Geschlecht. Sie schiebt ihm das T-Shirt hoch, er hilft ihr beim Ausziehen. Zufrieden schnurrend schmiegt sie sich an seine muskulöse, nackte Brust.

Jeden Abend kommt sie zu ihm, sooft es ihre Kalender erlauben. Ganz vorsichtig nähert sie sich, fängt an, ihn zu kitzeln und zu streicheln, zärtlich erwidert er ihre ersten Schritte. Einmal fragt sie ihn: „Was würdest du als Nächstes tun, wenn wir tatsächlich erst neu zusammen wären?" Sie blitzt ihn mit einer Mischung aus Scheu, Neugier und Sehnsucht an. Kevin schließt kurz die Augen, seine Hände wandern über ihren schlanken, warmen Rücken. „Ich würde dich fragen, ob ich …" Er schluckt, blinzelt sie vorsichtig an. Ihr Blick erwartet fragend seine Antwort. „Ob ich dir den BH ausziehen dürfte", flüstert er, die Stimme kratzt unsicher. „Ja, bitte", lächelt sie und öffnet selbst den Verschluss. Andächtig streift er das zarte Spitzenteil, wagt kaum es tatsächlich anzufassen. Aber sie lächelt ihn noch immer auffordernd an. Mit zitternden Händen berührt er den Stoff, hebt ihn sacht von ihren festen, jungen Brüsten. Sie streift die Träger von den Schultern, lässt sich aufrecht und stolz von ihm ansehen. Endlich wagt er sie anzufassen, ganz zart. Sie schließt die Augen, lehnt sich etwas zurück in die Kissen. Seine Fingerkuppen umfahren ihre hart aufgerichteten Nippel, streicheln zärtlich die warme Haut. Dann küsst er ihre Brüste. Seine Lippen wandern über sie hinweg, umrunden ihre Kurven, kehren dann zurück und saugen schließlich sacht an den erregten Knospen. Sie seufzt leise, genießt alles still mit geschlossenen Augen. „Du bist so schön", wispert er. Sie blinzelt, strahlt ihn selig an. „Du auch, Süßer." Verblüfft hält er inne. Schön? Er? Gut gebaut, okay, muskulös, ja. Aber schön? Sie bemerkt seine Verwirrung und lacht leise. „Dass du verdammt gut aussiehst, weißt du doch selbst", erklärt sie lächelnd. „Aber deine Zärtlichkeit lässt dich strahlen, dann bist du wirklich schön." Schmunzelnd nimmt er das mit noch leicht zweifelnd hochgezogenen Augenbrauen hin. Sie setzt sich auf, um ihn zu sich zu ziehen, Haut an Haut. Noch immer ein bisschen ungläubig gibt er ihr nach, wie über Neuland tasten seine Hände über ihren ganz nackten Rücken.

Am Samstag hat es endlich aufgehört zu regnen, dafür ist es bitterkalt geworden. Dick vermummt gehen sie in der tief stehenden Nachmittagssonne ein Stück spazieren. Irgendetwas beschäftigt ihn, er ist ungewohnt still. Sie schaut ihn immer wieder von der Seite an. Wenn er es bemerkt, lächelt er sie an, umfasst ihre Hand in seiner Jackentasche fester. „Wir sind bald schon drei Jahre zusammen", bricht er irgendwann das Schweigen. Sie schaut ihn aufmerksam an. „Ja", bestätigt sie. Er gibt sich einen Ruck, bleibt stehen und sucht ihren Blick. „Marie, ich möchte dich einladen. Zu einem kleinen Wochenendausflug, nach Münster." „Oh!" Die Überraschung steht ihr ins Gesicht geschrieben. „Danke schön!" Nach einer Pause fragt sie: „Und wann soll das sein?" „In vier Wochen. Genau an dem Wochenende, als wir vor drei Jahren zusammenkamen." Sie lächelt nur still. „Oder kannst du da etwa nicht?", will er ängstlich wissen. „Ich habe gerade überlegt. Meine Tante hat da Geburtstag. Aber ich war bisher jedes Jahr da. Dieses Jahr werde ich mal nicht können." Erleichtert lacht er auf. „Das ist schön! Ich mein jetzt, nicht für deine Tante." „Aber für uns!", ergänzt sie fröhlich. „Wir waren noch nie zusammen weg", stellt sie nachdenklich fest. „Genau deshalb. Ich finde, es ist Zeit." „Ja!" Sie schlendern weiter. Nach einer Weile will sie wissen „Und was tun wir dann alles in Münster?" Er errät an ihrem zögernd-neugierigen Blick, was sie beschäftigen könnte. „Alles, aber auch nur das, was uns beiden gefällt, Süße." Er bleibt stehen, umfasst ihre Taille und schaut ihr ins Gesicht. „Wir werden in einem kleinen Hotel in der Innenstadt ein Zimmer haben. Und ein gemeinsames Bett. Wir können alles tun, was wir möchten. Und genauso auch lassen, was wir noch nicht möchten." Sie lächelt verlegen. „Es ist nett, dass du ‚wir' sagst. – Danke schön, Süßer." Sie küsst ihn zart auf die Lippen. „Wir werden sehen." „Genau", lacht er und schlingt ihr den Arm um den Rücken, als sie ihn loslässt und sie weiter gehen.

Grübelnd steht er vor seinem Kleiderschrank. Die guten Jeans liegen schon auf dem Bett, ein Hemd, der enge schwarze Unterziehrolli, der schicke warme Strickpulli, den er von seiner Schwester zu Weihnachten bekam. Braucht er eine zweite Hose?

Einen Schlafanzug? Sind Handtücher da? Das kann er noch mal nachschauen. Sein Handy piept. Er schaut nach, wer da schreibt. Unbekannte Nummer. Er klickt weiter. Und setzt sich erst mal hin. ‚Hallo Kevin, hab gar nichts mehr von dir gehört. Hoffe, dir geht es gut. Bleibt es beim WE-Ausflug nach Münster? Dann meld’ dich doch bitte. Viele Grüße, Astrid.‘ Nein, vergessen hatte er sie nicht. Wie könnte er auch. Aber die Zeit war aufregend und intensiv, mit Marie. Nie hätte er geglaubt, wie überglücklich sie ihn machen kann. Auch wenn sie ihn bisher nur angefasst hat. Neugierig wollte sie ihn eines Abends erkunden. Er sollte ihr zeigen und erklären, was er mag, wie es ihn kitzelt und heiß macht. Darin hat sie sich ausgiebig geübt, zu seiner unendlichen Freude. Und gestern bat sie ihn, sich noch mal zu waschen. Sie wollte ihn küssen. Er hätte schreien können vor überwältigender Lust, als ihre Lippen seinen Schwanz umfassten. Allein der Gedanke daran treibt seinen Puls in die Höhe. Sie sind mitten drin in ihrem Wunder. Da ist seine allererste Nacht mit Astrid schon unendlich weit weg. Wie eine lang vergangene Erfahrung, an die man sich nostalgisch zurückerinnert. Aber sie hat recht, er hat sich überhaupt nicht mehr bei ihr gemeldet. Das ist nicht fair. Kurzerhand wählt er ihre Nummer. Wenn sie gerade erst gesimst hat, ist sie ja vielleicht zu erreichen. Tatsächlich! „Hallo Astrid, hier Kevin.“ „Hi! Na, das ist ja eine prompte Reaktion!“ Den ‚Süßen‘ verschluckt sie schnell. Er gehört ihr nicht. „Wie geht es dir?“ „Oh, super gut! Deshalb hab ich mich auch noch nicht gemeldet, tut mir leid.“ Astrid lacht. „Ist schon gut. Und schön zu hören!“ In wenigen Sätzen erzählt Kevin ihr, was seit dem Wellness-Wochenende passiert ist. „Wahnsinn!“, staunt sie. „Eine geschiedene Nonne hat ihr den Schubs gegeben, ihre Jungfräulichkeit zu überdenken, weil die Nonne dachte, Marie könnte schwanger sein?“ „Ja.“ Kevin schluckt. „Und das in derselben Nacht, als ich bei dir war.“ Er verstummt, setzt dann leise hinzu „Marie darf es nie erfahren.“ Astrid schweigt einen Moment. „Hm. Von mir bestimmt nicht. Und du“, sie zögert, „solltest trotzdem so nah wie möglich an der Wahrheit bleiben. Dann musst du dir nicht so viel merken.“ „Klingt vernünftig. Hoffentlich krieg ich das hin." „Ist leichter, als wilde Geschichten zusammenzulügen. – Und was ist nun mit Münster?", kommt sie auf den ursprünglichen Anlass zu sprechen. Sie erzählt, dass eine Diakonin der ökumenischen Studierendengemeinde regelmäßig Andachten in der besagten Kapelle im Dom halte. Sie habe sie zufällig sprechen können und nach dem Thema der Wochenendandacht gefragt. Genau wüsste sie es noch nicht. Es sollte aber um die Liebe und Liebespaare gehen, weil ja auch schon fast Valentinstag sei. Astrid habe ihr die heilige Gertrudis ans Herz gelegt. Die Diakonin habe gelacht, sie kenne die Geschichte und Geschichten, und dann gemeint: ‚Warum nicht?‘ Kevin hört Astrid mit zunehmender Vorfreude zu. „Das klingt ja fantastisch!" Astrid lacht. „Vielleicht schafft ihr es ja dahin, ist am Freitag schon um 18 Uhr. Samstag finden andere Gottesdienste im Dom statt, da musste sie auf Freitag vorziehen." „Doch, das müsste klappen. Wir sind gegen halb fünf am Bahnhof. Und vom Hotel ist es ja nicht weit." „Ach schön! Ich freu mich so für euch!" „Ich freu mich auch schon! Und dir noch mal ein ganz dickes Dankeschön!" „Aber wofür denn? War doch nur ein nettes Telefonat mit einer alten Bekannten. Und Faltblättchen würde sie mitbringen, mein Patenkind muss ich erst gar nicht einspannen." „Danke, Astrid!" „Ist gut, Kevin. Vielleicht erzählst du mir später mal, wie es gewesen ist." „Das mach ich ganz bestimmt. Versprochen!"

Gut gelaunt sucht Kevin noch seine Wäsche aus, legt Strümpfe, Shirts, seine gute schwarze Hose und einen kuscheligen Pulli auf das Bett. Er packt die Sachen schon in seine geräumige Sport- und Badetasche, dann gerät er am Freitag nach der Arbeit nicht in Hektik. Und heute ist ja auch erst Mittwoch. Morgen kommt Marie noch einmal zu ihm. Sie wollen überlegen, was sie sich vornehmen, wo sie vielleicht abends essen gehen, schauen, was in der Stadt los ist. Mittlerweile hat er seinen alten Rechner noch einmal für kleines Geld tunen lassen, jetzt funktioniert das Internet auch wieder halbwegs. Er spart ja jetzt nicht mehr jeden Groschen.

Abgrund

„Danke schön!", strahlt Marie ihn an. „Für dich doch immer!", gibt er lächelnd zurück und stellt ihr Rollköfferchen, das er ihr die Treppe hinauf getragen hat, auf den Bahnsteig. Sie haben noch Zeit, sind vorsichtshalber einen Bus früher zum Bahnhof gefahren. Prompt war der dann auch pünktlich. „Hoffentlich hat jetzt der Zug keine Verspätung", unkt Kevin. „Und wenn schon, wir haben doch Zeit", meint sie und lehnt sich an ihn. Er legt ihr den Arm um den Rücken, spürt diese warme, lebendige Sicherheit. Dass sie ihn liebt. Ganz und gar. Nicht mehr nur halb und auf Abstand. Er seufzt leise. Sie schaut ihn an. „Was hast du?", will sie leise wissen. Er lächelt, zieht sie ganz in seinen Arm. „Ich kann noch nicht ganz glauben, wie glücklich ich bin. Mit meiner süßen Freundin im Arm, auf dem Weg ins gemeinsame Wochenende." Sie wird etwas rot, als sie ihn anschaut. „Ich bin mindestens genauso verliebt wie vor drei Jahren", gesteht er ihr mit tiefem Blick. Marie holt Luft. „Das geht mir genauso", flüstert sie und lacht leise. Zärtlich küssen sie sich mitten auf dem Bahnsteig. „An Gleis zwei hat Einfahrt der Regionalexpress nach Münster über Soest und Hamm", dröhnt es aus den Lautsprechern. „Er ist wirklich pünktlich!", freut Kevin sich. Wenn das kein gutes Omen ist!

Der Zug wird voll, aber dank ihrer Erste-Klasse-Tickets können sie sich noch zwei kuschelige Plätze im Abteil aussuchen. Marie ist richtig aufgedreht, zieht die Jacke aus, hängt sie auf, verstaut den Koffer in der Ablage, kramt in ihrer Handtasche. Endlich sitzt sie ruhig neben Kevin, der in einem fort lächelt, eine Spur ungläubig, dass es wirklich wahr ist und er nicht gerade nur träumt. Kurzerhand klappt sie die Armlehne zwischen ihnen hoch und kuschelt sich bei ihm an. Sie sprechen ohne Worte. Er hält sie fest im Arm, schaut sie nur unverwandt an. Sie sucht seine Nähe, dann seinen Mund. Sie küssen sich lang und immer wieder, turteln verliebt wie am ersten Tag. Marie zaubert kleine

Gummibärchen-Tüten aus ihrer Tasche hervor und sie spielen das Teenie-Spiel ‚von Mund zu Mund füttern‘. Schließlich löst Kevin sich lachend: „Ich bin schon ganz verklebt im Gesicht. Hängt mir auch kein Bärchen im Bart?“ Marie kichert los. „Nein, Süßer. Willst du die restlichen denn nicht?“ „Hm, doch. Aber nicht alle jetzt und auf einmal.“ „Dann steck sie für die Rückfahrt ein, du Bärchen-Bart.“ „Wie? Ich denk’, ich hab nichts im Bart.“ Vorsichtig streicht er sich durchs Gesicht. Marie prustet los. Sie albern noch weiter herum und kuscheln sich wieder nah aneinander.

Erst die Ankunft am Bahnhof Münster holt sie zurück in die raue Wirklichkeit. Es regnet. Sie ziehen die Jacken an und die Reißverschlüsse zu. Kevin schnappt sich wieder seine Tasche und ihren Koffer, Marie wühlt einen kleinen Regenschirm aus ihrer Handtasche. Unschlüssig stehen sie schließlich am Haupteingang, konsultieren den ausgedruckten Stadtplan und diskutieren über den Weg zu ihrem Hotel. „Na, wo müsst ihr denn hin?“, spricht sie ein junger Mann an, der gerade sein Fahrrad an eine Laterne anschließt. Kevin nennt den Hotelnamen. „Kenn ich nicht, welche Straße ist das denn?“ Marie liest sie vom Plan vor. „Ach so, das ist einfach! Immer Richtung Dom und dann rechts halten, ist gar nicht zu verfehlen.“ „Wie soll denn das Wetter dieses Wochenende werden?“, fragt Marie noch. Der freundliche Wegweiser lacht. „In Münster regnet’s oder die Glocken läuten. Und wenn es regnet und die Glocken läuten, dann ist Sonntag.“ Kevin muss lachen. „Na, dann los! Vielleicht sollte ich mir gleich auch noch einen Schirm besorgen.“ „Ist dir meiner nicht gut genug?“, zieht Marie ihn auf. „Aber Süße, natürlich doch. Aber du wirst doch halb nass, wenn wir uns zusammen darunter quetschen.“ „Dann brauchen wir halt einen gemeinsamen, größeren Schirm“, schlägt sie vor. „Oder das.“

Tatsächlich finden sie problemlos ihre Unterkunft. Sie werden schon erwartet und freundlich empfangen. Als Kevin ihr Zimmer aufschließt, bekommt er Herzklopfen. Das ist es also, ihr Reich für dieses Wochenende. Dunkel gebeizte Möbel stehen auf hellem Parkett, die Wände sind in einem freundlichen Crème-Ton gewischt, ein dunkelroter, flauschiger Teppich bildet eine Insel für

die Sitzecke, die aus einem kleinen runden Tischchen mit zwei
bequem aussehenden Armlehnstühlen besteht. Bedächtig stellt er
Maries Koffer und seine Tasche ab und schaut sich zufrieden um.
„Schön!", raunt Marie und begutachtet mit zurückgehaltener Neu-
gier ihr Bett. „Gefällt es dir?", vergewissert Kevin sich. „Ja, sehr!"
Sie strahlt, nimmt ihn in den Arm und küsst ihn schon wieder.
„Wie bist du eigentlich darauf gekommen? Ein Wochenende in
Münster?", will sie wissen. Kevin zischen die Gedanken durch
den Kopf, doch dann bleibt Astrids Satz vor ihm stehen: Bleib so
nah wie möglich an der Wahrheit, dann musst du dir nicht so viel
merken. „Hm", macht er, um Zeit zu gewinnen. Wo fängt er an?
„Ehrlich gesagt war es nicht ganz meine eigene Idee." Fragend
schaut sie ihn an. „Ich hatte jemanden um Rat gefragt und fand
den Vorschlag klasse." Ihr Blick sagt, dass sie mehr erwartet. Sich
nicht mit Andeutungen zufrieden gibt. „Und wer war das? Und
um welchen Rat hattest du gebeten?", forscht sie auch tatsächlich
nach. „Okay", lächelt er und seufzt. „Lass uns mal hinsetzen, das
sind ein paar Sätze mehr zu erzählen." Marie steuert zielstrebig
das große Bett an, Kevin hilft ihr, die elegant gefalteten Decken
auf der Matratze auszubreiten, ehe sie sich darauf niederlassen.
Erwartungsvoll schaut sie ihm ins Gesicht. Er konzentriert sich,
sortiert die Gedanken. „Es war vor fünf Wochen, ich war mit
Paul und Manuel in der ‚Westfalen-Therme'." „Als ich mit der
Azubi-Gruppe im Kloster war?" „Ja, genau. Wir waren schon
rund eine Stunde da, als eine Frauen-Clique aufkreuzte. Wohl
mittleres Alter, vermutlich ein Freundinnen-Wochenende. Das
‚Vital-Hotel' nebenan wirbt ja mit Wellness-Wochenenden. Jedenfalls begegnete man sich öfter, naja, und sie guckten schon so, als
ob sie … wie soll ich sagen … na, halt Freude daran hätten, uns
junge Typen anzuschauen. Jetzt nicht wirklich plump aufdringlich,
mehr so, naja, gucken zwar, aber nicht anstarren. War erst mal
ungewohnt." Marie schmunzelt. „Das will ich hoffen, aber ganz
glauben kann ich das nicht. So oft, wie du in die Sauna gehst."
„Na, so viele Frauen sind da nicht. Und wenn, dann zusammen
mit ihrem Mann oder Freund. Die vier waren aber so da, das fiel
schon auf." Er kichert. „Die hatten auch witzige Handtücher. Da

stand so als Pseudo-Schriftzug fett ‚Rubens’ Topmodel‘ drauf.“
„Passte das denn?“, fragt Marie neugierig. „Mehr oder weniger.
Mittvierzigerinnen haben natürlich nicht mehr so eine Top-Figur
wie du, wäre ja auch unnatürlich, vor allem mit Kindern.“ „Ach,
das weißt du alles?“, foppt sie ihn. „Dann habt ihr euch also näher
kennengelernt?“ Ihre Frage ist arglos, aber Kevin wird es heiß
und kalt. „Ja. Erst haben sie uns an der Sauna-Bar eine Runde
alkoholfreies Pils ausgegeben. Dann haben wir uns zufällig unten
im Schwimmbad wieder getroffen. Und als wir uns abends in
der Hotelbar noch einen Absacker gegönnt haben, kamen sie
von ihrem Abendessen und wollten noch einen Kaffee trinken,
den sie im Restaurant nicht mehr kriegten.“ „Hattest du alles
noch gar nicht erzählt. – Und wie kam es dann zum Münster-
Ausflug?“ Kevin holt Luft und schaut sie an. „Du hattest auch
nicht danach gefragt, war aber auch nicht so wichtig. – Jedenfalls wurde es später. Und dann hab ich irgendwann erzählt, dass
ich mit uns beiden nicht weiter wusste.“ Marie schaut betroffen.
Leise erzählt er weiter. „Astrid hat dann den Vorschlag mit dem
Ausflug gemacht. Und …“ Kevin fällt siedend heiß die Andacht
im Dom ein. Er schaut auf die Uhr. Noch zwanzig Minuten,
das passt noch. Marie guckt skeptisch-irritiert. Kevin schaut sie
an. „… sie hatte auch noch einen Tipp. Vielleicht magst du ja
jetzt gleich mit mir in den Dom gehen. Um 18 Uhr soll es dort
eine ökumenische Andacht geben.“ Die Verblüffung steht ihr
ins Gesicht geschrieben. Kevin schmunzelt. „Es soll wohl auch
um Liebespaare – wie uns – gehen. Weil Montag doch schon
Valentinstag ist.“ „Aha.“ Marie scheint angesichts der ganzen
Neuigkeiten noch nicht so recht zu wissen, was sie davon halten
soll. „Und das ist auch ein Tipp von Astrid? Wohnt sie hier?“
„Nein, irgendwo kurz vor Wuppertal. Sie hat hier aber noch Bekannte aus dem Studium. Und ihr Patenkind lebt in Warendorf
und studiert hier in Münster.“ „Aha.“ Viel mehr fällt ihr dazu
nicht ein. „Also magst du?“, fragt Kevin sie direkt. „Ja, klar. Warum denn nicht. Ist nur das erste Mal, dass du mich mit in die
Kirche nehmen willst. Und nicht umgekehrt.“ „Einmal ist immer
das erste Mal“, zwinkert er ihr herausfordernd zu. „Wohl wahr.“

Der Regen hat aufgehört, aber Marie nimmt vorsichtshalber ihren Schirm mit. Von wegen der Glocken und dem Regen in Münster … Kurz vor 18 Uhr betreten sie den Dom. Marie bekreuzigt sich. Kevin hält einen Moment inne, lässt die Größe des erhabenen Bauwerkes auf sich wirken. Verstohlen nimmt er ihre Hand, sie folgen einfach anderen Menschen, die auf eine kleinere Kapelle der großen Kirche zusteuern. Die Sitzplätze auf den Bänken sind schon längst besetzt, es haben sich schon Reihen von stehenden Besucherinnen und Besuchern gebildet. Das hier scheint tatsächlich etwas Besonderes zu sein, denkt Kevin, und Marie scheint Ähnliches durch den Kopf zu gehen. Sie suchen sich an der Seite der Kapelle noch ein Plätzchen, zumindest kann man von dort auch gut sehen und hören. Die Diakonin verspätet sich etwas, was ihnen Zeit gibt, die Altarbilder der Heiligen zu betrachten. Als sie durch den Seitengang herbeieilt, wird sie von drei jungen Leuten begleitet, die dann Liedblätter verteilen, während sie ihre Papiere an dem schnell in die Mitte gerückten Stehpult sortiert. Eine junge Frau setzt sich an ein Keyboard, das sie noch gar nicht wahrgenommen haben, und stimmt das erste Lied an. „Herr, deine Liebe ist wie Gras und Ufer, wie …" Marie kennt es und singt sicher mit, Kevin konzentriert sich auf den Text, lauscht der eingängigen Melodie und summt schließlich schüchtern mit. Dann begrüßt die Diakonin die Anwesenden und liest einige Verse aus dem „Hohe Lied". Nach Fürbitten, stillem Gebet und einem weiteren Lied beginnt sie ihre Predigt. Als Aufhänger wählt sie den Valentinstag, der zum Tag der Blumenhändler und Schokoladenverkäufer verkommen zu sein scheint. Dann spricht sie über die Liebe Gottes zu den Menschen und seiner Schöpfung, schließlich über die menschliche Liebe zu anderen Menschen, zu dem oder der Nächsten, wie Jesus es gesagt hatte. Dann findet sie den Bogen zurück zur Liebe der Paare, die sich frei gefunden haben und in ihrer Liebe auch die Liebe Gottes verkörpern. An dieser Stelle führt sie die heilige Gertrudis ein und zitiert einige Passagen der ihr zugeschriebenen Texte. Marie tastet zaghaft wieder nach Kevins Hand, die sie beim Singen und Beten losgelassen hatte. Er hält sie ganz fest. Lächelt ihr scheu von der Seite zu. Mit einem weiteren Lied, dem gemeinsamen ‚Vater Unser‘ und dem Ausgangssegen endet die Andacht. Kevin ist noch mit dem Gehörten und Erfahrenen beschäftigt, während sich die Kapelle langsam leert. Marie rührt sich auch noch nicht vom Fleck. Als die Bänke frei werden, geht sie still in eine hinein, kniet nieder und betet mit geschlossenen Augen. Kevin zögert. Dann tut er es ihr nach. Betet still zu dem Gott, der ihr so viel bedeutet, und an den er allmählich versucht auch zu glauben. Sie sind nicht die Letzten in der Kapelle. Viele Kerzen brennen schon davor. Kevin sucht nach seinem Geld, wirft ein paar Münzen in den schwarzen Metallkasten und nimmt zwei Kerzen. Eine reicht er Marie, die ihn glücklich anlächelt. Gemeinsam entzünden sie die Lichter und stellen sie zu den anderen vor der Heiligen Gertrudis auf. Erst vor dem Portal wagen sie wieder zu sprechen. Marie bleibt vor ihm stehen. „Danke, Süßer. Das war wirklich etwas ganz Besonderes.“ Er lächelt und nimmt sie in den Arm. „Das freut mich. Und wenn es so klar und … liebevoll ist …“, erklärt er verschmitzt, „dann kann auch ich etwas mit Kirche anfangen.“ Sie lacht. „Du hast recht. So geradlinig und klar ist es selten. Und diese Heilige Gertrudis – also ich kannte sie überhaupt nicht.“ Sie kichert. „Aber das wird wohl an ihren Schriften liegen, dass sie nun, sagen wir mal, nicht so propagiert wird.“ Kevin lacht. „Da dürftest du wohl recht haben. Hier …“ Er zieht eines der Faltblätter, das er beim Hinausgehen ergattern konnte, aus der Jackentasche und reicht es Marie. Er sucht die Stelle. „Die Schriften sind erst vor kurzem voll umfänglich wieder entdeckt und veröffentlicht worden. Es wird vermutet, dass sie von interessierten Kreisen unter Verschluss gehalten wurden.“ Marie bleibt stehen und überfliegt den Text. „Ist ja irre. – Darf ich es behalten?“ „Natürlich.“ Sorgfältig verstaut sie das Blatt in ihrer Handtasche. Kevin wartet ab, schaut sie nur fragend an, als sie fertig ist. Sie nimmt einfach seine Hand und steuert beschwingt den Rückweg an. Ihre Finger sind ganz warm, was ungewöhnlich ist. Es scheint ihr wirklich gut zu gehen. Vorsichtig lässt Kevin den so lange so rigoros weggeschobenen Gedanken auftauchen. Ob sie heute …? Schnell denkt er lieber an ihre Küsse im Zug. Ihre Haut an seiner, zu Hause, in seinem Bett. Und ihre Hand an seinem Geschlecht. Ihm wird wohlig warm, trotz der nasskalten Luft. Wir werden sehen, versucht er sich selbst zu beruhigen. Wir haben Zeit. Aber hier ist ein großes Bett … und keine Eltern nebenan … und … es ist unser Dreijähriges. Ihr blitzender Blick von der Seite trifft ihn glutheiß. Vielleicht doch …? Sein Puls klopft im Dauerlauf. In den letzten Wochen hat sie sich kontinuierlich herangetastet. An ihn, seinen Körper. Seine Lust. Und ihre? Bis jetzt behielt sie den Slip an. Genoss aber seine Streicheleinheiten, die Massagen, den Kitzel von Kopf bis Fuß. Hat sie es sich für heute, dieses Wochenende aufgespart? „Woran denkst du?“, fragt sie unvermittelt. „An uns“, lächelt er zurück. Sie errötet, versteht ihn genau richtig. Sie schlingt ihm den Arm um die Taille, er legt ihr seinen um die Schultern. Im Gleichschritt steuern sie ihr gemeinsames Ziel an.

Die Hotel-Rezeption ist nicht besetzt, eine Klingel steht auf der Theke. Sie steigen die Treppe hinauf, Marie schließt ihnen die Zimmertür auf und hinter ihnen wieder zu. Ihre Hand zittert etwas. Kevin hilft ihr aus der Jacke, zieht seine aus. Die Schuhe stellen sie unter die Garderobe. „Wollen wir uns aufwärmen?“, fragt er vorsichtig. Marie nickt nur und steht einen Moment verunsichert mitten im Raum. Er nimmt sie sacht in den Arm, sie hält ihn fest. Zart beginnen sie einen neuen Kuss, der mächtiger wird, als ihre bisherigen. Kevin stemmt sich gegen den Sog, versucht mitzuschwimmen mit der Strömung. Und hält sie fest. Damit sie nicht untergeht. Sondern schwimmt. Vorsichtig zieht er sie aus. Und sie ihn. Das Laken ist noch kühl, als sie nackt darauf liegen. Wild umklammert sie ihn, schluchzt kurz auf, als er sich langsam von ihrem Mund löst. Er schluckt mehrmals, ehe er schließlich mit rauer Stimme fragt: „Willst du es jetzt?“ Sie lächelt unter Tränen. „Ja. Ich will dich endlich spüren.“ Warm strömt es bis in seine letzte Pore, das Glück. So lange ersehnt und erhofft. Jetzt ist es da. Wie oft hat er es sich ausgemalt, in den schlaflosen Nächten, den dunklen Grübeleien. Jetzt. Nur nicht ganz den Kopf verlieren. „Warte bitte eben, ich hab meine Sachen noch nicht hier.“ Sie hält ihn lächelnd fest. „Aber ich.“ Sie dreht sich zu ihrem Nachtschränkchen herum, zieht die Schublade auf und holt eine Packung Kondome und Verhütungszäpfchen hervor. „Ich bin gerade in der fruchtbarsten Phase", erklärt sie verlegen lächelnd. „Da hält doppelt besser." „Ah, ja." Überrascht von ihren Vorbereitungen nimmt er die Zäpfchenpackung an, die sie ihm reicht. Er überfliegt die Anwendungshinweise. Zehn Minuten nach dem Einführen abwarten. Kein Problem, schmunzelt er in sich hinein. Er hofft, sie schon vorher einmal fliegen zu lassen. Er reicht ihr die Packung zurück. Sie guckt ihn fragend an. Er lächelt. „Wir haben Zeit, Süße. Ich möchte sie mir für dich nehmen, damit es wirklich schön wird." Seine Finger fahren langsam über ihren Bauch abwärts. Sie legt sich zurück in ihr Kissen, schaut ihn nur an. „Du kennst dich aus?", will sie vorsichtig wissen. Er lächelt breit. „Nun ja. Theoretisch auf jeden Fall." Sie zieht die Augenbrauen zweifelnd in die Höhe. „Theoretisch? Hast du denn etwa auch noch nie …?" Er lacht. „Doch. Aber es war nur eine Nacht." Neugierig forscht sie weiter „Und wie lang ist das her?" Kevin zuckt innerlich zusammen. Mit einer wegwerfenden Handbewegung wischt er die dunklen Schleier im Hintergrund beiseite. „Ach, ist doch nicht wichtig." Er beugt sich über sie, küsst ihre Brüste und verbirgt sein Gesicht vor ihrem Blick. Sie krault seinen Nacken. „Wie alt warst du denn bei deinem ersten Mal?" Sein Magen krampft sich zusammen, er hält die Luft an, zwingt sich zum Weiteratmen. „Was ist los, Süßer, verrätst du mir nicht deine Jugendsünden?", fragt sie munter. Sie muss es gespürt haben. Er muss jetzt etwas sagen. Lügen. Schwarz und drohend kommen die dichten Schleier auf ihn zu. Er stützt sich auf, lässt den Blick ganz schnell durch ihr Gesicht huschen. Doch das hat schon gereicht. Marie rutscht in ihrem Kissen hoch, schaut ihn direkt an. Sie wird ihm nicht glauben. Sie kennt ihn seit drei Jahren. Er schweigt. Die schwarzen Wände umgeben sie wie ein Gefängnis. Ihr Blick wird durchdringend. „Wann war es?" Er bleibt stumm. Verzweifelt setzt sie sich auf. „Bitte sag es mir. War es schon während unserer Zeit?" Er rutscht zurück, starrt auf die Bettdecke. Die Schleier fließen zwischen sie. Es ist aus. Alles aus. Er verliert sie, die Liebe seines Lebens. „Ja." Er flüstert nur noch. Laut hörbar zieht sie die Luft in die Lungen, stößt sie schnaufend wieder aus. Ein. Aus. „Und wann genau war das?" Ihre Stimme ist tonlos. Sie will es nur noch wissen. Es kommt nicht mehr darauf an. Er kann sowieso nicht lügen. Er wirft ihr einen kurzen Blick ins Gesicht. Und zuckt zurück. Schwarz vor Trauer glänzen ihre Augen. Er kann es nicht sagen. Sie nicht so sehr verletzen. „Wann?" Ihre Stimme ist jetzt scharf. „Vor fünf Wochen." Sie erstarrt. „Nein!" Die Stille wird nur durch das Ticken der Wanduhr durchbrochen. Dann tropfen mit leisem Plöpp ihre Tränen auf die Bettdecke. „Wer war es?", flüstert sie schließlich. Sein Mund ist trocken, die Zunge klebt am Gaumen. Der Blick, der ihn durchbohrt, kommt geradewegs aus der Höllenglut. „Astrid." „Auch noch Ehebruch", zischt sie, ihre Augen sind nur noch schmale Schlitze. „Nein." Er wehrt sich nicht mehr um seinetwillen. „Sie ist verwitwet. Seit drei Jahren." „Da habt ihr euch ja schön getröstet", höhnt sie. Das Schwarze hat ihn fast ganz umfasst. Er sieht sie nur noch vage dahinter sich krümmen und weinen. „Lass mich jetzt bitte allein." Mehr wie ein Wimmern dringt es noch zu ihm durch. Mechanisch zieht er sich wieder an, Hose, Pulli, Schuhe, Jacke. Ohne nachzudenken nimmt er den Schlüssel vom Tischchen, schließt die Tür auf und zieht sie von außen zu.

Er steht im Hotelgang vor ihrer Zimmertür. Die schwarzen Nebel wabern noch um ihn. Doch sie scheinen der Schwerkraft zu folgen, die Treppe hinabzusickern, lösen sich auf. Er kann wieder etwas sehen. Was ist passiert? Und was soll er jetzt tun? Die schiere Verzweiflung packt ihn im Nacken, er klammert sich an den Türpfosten, damit sie ihn nicht zu Boden wirft. Schwer atmend hangelt er sich bis zum Fenster an der Stirnseite des Ganges, stützt sich auf dem Sims ab. Er starrt hinaus. Der wieder eingesetzte Regen läuft in breiten Strömen an der Scheibe hinab. Seine Tränen tun es genauso. Er wehrt sich nicht mehr. Es ist alles aus. Alles. Aus. Wohin soll er gehen? Seine letzte Flucht hat er vor viereinhalb Wochen weggeworfen. Bilder wabern durch sein Hirn. Marie beim Tanzen, knallfrisch verliebt in seinem Arm.

Ihr erster Kuss, so schüchtern und zart. Ihre entschlossene Miene, als sie ihm erklärte, dass sie vor der Ehe keinen Sex haben wird. Ihr Lächeln und Lachen, immer wieder. Das ihn trotz allem am Leben hielt. Marie betend in der Kapelle, vorhin. Und ihr tiefschwarzer Blick. Der wird ihn verfolgen, für den Rest seines Lebens. Wie lang auch immer es noch sein wird. Was ist das für ein Gott, der so etwas geschehen lässt? Erst das Wunder ihrer Bekehrung, dann sein Fall ins Bodenlose. Er fängt an zu beten: „Vater unser im Himmel …" Wo ist dieser Himmel? Unser Vater? Wessen Vater? Auch seiner, ungetauft? Reicht es, wenn er glaubt, versucht zu glauben, dass es diesen Vater gibt? „Geheiligt werde dein Name, dein Reich komme, dein Wille geschehe, wie im Himmel so auf Erden. Unser tägliches Brot gib uns heute …" Brot hat er, aber keine Liebe mehr. Kevin heult hemmungslos. Keiner sieht es. Nur der liebe Gott, vielleicht. Vater. Ist er auch so weit weg, wie manchmal sein eigener Vater? Seine Mutter zog die Stirn in Sorgenfalten, wenn sie ihm ansah, dass die lakonische Antwort „Okay" auf ihre Frage, wie es ihm gehe, nicht stimmte. Sein Vater las weiter den Sportteil. Ein irres Kichern schüttelt ihn kurz. Gottvater in die Bundesligatabelle vertieft. Wo war er? „Vergib uns unsere Schuld, wie auch wir vergeben unseren Schuldigern." Die Zeile schwingt in ihm nach. Vergib uns unsere Schuld. Hat er Schuld? Er hat Marie betrogen. Und wollte doch nur lernen, wie er die ersehnte Hochzeitsnacht gelingen lassen kann. Ist das Schuld? Oder erst seine Unfähigkeit zu lügen, die sie so schwer verletzt hat? Du sollst nicht lügen. Vergib uns unsere Schuld. Unsere Schuld. Haben sie beide Schuld? Hat Marie ihm gegenüber Schuld? Ihre zermürbende Zurückweisung. Aber sie lieben sich doch. Haben sich geliebt, zumindest. „Und führe uns nicht in Versuchung, sondern erlöse uns von dem Bösen." Er ist selbst zu Astrid gegangen, hat sie versucht. Aber sie hat ja niemanden betrogen. Versuchung? Verzweiflung. Schiere nackte Verzweiflung. Und jetzt ist alles nur noch schlimmer, hoffnungslos. Aus. Er wird ruhig. Leere breitet sich in ihm aus. Nichts mehr. Keine Angst, keine Wut, keine Verzweiflung. Vorbei. Er hat Brot. Nur keine Liebe mehr.

Kevin dreht sich herum, nimmt jetzt erstmals den kleinen Sessel wahr, der neben dem Zeitschriftentischchen dekorativ herumsteht. Wird er jemals benutzt? Er setzt sich hin. Findet ein gebrauchtes Papiertuch in der Hosentasche. Putzt sich das Gesicht ab. Diese Leere ist angenehm. Er spürt nichts mehr. Sein verkrampfter Körper entspannt sich. Sitzt nur. Etwas poltert. In ihrem Zimmer. Betrifft ihn das? Nein. Vielleicht stellt sie ihm seine Tasche vor die Tür. Oder sie geht weg. Wer weiß. Es ist gleichgültig, es ist vorbei. Alles vorbei. Aus und vorbei. Aus. Dann hört er ihr Schluchzen. Laut und ungehemmt. Der schwarze Blick durchstößt ihn, wieder und wieder. Er krampft sich zusammen. Will weg. Zu ihr. Sie trösten, festhalten. Er kann nicht. Es ist aus. Er heult. Er kann nicht mehr. Will diese Leere zurück. Es tut so weh, so weh wie noch nie. Er wimmert und fleht. Großer Gott, gib' mir meine Liebe zurück. Gott Vater. Bist du mein Vater? Ich lasse mich taufen, wenn es auch nur die kleinste Hoffnung gibt, sie zurückzubekommen. Er weint immer weiter. Bis die Tränen versiegen. Wie irre. Jetzt bietet er schon Gott seine Taufe an, wenn er denn nur … – Er lacht sarkastisch über sich selbst. Als ob sich ein wirklicher Gott davon beeindrucken ließe. Ein Vater vielleicht?! Wenn ihn der Glaube an der Flucht hindert, wer weiß, wozu es gut ist? Er hat Brot. Und Eltern, eine Schwester. Freunde. Die alle keine Ahnung haben, von seinem Abgrund. Die Flucht wäre Sünde, das weiß er ganz bestimmt. Erlöse uns von dem Bösen. Denn dein ist die Kraft und die Herrlichkeit. In Ewigkeit. Amen. Er muss es überleben. Irgendwie. Vater, hilf mir dabei. Es tut so weh.

Mit einem leisen Knacken öffnet sich die Zimmertür. Er schaut mechanisch auf. Marie tritt in Jacke mit Schirm und Handtasche in den Gang. Bleibt mitten in der Bewegung stehen, als sie ihn sieht. Er senkt den Kopf, wartet nur ab, bis sie geht. Aber sie bleibt stehen, wie angewurzelt. Wie lange steht sie da? Er hebt vorsichtig den Blick. Sie ist frisch geschminkt. Hat die Tränenspuren übermalt. Die Fassade hergestellt, um hinauszugehen. „Du hast gewartet?" Mehr Feststellung als Frage. Hat er gewartet? Was sonst. Tut er doch schon so lange, schon immer. Er kann ja nichts anderes als warten. „Ja." Lange schaut sie ihn an. Er wagt nicht ihr auszuweichen. Sie hält seinen Blick gefangen. In ihrer Fassungslosigkeit und Trauer, dem Schmerz, diesem grausamen Schmerz. „Ich muss hier raus, an die Luft", sagt sie ruhig. Als sei nur die Luft schlecht oder das Zimmer zu warm. Er sollte sie fragen, wer hier schläft und ob er nach Hause fahren soll oder sie oder … „Komm mit." Sie duldet keinen Widerspruch. Er steht auf. Sie dreht sich um und geht die Treppe hinab. Er folgt ihr stumm. Sie drückt die Eingangstür auf, hält sie, bis er hindurch ist. Ihr Blick streift seinen. Sie gehen nebeneinander, jeder die Hände in den Jackentaschen vergraben. Er weiß nicht, wohin es geht, wohin sie ihn führt. Es ist gleichgültig. Solange er neben ihr geht, ist sie nicht ganz fort. Die Leere schiebt sich dämpfend ein Stück über den Schmerz. Seine Beine sind schwer. Er ist so unendlich müde, erschöpft. Sie gehen weiter, ohne ein Wort. „Das könnte die Promenade sein", stellt sie fest und biegt auf den Weg ab. Radler fahren an ihnen vorbei, manche ohne Licht, dabei ist es schon längst dunkel, an diesen frühen Winterabenden. Der Weg ist beleuchtet. „Kevin", er zuckt zusammen, so überraschend ist ihre plötzliche Ansprache, „wie ist das gekommen, vor fünf Wochen?" Sie schaut ihn von der Seite fragend an. Zögernd erwidert er ihren schmerzlich-ratlosen Blick. „Bitte erzähl es mir, alles. Ich komm sonst überhaupt nicht damit klar." Beschämt senkt er den Kopf. „Wir kennen uns so lange. Und ich glaubte, wir kennen uns wirklich." Sie holt tief Luft. „Aber damit hätte ich nie im Leben gerechnet. Und dann auch noch dein erstes Mal." Er kämpft mit sich. Aber die Tränen sind stärker. Er schnieft. Sie reicht ihm ein Taschentuch. Überrascht und dankbar nimmt er es an. „Es tut mir so leid", flüstert er. Starrt vor sich auf den Weg. „Ich wusste einfach nicht mehr weiter. Wenn ich auch nur geahnt hätte, wie du … aus dem Kloster zurückkommst …" Er schluckt, schaut auf. „Niemals hätte ich das getan." Sie schießt ein Steinchen vom Weg, ringt offensichtlich um ihre Worte. Er wappnet sich für die völlig gerechtfertigten Vorwürfe. „Das hast du schon heute Nachmittag gesagt, dass du nicht mehr weiter wusstest. Weshalb, worum ging es genau?"

Verblüfft schaut er auf. Weiß sie etwa wirklich nicht, was sie von ihm verlangte, all die Jahre? Sie senkt den Blick. „Es war wegen unserem Nicht-Sex?" „Ja." Kevin überlegt. Sie hatten nie mehr darüber gesprochen, seitdem sie es ihm entschieden erklärt hatte. Vor gut zweieinhalb Jahren „Ich hab es schon lange nicht mehr wirklich ausgehalten", fängt er leise an zu erzählen. „Es war nicht die fehlende Befriedigung. Da konnte ich mir selbst helfen, wenn es nicht mehr anders ging." Er schaut sie an. Anfangs war sie mal dabei, berührte ihn ein bisschen. Aber sie war so distanziert, dass er es sein ließ, sich lieber allein Vergnügen und Erleichterung verschaffte. „Es war diese … halbierte Liebe. Du wolltest mich, aber nicht meinen Körper. Sagtest, du liebst mich, aber eben nur halb." Er wirft ihr einen schnellen Blick zu. All diese eingesperrten, verbotenen Gedanken quellen aus ihm heraus. Sie hört ihm angespannt zu. „Ich hab versucht, das auszublenden, wegzuschieben. Irgendwie abzutrennen. Aber es kam immer wieder." Er schluckt die aufsteigenden Tränen mühsam herunter. Setzt dann fort. „Es hat mich aufgefressen, zerrieben, zermürbt. Ich wollte die ganze Liebe. Und bekam immer nur die halbe. Es tat so weh, wenn ich dich nicht küssen durfte. Du mich schnell losgelassen hast, wenn du meine Sehnsucht gespürt hast. Ich hab es kaum noch ausgehalten." Kevin krümmt sich, die Tränen laufen, er bleibt stehen. Erschüttert steht Marie vor ihm. „Das hast du mir nie gesagt", bringt sie nach einer Weile mühsam heraus. „Nein. Du hattest klar gesagt, wie deine Vorstellungen sind. Es war meine Entscheidung zu bleiben. Ich habe dich doch geliebt. – Und ich liebe dich noch immer. Auch wenn es vorbei ist." Jetzt heult er richtig. Er ist viel zu erschöpft, um sich vor ihr noch zu verstecken. Sie zögert lange. Dann streckt sie zaghaft die Hand aus. „Ich weiß nicht, ob es wirklich vorbei ist, Kevin." Ein irrer Hoffnungsstrahl schießt in sein Hirn. Nein. Er halluziniert schon. Doch dann greift sie nach seiner zitternden Hand. Er hält sich daran fest, wie an dem letzten rettenden Strohhalm. „Wenn es auch nur noch eine Chance gibt, lass ich mich sofort taufen", stößt er hervor. „Wie bitte?", fragt sie verblüfft. Es ist alles egal, er will nur noch reden, damit sie bei ihm bleibt.

„Vorhin auf dem Gang habe ich gebetet. Und Gott versprochen, mich taufen zu lassen, wenn … ich dich wieder bekommen würde.“ Verlegen senkt er den Blick vor ihrem Erstaunen. „Ich weiß, es ist kindisch. Als ob ein wahrer Gott sich davon zu irgendetwas bewegen ließe. Was ich selbst verbockt habe.“ „Aber ja doch!“, widerspricht sie und nimmt seine Hand fester. „Die Liebe Gottes wird in der menschlichen Liebe spürbar“, rezitiert sie feierlich. So hatte es die Diakonin im Dom gesagt. „Und … mich bewegst du sehr mit deinem Versprechen.“ Ihre Stimme zittert etwas, als sie weiter spricht. „Es ist nicht kindisch. Sondern großartig.“ Sie schaut ihn an. „Ich wusste nicht, dass du an Gott glaubst.“ „Hab ich ja auch lange nicht. Aber ich versuche es. Und …“, er verbeißt sich, Astrid und ihren Hinweis zu erwähnen, doch auch auf Marie und ihren Glauben zuzugehen, „… was die Diakonin vorhin sagte, hat mich erreicht.“ Das war keine Lüge. Marie lächelt vorsichtig. „Dann hat Astrid dir zumindest den richtigen Tipp gegeben.“ Kevin zuckt zusammen, wie unter einem Schlag, und senkt beschämt den Kopf. Schweigend gehen sie weiter, Hand in Hand. Sein Magen rumpelt vernehmlich. „Warst du das?“, will Marie wissen. „Hm. Wir haben ja noch nichts gegessen. Zumindest ich nicht.“ „Ich hatte auch nur Gummibärchen im Zimmer.“ Gummibärchen! Er kramt in den Tiefen der Jackentasche. „Darf ich dir noch welche anbieten?“, fragt er sie. „Sind aber eigentlich sowieso deine.“ Sie lacht leise. Sie erinnern sich beide an ihre Spielchen im Zug. „Danke schön. Aber nimm bitte erst mal selbst. – Und dann sollten wir sehen, dass wir noch irgendwo etwas zu essen bekommen.“

„Hm.“ Er reißt das Tütchen auf und schüttet ihr den Inhalt in die zur Schale geformten Hände. „Nun nimm auch“, fordert sie ihn auf. Der süße Geschmack weckt seine Lebensgeister wieder. Unterzuckert ist er. Zu dem allen noch dazu. Bald fühlt er sich nicht mehr ganz so schwach und erschöpft, wenn auch der Hunger bleibt. Sie hat wieder seine Hand genommen. „Erzählst du mir denn bitte noch alles, wie es an dem Wochenende war?“ Er schaut sie zweifelnd an. „Willst du das wirklich? Alles wissen?“ Ihm wird schwindelig. Wie soll er ihr das erzählen, was sie getan haben, in Astrids und eigentlich Tinas Bett? Sie zögert. „Halt soweit du es mir erzählen kannst. – Ich möchte doch nur verstehen, was passiert ist. Wie es dazu kam." „Hm." Er grübelt. „Also gut. Von den vier Frauen in der Therme habe ich dir ja schon erzählt." Marie nickt. „Das stimmt auch alles so." „Ich weiß. Wenn du lügen könntest, hättest du es ja getan." Er schluckt. Sie kennt ihn wirklich so gut. „Es war nur nicht alles. Sie guckten uns halt immer wieder an. Und das war ziemlich ungewohnt. Aber irgendwie auch schön. Weil sie halt nicht aufdringlich glotzten, sondern mehr so wohlwollend, anerkennend, sich freuten. Und sonst nichts. Astrid sprach uns drei in der Bar an. Sie war neugierig, irgendwie interessiert. Es gab Small Talk. Und wir begegneten uns in der Saunalandschaft natürlich immer wieder. In verschiedenen Konstellationen. Ich legte es bald darauf an, sie zu treffen. Wenn sie oben in die Sauna gingen, kam ich dort in den Pool. Und so. Im Schwimmbad unten waren wir im Sportbecken, dann tauchten die vier auch dort auf. Es war irgendwie ein Spiel, aber auch Zufall. Astrid war die Einzige, die keinen Ring trug. Und die Offenste von allen. Dabei wussten wir da noch nicht einmal unsere Namen. Ich … hatte das Gefühl, dass sie mich mochte. Und so kamen die Gedanken. Der Widerstreit. Und irgendwann im Laufe des Abends, in der Bar, die vier saßen am Tisch neben uns, kam der Entschluss, es einfach zu riskieren. Es sah wie eine einmalige Chance aus. Du …", er schaut sie vorsichtig an, „… warst nicht da. Und die Frauen würden am nächsten Tag auch wieder abreisen. Und was hätte ich zu verlieren gehabt? Bis zu unserer Hochzeit wäre noch viel Gras über die Affäre gewachsen. Wobei ja gar nicht klar war, ob es überhaupt zu einer käme." Kevin verstummt. Dann nimmt er einen neuen Anlauf. Spricht endlich aus, was er so lange in sich verschlossen hatte. „Es war das Gefühl, die Hoffnung, vielleicht wieder ganz werden zu können. Nicht mehr zerteilt, ohne Körper, mit verbotener Sehnsucht. – Weißt du, wenn ich im vollen Bus oder – wenn wir mal ausgingen – auf einer vollen Tanzfläche eine fremde Hand auf dem Hintern hatte oder ‚völlig unbeabsichtigt' angerempelt wurde – und meine geliebte Freundin mich nicht anrühren wollte, dann hab ich an mir selbst gezweifelt. Wie konnte das sein? Gab es nur Grapsch-Hände, aber keine echte ganze Liebe? Lag das an mir? Sollte ich mich anders kleiden – gegen fremde Hände hilft es ein Stück weit. Was war verkehrt? – Und außerdem: Wie sollte es denn werden, in der heiß ersehnten Hochzeitsnacht, irgendwann in ferner Zukunft? Ich hatte viel gelesen, aber außer ein bisschen Fummeln auf der Abschlussfahrt der 10. Klasse praktisch null Erfahrung. Glaubte, dass es mir vielleicht auch deshalb nicht gelungen war, dich zu erweichen. Und da kam diese irre Idee, es bei Astrid zu versuchen. – Unter dem Vorwand einer Wette ging ich mit einem Cocktail im Kellnerdress zu ihrem Zimmer. Ich hatte in der Bar auf ihre Nummer geachtet. Und sie nahm mich tatsächlich prompt mit in ihr Zimmer, als habe sie mich durchschaut. Wo ich … ihr ziemlich offen sagte, was ich wollte. Nachdem ich wusste, dass sie verwitwet ist und nicht verheiratet." Marie geht schweigend neben ihm weiter. Zaghaft drückt er ihre Hand. Sie schaut auf und erwidert ihm: „Das erklärt vieles." Sie schweigen eine lange Weile, gehen einfach nur weiter ihren Weg. „Und", Marie zögert, holt Luft, gibt sich einen Ruck, „… hast du dich wieder ganz gefühlt, mit Astrid?" Kevin denkt nach. „Nein. Nicht ganz. Mehr so, dreiviertel. Oder eher zweidrittel. Nur war es jetzt die sonst abgelehnte andere Hälfte, plus ihr freundliches Interesse. Aber sie kennt mich ja nicht wirklich, so wie du." Marie atmet tief durch. „Dann war es also auch keine Lösung." „Nein. Nur der verzweifelte Versuch zu überleben. Ich weiß nicht, was ich getan hätte, wenn sie mich auch abgewiesen hätte", erklärt er ruhig und hält warm ihre Hand. Alarmiert bleibt sie mit einem Ruck stehen. „Was … heißt das?", will sie wissen, in ihrer Stimme schwingt Panik. Kevin schaut über ihre Schulter in die Dunkelheit. Dann sucht er ihren besorgten Blick. „Das heißt, dass ich am Dienstag nach dem Wochenende, als du abends wieder gegangen warst, den Doppelkorn aus meinem Schrank in Papas Bar gestellt habe. Und am Mittwoch früh die Packung Schlaftabletten in die Mülltonne geworfen habe, direkt, bevor sie abgeholt wurde." „Nein!" Es klingt wie ein Jaulen. „Doch. Es weiß keiner. Nur du jetzt." Widerstandslos lässt sie sich von ihm in den Arm nehmen. Sacht wiegt er sie ein wenig hin und her. „Ich weiß auch nicht, ob ich jemals den Mut dazu gehabt hätte", flüstert er. Ein Heulkrampf schüttelt sie. „Was hab ich nur getan …", wimmert sie, immer wieder. Er hält sie fest. Denkt nach. „Wir waren wohl beide zu feige, zum Reden. Ich habe dir nichts gesagt, du hast mich nicht gefragt. Und Gedanken lesen können wir beide nicht." Vorsichtig küsst er ihr Haar. „Aber seit du zurück bist, aus dem Kloster, bist du die Lösung. Du ganz allein und niemand sonst. Auf der ganzen Welt. Du hast mich wieder ganz gemacht." Sie schluchzt laut auf, klammert sich an ihn. „Bitte bleib bei mir, Kevin", bricht es aus ihr heraus. Erstaunt schaut er ihr ins Gesicht. „Aber … ich habe doch …" Verweint unterbricht sie ihn: „Es war Notwehr, Kevin, nichts anderes. Vielleicht hat Astrid dein Leben gerettet. Was ich leichtfertig aufs Spiel gesetzt habe." Sie schluchzt untröstlich. „Nein, Süße." Er drückt sie fest an sich. „Dazu gehören immer zwei. Ich hätte längst etwas sagen können. Oder gehen. Aber ich blieb, weil ich dich liebte, trotz allem. Es war auch meine Entscheidung. Und es ist vorbei." Sie zuckt zusammen. „Vorbei?" Er lacht auf. „Die halbe Liebe ist vorbei. Sie wird ganz. Und fängt gerade erst richtig an. – Wenn du noch willst." Ernst schaut er sie an. Sie löst sich von seiner Schulter. „Ja", sagt sie leise. „Natürlich will ich."

Anfang

Lange halten sie sich aneinander fest. Vergib uns unsere Schuld. Wie auch wir vergeben unseren Schuldigern. Ein leiser Sprühregen setzt ein. Er benetzt und kühlt ihre heißen Gesichter. Dann holt Marie den Schirm aus ihrer Tasche und spannt ihn auf. „Hak dich ein, du wirst ja ganz nass." Er tut wie ihm geheißen, passt seinen Schritt an ihren an. „Da vorne ist Licht. Vielleicht gibt's da noch was zu essen", meint sie und biegt vom Weg zu der kleinen Straße ab. Abgestellte Fahrräder säumen die Laternen und Gehwege, rauchende Menschen stehen vor einem Lokal. „Das sieht doch gut aus", stellt Kevin fest. Gelächter und Musik dringen durch die auf- und zugehende Tür auf die Straße. Vor der ausgehängten Karte bleiben sie stehen. „Warme Küche bis 22 Uhr", liest Marie vor. Kevin wirft einen Blick auf seine Uhr. „Dann sollten wir ganz schnell reingehen. Hoffentlich ist noch Platz." Sie haben Glück, ein Grüppchen steht gerade auf, als sie sich durch den Gang zwischen den Tischnischen quetschen. Erleichtert lassen sie sich nieder, ziehen die feuchten Jacken aus und sehen sich um. Das Publikum ist jung und zum Teil wohl der alternativen Szene zuzurechnen. Eine Studentenkneipe vermutlich. Die Bedienung spricht sie freundlich an, wie auch immer sie so schnell durch das Gewühle zu ihnen gekommen ist. „Was darf ich euch bringen?" Kevin fragt nach der Karte, da sie noch etwas essen wollen. „Oh, wir haben nicht mehr viel, so kurz vor Küchenschluss! Moment mal." Sie konsultiert schnell ihren elektronischen Notizblock. „Also Deftiges gibt es noch: Bratkartoffeln mit Speck und Rührei und … nein, tut mir leid, das ist alles. Mögt ihr das?" Kevin grinst. „Na klar, passt doch gut zum Wetter. – Und du?", wendet er sich Marie zu. Sie lacht. „Ich hab so einen Hunger, dass ich alles essen würde. Habt ihr vielleicht auch noch einen kleinen Salat, oder wenigstens zwei, drei Blättchen dazu?" Die Servierkraft lächelt. „Ich schau, was sich machen lässt." Und schon ist sie wieder im Gewimmel eingetaucht. Bald stehen auch ihre Gläser vor ihnen. Kevin schaut Marie vorsichtig fragend an, hebt sein Glas ein wenig. Sie erwidert seinen Blick, denkt kurz nach. Dann hebt sie auch ihr Glas und schaut ihm in die Augen. „Danke für dieses Wochenende. Auf einen Neuanfang zum Dreijährigen!" Leise klingen die Gläser aneinander. Sie trinken einen Schluck, stellen sie wieder ab. Kevin hebt tief bewegt den Blick von der Tischplatte, sucht ihren. „Danke. Ich weiß gar nicht, wie ich dir danken soll." Sie lächelt berührt. „Danke nicht mir. Ich trage genauso meinen Anteil an …" Sie sucht nach Worten. „Unserer Schuld?", schlägt er zögernd vor. „Ja." Sie senkt den Blick, dreht das Glas in ihren Händen. „Ich habe mich an unserer Liebe genauso versündigt wie du. Lass uns Gott dafür danken, dass nichts noch Schlimmeres passiert ist." Stumm greift er nach ihren Händen auf dem Tisch, hält sie zärtlich geborgen. In ihren Augen glänzt es schon wieder verdächtig. Ein Tränchen des stillen Glücks rinnt an seiner Nase entlang, bleibt in den Barthaaren hängen und trocknet beim Zusehen in der warmen, lauten Luft.

„Guten Appetit!" Die Bedienung stellt die überreichlich gefüllten Teller vor sie und eine kleine Salatschüssel in die Mitte. „Oh, danke schön!", strahlt Marie. Kevins leerer Magen rumort heftig, als ihm der herrliche Duft in die Nase steigt. „Dir auch guten Appetit, Süßer!", lächelt sie ihn an. Süßer. Sie hat es wieder gesagt. Es wird ihm ganz weit in der Brust, selbst der Magen verstummt für einen Moment. „Danke schön, dir auch!" Seine Hände zittern leicht, als er die erste Gabel zum Mund führt. Langsam und gründlich kaut er. Will sich stärken, für was auch immer kommen mag. Der langsam gefüllte Magen beruhigt sich. Er fühlt sich träge und warm. Wie warm es hier ist. Erst jetzt fällt ihm auf, dass er der Einzige ist, der hier noch im dicken Pullover sitzt. „Ist es okay, wenn ich den Pulli ausziehe?", fragt er Marie. „Na klar, wieso denn nicht? So warm, wie das hier ist." Ihre Strickjacke liegt längst neben ihr auf der Eckbank. Wohlwollend beobachtet sie ihn, während er den Pullover über den Kopf zieht und sich dann mit den Fingern ordnend durch die Haare fährt.

Das Spiel seiner Muskeln zeichnet sich unter dem Shirt sacht ab. Wie konnte sie das nur so lange ignorieren? Ausblenden? Natürlich war ihr bewusst, dass er gut aussieht. Aber erst jetzt sieht sie, wie begehrenswert er wirklich ist. Wie müssen sie sie beneidet haben, die Mädel in der Berufsschule. Und ahnten nicht, dass sie selbst blind seine Liebe liebte, aber diesen erotischen Körper verschmähte. Dieses Geschenk Gottes. Und er hat auf sie gewartet. Drei lange Jahre. Selbst heute noch, im Hotelgang. Es ist unglaublich. Jeder andere hätte sie längst abgeschrieben, als verrückte Jungfer, Möchtegern-Nonne. Und die echte Nonne war geschieden und hatte zwei Kinder. Und öffnete ihr schmerzlich die Augen und Ohren. Für die wahre, die ganze Liebe. In der Sonntagsmesse hatte Schwester Anna ihr wortlos ein in braunes Papier gewickeltes Buch gegeben. Ein verblichener Ehe-Ratgeber aus den 60er Jahren. Ein kleiner karierter Zettel lag darin. Mit Bibelstellen. Die von der Liebe, der Ehe und der Lust handeln. Wie einen Talisman schleppt sie das Buch seitdem mit sich herum. Jetzt liegt es in ihrem Rollköfferchen im Hotelzimmer. Sie pickt noch in den letzten Salatresten auf ihrem Teller. Sie ist pappsatt und es tat so gut, dieses kräftig-deftige Gericht. Wie früher bei Oma, wenn samstags die Reste aufgegessen wurden, ehe am Sonntag ‚fein‘, gekocht wurde. Sie fühlt sich wieder stark, hat Kraft, nach vorne zu sehen. Auch Kevin legt sein Besteck auf dem Teller zusammen, lehnt sich zurück. Er schaut sie an und ihre Blicke begegnen sich, mitten in diesem vor prallem Leben überbordenden Raum. Jemand dreht die Musik lauter, die jetzt melodischer ist. Eine Ballade. Sie horcht auf. Ihr Lied, von damals. Ist das noch Zufall? Sie rutscht auf der Bank einfach herum, nah neben ihn. Hat er es jetzt auch gehört? Er lächelt nur und legt ihr den Arm um den Rücken. Sie lehnt den Kopf an seine Schulter, ihre Hand ruht warm auf seinem Bein. Als die Musik verklingt, fragt er leise „Gehen wir zurück?“ Sie nickt. Er gibt der Bedienung ein Zeichen. „Zusammen oder getrennt?“, fragt sie angesichts der Geldbörsen auf dem Tisch. „Zusammen“, kommt Marie ihm zuvor. „Aber ich hab dich doch eingeladen!“, protestiert er. „Lass mich wenigstens das hier bezahlen, Süßer“, lächelt sie und steckt den Beleg ein. Süßer. Er seufzt hoffnungsvoll. Hilft ihr mit ein paar Verrenkungen hinter dem Tisch in die Jacke, ehe sie sich durch den noch volleren Gang zur Tür schlängeln. „Wo müssen wir jetzt überhaupt lang?", fragt sie ratlos. „Keine Ahnung", gibt er zu. Den ganzen Weg zurück? Oder die Promenade einfach weiter um die Stadt herum? Irgendwann kommen sie wieder an ihrer Straße an. Aber was ist der kürzeste Weg? „Hallo", spricht er die Raucher unter der Laterne an. „In welche Richtung geht's denn von hier aus am schnellsten zum Dom?" Einer überlegt kurz. „Ihr seid nicht von hier? Dann geht am einfachsten diese Straße weiter bis zum Ende, dann links und immer geradeaus." „Danke schön!" Der Raucher wehrt nur mit einer Handbewegung ab und wendet sich wieder seinen Gesprächen zu.

Es bleibt trocken, endlich. In einer Hand hält Marie den noch feuchten Schirm, über der Schulter die Handtasche. Mit der anderen hält sie Kevins Hand in seiner großen Jackentasche. Sie gehen zügig, es ist unangenehm kalt geworden. Ihr Atem bildet Dampfschwaden vor den Mündern. Sie nähern sich einem großen, dunklen Gebäude auf einem Platz. „Sind wir hier richtig?", fragt sie unsicher. „Hm", brummt Kevin und blickt sich in der nur dämmerig beleuchteten Umgebung um. Sie sind genau der Beschreibung gefolgt. Aber hier ist keine Menschenseele, die man hätte fragen können. Langsam gehen sie weiter. An einem Pfosten finden sich Fahrrad- und Fuß-Wegweiser, zum Bahnhof, zum Rathaus, zur Touristen-Information. Toiletten in 200 Metern. „Lass uns mal hier herum gehen", schlägt er vor. Er hat eine Idee, ist sich aber nicht sicher. Er lässt ihre Hand los, fasst sie um die Taille und dirigiert sie weiter in den großen Kirchenschatten. Als sie das Gebäudeende umrunden, lacht sie erleichtert auf. „Wir sind von der anderen Seite gekommen!", stellt sie fest. Er lächelt. „Ja. Wir müssen um die halbe Stadt gelaufen sein. Aber viele Wege führen zum Dom." Sie knufft ihn liebevoll. „Danke, du Pfadfinder. Ich fürchtete schon, wir würden uns in diesen ganzen Gassen noch verirren." „Nein." Er bleibt vor ihr stehen, nimmt sie locker in den Arm. „Ich hoffe, wir finden jetzt unseren Weg." Ihre Augen glänzen im Licht des zunehmenden Mondes, das durch die aufreißenden Wolken dringt. „Ganz bestimmt, Süßer." Sie schlingt ihre Arme um seinen Hals, drückt sich fest an ihn. Er schließt die Augen und hält sie nur fest. Ruhig und stark schlägt sein Herz in der Brust. So soll es sein, so soll es bleiben, summt ihm die Liedzeile durch den Kopf. Sie rührt sich ein wenig, er lockert sofort seinen Griff, schlägt die Augen auf. Sie seufzt leise an seiner Schulter. Ganz vorsichtig küsst er ihre Stirn. Sie schaut ihn an. Mit diesem dunklen, sehnsüchtigen Blick. Den er schon manchmal sehen durfte, in den vergangenen Wochen. Und der sein Herz explodieren lässt vor Hoffnung und Liebe. Für einen Lidschlag schließt er die Augen. Danke Vater. Ganz vorsichtig lassen sie einander wieder, gehen still um das Gotteshaus herum. Ihre Straße mündet am Rande des großen Platzes. Doch Kevin zögert. „Ich möchte noch zum Portal. Magst du mitkommen?" Die schweren Türen sind längst verschlossen, das weiß er, doch der Mondschein wirft sein Licht auf die alten, kunstvoll gestalteten Figuren. Er bleibt davor stehen, betrachtet sie. Heilige, Jünger. Engel. Christus, Sohn Gottes. Er lässt Marie vorsichtig los und faltet die Hände. Schließt die Augen und senkt den Kopf zum Gebet. Kaum hörbar formen seine Lippen das ‚Vater Unser'. Er stockt, als er bittet: „Vergib uns unsere Schuld", aber er spricht weiter. „Denn dein ist die Kraft und die Herrlichkeit in Ewigkeit. Amen." Er hört ihre Stimme leise neben sich, schaut sie an. Sie steht neben ihm, mit gefalteten Händen. Lächelt nun und löst die Finger. So soll es sein, so soll es bleiben. Warm liegen ihre Lippen auf seinen. Ihre Sehnsucht strömt zwischen ihnen wie oszillierende Wellen. Sie schweben und verschmelzen ineinander. Im Schutz dieses Kircheneinganges. Die Turmuhr schlägt. Sie reißen sich widerwillig voneinander los, umfassen sich sofort wieder eng und fest und nehmen den Weg zum Hotel.

Der Nachtportier nickt ihnen nur zu, als sie zur Treppe streben. Kevins Puls fängt an zu hämmern, als Marie die Zimmertür aufschließt. Es ist erst Stunden her, dass sie hier schon einmal standen, zurückgekehrt vom Dom. Er atmet tief durch, lässt die Luft aus den Lungen strömen, als er die Schwelle überschreitet. Sie ziehen die Jacken und Schuhe aus. Marie stellt den umgeworfenen Stuhl wieder hin, legt seine Sachen wieder ordentlich darauf. Dann räumt sie die auf dem Boden verstreuten vollgeheulten Taschentücher in den Badezimmer-Mülleimer. Unschlüssig steht er daneben. Schließlich holt er seinen extra noch gebügelten Schlafanzug aus der Tasche, geht ins Bad und zieht sich um. Die Tür bleibt unverschlossen. Er putzt sich die Zähne, prüft schnuppernd, ob sein Deo noch wirkt und geht wieder hinaus. Sie hat schon abgewartet, das Nachthemd auf dem Schoß, verschwindet nun auch im Bad. Zögernd setzt er sich auf das Bett, schaut sich um. Die Packungen liegen noch unangerührt auf ihrem Nachttisch. Ihr Kissen ist zerdrückt, die ausgebreitete Decke zerknautscht. Er schüttelt das Kissen auf, schlägt die Decken zurück. „Danke schön." Sie steht vor ihm, in einem langen, unbeschreiblich weiblichen und matt dunkelblau schimmernden Nachtkleid und lächelt. „Ich hatte alles liegen gelassen, wollte nur raus." Er senkt kurz den Blick, schaut wieder auf. „Magst du …" Eine bisher ungeahnte Scheu hält ihn zurück. Ihr Blick fragt offen, sie geht auf ihn zu. „Zu dir ins Bett?", hilft sie ihm. Er nickt. Sie lacht ihn an, schlüpft neben ihn unter ihre Decke und schiebt ihr Kissen als Rückenpolster vor das Kopfteil. Er folgt ihr stumm, wartet ab. „Schwester Anna hatte mir etwas mitgegeben", erzählt sie und zieht die Schublade ihres Schränkchens auf. Sie holt ein schmales Buch mit verblichenem, grünem Einband hervor und reicht es ihm. ‚Ratgeber für eine glückliche Ehe', liest er den Titel in blassgolden geprägten Lettern. Vorsichtig schlägt er es auf. Ein mit Tinte beschriebener karierter Notizzettel rutscht auf die Bettdecke. Er erkennt, dass es Bibelstellen sein müssen, Marie nimmt ihn ihm aus der Hand und legt ihn sicher unter ihren Wecker auf das Schränkchen. Kevin blättert zum Inhaltsverzeichnis weiter, überfliegt die Überschriften, schlägt langsam die Seiten weiter. Viel klein gedruckter Text. Soll er das lesen? Marie antwortet seinem fragenden Blick. „Es kommen noch Bilder, oder eher Zeichnungen. Du kannst ruhig vorblättern." Unter der Kapitelüberschrift „Gesundheit" findet er zwei medizinische Schnittzeichnungen, vom weiblichen und männlichen Unterkörper. Die Organe und ihre Teile sind beim Mann detaillierter bezeichnet.

Kevin schaut genauer hin. Mit feinem Bleistift hat jemand das weibliche Schnittbild ergänzt. Klitoris. G-Punkt. Kleine und große Schamlippen. Das war im Buch nicht vorgesehen. Warum? Wusste man das in den 60ern noch nicht? Kaum vorstellbar. Marie hält mühsam ihre Ungeduld zurück, während er sich in die Zeichnungen vertieft. „Das kennst du aber doch alles, oder?", fragt sie. Er schaut sie schmunzelnd an. „Doch, klar. So sah es ja fast schon im Sachkundebuch in der dritten Klasse aus. Spätestens aber bei Sexualerziehung in der neunten, in Bio." „Bei uns nicht. Da gab's keine Sexualerziehung." „Echt nicht? Ich dachte, so was steht im Lehrplan!" „Auf dem katholischen Gymnasium sah man das wohl anders. Meine große Schwester hat mir irgendwann ihre speziellen Bravo-Hefte in die Hand gedrückt. In denen Dr. Sommer das Wesentliche erklärte. Sie brauchte mir nicht zu sagen, dass die keiner sehen sollte. Ich hatte sie zwischen den Bettlaken im Kleiderschrank versteckt. Bis mein kleiner Bruder alt genug dafür war." „Davon hast du nie was erzählt." „Hm. War ja bei uns bisher auch kein Thema …" Sie atmet tief, dann schaut sie ihn mit ihrem unwiderstehlichen Augenaufschlag an. „Es gibt noch mehr Bilder." Sie zögert, wird leiser. „Vielleicht magst du mir erzählen, was du schon ausprobiert hast. Und was dir gefällt." Er schluckt. Astrids Name steht unausgesprochen im Raum. Aber sie hat ihn gefragt. Diese Scheu bemächtigt sich wieder seiner. Als ob er nicht schon nackt mit ihr im Bett gelegen hätte. Sie ihn nicht schon mit ihren schlanken Händen zur Weißglut getrieben hätte. Sorgfältig blättert er die Seiten um. Er stößt auf das Kapitel „Eheliche Liebe". Schematische Zeichnungen skizzieren die klassischen Vögel-Stellungen: Er über ihr und zwischen ihren Beinen, von hinten, während sie kniet, sie reitet auf ihm. Kein Geschlechtsteil ist zu erkennen, ihre Brüste werden durch kurze Striche angedeutet. Sehr sauber und rein. Wie Gymnastik zu zweit. Er schaut sie an, versucht zu erraten, was sie darüber denkt. Sie wird etwas rot. „Wie findest du das?", will er wissen. „Die Bilder?", fragt sie zurück. „Ja. Ich finde sie so … abstrakt … und irgendwie neutral." Sie grinst verlegen. „Hm. Aber so war das wohl in den 60ern." Er schaut wieder auf die Zeichnungen.

„Und …?", erinnert sie ihn vorsichtig an ihre Frage zu Beginn. Er holt tief Luft, reißt sich zusammen. „Also …, so … und so." Er deutet kurz auf die Missionars- und die Reiterinnen-Stellung. Sie schweigt, schaut auf die Bilder. „Also nicht von hinten." „Nein." Er zögert, soll er das alles erzählen? Aber wenn er es mit ihr tun würde, weiß sie es ohnehin. Und er will nicht lügen, nichts verschweigen. Das frische, neue Vertrauen nicht zertreten. „Aber noch anders." Sie schaut ihn fragend an, blättert um und schiebt ihm das Buch zu. „Genau. So", bestätigt er mit Blick auf diese komfortable Anfänger-Stellung, wie Astrid sie empfohlen hatte. „Sonst noch etwas?", flüstert Marie. Sie wirkt angespannt, als koste sie es viel Kraft, nicht loszuweinen. Kevin schiebt das Buch beiseite und lädt sie in seine Arme ein. Aufschluchzend fällt sie hinein, lässt sich halten und die Tränen laufen. Er spürt ihren Schmerz, die noch so frische Verletzung. Er schließt die Augen und da ist wieder ihr schwarzer Blick. „Es tut mir so leid." Kaum hörbar flüstert er es in ihr Ohr. Sie holt schniefend Luft, lässt ihn los. „Ich weiß. Ich glaub es dir auch. Aber trotzdem tut es so weh." „Ich weiß. Und ich würde es so gerne wieder gut machen." Beschämt senkt er den Kopf vor ihr. Sie lacht ver- zweifelt kurz auf. „Wie denn?" „Wenn ich es wüsste, täte ich es schon." Still hockt sie vor ihm, dem reuigen Sünder voller Scham. Sie liebt ihn doch. Und er sie auch. Sie weiß es ja. Wer hätte es sonst so lange mit ihr ausgehalten? Es war Notwehr, erinnert sie sich selbst. Die Tabletten lagen schon in seinem Schrank. Und er wollte auch für ihre Hochzeitsnacht lernen. Für sie. Und ihre wahnsinnigen Keuschheitsvorstellungen. Es war Notwehr. Der Schmerz zieht sich in ein dumpfes Drücken zurück. Wie wenn man eine Tablette gegen Zahnweh genommen hätte.

„Habt ihr sonst noch etwas miteinander getan?" Sie klingt schon fast distanziert. Kevin schaut überrascht auf. Sie lächelt sogar ein bisschen, etwas kühl noch. Er überlegt. Muss sie das wissen? Doch. Ein zweites Geständnis später könnte das wirkliche Ende sein. Alles muss raus, jetzt. „Sie hat noch etwas mit mir gemacht." Maries Augen werden schmal, aber sie sieht ihm weiter ins Ge- sicht. „Geblasen?" Er schluckt. „Ja, auch, am Anfang, ein bisschen und morgens unter der Dusche. Ich hab mich …", er schluckt schwer den Kloß weg, „… später … auch revanchiert." „Und?" Unerbittlich ist ihr Blick. Er holt tief Luft. Mehrmals. Strafft sich. „Sie hat mich gefickt. Mit einem Dildo, den sie dabei hatte." Verblüfft reißt sie die Augen auf. „Sie dich?", fragt sie ungläubig. „Ja. Von hinten natürlich. Sie hatte kein Gleitgel, aber Öl", erklärt er leise, will Missverständnisse ausschließen. „Es war schön", gesteht er noch leiser. „Aber …", die Verwirrung steht ihr im Gesicht, „… du sagst, du liebst mich und", sie schnauft kurz, „du warst mit Astrid im Bett. Und dann … gefällt dir so etwas?!" Er forscht in ihrem aufgewühlten Gesicht. „Ich bin nicht schwul, wenn du das meinst. Jeder Mann kann das schön finden." Und ‚schön' ist furchtbar untertrieben für das, was Astrid ihn hat erleben lassen, denkt er. Ihm fällt etwas ein, und er langt nach dem Eheratgeber. Er sucht die Seite mit den Schnittbildern, schlägt sie vor ihnen auf. Wortlos bittet er Marie in seinen Arm. Sie folgt dieser Einladung und wartet skeptisch ab, was er ihr sagen will. „Hier." Er deutet auf die Prostata. „Direkt dahinter liegt der Enddarm. Der ist hier gar nicht eingezeichnet. Sie haben nicht nur bei den Frauen zensiert", stellt er fest. Skeptisch-interessiert betrachtet sie die Zeichnung. „Man nennt es auch G-Punkt des Mannes. Ist genauso verborgen und schwer zu erreichen wie bei der Frau. Und wohl genauso sensibel." Sie schweigt lange, löst sich aus seiner Umarmung. „Und das hat sie dir alles gezeigt", sagt sie leise. Er wagt nicht, sie einfach wieder festzuhalten. Schwarz steht die Trauer in ihren Augen. „Gibt es irgendetwas, was ihr noch nicht getan habt?", klagt sie. Er denkt nach. „Ja." Fragend richtet sie den Blick auf ihn. „Wir haben uns nicht geküsst." Erstaunen breitet sich in ihrer Miene aus. „Nicht?" „Nein. Sie hatte Angst vor Liebeskummer – und es war auch besser so." „Also nur Sex, ohne küssen?", vergewissert sie sich. „Ja." Er beobachtet, wie sie sich langsam entspannt. „Ohne küssen keine Liebe", murmelt sie, „nur Sex." Ein stilles Lächeln schleicht langsam in ihr Gesicht. „Hast du außer mir schon andere geküsst?", will sie schließlich wissen. „Nur lange vor dir. Damals in der 10. Klasse." Er wagt ein vorsichtiges Lächeln. „Das ist gut!", lacht sie übermütig. „Komm her!"

Energisch zieht sie ihn heran. Hält seinen Kopf fest in ihren Händen. Er schließt die Augen, als sich ihre Lippen sacht und warm auf seinen Mund legen. Zärtlich tastet sie sich vor, er lässt alles geschehen. Genießt still ihr beginnendes Begehren, erwidert ihr Spiel. Allmählich tauchen sie ein, schweben schwerelos in diesem mächtig werdenden Kuss. Ihre Sehnsucht treibt sie zueinander, drängt ihre Körper sich zu umschlingen, immer enger, sie wollen verschmelzen. Atemlos, mit hämmerndem Puls und leuchtenden Wangen lässt sie ihn kurz los. Ihr dunkler Blick glüht vor Lust. Mit fliegenden Händen knöpft sie seine Schlafanzugjacke auf. Seine Augen werden schmal, er unterdrückt sein Stöhnen. Mit einem Schwung landet das Oberteil auf dem Parkett. Widerstandslos lässt er sich von ihr rückwärts auf die Matratze drücken. Sie schiebt ihr Nachtkleid hoch, schwingt sich über ihn und küsst ihn wild und wie besinnungslos. Er lässt sich mitreißen, hält sich an ihr fest. Sie presst sich auf seinen längst harten Schwanz, der seine Hose beult. Ihm ist, als schwinden ihm gleich die Sinne. Nur nicht ganz den Kopf verlieren, denkt es noch im Hintergrund. Dann löst sie sich langsam wieder und richtet sich auf. Sie glüht glücklich und will ganz offensichtlich mehr. Provozierend langsam zieht sie das schon geschürzte Nachthemd hoch und über den Kopf. Es segelt im Bogen zu seinem Oberteil auf den Boden. Sie lacht ihn strahlend an. „Und jetzt zeigst du mir bitte endlich, was du alles gelernt hast." Sie ist nackt und sitzt auf seinem entblößten Unterbauch. Für einige Momente vergisst er zu atmen. Sie schaut ihn auffordernd-fragend an. Sein Schwanz rührt sich, nur vom feinen Jersey geschützt, zwischen ihren Beinen. Sie muss es spüren, ein leichtes Verziehen der Mundwinkel will er gesehen haben. Es ist einfach überwältigend, schon jetzt. Er holt tief Luft. „Du bist unglaublich schön", bringt er rau flüsternd heraus. Sie lächelt verlegen, errötet zart. „Danke." Ihr Blick hält seinen fest umfangen. Dann greift sie seine Hände, ungewöhnlich warm sind sie, und feucht vom heißen Schweiß, und zieht ihn hoch. Sie rutscht auf seinen Schoß zurück, er spürt die Hitze ihrer Schenkel auf den Beinen. Ganz sacht umarmt er sie, saugt ihre Wärme in sich auf. Stark schlägt sein Herz in seiner Brust, ganz weit, als schlüge es für sie mit, ihr Leben lang. Sie ist noch immer hier, bei ihm, auf seinem Schoß. Sie hat ihn nicht verstoßen. Will ihn noch immer. Trotz allem. Erschauernd packt er sie ganz fest. Marie erwidert seinen Druck, löst sich dann sacht. Im Blick steht ihre Frage. Kann er das? Sein Lidschlag antwortet ihr still. Ja. Er dreht sich vorsichtig mit ihr im Arm zu ihrem Nachtschränkchen herum, hangelt nach der Zäpfchenpackung. Gemeinsam holen sie ein Teil aus der verschweißten Hülle. Sie reicht es ihm mit einem Augenzwinkern und hebt sich über ihm auf die Knie. Mit etwas Verrenkung schiebt er das Zäpfchen vorsichtig in ihre Vagina. Mit einem Finger streift er dabei zart ihre schon feucht benetzte Knospe. Sie seufzt auf, die Augen verengen sich zu schmalen Schlitzen. Sanft umfasst er sie mit dem freien Arm. „Willst du es dir nicht bequemer machen?", bietet er leise an. Sie lächelt und lässt sich von ihm in die Kissen dirigieren, ruckelt und wühlt sich zurecht, er breitet die Decke über ihr aus, damit sie nicht friert. Ihre Blicke lassen sich kaum los, sie brauchen keine Worte mehr. Er legt sich neben sie, sie schaut ihn nur erwartungsvoll an. Innerlich zitternd vor Aufregung berührt er sie zart. So leicht wie ein Hauch streifen seine Finger ihre Haut. Marie schließt die Augen, spürt jeder Berührung nach, die so kitzelig ihren erregten Körper streichelt. Sacht beginnt er an ihren Schultern, wandert ihre ganz entspannt da liegenden Arme abwechselnd hinab und wieder hinauf. Zart küsst er ihre Brüste, die Nippel stellen sich ihm hart entgegen. Seine Fingerspitzen umrunden sie langsam, tanzen dann zärtlich weiter über ihren Bauch. Marie seufzt und kichert, allmählich beschleunigt sich ihr Atem. Im Bogen wandert er ihre Lenden entlang, leckt sie ganz zart an diesen empfindlichen Stellen. Unvermittelt fiept sie auf, hält sich, selbst erschreckt, schnell den Mund zu und lacht dann leise. Sie blitzt ihn an. Warm breitet sich in Kevins Bauch die Freude aus. Dass er sie erreicht. Dass sie ihm noch immer vertraut. Er will ihr alles schenken, alles, was er zu geben vermag. Er möchte ihr den Himmel eröffnen, nachdem er es doch war, der sie den Höllenschmerz spüren ließ. In einem kurzen Gedanken ruft er den Vater still um Hilfe an. Er lässt seine Hände weiter wandern, malt zarte Kringel auf ihre schmalen Hüften, umrundet weit ihre magische Venus. Ganz oben und außen beginnt er ihre Schenkel zu kitzeln, genießend schließt Marie wieder die Augen. In langen, tiefen Zügen strömt nun ihr Atem. Geduldig lässt Kevin seine Hände weiter tanzen, zieht zarte Schlangenlinien auf ihrer Haut. Er erreicht ihre Knie, verweilt, die Luft fließt schneller in ihre Lungen. Er spürt ihre Spannung anwachsen, will sie noch viel weiter treiben. Vorwitzig erreichen seine Fingerspitzen ihre Knöchel, fahren über den Spann und landen elegant zwischen den Zehen, die sich überrascht krümmen und Marie ein kleines Quietschen entlocken. Sie kämpft gegen den Drang, ihm ihre so kitzeligen Füße zu entziehen. Vergnügt piesackt er sie noch ein wenig, ehe er umkehrt und wieder ihre Schenkel zart verwöhnt. Sie beginnt leise zu seufzen und zu stöhnen, während er sich ganz langsam wieder ihrer Mitte nähert. Ausführlich kitzelt und streichelt er sie immer weiter, lässt sich Zeit, es ist doch ihr erstes Mal. Doch irgendwann wird sie ungeduldig, will endlich mehr spüren, sie glüht doch schon so. Ihr Becken wippt auffordernd. Kevin sammelt seine Konzentration und seinen Mut. Dann wandert sein Finger ganz vorsichtig in ihren wilden Busch hinein. Sein Puls fliegt, er hält den Atem an. Er tastet, sucht – und findet. Ganz zart teilt er ihre weichen, warmen Lippen, taucht sanft in ihren nassen Brunnen ein und befeuchtet die schon weit aufgeblühte Knospe. Marie stöhnt. Sie hat die Augen geschlossen, ihr Atem geht schnell. Lang und langsam fährt er über ihre Perle, immer wieder, immer weiter. Die Lust verzerrt ihr Gesicht, sie lässt endlich los. Dirigiert nun seinen Rhythmus mit ihrem Becken, will mehr und mehr. Sie keucht, presst sich seiner Hand entgegen, er verstärkt den Druck, sie stöhnt auf. Die Ekstase packt sie, es gibt kein Zurück, nur weiter, weiter. Schweißüberströmt glüht sie unter seiner klatschnassen Hand. Er bleibt konzentriert bei ihr. Sie soll jetzt endlich fliegen dürfen, den Himmel erleben. Sein Handgelenk fängt an zu schmerzen, für diese Haltung ist es nicht trainiert. Er reißt sich zusammen, macht einfach weiter, nur für sie, seine Geliebte. Es tobt in ihr und glüht, baut sich immer mächtiger auf. Und plötzlich bäumt sie sich auf. Den Mund zum lautlosen Schrei halb geöffnet. Wie im Traum schaut er ihr zu. Glücklich lächelnd sinkt sie in ihr Kissen zurück. Seine Hand ruht noch immer in ihrer Pforte. Noch heftig atmend schlägt sie nach einem Moment die Augen auf. Und fängt ihn mit ihrem noch nie gesehenen, strahlend hellen Blick ein. Er schluckt, kann gar nichts sagen, so tief trifft es ihn, ganz innen. Sie lacht ihn still an und breitet die Arme aus, zieht ihn an sich. Völlig ergeben lässt er es geschehen. „Es ist so wunderbar, Süßer", flüstert sie, schluchzt unvermittelt auf. Beunruhigt schaut er ihr ins Gesicht. Doch sie lächelt. „Schade um die verlorene Zeit", sagt sie leise. „Und jetzt komm du bitte her."

Kevin zögert. So unvermittelt weiterzumachen, kommt ihm unpassend vor. Jetzt, wo der große Moment bevorsteht, überfällt ihn die Scheu. Rastlos wandern seine Finger über ihre Haut. Sie lässt es sich eine Weile gefallen. Doch dann will sie wissen: „Was ist los, Süßer? Stimmt etwas nicht?" Schüchtern hebt er den Blick, murmelt fast: „Ich weiß auch nicht." „Angst vor der eigenen Courage?", forscht sie nach. „Weiß nicht, vielleicht. – Es ist irgendwie so groß und wichtig, für dich und mich." Sie denkt einen Moment nach. Dann schaut sie ihm ins Gesicht. „Es ist nicht größer und wichtiger als alle noch folgenden Male. Es ist doch nur das erste Mal für uns. Der erste Versuch, mehr nicht. Es kann überhaupt nicht perfekt werden, mit uns Anfängern." Zweifelnd erwidert er ihren Blick. Sie stützt sich hoch, dreht sich zum Nachttisch um und greift die Kondom-Packung. Sie reißt sie auf, nimmt ein Päckchen heraus. Und schaut ihn wieder an. So unsicher hat sie ihn noch nie gesehen. So verletzlich. Vorsichtig tastet sie nach seinem Schoß. Die Hose liegt glatt über seinem Geschlecht. Sie legt das Kondom wieder beiseite und wendet sich ihm ganz zu. „Darf ich dir behilflich sein?", fragt sie leise und lächelt sanft. Ihre Hände wandern langsam in seinen Hosenbund, sie schiebt ihn herunter. Tief holt er Luft, hebt den Po an, sodass sie die Hose darunter herziehen kann. Sie fährt seine Beine ganz entlang, lässt die Finger über seine Haut schweben, ganz so, wie er es gerade mit ihr tat. Schließlich schubst sie das Textil über seine Füße und von der Matratze. Er seufzt auf. Und seinen Schwanz hat es auch nicht kalt gelassen. Sie lächelt ihn ermutigend an. Zart streichelt sie den festen Schaft, der sich weiter aufrichtet. Sie nimmt wieder das Päckchen zur Hand und reißt es vorsichtig auf. „Wie herum gehört es?", fragt sie ihn. „Puste rein, dann kannst du es besser sehen", schmunzelt er. Wenn er in der Zwischenzeit eins geübt hatte, dann die richtige Vorbereitung. Er hilft ihr beim ersten Versuch, bis alles richtig sitzt. „Und nun?", will er mit Herzklopfen von ihr wissen. „Komm her!", wünscht sie sich schlicht. Sie zieht ihn in ihre Arme und zwischen ihre gespreizten Beine, legt sich zurück. Sie reckt ihm ihr Becken entgegen. Kevin stützt sich über ihr ab, sucht hoch konzentriert ihre Pforte. Die erste Berührung mit ihrer feuchten Wärme jagt Schauer durch seinen Leib. Er presst die Kiefer zusammen, um nicht laut aufzustöhnen. Dann zwingt er seinen Atem zur Ruhe, schließt die Augen und dringt so langsam in sie ein. Sie ist viel enger als Astrid es war, die hatte auch schon eine Tochter. Es macht ihn so überwältigend geil, er hält sich mit aller Macht zurück. Blinzelt in ihr Gesicht. Ihre geschlossenen Augen wirken konzentriert. Als spüre sie tief in sich hinein. Vorsichtig schiebt er sich weiter, sie gibt willig und ganz weich nach, seufzt leise, bis er anstößt, ganz hinten. Ihre Muskeln umfassen ihn fest, er stöhnt auf. Fängt langsam an sich zu bewegen. Ihr Becken geht mit. Als suche sie den Lustpunkt. Doch den kann er so kaum erreichen. „Anders geht es besser", schlägt er leise vor und hält inne. Sie schaut ihn nur an, er umfasst sie und versucht sich seitlich von ihr zu legen, ohne sie ganz zu verlassen. Es klappt nicht ganz, sein steifer Phallus flutscht doch aus dem nassen Schlund. Marie lacht und lässt sich von ihm dirigieren. Allmählich lässt seine Nervosität nach. „So?", will sie wissen, als ihr Bein in seiner Taille liegt. „Hm." Er zögert noch, ob es jetzt stimmt. „Dann komm, Süßer. Ist das die Anfängerstellung?" Er konzentriert sich wieder, als er seinen Schwanz vor ihren Eingang setzt. Bereitwillig kommt sie ihm entgegen, will ihn spüren, ganz in sich. Sie brummt wohlig, genießt den sanften Reiz. „Das ist gut", murmelt sie. Langsam bewegt er sich. „Du kannst deinen passenden Winkel suchen." Seine Hand wandert zu ihrer Knospe. „Oh!", entfährt es ihr überrascht. „Das ist richtig gut!" Sie wippt mit, hält sich an seinem Bein neben ihr fest. Wie nebenbei wandert ihre Hand seinen Schenkel hinauf. Kevin erschauert, sein Atem beschleunigt sich heftig, seine Bewegungen werden schneller. Er zwingt sich noch, bei ihr zu bleiben, lässt die Finger trillern, sie stöhnt und presst sich ihm entgegen. Lang schiebt sich sein Luststab in ihren Schlund. Er ist so glühend heiß und steht kurz vor der Eruption. Sie keucht schon heftig, nimmt sein Drängen wahr, will ihm jetzt endlich schenken, was er so lange ersehnte. „Komm jetzt!", fordert sie und stemmt sich gegen seine Stöße. Er beißt sich noch auf die Zähne, doch dann überwältigt es ihn. Aufjaulend stößt er in sie, bleibt bebend liegen. Sie krault sacht seine Eier, was ihn leise jammern lässt. Er schluchzt in sein Kissen. Vorsichtig streichelt sie seinen Rücken, will ihn umarmen und halten. Doch er wimmert nur untröstlich. Sie tastet nach seinem nur wenig weicheren Penis, hält das Gummi fest und löst sich vorsichtig von seinem Schoß. Die gefüllte Fahne hängt traurig herab. „Süßer, …", sie dreht sich zu ihm herum, umfasst ihn nun ganz und schmiegt sich an seinen warmen, schweißfeuchten Körper „… es war so schön, dich zu spüren. Hat es dir auch gefallen?" Er hebt das verheulte Gesicht aus dem Kissen, schaut sie so unsicher und todtraurig an. „Es tut mir leid", flüstert er. „Ich hab's nicht hingekriegt." „Was denn?" Sie lächelt. „Du bist doch geflogen, oder nicht?" „Ja sicher, aber du nicht …" Die Tränen laufen schon wieder. „Was erwartest du denn, Süßer? Es war schön, du hast mich richtig heiß gemacht. Diese Stellung ist wirklich gut. – Und mich hattest du doch schon abgeschossen – zum ersten Mal." Skeptisch ist sein Blick in ihr Gesicht. Er richtet sich langsam auf. „Mensch, Kevin. Hör auf zu heulen, es ist alles gut", wird sie forscher. „Wenn du magst, probieren wir noch anderes aus. Oder das Gleiche noch mal. Anfängerinnen und Anfänger müssen halt noch üben", ermutigt sie ihn. Ein vorsichtiges Lächeln umspielt seine Mundwinkel. „Du bist einfach unglaublich", stellt er leise fest. „So kennst du mich doch, oder?", foppt sie ihn. „Ja und nein", gibt er ernst zurück. „Aber dafür liebe ich dich noch umso mehr." Sie lacht. Dann liegen sie sich in den Armen und küssen sich innig vertraut.

Kevin blinzelt. Das Tageslicht sickert durch die Vorhänge. Die Fenster haben keine Rollläden. Er wendet den Kopf, betrachtet Marie neben sich. Es ist wirklich wahr, kein Traum. Ihre Bettdecke hebt und senkt sich ruhig, ihre verwuschelten Haare liegen dunkel auf dem weißen Kissenbezug. Ganz vorsichtig dreht er sich zu ihr um, will sie nicht wecken. Er muss irgendwann einfach eingenickt sein, kann sich nicht mehr daran erinnern, dass sie sich ‚Gute Nacht' gewünscht hätten und das Licht gelöscht. Das wird sie getan haben. Typisch Mann. Er schämt sich ein bisschen. Genau das sollte ihm nicht passieren. Ist es aber wohl doch. Ganz sacht rutscht er mit unter ihre Decke, schmiegt sich an ihren Rücken. Sie seufzt wohlig im Schlaf, drängt sich in seinen Arm. Er nimmt ihren Duft wahr, den er erst in dieser Nacht kennenlernen durfte – und mit Sicherheit nie wieder vergessen wird. Sie hat ihn mitgenommen auf ihre Entdeckungsreise, anfangs ermutigt, dann getröstet und schließlich leidenschaftlich herausgefordert und geliebt. Sogar geritten hat sie ihn. Astrids Rat folgend hatte er sie erst an den Hüften geführt, doch sie forderte ihn so zielstrebig und konzentriert, dass er bald losließ, in beiderlei Sinn. Die Erinnerung und Maries warme Haut an seiner bleiben nicht wirkungslos. Sein Penis reckt und streckt sich, legt sich weich in ihre rückwärtige Spalte. Sie schnorchelt etwas, dreht sich weg. Er lässt sie sacht los, deckt sie sorgfältig zu. Schlafen kann er nicht mehr. Wie viel Uhr ist es eigentlich? Im Dämmerlicht kann er Maries Wecker nicht erkennen. Er findet sein Handy auf dem Nachttisch. 09:43 Uhr. Na, da haben sie ja schön ausgeschlafen. Dann gleich mit einem kräftigen Frühstück in den Tag starten … Moment! War die Frühstückszeit nicht nur bis 10:00 Uhr? Sein Puls schießt in die Höhe. Soll er sie doch wecken und sie stürzen hinunter, um noch ein Brötchen und einen Kaffee zu bekommen? Er sitzt schon auf der Bettkante, hält inne. Nein. Zügig zieht er seine Sachen an, legt eben Deo auf und kämmt sich die Haare. Mit dem Schlüssel in der Hand steht er an der Tür. Und wenn sie jetzt wach wird und er ist nicht da? Noch einen Zettel schreiben? Ein Blick zur Uhr sagt, dass dazu keine Zeit mehr ist. Leise schließt er die Tür hinter sich, trabt die Treppe hinunter und muss sich erst orientieren. Eine Servierkraft räumt schon die Tische ab, aber das Buffet steht noch. Er fasst sich ein Herz und fragt, ob er etwas mit auf ihr Zimmer nehmen dürfe. Sie lächelt und schaut ihn mit so einem wissenden Blick an. Ist er noch so strubbelig? Sieht man ihm seine Liebesnacht so an? Sie gibt ihm ein Tablett, zwei Teller, zwei Tassen, eine Thermoskanne Kaffee. Er lädt noch Zucker und Milch, ein Körbchen mit Brot und Brötchen, zwei Eier, Servietten, Aufschnitt, Käse, Butter, Marmelade, Nutella, ein Schälchen Quark und Honig auf. Er überlegt. Was könnte sie noch mögen, nach so einer Nacht? Orangensaft? Er nimmt ein Glas, mag die Südfrucht selbst nicht. In der Minibar war doch auch Sekt!, fällt es ihm ein. Vergnügt balanciert er ihr privates Frühstücksbuffet die Treppe hinauf. Das Geschirr solle er später einfach auf der Theke abstellen, es würde noch weggeräumt, meinte die Bedienung.

Vor der Tür schaut er sich um. Auf dem Tischchen neben dem Sessel stellt er seine Beute ab, schließt die Tür auf und trägt alles ins dämmerige Zimmer. Vorsichtig tastet er sich voran. War der runde Tisch abgeräumt? Er stellt das Tablett lieber erst auf den Fußboden, bis sich seine Augen wieder an das schwache Licht gewöhnt haben, und schließt die Tür ab. Dann hebt er das Frühstück auf seinen Platz, deckt den Tisch mit Teller und Tassen. Oder schmausen sie vielleicht lieber im Kuschelbett? Er ist unschlüssig. Marie dreht sich gerade um. Zumindest hat sie ihn noch nicht vermisst. Schnell schlüpft er wieder aus seiner Kleidung und in ihr Nest. Wie magnetisch zieht sie ihn an, er muss ihre Haut spüren, ihre Wärme. Zärtlich umfängt er sie, streichelt sie sacht. Küsst sie sanft auf den Hals, knabbert an ihrem Ohrläppchen. Sie brummt leise, fast wie ein zufrieden schnurrendes Kätzchen auf dem Schoß. „Guten Morgen, Süße“, wispert er in ihr Ohr. „Guten Morgen, selber Süßer“, gibt sie lächelnd zurück und schlägt die Augen auf. „Hast du gut geschlafen?“, will sie freundlich wissen. „Hm, ja, sehr. Ich bin wohl einfach weggenickt, fürchte ich, oder?“ „Ja“, lacht sie. „War ja auch kein Wunder – bei deinem Einsatz …“ Er lacht leise und ein bisschen verlegen. „Und du?“, fragt er zurück. „Wunderbar! So gut wie noch nie!“, begeistert sie sich. „Kann ja auch gar nicht anders sein, neben dir." Ihr Finger wandert neckisch über seine Brust abwärts. Seine Augen werden schmal, die Lust erwacht schon wieder in den Lenden. „Magst du dich erst stärken?", fragt er. „Ehe wir weiter spielen? Oder auch ganz etwas anderes tun?" „Jo, doch, frühstücken wäre jetzt nicht schlecht. Wie spät ist es überhaupt?" Kevin schaltet seine Leselampe an. „Zwanzig nach zehn", antwortet er. „Schon?!" Mit einem Ruck sitzt sie aufrecht im Bett. „Aber dann kriegen wir ja gar nichts mehr!" „Doch", grinst er breit. „Sogar Sektfrühstück im Bett, wenn du möchtest." „Echt?" Er lächelt nur, steht auf, schaut in die Minibar und nimmt die zwei Piccolo-Flaschen heraus. Im Barschränkchen findet er Sektkelche. In dem Streifen Tageslicht, den er durch den etwas beiseitegeschobenen Vorhang hineinlässt, prüft er die Gläser. Dann schenkt er ihnen ein und bringt die Kelche ans Bett. „Danke schön!", strahlt sie und kichert. „Ob ich das wohl vertrage, auf nüchternen Magen?" „Einen Schluck bestimmt", meint er und hält kurz inne. Er setzt sich zu ihr auf das Bett. „Ich möchte dir danke sagen, Marie. Dafür, dass du uns noch eine Chance gegeben hast. Und für diese wunderbare Nacht." Seine Stimme wird noch leiser. „Du hast alle Träume weit übertroffen. Und ich habe viel und oft davon geträumt." Sie senkt kurz verlegen den Blick. Schaut dann wieder auf. „Ich will dir aber auch danken. Dafür, dass du es drei lange Jahre mit mir ausgehalten hast. Und nicht weggelaufen bist. Und noch immer Geduld mit mir hast." Erfreut steigt ihm nun die Farbe ins Gesicht. „Aber ich liebe dich doch." „Und ich liebe dich auch", entgegnet sie bestimmt. Er schaut ihr tief in die Augen „Dann auf unsere Liebe!" „Ja, auf unsere Liebe!" Leise prickelt der Sekt im Mund, rinnt fruchtig-süß den Rachen hinunter. „Mm. Ist der gefährlich lecker!", stellt sie genussvoll fest und das Glas auf ihr Schränkchen. Sie muss ihren Süßen jetzt erst einmal küssen. Wie leicht doch das Glück sein kann. Dann holt Kevin O-Saft und Brötchen, Kaffeetassen und alles andere herbei. Sie kuscheln sich unter ihren Decken an das Kopfteil und schmausen gemütlich. „Woher sind die ganzen Sachen?", will sie wissen. „Hattest du das schon bestellt?" Er lacht. „Nein. Ich wurde ungefähr Viertel vor zehn wach und bin schnell runter. Ich hab halt gefragt und durfte das Tablett für uns voll machen. Das Geschirr bring ich später wieder runter." „Wow!", strahlt sie ihn an. „Das war ja schon voller Einsatz am Morgen!" Er lacht. „War halt Glück, dass es noch rechtzeitig war. Sonst hätten wir uns erst mal ein Café oder so was suchen müssen." „Hier ist es viel schöner!", verkündet sie und knutscht seine Brustwarzen.

„Rasierst du dich eigentlich immer rundum?", fragt sie und streichelt die zarten Stoppeln auf seiner Brust. „Ja, klar. Mach ich gleich noch." „Warum?" Verblüfft schaut er sie an. „Gefällt es dir nicht?" „Doch. Aber ich kenn dich ja auch nicht anders." „Hm." „Und warum tust du das? Findest du selbst es so schöner?" „Hm. Klar. Ist im Studio auch so üblich, da läuft keiner behaart rum. Und in der Sauna finde ich es auch gepflegter." „Okay." „Wie kommst du darauf?", will er wissen. Sie zuckt mit den Schultern. „Einfach so, fiel mir halt gerade auf. – Du bist ja schließlich kein Junge mehr." Sie blitzt ihn aus schmalen Augen an. „Sondern mein Mann." Dazu fällt ihm nichts ein. „Hast du dich schon immer rasiert? Oder weißt du, wie du von Natur aus aussiehst?", forscht sie weiter. „Hm. Nicht so richtig", gibt er zu. „In der Zehnten, als klar war, dass ich auf den Bau gehen würde, habe ich mit dem Training angefangen. Mein Onkel hatte arge Zweifel, dass ich die Lehre durchstehen würde. Ich war da ja noch einen halben Kopf kleiner und ziemlich schlaksig-schmal." „Echt? Kann ich mir gar nicht vorstellen." Kevin grinst. „Doch. Jedenfalls hab ich das Rasieren da angefangen, weil das halt alle im Studio so machten." „Dann lass es doch einfach mal wachsen. Rasieren kannst du dich immer noch." „Meinst du?" Sie grinst. „Warum nicht? Ich würde es gerne mal sehen. Dein erotisches Brusthaar." Er wird etwas rot und murmelt. „Na, wenn du es erotisch findest." Sie lacht. „Nur, wenn du willst. Aber ausprobieren kann doch nichts schaden, oder?" „Nö." Er zieht sie eng heran und küsst ihren Hals. „Und es bleibt mehr Zeit für schönere Dinge."

Neuland

Der Zug rattert beruhigend, geradezu einschläfernd. Endlich
haben sie Sitzplätze bekommen. Wenn er geahnt hätte, wie voll
der Regionalexpress um diese Zeit sein würde, hätte er darauf
gedrängt, früher zum Bahnhof zu gehen. Aber so konnten sie
noch zur Messe in den Dom gehen. Er verstand zwar noch immer
nicht viel mehr als bei seinen früheren Gottesdienstbesuchen zu
Hause, aber er spürte Maries Freude. Wie sie mitsang und wirklich inbrünstig betete. Darum bemühte er sich auch. Vater unser.
Er wird sein Wort halten. Maries Kopf sinkt an seine Schulter.
Sie ist eingenickt. Vorsichtig setzt er sich gerader auf, damit sie
nicht wegrutscht. Schwer drücken auch seine Augenlider. Viel
geschlafen haben sie wahrlich nicht. Die Nächte gehörten ihren
Entdeckungsreisen und die Tage waren viel zu schön mit ihrem
strahlenden Sonnenschein am blauen Himmel, als dass sie nur
einfach weiter schlafen wollten. Samstagmittag waren sie noch auf
dem Wochenmarkt, aßen köstliche Reibekuchen. Dann bummelten
sie den Prinzipalmarkt entlang, landeten später in einem neo-
modernen Kaufhaus. Was heißt schon Kaufhaus, eine Prachtgalerie
mit verschiedensten Spezialabteilungen, wie kleine Lädchen unter
einem Dach. Marie begeisterte sich für die Vorführungen eines
Chocolatiers. Die Kreationen waren wirklich exquisit. Natürlich kaufte er ihre eine Auswahl als essbares Andenken. Und sie
konnte sich nicht entscheiden, welchen Quirl, welches Löffelchen,
welches Dekorationsstäbchen sie mit nach Hause nehmen sollte.
Schließlich hielt sie zwei schlanke Gerätschaften aus Silikon in
den Händen und fragte ihn nach seiner Meinung. Etwas ratlos
schaute er von einem zum anderen. „Wofür ist das denn überhaupt?" Sie blitzte ihn übermütig an, erwiderte halblaut. „Für
deine Schokoladenseite, Süßer. Wenn du magst." Er brauchte
einige Momente, bis er begriff, was sie da gerade meinte. Und
dann schoss ihm die Röte in den Kopf. Erstaunt lächelte sie ihn

an. „Weißt du was, ich nehm' beide", entschied sie sich und stellte sich an der Kasse an. Kevin wandte sich einer ruhigeren Regalreihe zu, bis er glaubte, dass er wieder auf Normaltemperatur wäre. Vergnügt kam sie auf ihn zu, verstaute ihr Tütchen in der Handtasche und hakte sich bei ihm ein.

Sie marschierten noch zum Aasee, wie unzählige andere auch. Auf den Terrassen fand sich noch ein Plätzchen, wo sie sich niederlassen konnten. Marie zog in der wärmenden Sonne ihre Jacke aus, sie setzten sich darauf. Kevin hüllte sie, zwischen seinen Knien geborgen, gemeinsam in seine Jacke, die sie vor dem sachten, aber doch merklich kühlen Wind schützte. Diese Momente würde er nie vergessen. Ihren zarten Kuss, wie nebenbei, hier in der Öffentlichkeit. Schließlich wollte sie zurück, der Wind frischte auf, die Sonne verschwand. Das Tütchen, um das den ganzen Tag immer wieder seine Gedanken gekreist waren, legte sie nur auf ihr Nachtschränkchen, beachtete es nicht weiter. Ohne Gel oder Öl würde es auch nicht gehen, rief er sich mehrmals zur Ordnung. Es war ein Mitbringsel für zu Hause.

Ihre Verführungskünste ließen diese Fragen auch völlig zurücktreten. Wie selbstverständlich liebten sie sich zärtlich und sehnsüchtig, weckten ihre Leidenschaft und schenkten sich Lust, bis sie glücklich und satt waren. Unternehmungslustig wollte Marie noch an den neuen Hafen, ins Vergnügungsviertel, und holte ihre Ausgehgarderobe aus dem Koffer. Kevin grübelte, entschied sich dann für die neue Jeans, den engen schwarzen Rolli und darüber den sportlich-eleganten Strickpulli. Die Frisur bekam etwas Gel und er rasierte sich noch einmal gründlich die Konturen. Mehr ging jetzt nicht. Marie strahlte ihn an. „Wow! Da muss ich ja gut auf dich aufpassen …" Das ging herunter wie Honigmilch. So etwas hatte sie ihm noch nie gesagt!

Der Laden, den sie gegen 23 Uhr betraten, hielt, was die Ankündigungen versprochen hatten: Party, super tanzbare Musik, bezahlbare Getränke und eine klasse Stimmung. Ein so bunt gemischtes Publikum hatte er noch nicht in einer Disco erlebt. Wahrscheinlich überwiegend Studierende, daher wohl auch das gemäßigte Preisniveau trotz attraktiver Lage. Die Masse machte dann eben den Umsatz. Erst gegen halb zwei erreichten sie wieder ihre Unterkunft. Mit einem erleichterten Seufzen stieg Marie aus ihren High Heels. Er schmunzelte. Wie sie darin überhaupt laufen konnte, war ihm ein Rätsel. Aber es musste wohl so sein. Und attraktiv war sie natürlich auch in dieser Aufmachung. Er hatte sie die ganze Zeit nicht aus den Augen gelassen, bis zur Toilettentür. Von wegen, wer hier auf wen aufpassen müsste.

Er ließ ihr den Vortritt ins Bad. Gründlich abgeschminkt und für ihn noch viel schöner trat sie wieder heraus, in ihrem dunkelblauen Nachtkleid. Zügig putzte er die Zähne, wusch sich und kämmte das Gel aus den Haaren. Sie lag bei gedämpftem Licht in ihrem Bett, als wäre sie schon eingeschlafen. Die Enttäuschung zog seine Brust von innen zusammen. Ja, es war spät. Sie waren den ganzen Tag unterwegs, hatten wenig geschlafen. Leise rutschte er unter seine Decke, nachdem er doch noch die Schlafanzug-Jacke angezogen und zugeknöpft hatte. Sie pustete leise. Er stellte noch den Wecker, dass sie das Frühstück nicht verpassten, und löschte das Licht. Er war hellwach, versuchte die springenden Gedanken fließen zu lassen. Aufzuhören, bewusst an die Dinge der letzten Tage zu denken, die Bilder einfach kommen und gehen zu lassen. Es gelang ihm selten, wenn er nicht schlafen konnte. Aber die physische Erschöpfung half offensichtlich. Maries Hand streichelte sacht seinen Bauch, sie rutschte näher, er schmiegte sich in ihren Arm. Wohlig träumte er weiter, spürte ihren Fingern nach, die seinen Rücken kitzelten. Sie rutschte etwas beiseite. Er rollte bäuchlings, wusste, woher auch immer, dass sie seinen Po streicheln wollte. Er genoss die Berührungen, die ganz langsam wachsende Sehnsucht. Er war so müde. Und so unglaublich entspannt und bereit für ihre Hände. Schwer lag er in seinem Kissen, ließ alles mit sich geschehen. Da fiel etwas Kaltes auf seine Haut, er schreckte hoch. Er träumte nicht, Maries Hände waren wirklich da, hier im Dunkeln. „Entschuldige, Süßer. Ich wollte dich nicht erschrecken", raunte sie ihm zu. „Es muss etwas aus der Tube getropft sein, ich hab es nicht gesehen." Langsam setzten sich seine Gedanken in Bewegung. Er war wach. Sie kitzelte seine Rückseite. Und etwas

Kaltes tropfte auf seine Haut. „Was … ist es denn?", fragte er vorsichtig. „Gleitgel. Ich wusste zwar nicht, ob wir es brauchen würden, aber ich hab es im Drogeriemarkt einfach zusammen mit den Kondomen mitgenommen und eingepackt. War eh' schon hoch peinlich, da kam es darauf auch nicht mehr an." „Du hast es mit hergebracht?", wollte er ungläubig wissen. „Ja. Einfach so. Ich hatte ja überhaupt keine Ahnung und dachte, es könne nichts schaden." „Aha." Er sank wieder auf die Matratze. Sie schaltete ihr Nachtlicht ein. Sie war nackt, zumindest soweit er sehen konnte. Ihre Hände krabbelten unter seinen Hosenbund. „Darf ich?", flüsterte sie in sein Ohr. „Natürlich", brummte er zunehmend erregt zurück, hob das Becken an, damit sie die Hose herunterziehen konnte. Sie entblößte seine Kehrseite, die Schenkel, doch dann wandte sie sich seinem hochgeschobenen Oberteil zu. „Ist das zu?", wollte sie wissen, als der Stoff ihrem Ziehen Widerstand leistete. „Hm." Kevin drehte sich herum, setzte sich auf und öffnete die Knöpfe. Das Teil lag schon auf dem Boden, ehe sie nachhelfen konnte. Sein dunkler Blick hatte etwas Fiebriges, das sie innerlich erschauern ließ. Er streifte noch die Hosenfessel ab, warf ihr einen dieser unergründlichen Blicke zu und streckte sich vor ihr aus. „Magst du denn überhaupt?", wollte sie vorsichtig wissen. Er blinzelte sie aus schmalen Augen über die Schulter an. „Komm her." Er erschauerte unter dem kühlen Gel, das sie zart in seiner Spalte verteilte. Astrid hatte das Öl damals angewärmt. Aber so war es auch geil. Er glühte ohnehin schon. Schauer durchliefen seinen aufgeheizten Körper. Er bot sich ihr dar, wollte sich ihren Händen offenbaren. Er musste schon gestöhnt haben. Dieser Reiz war so vielversprechend. Die Erinnerung an das schon einmal Erlebte ließ ihn erbeben. Und dann war es da. Dieses Teil, das fest und doch nachgiebig vor seiner Pforte saß. Er keuchte, öffnete sich, so weit. Es drang ein, dehnte und durchstieß seinen Muskelring, hielt an. Jetzt fühlte er es kaum noch, der Stiel war so schlank. Begierig bewegte er sein Becken, Marie folgte seinem Wunsch. Es massierte seinen Eingang, flutschte ein-, zweimal wieder heraus. Seufzend genoss er das Wieder-Eintreten, den Druck, dann das etwas enttäuschende

Nachlassen. Sie gab sich Mühe. Und spürte doch, dass es so nicht reichte. „Geht es noch tiefer?“, fragte er schließlich mit rauer Stimme und hob auch gleich sein Hinterteil an. Sie antwortete nicht. Doch dann erreichte sie sein Lustzentrum. Unwillkürlich stöhnte er auf, reckte sich ihr weit entgegen. Nach einer Schrecksekunde folgte sie seinem Begehren. Jammernd und wimmernd zerfloss er in dieser überwältigenden Lust. Konzentriert trieb sie ihn immer weiter. Er gab sich ihr und ihrem Spielzeug ganz hin, schwebte gleichsam im Universum. Er wusste nicht mehr, wie lange es ging und was er tat. Nur, dass diese Lavawelle sich langsam aufbaute, ihn immer weiter anhob und endlich tosend mit sich in den Strudel riss. Als er nach einer vermuteten Ewigkeit wieder zu sich kam, lag sie neben ihm und schaute ihn besorgt an. War er so laut geworden? Er wischte die Tränenspuren ins Kissen, lächelte sie an. „Wahnsinn“, flüsterte er. Ihre Züge entspannten sich, sie lächelte zurück. Sie kraulte seinen Rücken. Impulsiv drehte er sich zu ihr und zog sie in seine Arme. „Huh!“, seufzte er auf. Der Eindringling saß noch an seiner geilen Stelle. „Warte …“ Sie wollte ihn gleich befreien. Doch er hielt sie fest. „Lass nur. Es ist unglaublich schön, auch so.“ Etwas skeptisch ließ sie ab. „War, also …“, kam sie ins Stocken, holte Luft, kicherte. „Ist es dir dabei tatsächlich gekommen?“ Er schloss die Augen, öffnete sie strahlend wieder. „Ich glaub, man kann es so nennen. Es ist anders als beim Vögeln.“ Ihm wurde plötzlich bewusst, dass sein Bauch wohl trocken geblieben war. Auch das Laken war noch frisch und sein Schwanz ragte steil auf. „Ich dachte nur …“, versuchte sie zu erklären. Er lachte. „Stimmt. Die Sahne ist noch nicht serviert.“ Sie kicherte albern. Dann reckte sie sich zu ihrem Schränkchen. „Das Zäpfchen ist schon lang genug drin.“ Sie reichte ihm ein Kondom-Päckchen. „Wenn du noch möchtest …?“ Er nahm es grinsend an. „Wenn du noch möchtest!“ Schnell zerriss es ihn fast vor Geilheit, als er erst in ihren engen Lustkanal eingedrungen war. Das Teil in ihm ging bei jeder Bewegung, jedem Hüftschwung mit. Marie bemerkte es schnell und drehte ihn kurzerhand um. Sie wollte durchaus auch noch ihren Anteil bekommen. Ungläubig bemerkte sie, wie heiß es sie machte, wenn er sich ihr so hingab, die Kontrolle völlig verlor und sie seine Empfindungen, seine Reaktionen bestimmte. Sie gab ihren Rhythmus vor, es war nicht seiner. Doch so ging es länger. Er keuchte unter ihrem Ansturm, stemmte sich ihr entgegen, dass sie sich besser massieren konnte. Und dann segelte sie tönend davon. Kaum gelandet wälzte sie sich mit ihm im Arm herum. „Jetzt du!", befahl sie und er brauchte kaum fünf Stöße in ihren engen Schlund, um endlich zu explodieren.

„Wo sind wir jetzt?" Kevin reißt die Augen auf, war er doch eingenickt? Marie lächelt ihn an. Sie haben beide viel zu wenig geschlafen. „Äh, weiß gerade nicht so genau. Aber ..." Kevin kramt in seinem Rucksack, fischt den ausgedruckten Fahrplan heraus und konsultiert seine Armbanduhr. „Noch rund zwanzig Minuten. Wenn wir pünktlich sind." Marie seufzt. „Und dann sind wir wieder zurück." Auch ihm zieht das Bedauern in die Brust. „Hm." Er sucht nach einem Trost. Für sie beide. „Aber es hat auch gerade erst angefangen", meint er leise und sieht sie von der Seite an. Sie schaut ihm tief in die Augen. „Ja. Neuanfang zum Dreijährigen." Sie macht eine Pause. „Es hätte nicht schöner und besser sein können." Erstaunt reißt er die Augen auf. Sie klimpert beschwichtigend mit den Augendeckeln. „Ich bin so froh, dass du mir endlich alles gesagt hast. Ich hatte ja keine Ahnung", sagt sie leise. Er schluckt berührt. „Und du hast uns eine zweite Chance gegeben. Jede andere hätte mich sofort in die Wüste geschickt", wispert er. Sie schmunzelt. „Was zu beweisen wäre, Süßer. Aber ich möchte es lieber nicht wirklich ausprobieren. Du geiler Charmeur ..." Sie knabbert an seinem Ohrläppchen. Verdattert lässt er ihre Worte nachklingen. Ist das noch die keusche Marie, die er einst kannte? Sie scheint sich bewusst zu werden, was sie gerade gesagt hat, und errötet zart. Wortlos zieht er sie in seinen Arm und drückt sie mit seiner ganzen zitternden Liebe. Fast schüchtern sucht sie seine Lippen, küsst ihn zärtlich und flüchtig zugleich, hier zwischen den ganzen Mitreisenden. Aneinander gekuschelt schauen sie der Welt in der schon tief stehenden Nachmittagssonne beim Vorbeifliegen zu.

Der Zug spuckt sie pünktlich auf dem heimatlichen Bahnsteig aus. Er trägt ihr wieder den Koffer die Treppe hinab, dann besteht sie darauf, ihr Gepäck selbst zu bewältigen. Leise rattern die kleinen Rädchen hinter ihr her. Die Handtasche hat sie umgehängt, der Schirm ist – heute noch trocken geblieben – gut verstaut. Der Bus sammelt sie ein und entlässt sie wieder. Hand in Hand wandern sie schweigend zu ihrem Elternhaus. Dann stehen sie vor der Tür. Sie schaut ihn an, holt Luft. „Kommst du noch mit rauf?", bittet sie leise. Er lächelt erfreut. „Natürlich, gerne, wenn du möchtest." In der letzten Zeit war er kaum bei ihr und ihrer Familie gewesen, fast immer besuchte sie ihn. Sie schließt die Haustür auf, er greift sich ihren Koffer, um ihn in den ersten Stock zu schaffen. „So war das nicht gemeint!", protestiert sie. „Von mir aber!", lacht er und ist schon oben, stellt seine Tasche im Flur neben der Wohnungstür ab. Sie knufft ihn freundlich und hält den Koffergriff fest, während sie die Tür öffnet. „Hallo!", ruft sie in die Wohnung. „Hallo! Wir sind im Wohnzimmer!", schallt es zurück. Marie stellt ihr Gepäck neben ihre Zimmertür, greift sich Kevins Tasche und stellt sie daneben. Sie gehen hinüber, begrüßen die Familie. „Ach, hallo Kevin! Da seid ihr Wochenendausflügler ja beide!" Maries älteste Schwester ist auch da, sie wechselt schnelle Blicke mit ihr, ehe sie Kevin direkt anlacht. „Ihr seht gut aus, ihr zwei! Hattet ihr eine schöne Zeit?" Marie lacht übermütig. „Und wie! Wir hätten schon früher darauf kommen sollen." „Na, dazu ist es doch nie zu spät …" gibt die Schwester lächelnd zurück. Kevin fragt sich, was sie von Marie weiß. Macht sie verdeckte Anspielungen oder bildet er sich das nur ein? „Dann hast du ihr ja wirklich was geboten, oder?", fragt sie Kevin direkt und er hört einen neugierigen Unterton heraus. „Nun, ich hoffe, es hat dir gefallen", gibt er zurückhaltend-bescheiden zu Marie zurück. Sie lacht laut. „Gefallen! Na klar hat es mit gefallen!" Sie schaut ihm in die Augen und ergänzt leiser. „Aber ich glaube, das weißt du auch." Und schon küsst sie ihn schnell auf den Mund, vor der ganzen Familie. Was auch immer hier gespielt wird, es scheint in Ordnung zu sein, denkt Kevin für sich.

„Habt ihr schon gegessen?“, erkundigt sich Marie. „Wenn du Abendbrot meinst, dann nicht. Wir sind erst vorhin vom Geburtstags-Kaffeetrinken wieder gekommen. Und du weißt ja, wie Tantchen immer nötigt …“, erklärt der Vater. „Na klar weiß ich das … Dann mach ich uns zweien mal was, wir hatten nämlich kein richtiges Mittagessen.“ „Nur zu. Wenn wir das gewusst hätten, hätten wir euch auch Torte mitgebracht“, kommentiert die Mutter nicht ganz ernst. Marie winkt nur ab und nimmt Kevin mit in die geräumige Wohnküche. „Was magst du denn?“, fragt sie ihn und lässt ihn mit in den Kühlschrank schauen. „Ach, mach nur keinen Aufwand“, wehrt er bescheiden ab. Sie wirft ihm einen fragenden Blick zu. Dann konsultiert sie den Vorratsschrank und schlägt vor: „Nudeln mit Gemüsepfanne und Rührei?“ „Ja, gerne. Was kann ich denn tun?“ Sie holt die Gemüsepackung aus dem Tiefkühlschrank. „Die kannst du aufschneiden und mit etwas Butter in der Pfanne andünsten und auftauen. Später kommt eine Tasse Gemüsebrühe dazu zum Garen. Oder du kochst die Nudeln.“ „Mach ich.“ „Was jetzt, Gemüse oder Nudeln?“ „Beides, oder darf ich nicht?“, lächelt Kevin auf ihren kritischen Blick hin. „Hey!“ Marie guckt ihm in die Augen, dann legt sie ihm die Arme um den Hals. „Natürlich darfst du. Aber mit gemeinsamem Kochen hat das dann nicht mehr viel zu tun. Und meinen Koffer hast du auch schon ständig getragen. Eigentlich möchte ich auch mal was für dich tun.“ „Aber das hast du doch schon unendlich …“, raunt er ihr zärtlich ins Ohr und steckt die Nase in ihre noch verwehten Haare. Sacht zieht er sie heran. Sie schmiegt sich an seine Brust. „Du doch genauso, du Charmeur“, murmelt sie und würde jetzt so gerne die kurzen weichen Stöppelchen auf seiner Haut kraulen. Sie ist schon neugierig, wie männlich er bald aussieht und sich anfühlt. Dann richtet sie sich in seinem Arm auf. „Verstehst du denn, was ich meine?“ Er lächelt still. „Ich glaub schon.“ „Dann lass uns einfach anfangen, ich hab einen riesigen Hunger“, entscheidet sie und lässt ihn los. Sie holt den Nudeltopf und zwei Pfannen heraus, und schließlich stehen sie Arm in Arm nebeneinander vor dem Herd und rühren abwechselnd im Gemüse, den Nudeln und dem Rührei.

„Hm!", lobt Kevin das Ergebnis, als sie sich am Küchentisch niedergelassen haben. Marie kaut erst den hungrig voll geschaufelten Mund leer, ehe sie ergänzt „Ist halt mit Liebe gekocht!" Kevin kichert. „Könnten wir auch öfter machen …" „Hm …" Unvermittelt lässt sie die Gabel sinken und schaut ihn an. „Sag mal, …", sie holt noch einmal Luft, „magst du vielleicht heute hier bleiben, bei mir?" Überrascht schluckt er erst seinen Bissen hinunter. Dann antwortet er leise: „Natürlich mag ich. – Wenn denn deine Familie nichts dagegen hat. Und …", er zögert, „… ich muss halt ziemlich früh raus, wir haben morgen eine neue Baustelle, außerhalb. Aber zum Duschen kann ich ja eben zu uns rüber, dass ich hier keinen störe." Marie greift nach seiner Hand. „Also, meine Familie wird nichts dagegen haben, denn Schwesterchens Freund war hier phasenweise fast schon eingezogen, als sie auch noch hier wohnte. Und Papa steht auch sehr früh auf und duscht dann. – Dann würde ich nur gleich noch den anderen Bescheid geben." Sie versucht seine Skepsis im Blick wegzulächeln. „Es ist in Ordnung, Kevin. Es lag bisher nur an mir. An niemandem sonst." Heftig blinkernd versucht er die aufsteigenden Freudentränen wegzudrücken. Marie streichelt sacht seinen Handrücken. „Es wäre schön, wenn du noch nicht weggehen würdest. Die Woche fängt morgen noch früh genug wieder an", erklärt sie leise. „Ja." Ein entwischtes Tränchen tropft auf seinen Teller. „Ich ruf nur meine Eltern gleich noch kurz an. Ehe Mama sich Sorgen macht."

Zärtlich kitzelt Marie seine breite Brust. Er brummt zufrieden: „Das ist schön." Ihre Finger fahren immer wieder über die sprießenden Haarstoppeln. Er blinzelt sie an. „Meinst du wirklich, dass dir das gefällt?" Sie kichert. „Ganz bestimmt. Es wächst doch erst noch." „Hm. Und juckt dabei", gibt er zu. „Echt? Wenn ich mir die Arme oder Beine rasiere aber nicht. Obwohl … in den Achseln und in der ‚Bikinizone' auch schon mal." Nachdenklich streichelt sie weiter. Er schließt wieder die Augen. „Magst du vielleicht Öl? Ich hab ein gutes, hautberuhigendes im Bad." „Jetzt nicht, später vielleicht. Bleib einfach hier", brummelt er und zieht sie in seinen Arm. Jetzt spürt sie die jungen Härchen auf ihrer eigenen Brust. „Sag mal, …“ Er macht eine lange Pause, sie wartet ab. Dann schaut er sie an. „Hast du mit deiner Schwester über uns gesprochen?“ Sie errötet zart, schluckt den kleinen Schreck hinunter. „Hm, ja“, gibt sie zögernd zu. „An dem Sonntagabend, als ich aus dem Kloster zurückkam. Sie war zufällig hier. Und merkte wohl sofort, dass ich nicht ganz in der Spur war. Jedenfalls sprach sie mich hier in meinem Zimmer an und ich erzählte ihr von Schwester Anna.“ Marie setzt sich halb auf, schaut nach innen und betrachtet die Erinnerung an den Abend. „Sie reagierte noch viel entsetzter als die Nonne, hat mich fast beschimpft. Wie töricht und selbstgerecht ich doch sei. Und dass es ein Wunder sei, dass du immer noch bei mir seist. Ich hab nur noch geheult, konnte einfach nicht mehr. Das wollte sie natürlich auch nicht.“ Marie holt tief Luft, wirft Kevin einen schnellen Blick zu. „Jedenfalls hat sie mir gut zugeredet, mich beraten zu lassen, sie sei ja auch kein Profi, nur die besorgte große Schwester. Und am Montag hat sie mir direkt einen Termin bei ‚Pro Familia‘ organisiert. Ich hatte immer gedacht, die kümmern sich nur um Pflichtberatungen vor Abtreibungen. Stimmt gar nicht. Es war ein sehr gutes und langes Gespräch mit der Psychologin, hat mir wirklich gut getan und Mut gemacht.“ Verlegen lächelt sie Kevin an. „Und alles Weitere kennst du ja selbst.“ Er lächelt. „Ja. Wenn ich das gewusst hätte, wäre es mir damals leichter gefallen, die Zeit bis zum Dienstagabend zu überstehen. Bis du endlich wieder bei mir warst.“ Erstaunt schaut sie auf. „Aber du sagtest doch noch, du habest gelernt zu warten.“ Kevin grinst. „Stimmt, hab ich gesagt. Und hätte mich dafür selbst ohrfeigen können. Irgendetwas war ja passiert, mit dir, und ich hab’s noch nicht zu fassen gekriegt. Wohin es führen könnte. Ich hab mich gar nicht getraut, Hoffnung zu schöpfen. Und gleichzeitig kam immer wieder die Panik dazwischen geschossen, du könntest von … meiner verbotenen Nacht erfahren. – Es war die Hölle. Bis du sagtest, du wolltest gerne neu anfangen.“ Marie stehen die Tränen in den Augen. Stumm will sie ihn im Arm halten. Er kommt ihr entgegen. „Wir haben es uns wirklich nicht leicht gemacht“, flüstert sie. „Nein“, erwidert er leise. „Aber das ist jetzt vorbei.“

Schnaufend plumpst er auf den Beifahrersitz. „Entschuldige bitte, Max. Hab mich zeitlich ein bisschen verkalkuliert." „Guten Morgen, Kevin", grüßt der Altgeselle gelassen. „Äh, ja, guten Morgen!" „Das klingt schon besser an so einem Montagmorgen. Haste verschlafen?" Max lässt den Wagen sanft von der Bordsteinkante herabrollen, steuert zurück zur Hauptstraße. „Nicht direkt." Kevin zögert. „Musste nur noch kurz zurück nach Hause, die Arbeitsklamotten anziehen." Max wirft ihm einen schnellen, prüfenden Blick zu, die Straßenbeleuchtung der Kreuzung erhellt gerade den Innenraum. Nach einer Weile fragt er: „Wie war denn euer Wochenende? Ihr wart doch in Münster, oder?" Kevin strahlt. „Ja. Es war … grandios!" Der Altgeselle grinst breit. „Das freut mich für euch!" Er schaut den jungen Kollegen kurz an. „Und besonders für dich, Junge. Biste zwar nicht mehr. Aber …", er schaut konzentriert auf die Straße, obwohl sie um diese nachtschlafene Zeit gähnend leer ist, „… ich hatte mir ziemlich Sorgen um dich gemacht, Anfang Januar. Du standst irgendwie ziemlich neben der Spur, hatte ich den Eindruck." Er schaut Kevin wieder kurz von der Seite an. „Aber heute bist du wie ausgewechselt." Er grinst wieder sein breites Grinsen. Kevin lacht. „Du hast völlig recht", gibt er zu. Wird dann ernster. „Auch mit dem Januar." Er guckt seinen ehemaligen Ausbilder neben sich an. „Hat man mir das so angemerkt?" Der zuckt mit den Schultern, biegt auf die Ausfallstraße ab. „Kann ich dir nicht sagen. Ich hab's halt gemerkt. Aber ich kenn dich ja nun auch ein bisschen besser und länger als die anderen Kollegen." „Hmm." Kevin erinnert sich noch an manche Szene seiner Ausbildung. Wenn Max ihm den einen oder anderen Kniff zeigte. Oder mit den Azubis am sonnigen Freitagnachmittag nach getaner Arbeit noch ein Bierchen zoschen ging. Im letzten Herbst, es muss schon Oktober gewesen sein, artete es dabei etwas aus. Die noch relativ frischen Gesellen und die neuen Azubis zogen gemeinsam mit ihrem „Meister", wie sie ihn scherzhaft nannten, er hatte den Titel gar nicht, los. Er selbst hatte nach einem anstrengenden Tag ordentlich Durst und langte – ganz gegen seine Gewohnheit – kräftig zu. Ohne Führerschein brauchte er sich eh keine Gedanken zu machen. So war er noch bei den Letzten dabei, der Abend zog schon dämmerig herein, war aber noch ungewöhnlich warm. Es ergab sich, dass er direkt neben Max auf der kleinen Mauer am Markt saß. Und da fragte der ihn, wie es denn mit Marie liefe, ob alles okay wäre. Und er musste plötzlich heulen, einfach so. Mit dem ganzen Alkohol im Blut schaffte er es nicht mehr, die hochkommende Trauer und Verzweiflung wegzudrücken. Seitdem weiß Max, dass es keine normale und einfache Liebe mit Marie ist. Er hatte ihm nicht viel gesagt. Aber es genügte Max. Er war keiner, der sich in das Leben anderer hineinbohrte, alles genau wissen musste. Er war einfach da, oft ohne viele Worte. Wie jetzt auch. „Danke, Max", spricht Kevin spontan seine Gedanken aus. „Wofür?", will der verblüfft wissen. „Fürs Dasein und kennen", erklärt Kevin etwas verlegen. Sie stehen vor einer Ampel. Max schaut ihn an. „Ist schon gut. Hauptsache, dir geht's wieder gut." Für einen Moment ruhen ihre Blicke ineinander. Dann springt die Ampel auf Grün. „Ist jetzt nicht mehr weit", erklärt Max. „Wir sind noch gut in der Zeit." Der Motor brummt gleichmäßig. „Ich glaub', du hast mehr mitgekriegt als mein eigener Vater", sagt Kevin unvermittelt in das Schweigen hinein. Zuckt Max zusammen? Vielleicht war es auch nur ein Schlagloch. Dann holt er tief Luft. „Weißt du, Kevin, ich hab halt nie eigene Kinder gehabt. Deshalb weiß ich auch gar nicht, was es heißt, Vater zu sein. – Meine Freundin fand es damals erst zu früh für Nachwuchs, dann wollte sie gar nicht und dann haben wir uns getrennt. Vielleicht hatte sie da auch schon den anderen und wollte deshalb nicht, ich weiß es nicht." Er seufzt. Kurzerhand fährt er auf einen Parkstreifen und stellt den Motor ab. Er schaut nach vorn, spricht zögernd und leise. „Ich habe nie wieder eine andere so große Liebe gefunden. Klar gab's mal eine Affäre hier und da. Aber nichts Richtiges, wofür ich gekämpft hätte. – Die Firma ist so für mich ein bisschen Familienersatz geworden. Und ihr jungen Leute bringt Schwung in den Laden und halt auch ein bisschen in mein Leben. Deshalb seid ihr mir wichtig. Da hab ich dann auch so ein bisschen die Haltung ‚Euch soll es besser ergehen als mir'." Max schaut Kevin vorsichtig von der Seite an. „Es freut mich wirklich riesig, dass du mit Marie einen Weg gefunden hast und glücklich werden kannst." Tief berührt spürt Kevin die Tränen in die Augenwinkel drängen. Er zwinkert dagegen an. Max wendet diskret den Blick wieder ab. „Das wusste ich alles nicht", meint Kevin schließlich. Max lacht leise. „Natürlich nicht. Ich binde es ja auch nun wirklich nicht jedem auf die Nase." Sein Blick streift Kevins, während er den Rückspiegel kontrolliert, den Motor wieder startet und den Wagen zurück auf die Straße rollen lässt. „Der Chef kennt die ganze Geschichte, hat sie damals ja schließlich live miterlebt. Und du jetzt die Kurzfassung." Max lacht wieder leise. „Vom Alter könntest du ja wirklich mein Sohn sein. So bist du mein ehemaliger Azubi und junger Kollege." „Ja." Ganz begreift Kevin nicht, wie er zu diesem Vertrauensbeweis kommt. Von Max, den sie alle mögen und respektieren, wegen seiner ruhigen, zurückhaltenden, aber immer auch klaren und – tatsächlich! – väterlichen Art. Der Blinker tickt, sie sind da. Der gemeinsame Arbeitstag wartet auf sie.

Aufbruch

Denken tut nicht weh. Schlucken schon eher. Die Halsschmerzen nerven Astrid schon das ganze Wochenende. Und viel zu viel getrunken hat sie deshalb auch schon. Der Elektrolythaushalt ist schon aus dem Tritt, jetzt nimmt sie Magnesium gegen die beginnenden Krämpfe. Alles doof. Sie richtet sich auf dem Sofa langsam auf, langt vorsichtig nach der dampfenden Tasse mit Salbeitee. Den hat sie sich heute Morgen noch vor der Arbeit als Erstes besorgt. Schmeckt nicht, aber hilft. Hoffentlich bald. Schlückchenweise schlürft sie das heiße Getränk. Zum Glück hat sie bis jetzt wenigstens keine Kopfschmerzen bekommen und ein Schnupfen ist bisher auch ausgeblieben. Nur der Kreislauf gibt ab und zu nach, bei diesem verrückten Wetter. Mal viel zu warm und klatschnass, dann wieder Eisregen mit lebensgefährlicher Glätte bei entsprechenden Minusgraden. Als Kind fand sie Winter noch schön. Aber das ist lange her. Schnee am Wochenende oder im Urlaub, ja, das hat noch immer etwas. Bei strahlend blauem Himmel warm verpackt spazieren gehen, das würde sie jetzt auch tun. Aber es ist ja dauernd grau und dunkel. Frühling, aufbrechender Frühsommer, danach sehnt sie sich wirklich. Endlich wieder Sonne, Licht, Wärme! Diese kurzen, wolkenverhangenen Tage können einen ja nur depressiv werden lassen. Sie seufzt und stellt die Tasse ab. Ehe sie ganz in ihrem Selbstmitleid versinkt, sollte sie mal wieder ihre digitale Privatpost checken. Jennifer ist mit ihrer Freundin unterwegs, da ist wenigstens der Rechner mal frei.

Anne und Lydia haben geschrieben, sie wollen die Paris-Fahrt planen und schicken Links zu Hotels und einer Ferienwohnung. Wäre ja auch ganz witzig, so eine Wohnung zusammen, für das lange Wochenende. Dann gibt's natürlich keine Chance auf einen Überraschungsbesucher. Sie schmunzelt bei dem Gedanken an ihren Beachboy im Wellness-Hotel. Nie im Leben hätte sie davon auch nur geträumt, dass ihr so etwas einmal passieren würde. Wohlig taucht sie in ihre Erinnerungen ein, ruft sich das Gefühl seiner Hände auf ihrer Haut zurück, seine Zärtlichkeiten, ihre Lust. Warm wächst die erlebte Wonne in ihrem Bauch. Sie seufzt zufrieden. Was er wohl macht? Vor seinem Wochenende hatten sie noch einmal telefoniert. Er wollte ihr auf jeden Fall davon berichten. Aber seitdem hat sie nichts mehr von ihm gehört, und es ist auch schon eine ganze Weile her. Ob das ein gutes oder schlechtes Zeichen ist, ist ziemlich unklar. Wenn er überglücklich endlich richtig mit seiner katholischen Freundin zusammen ist, hat er wohl alles andere im Kopf, als sie zu informieren. Und wenn doch alles schief gegangen ist oder sie im schlimmsten Fall sogar von ihrer gemeinsamen Nacht erfahren hat und es aus ist – dann wird ihm auch kaum danach sein, es ihr zu erzählen. Nun, sie hat getan, was sie für richtig hielt. Ob er sich noch einmal meldet, sie wird es ja merken. Nachfragen wird sie natürlich nicht, das steht ihr nicht zu.

Die Spam-Mails und sonstige Werbung hat sie endlich aussortiert und gelöscht, allmählich wird der Posteingang übersichtlich. Eine unbekannte E-Mail ist noch da. Wer ist das? Den Namen kennt sie nicht. Oder hat sie ihn doch schon einmal irgendwo gelesen? Hm. Der Virenschutz des Providers ist ziemlich gut, der auf ihrem Rechner auch up to date. Kurz entschlossen öffnet sie die unbekannte Post. Und muss über sich selbst lachen. Kevin schreibt. Und richtig viel. Das druckt sie sich aus, sie hat ohnehin keine Lust mehr vor dem Bildschirm zu hocken, acht Stunden am Tag reichen ihr völlig.

Sie lässt die Blätter sinken, legt sie auf den Couchtisch. Um Himmels Willen. Sie fischt sich ein Taschentuch aus der herumliegenden Packung, wischt sich die Tränenspuren ab und putzt sich die Nase. Die Erschütterung sitzt ihr noch im Magen. Aber es ist gut gegangen, sie haben neu angefangen. Und er schreibt, wie glücklich er jetzt mit ihr ist. Gott sei Dank! Sie atmet tief durch. Er konnte sie nicht anlügen. Und sie wollte dann alles wissen. – Nie hätte sie sich verziehen, wenn es ihretwegen zwischen den beiden aus gewesen wäre. Aber er schreibt auch, dass er nicht wisse, was er getan hätte, wenn auch sie ihn abgewiesen hätte. Sie langt nach den Blättern, sucht die Stelle und liest noch einmal. Das klingt nicht gut. Vielleicht war es doch richtig oder sogar notwendig. Ändern können sie es jetzt ohnehin nicht mehr. Und Marie scheint ihm verziehen zu haben. Und erkannt zu haben, was sie bisher an Vergnügen, Lust und ganzer Liebe verschmäht hatte. Ganze Liebe, das ist auch so eine Beschreibung. Ganze Liebe hatte sie mit Martin, lange, bis er krank wurde. Oder vielmehr, bis die Krankheit viel zu spät entdeckt wurde und er schließlich zu schwach wurde. Ganze Liebe. Mit dem Burschen, mit Kevin, das war ganz bewusst nichts Ganzes. Ob sie noch einmal die ganze Liebe finden wird in ihrem Leben? Mit 46 ist sie noch nicht wirklich alt. Natürlich auch nicht mehr jung. Mit dem Versuch würde sie sich nur lächerlich machen. Gibt es wohl noch einen netten, gerne auch adretten Mann für sie, im passenden Alter? – Hier auf dem Sofa bestimmt nicht, würde Anne nur kommentieren. Du musst schon rausgehen, wenn du jemanden kennenlernen willst. Sie schwingt die Füße auf den Boden, sucht ihre Schlappen. In der Wohnungstür knackt der Schlüssel. „Hallo!“ Jennifer scheint gute Laune zu haben. „Hallo“, antwortet sie und rappelt sich hoch. „Hi! Wie geht es dir? Hast du doch noch Schnupfen gekriegt?“ Sie lächelt. Wie groß sie geworden ist, so besorgt um die Gesundheit der Mutter. „Nö. Nur die Halsschmerzen nerven noch.“ „Soll ich dir mal so einen Aufguss machen zum Gurgeln?“, schlägt die Tochter vor. „Danke, das ist lieb, aber das schaff ich schon noch. – Wie geht es dir, was habt ihr gemacht?“ „Och gut, nur gechattet“, wird sie einsilbig. „Na, solange es euch Spaß macht. Willst du mit mir zusammen essen?“

Beim gemeinsamen Abendbrot erzählt Jennifer dann doch noch mehr. Von den Jungs, mit denen sie chatten. Und dass sie sich fragen, ob die tatsächlich am Freitag vor der Disco auf sie warten, wie angekündigt. „Disco?“, fragt sie vorsichtig nach. „Hm.“ „Kein Jugendclub?“ „Nö.“ „Ich muss dir nicht sagen, wann dein Geburtstag war, oder?“ Jennifer zieht einen Schmollmund. Astrid seufzt. Sie kann sich noch halbwegs daran erinnern, wie gemein es damals war, dass man erst mit 18 in die heißesten Läden hineinkam. Und nicht mit 16. Oder sogar erst mit 15 ½, wie ihre Tochter. „Woher kennt ihr die Jungs denn, nur aus dem Internet?“ „Ach Quatsch, wo denkst du hin, Mama!“, empört sich die Tochter. „Wir sind doch nicht so bekloppt und lassen uns auf ein Blind Date ein.“ „Das beruhigt mich“, sagt sie und meint es auch genau so. „Sind sie von eurer Schule?“ „Ja, aus der Zwölf. Nicht die angehimmelten Macho-Poser. Sind wirklich nett, wir waren schon im Café und im Kino.“ Was sie alles noch gar nicht wusste … Solange die Tochter offen ist, muss sie mal weiter forschen. „Zu viert?“ „Ja klar.“ „Und was habt ihr am Freitag vor, falls ihr nicht reinkommt?“ Jennifer seufzt. „Wir werden nicht reinkommen, keine Sorge. Die kassieren da immer die Personalausweise ein. Damit auch keiner die Zeche prellt. Oder sollte mal einer Randale machen, dann haben sie gleich was in der Hand. Kommt da aber nicht wirklich vor. – Wir dachten halt, der Treffpunkt wäre cooler als an irgendeiner Bushaltestelle oder Straßenecke.“ „Und die beiden Jungs wissen, wie jung ihr seid?“ „Na klar, in unserem Jahrgang ist man halt noch keine 18.“ Jetzt klingt sie geduldig wie eine Krankenschwester, die der senilen Oma die Welt erklärt. Astrid muss grinsen. Martin klang auch manchmal so. „Na, dann!“ Sie überlegt kurz. Wahrscheinlich ist es noch längst nicht soweit. Aber die Gelegenheit ist günstig, es ihr zu sagen, für später. Und wer weiß schon, wie schnell sie heutzutage sind. „Also, falls du später vielleicht mal mit dem Auserwählten allein sein willst, dann wäre es mir lieb, wenn ihr hierher kommt. Egal ob ich da bin oder nicht. Stellt einfach die Schuhe vor deine Zimmertür, dann weiß ich Bescheid und störe ganz bestimmt nicht. Okay?“ Sie lächelt ihre heftig errötete Tochter ganz mütterlich an. „Hm, okay.“ „Über Verhütung brauch ich ja wahrscheinlich nichts zu erzählen, und wenn, würdest du wohl kaum ausgerechnet mich danach fragen. Es gibt übrigens noch eine Kondompackung im Medizinschränkchen. Für überraschende Gelegenheiten vielleicht. Ich muss allerdings mal nachschauen, wie lange die noch haltbar sind.“ Jennifer hockt fast verschüchtert mit langsam sich normalisierender Gesichtsfarbe vor ihr. „Sind die noch … von Papa?“ Astrid schmunzelt. „Nein. Wir brauchten keine mehr. Er hatte sich sterilisieren lassen, weil ich die Pille nicht mehr nehmen wollte.“ Astrid wartet ab. Aber natürlich traut sich Jennifer nicht zu fragen, wofür die Kondome dann sind. „Aber zum Quatschen und Knutschen braucht man die natürlich noch nicht“, frotzelt Astrid aufmunternd. Jennifer grinst auch wieder und findet ihre Sprache wieder „Sandy meinte, die spanisch-mexikanische Bar unten in der Fußgängerzone wäre doch auch ganz nett. Da gibt's Snacks, die Getränke sind nicht so teuer und die Sitznischen ganz kuschelig.“ Als Astrids freundlich-interessierter Blick ihren streift, wird sie schon wieder rot. „Das klingt doch ganz gut für euer Date“, lächelt sie ermutigend. „Reicht dein Taschengeld noch oder sollten wir mal über eine Tariferhöhung sprechen?“ „Äh, könnte nicht schaden, ehrlich gesagt. Tom hat mich schon öfters eingeladen, ich würde mich schon gerne mal revanchieren“, erklärt sie offen. Astrid lacht. „Das finde ich gut. Gleiches Recht für alle. Dann überleg dir bitte mal, was du für sinnvoll hältst, dann können wir darüber sprechen.“ „Äh.“ Verblüfft bleibt Jennifer der Mund halb offen stehen. Damit hatte sie nun wirklich nicht gerechnet. Sie dachte, ihre Mutter schlägt etwas vor, sie diskutieren hin und her, und dann ist es so. Ihr wird schnell klar, was ihre Mama da von ihr erwartet: einen wohl überlegten und begründeten Vorschlag, der nicht wild überzogen ist und gegebenenfalls auch Gegenleistungen enthält. Hm. Sie weiß nicht so recht, wie sie das finden soll. Aber ernst genommen fühlt sie sich dadurch schon. Und herausgefordert zu zeigen, dass sie vernünftig genug ist, sinnvoll mit ihrem Geld umzugehen. „Klar, mache ich. Bis wann denn? Wann hättest du Zeit?“ Astrid unterdrückt ein Lachen. Volltreffer, ihre Tochter nimmt die Herausforderung an. „Oh, das kannst du dir schon aussuchen. Es geht ja schließlich um dein Geld.“ Jennifer lacht. „Gut, ich sag dir Bescheid.“

Irritiert stellt Astrid am nächsten Tag bei ihrer Rückkehr von der Arbeit fest, wie aufgeräumt der Flur ist. Jennifers Schuhe stehen fein säuberlich in ihrem Regal, alle Jacken sind aufgehängt und die Schultasche vermutlich in ihrem Zimmer, wohin sie eigentlich schon immer sollte. Letzteres hält nicht so lange an, aber Schuhe und Jacken werden jetzt konsequent an ihre Plätze gestellt und gehängt. Irgendwann dämmert es Astrid. Wenn die Schuhe vor der Zimmertür das verabredete Zeichen sind, dann sollte es nicht wegen Unordnung zu Missverständnissen kommen! Sie muss laut loslachen. Jennifer guckt aus ihrem Zimmer und will wissen, was los ist. „Ich freue mich nur über deinen Ordnungssinn", entgegnet Astrid ihr kryptisch. Ratlos mit den Schultern zuckend zieht sich die Tochter wieder zurück. Sie paukt für die nächste Klassenarbeit, das hat Vorrang vor allem anderen. Schulprobleme hatte sie nie. „Ich geh gleich noch zu dem VHS-Kurs, Jenny. Bin wahrscheinlich gegen neun, halb zehn zurück." „Ja, okay", tönt es durch die angelehnte Tür.

Sie musste noch einen Parkplatz suchen und ist deshalb nicht so zeitig da, wie sie es eigentlich wollte. Die Räume kennt sie noch von früheren Kursen vor etlichen Jahren. Rund die Hälfte der Plätze ist schon besetzt. „Guten Abend allerseits", grüßt Astrid laut in die Runde. Ein, zwei erschreckte Blicke schauen sie an, andere erwidern mit freundlichem Lächeln ihren Gruß. Sie nimmt einen Platz kurz vor der Ecke der Stirnseite des „U's". Sie liebt es, einen guten Überblick zu behalten, die Leute möglichst anschauen zu können. Berufskrankheit wahrscheinlich, so viele Jahre, die sie selbst Schulungen gemacht hat und sich schnell und gründlich ein Bild von ihren Gegenübern machen wollte. Ein paar Nachzüglerinnen trudeln noch ein, einzelne Stühle bleiben leer. Die Referentin kommt dann auch vom Gang herein, schließt die Tür und lässt sich vorne nieder. Sie begrüßt die Gruppe und startet die Vorstellungsrunde. Gerade als Astrids Sitznachbarin fertig ist, geht vorsichtig die Tür wieder auf. Ein Herr mittleren Alters schaut hinein und sich um. „Hier ist der Kurs ‚Fit und schön – der eigene Weg zum Wohlbefinden'", erklärt die Kursleiterin. „Oh, das ist gut, dann bin ich richtig", freut sich der zu Späte, kommt herein und drückt die Tür leise hinter sich zu. Er schaut sich kurz um, steuert dann den freien Platz vorne an der Ecke an, diagonal gegenüber von Astrid. Die Kursleiterin erklärt ihm noch einmal kurz die Vorstellungsrunde und gibt dann Astrid das Wort. Sie hatte den Neuen unverhohlen beobachtet. Doch jetzt schaut er sie an und sie wendet den Blick ab. Sie holt Luft und setzt an „Ich heiße Astrid" – man hatte sich verständigt, sich in der Gruppe zu duzen, um keine steife Atmosphäre aufkommen zu lassen – „bin 46, verwitwet und habe eine fast 16-jährige Tochter." Sie holt noch einmal Luft und sagt mit fester Stimme: „Ich hatte vor drei Jahren Brustkrebs und habe in dieser Zeit auch meinen Mann durch Krebs verloren. Ich bin hier, weil ich nach einem Erlebnis zu Jahresanfang gemerkt habe, dass mir gesund bleiben und überleben allein nicht reicht. Ich will mich wieder richtig fit und wohl und lebendig fühlen und hoffe auf Anregungen dazu in diesem Kurs." Die atemlose Stille, die ihre Worte auslösen, beendet die Kursleiterin tapfer nach einem langen Moment mit ihrem „Danke schön, Astrid." Doch dann fragt sie noch nach. „Magst du uns auch sagen, was das für ein Erlebnis war?" „Nein", ist Astrids Antwort spürbar entschieden, so schnell. Sie setzt fast entschuldigend hinzu: „Das ist zu privat." „Natürlich, ich danke dir." Die Runde wird fortgesetzt, doch die Stimmung hat sich gewandelt. Es wird weniger von Wunschgewicht und Diätversuchen als von den tatsächlichen Motiven gesprochen. Die schick gestylten Voll- und Teilzeithausfrauen, die mehrheitlich gekommen sind, lassen zögernd auch mal raus, dass es ums Älterwerden geht. Oder die Suche nach neuen Wegen. Um einen öde gewordenen Alltag. Die Sorge vor dem Auszug der Kinder. Vertrauen steht plötzlich im Raum. Die Erkenntnis, dass keiner hier das perfekte Leben lebt. Sonst wäre sie oder er ja schließlich nicht hier. Zum Schluss ist der Zu-spät-Kommer an der Reihe. Er wirkt nervös nach den ganzen doch recht ehrlichen Aussagen. Er flüchtet sich zunächst in eine ausschweifende Entschuldigung für sein spätes Erscheinen wegen der mühsamen Parkplatzsuche. Die Leiterin lässt ihn reden. Astrid wird ungeduldig. Sie guckt ihn quer durch den Raum auffordernd an. Tatsächlich bemerkt er es – und wird rot! Sein Redefluss bricht ab. Und nach einem fühlbaren Zögern ringt er sich durch. Mit schüchternem Stimmchen stellt er sich vor. Markus heißt er, ist 45 Jahre alt, seit drei Jahren geschieden und ungewollt kinderlos. „Was erwartest du für dich vom Besuch dieses Kurses, Markus?", forscht die Kursleiterin sanft nach. Er guckt sie völlig hilflos an. „Ich wollte sagen, dass ich etwas für meine Gesundheit tun will, und hoffe, Gleichgesinnte zu finden, weil ich allein nie lange durchhalte." Seine Stimmlage verrät, dass das eigentlich nicht alles ist. Astrid schaut ihn nun neugierig lächelnd an. Sein Blick streift ihren, bleibt kurz hängen und er wird schon wieder rot. Er fixiert die Tischplatte vor sich, spricht leise wie zu sich selbst weiter. „Seit der Scheidung habe ich fast keinen Bekanntenkreis mehr. Meine Frau hatte die Kontakte gepflegt und tut es weiter. Ich möchte gerne neue Menschen kennenlernen und etwas unternehmen. Allein vor dem Fernseher geht es mir nicht gut." Er hebt kurz den Blick zu Astrid, schaut sie direkt an. Er hat ganz braune Augen, stellt sie überrascht fest. „Vielen Dank, Markus. Zum gegenseitigen Kennenlernen werden wir alle Gelegenheit haben. Und ihr habt ja mit eurer Vorstellung auch alle schon den ersten Schritt dazu getan. – Zum Einstieg ins Thema habe ich eine Stillarbeit für euch mitgebracht, die euch noch einmal dabei unterstützen soll, eure eigenen Ziele und Wünsche zu formulieren. Jede und jeder darf, aber niemand muss, ihre oder seine Ergebnisse vorstellen. Anschließend werde ich eine Einführung zu den verschiedenen Aspekten des eigenen Wohlbefindens geben, die auf verschiedene Grundbedürfnisse zurückzuführen sind. Wenn wir dann noch Zeit haben, können wir darüber miteinander sprechen. Sonst steigen wir in der nächsten Woche genau an der Stelle wieder ein." Sie verteilt Zettel mit strukturierenden Fragen. Astrid überfliegt sie zunächst. Das kennt sie schon, seit ihrer Reha nach der OP. Aber jetzt geht es ihr ja mittlerweile um anderes als Angst vor dem Tod, Sorge um die Zukunft der Tochter und den Abschiedsschmerz von ihrem alten Leben mit Martin. Sie macht sich fast routiniert an die Arbeit, hat damals gelernt, dass nur gnadenlose Ehrlichkeit mit sich selbst wirklich weiterhilft. Sie stockt zwischendrin und versucht nach-zufühlen, wovor sie gerade zurückschreckt. Sie liest ihre Notizen. Und spürt es genau. Sie hat „Emotionen" geschrieben, und „Aus-tausch", „ganzheitliches Leben", „Anerkennung", sogar „Zu-wendung", die sie sich wünscht. Sie kämpft mit sich. Sie kennt die richtigen Worte. Zitternd schreibt sie sie unter ihre so klugen Sätze. Zwingt sich, nicht so ganz klein, schüchtern und verschämt zu schreiben. Die Buchstaben wenigstens genauso groß, wie in den Zeilen darüber. Sie atmet tief durch. Die ganze Liebe wünscht sie sich. Groß und romantisch und unendlich und lebenslang. Aber sagen kann sie das hier nicht in der ganzen Gruppe. Verstohlen tupft sie sich beim Naseputzen die kleinen Tränchen ab. Konzentriert sich auf den Raum, beobachtet die Leiterin, die anderen. Viele scheinen zu kämpfen zu haben, hat sie den Eindruck. Einzelne sitzen ratlos vor ihrem Zettel, kauen auf dem Stift. Und Markus? Erst schreibt er wie wild. Dann starrt er sein Blatt mit ausgestreckten Armen an. Ob er wohl eigentlich eine Lesebrille braucht? Dann will er wohl aus einem Impuls heraus alles durchstreichen und den Zettel zerreißen, aber die Leiterin hindert ihn. Sie dreht ihm das Blatt einfach um, die weiße Seite schaut ihn nun an. Mit fragendem Blick lässt er es so vor sich liegen. Auf die Nachfrage, wer noch etwas vorstellen möchte, meldet sich erst niemand. Dann hebt sich zögernd die Hand der rundlichen jungen Frau, die anfangs nur von Diät und Stilberatung sprach. Sie suche Wege, sich selbst zu mögen und sich nicht länger zu verstecken, fühle sich vom Schlankheitsdiktat immer wieder persönlich sabotiert und ausgebremst. Ihre Nachbarin traut sich nun auch und bestätigt die ermüdende Öde des Hausfrauenlebens, das auch teure Kosmetik und ein überquellender Kleiderschrank nicht mit Sinn füllen können. Markus hört aufmerksam zu, beobachtet Astrid. Sie wird noch nicht recht schlau aus ihm. Er ist hier, spricht über seine Scheidung und seine Einsamkeit. Aber irgendetwas hemmt ihn wohl. Typisch Mann? Schwierigkeiten damit, seine Emotionen klar auszudrücken? Und wieso wird er so oft rot, ist er tatsächlich so schüchtern? Und versteckt das nur hinter z. B. ausschweifenden Entschuldigungs-Ansprachen? – Es ist erst die erste Stunde, ruft sie sich ins Gedächtnis. Man wird sich noch besser kennenlernen. Bei den Ausführungen der Kursleiterin lehnt Astrid sich zurück. Das kennt sie alles schon, Bedürfnispyramide, Handlungsmotive. Alle anderen hören mehr oder weniger gebannt zu, als sei es nicht Basiswissen für den zwischenmenschlichen Umgang, sondern eine völlige Offenbarung. Sie staunt. Dann hat das ganze Trainings- und Vertriebscoaching ihr wohl doch einen Vorsprung verschafft, vor der Mehrheit ihrer Mitmenschen. Aber was nützt es dann, wenn andere nicht verstehen, was ihr sonnenklar ist? Nun gut, jetzt lernen es hier ja alle, das ist dann wohl eine hilfreiche Basis für den weiteren Kurs. Sie beobachtet Markus. Er macht sich eifrig Notizen auf der weißen Zettelrückseite. Dann scheint ihn eine Erkenntnis zu durchzucken. Er dreht das Blatt herum, starrt darauf. Und wendet es mehrmals hin und her. Die Referentin bemerkt es, geht aber nicht darauf ein. Er hört ihr ohnehin gerade nicht zu. Sie spricht weiter zur Gruppe. Fasziniert schaut Astrid ihm weiter zu. Schließlich schreibt er zögernd, aber wohl zufrieden etwas auf die Frageseite. Dann dreht er das Blatt wieder herum, lächelt vergnügt und wendet seine Aufmerksamkeit wieder dem Referat zu. Das schließt pünktlich zum Ende der Kursstunde. Sie stecken ihre Zettel ein, stehen auf. Man verabschiedet sich voneinander, übt dabei noch unsicher die neuen Namen. Markus steht neben der Tür, macht den anderen Platz, als wolle er noch nicht gehen. Astrid schultert ihre Handtasche, schaut ihn direkt an. Er wird schon wieder rot! „Tschüss, Markus, komm gut nach Hause", wünscht sie ihm. „Äh, du auch", stottert er und weicht schnell ihrem Blick aus. Vorsichtig kehrt er wieder zurück. „Kommst du nächste Woche wieder?" Sie lächelt. „Na klar, du auch?" Er strahlt wie angeknipst. „Ja natürlich!" „Na dann, bis dann!" „Ja, bis dann!" Er bleibt einen Moment wie angewurzelt stehen. Dann besinnt er sich plötzlich und eilt vor, um ihr die schwere Eingangstür aufzuhalten. Amüsiert bedankt sie sich und hebt die Hand zum Gruß, ehe sich ihre Wege zu den verschiedenen Parkplätzen trennen.

Astrid sinniert noch über die gerade erlebte Kursstunde nach, während sie nach Hause fährt. Fragt sich, was sie selbst ausgelöst haben mag, durch ihre gnadenlose Offenheit. Dass etwas passiert ist, war ja sofort zu spüren. Als hätten alle nur darauf gewartet, dass eine den Anfang macht. Irgendwie kennt sie das schon. Wenn sie selbst etwas sehr vereinnahmt und sie es schafft, es klar auszudrücken, dann erreicht sie auch andere. In der Firma ist das auch schon passiert. Nun, und heute das. Plötzlich sagen sie alle die Wahrheit. Zumindest die, die sie schon selbst erkannt haben.

Sie biegt in die Stichstraße ein, in der sie nun seit fast zwei Jahren mit ihrer Tochter in einer geräumigen Etagenwohnung in einem Mehrfamilienhaus wohnt. Das Haus war zu groß für sie. Und sie brauchten beide einen Neuanfang. Die Erinnerungen kamen auch so schon oft genug. Die Garageneinfahrt ist mal wieder eng zugeparkt. Sie zirkelt konzentriert in die Kurve, aber es passt nicht ganz. Noch einmal zurücksetzen und das Lenkrad bis zum Anschlag einschlagen. Anfangs hat sie sich noch darüber aufgeregt, wie rücksichtslos alles zugeparkt wurde. Bis ihr durch ein Gespräch, das sie an einem Samstag beim Bäcker mithörte, klar wurde, wie privilegiert sie mit der eigenen Garage in diesem alten gewachsenen Wohnviertel und der drückenden Parkplatznot ist. Der jungen Nachbarin, die vor ein paar Monaten eingezogen war, bot sie spontan an, tagsüber, wenn sie bei der Arbeit ist, die Garage mit zu benutzen. Sie konnte ihr Glück kaum fassen und putzt seitdem für Astrid die Treppen mit. Das fand sie zwar eigentlich etwas übertrieben, aber dagegen wehren wollte sie sich nun auch nicht. Da blieb sie dann auch milde, wenn die Nachbarin einmal ihren Urlaub vergaß und sie zugeparkt hatte. Sie lässt das Torschloss einrasten, geht zur Haustür hinüber. In Jennys Zimmer ist noch Licht. Lernt sie etwa immer noch?

Nein, Musik schallt gedämpft aus ihrem Zimmer, ruhig, romantisch, eine Liebesballade. „Hallo!", kündigt die Mutter sich vorsichtshalber lautstark an. „Hallo!", kommt die Antwort. Astrid hängt gerade den Mantel auf, räumt ihre Schuhe ordentlich weg – dem Vorbild ihrer Tochter kann sie schließlich nicht nachstehen – als Jenny in den Flur schaut. Sie scheint entspannt zu sein. „Na, wie war's bei der VHS? Was macht ihr da eigentlich?" Astrid lächelt. „Besser als erwartet war es. Obwohl ich schon darauf gehofft hatte. Ich hatte schon mal was von der Kursleiterin gehört. Deshalb hatte ich mich da auch angemeldet." „Und worum geht es nun überhaupt?", will Jenny neugierig wissen. „Der Kurs heißt ‚Fit und schön – der eigene Weg zum Wohlbefinden'", erklärt Astrid. „Aha", macht Jenny nur. „Das führt aber etwas in die Irre", erläutert ihr Astrid. „Der Kern ist der zweite Teil: Der eigene Weg zum Wohlbefinden. Den Aufhänger hat wahrscheinlich die VHS-Programmredaktion verzapft. Die Kursleiterin ist heute jedenfalls konsequent ganzheitlich ins Thema eingestiegen. Es geht definitiv nicht um Diät-, Farb- oder Stilberatung. Sondern um das eigene Wohlbefinden, und wie ich meinen Weg dazu finde." „Und damit habt ihr heute angefangen?", forscht die Tochter vorsichtig nach. „Ganz genau. Inhaltlich war für mich jetzt nicht viel Neues dabei. Für die anderen aber offenbar schon. Und die strukturierten Fragen bearbeitet man ja doch nicht von sich aus einfach so, da hilft so ein Kursrahmen natürlich schon. – Außerdem lernt man da mal neue Leute kennen, die sich mit ähnlichen Dingen beschäftigen." „Hm." Jenny schaut irgendwie zufrieden ihre Mutter an. „Klingt ja wirklich ganz gut. Und wann ist das jetzt immer, jede Woche?" „Ja, die sturmfreie Zeit kannst du schon einplanen", grinst Astrid ihre halbwüchsige Tochter an. Die lacht. „Na, mitten in der Woche eineinhalb Stunden, das reicht nicht wirklich für eine Party." „Du musst die Wegezeiten noch dazu rechnen. Und es muss ja auch nicht gleich eine Party sein." Sie zwinkert der Tochter verschmitzt zu. „Besuch will ja manchmal auch gerne ungestört bleiben." Jenny wird etwas rot und sagt lieber nichts mehr. Genau das war ihr nämlich als Erstes eingefallen. „Aber jetzt mal ab ins Bett, meine Tochter. Schreibst du nicht morgen eine Arbeit?" „Doch, aber erst in der Dritten. Und die erste Stunde fällt aus, da kann ich länger schlafen." „Ach, du hast es gut!", seufzt Astrid lächelnd. „Bei mir fällt nie etwas ersatzlos aus." „Dafür hast du aber Gleitzeit und Geld kriegst du auch noch dafür", widerspricht Jenny. „Tja, ohne Geld würde ich mich auch bestimmt nicht freiwillig jeden Tag dahin bewegen. Da würden mir schon noch viele andere schöne Dinge einfallen." „Kann ich mir ja gar nicht vorstellen …", frotzelt Jenny. „So lieb, wie du die Firma doch hast." Damit schließt sich ihre Zimmertür.

Verdutzt hält Astrid inne. Sie hat die Firma lieb? Na, die Leute mag sie schon gern, besonders wenn sich alle halbwegs vertragen und an einem Strang ziehen. Aber die Firma? Wie kann man eine Firma lieb haben? Sie kichert. Jetzt hinterfragt sie schon die kleinste Bemerkung vor lauter VHS-Kurs. Andererseits, es liegt ihr ja, den Dingen auf den Grund zu gehen. Besonders wenn es um Emotionen geht, gerade auch um die eigenen. Also die Firma besteht ja eigentlich aus den Menschen. Immobilien, Computer und Möbel allein sind keine Firma. Dazu braucht es lebendige, denkende, kommunizierende Menschen, die ihre Arbeit machen. Dann hat Jenny schon recht. Sie mag die Menschen, aus denen ihre Firma besteht. Und wahrscheinlich würde sie auch bei einem Lottogewinn − monatliche Sofortrente! − nicht sofort jeglichen Kontakt abbrechen. Sicher, ohne das gemeinsame Tun gehen einem irgendwann die Themen aus. Viele Kontakte schlafen dann ganz natürlich ein. Aber manchmal gibt es auch Menschen, mit denen man sich vielleicht nur einmal im Jahr trifft, und sofort ist es wieder so, als habe man sich erst gestern gesehen. Zwei, drei Gesichter fallen ihr sofort ein. Kopfschüttelnd denkt sie den Satz noch mal: Sie hat die Firma lieb.

Der Toaster wirft die sanft gerösteten Scheiben mit einem Ratsch aus. Aus dem Radio dudeln die aktuellen Lovesongs und Jennifer verbreitet entspannt gute Laune. Astrid ist irgendwie aus dem Tritt, sie ist ungewohnt spät dran, fand die Badezimmertür verschlossen, als sie unter die Dusche wollte, und entschied sich dann, zuerst zu frühstücken. Der Wettermann verkündet aus dem Radio, die nächsten Tage bliebe es endlich trocken und es könnte eventuell auch einmal für ein paar Stunden die Sonne zu sehen sein. Und das bei Temperaturen über Null! „Na endlich!", verkündet Astrid. Jennifer schaut auf, versteht den Zusammenhang nicht. „Das Wetter wird endlich besser", erklärt Astrid ihr. „Echt jetzt? Ich dachte schon, dieses Jahr kriege ich Schwimmhäute." Astrid lacht. „Schwimmen gehen sollte ich auch mal wieder, gute Idee!" „Und was hat das jetzt mit dem Wetter zu tun?" „Nichts! Nur mit dem Weg zum Wohlbefinden. Seit der Reha hab ich immer weniger trainiert. Und seit der Kurs von der Krankenkasse zu Ende ist, hab ich fast gar nichts mehr gemacht. Vielleicht hat ja jemand aus dem Kurs Lust mitzugehen. Einer sagte sogar explizit, er suche neue Bekannte, mit denen er was unternehmen will."

„Klingt ja ganz nett. Wie sind die Leute denn so?" Astrid schildert ihre Beobachtungen. „Also viele frustrierte Hausfrauen, zwei Junge und ein geschiedener Mann in deinem Alter?" Astrid überlegt. „Stimmt. Und ich natürlich. Verwitwete Alleinerziehende." Jennifer schweigt eine Weile. „Und wie heißt dieser geschiedene Mann?" „Markus. Der seit seiner Scheidung quasi keine Bekannten und Freunde mehr hat. Weil sich seine Frau immer darum gekümmert hatte. Er scheint auch keine Übung darin zu haben, neue Leute kennenzulernen." „Wie kommst du darauf?" „Na, wenn er nach drei Jahren erst in einen VHS-Kurs kommen muss?" „Hm. Klar. Aber besser als nichts, oder?" „Findest du?" „Wie ist er denn sonst?" Als Astrid ausführlich von ihren Beobachtungen berichtet, bekommt Jennifer erst große Augen und dann ein immer breiteres Grinsen im Gesicht. „Schüchtern sagst du, Mama? Was macht er denn beruflich?" „Keine Ahnung, hat er nicht erwähnt. Dazu haben wir alle nichts gesagt. – Vielleicht, weil die Hausfrauen die ersten in der Runde waren." „Du hast auch nichts zu deiner Firma gesagt?" „Nö. Darum geht's mir ja auch gar nicht." „Und Markus ist öfter rot geworden sagst du? Und war so unsicher-verschüchtert bei der Verabschiedung?", piekt Jenny sie weiter an. „Ja, so war es." Plötzlich misstrauisch geworden hakt Astrid nach. „Was willst du damit sagen?" „Ich? Nichts … ich war ja gar nicht dabei. Aber es klingt, also, wenn mir das passieren würde, dass jemand rot wird und unsicher ist und sich wie blöd freut, wenn ich sage, dass ich wieder komme – also ich hätte dann schon den schweren Verdacht, dass sich da jemand verknallt hat." „Ach, Quatsch", wehrt Astrid sich sofort heftig. „Das ist doch nur ein VHS-Kurs. Keine Kuppelparty." „Natürlich ist es nur ein VHS-Kurs", bestätigt Jenny ungerührt. Astrid schaut sie scharf an. Die Tochter schmiert sich völlig unschuldig die Marmelade auf den Buttertoast. Ist sie schon so alt und weit weg, dass sie auf so naheliegende Dinge nicht kommt?, fragt Astrid sich verwirrt. Verknallt. In sie? „Na, erst mal abwarten", sagt sie laut. Jennifer grinst und schaut sie kurz an. Jetzt hat sie es doch kapiert. Sie ist gespannt, wie es weiter geht.

Vertrauen

Sie sieht ihn schon von Weitem. Also, falls er es wirklich ist. Wohlmöglich sieht sie schon Gespenster, seit Jenny ihr diesen Floh ins Ohr gesetzt hat. Verknallt. Mit 45, nach einer gescheiterten Ehe, im VHS-Kurs. Blödsinn, alles. Das Kind guckt zu viele Kitschdramen im Vorabendprogramm. „Hallo Markus!", begrüßt sie ihn freundlich, reicht ihm die Hand. „Hallo Astrid!" Wird er etwa schon wieder rot?! Es wird der kalte Wind sein, vielleicht hat er auch Bluthochdruck. In ihrem Alter fängt so was an. Galant hält er ihr wieder die schwere Tür auf. Der Seminarraum ist noch verschlossen, sie sind die Ersten. Vielleicht, weil der Parkplatz hinter dem Haus wieder freigegeben ist? Zu spät kommen wollten sie wohl beide nicht und sind früh losgefahren. „Und wie war deine Woche?", beginnt Astrid den Small Talk. „Äh, ja, gut, normal halt", stammelt er überrumpelt. Sie schmunzelt still in sich hinein. Also doch schüchtern. „Was machst du eigentlich beruflich? Letzte Woche haben wir dazu alle gar nichts gesagt." „Stimmt", lächelt er verlegen. „Naja, ich bin Gruppenleiter im Rechnungswesen bei einer großen Spedition. Oder, naja, Spedition ist falsch, also stimmt ja nicht mehr wirklich, mehr ein Logistikunternehmen. Wir arbeiten seit ein paar Jahren auch mehr mit der Bahn, wegen des ‚carbon footprint'. Die Bilanzierung mache ich auch, also meine Gruppe. Die Kunden verlangen das immer mehr. – Und falsch ist es ja nicht." „Nein, sicher nicht." Astrid ist etwas verblüfft über seinen Redeschwall. „Und du?", fragt er nach einem schweigsamen Moment wieder schüchtern. „Bist du berufstätig?" Astrid lächelt breit. Klar, alleinerziehende Witwe, vielleicht ist die ja auch eine arme Hausfrau. „Ja", antwortet sie mit unverkennbarem Stolz. „Ich leite die Schulungstruppe in einem internationalen IT-Haus. Ich war immer Vollzeit im Job. Seit Martin arbeitslos war, blieb mir ohnehin keine Wahl." Sie seufzt leise. „Heute profitiere ich davon und Jennifer kennt es ohnehin nicht anders." Er schaut ihr kurz ins Gesicht. Als sie seinen Blick erwidert, wird er schon wieder rot und guckt schnell zur Seite. Stimmen nähern sich, die Kursleiterin kommt mit drei anderen um die Gang-Ecke.

Nach dem Kurs steht Astrid schnell auf und passt Markus an der Tür ab. „Sag mal", fängt sie an, „letzte Woche sagtest du, du suchtest Gleichgesinnte, weil du etwas für deine Gesundheit tun wolltest." Er guckt sie überrascht an. „Ja, stimmt." „Magst du schwimmen gehen? Seit meiner Reha und dem Krankenkassen-kurs hab ich es ziemlich schleifen lassen. Dabei weiß ich, dass es mir gut täte, wieder mehr zu machen." Sie holt kurz Luft. „Naja, und wenn man sich verabredet, geht man auch." „Äh, ja, gerne", bringt er völlig perplex gerade so heraus. „Wann würde es dir denn passen?", fragt Astrid nach. „Da würde ich mich nach dir richten", beeilt er sich zu versichern. „Ginge auch samstags vor-mittags? – Da würde Jenny mich am allerwenigsten vermissen – falls sie das überhaupt noch tut – und ich könnte uns dann auf dem Rückweg Brötchen mitbringen." Astrid wartet einen Moment ab. „Das Schwimmbad macht ab neun Uhr auf." Sie forscht in seinem Gesicht. „Neun Uhr ist doch gut", strahlt er. Sie freut sich. „Schön! Sollen wir uns direkt an der Kasse treffen?" „Klar, gerne." Er lacht. Diesmal wird er nicht rot. Sichtlich beschwingt hält er Astrid alle Türen auf, sie gehen gemeinsam zum Parkplatz. „Dann bis Samstag!", verabschiedet sie sich. „Ja, bis Samstag! – Ich freu' mich!" Dabei wird er doch wieder rot.

Neun Uhr ist doch ganz schön früh für einen Samstag, grummelt Astrid vor sich hin. Sie gähnt. Gestern Abend hatte sie sich noch für eine Stunde ins Bad verzogen, Komplettrasur von Armen, Beinen, Achseln, Pediküre. Wenigstens gepflegt wollte sie sich zeigen. Die weiblichen Kilos konnte sie schließlich nicht weg-zaubern, aber das kann er sich ja denken. Der Parkplatz ist noch gähnend leer. Nur ein einsamer blauer Golf steht schon direkt am Ausgang. Ob das seiner ist? Nach dem Kurs hatte sie gar nicht darauf geachtet, welches Auto er aufschloss. Sie steigt aus, nimmt ihre Tasche von der Rückbank. Vor den Kassen wartet er schon auf sie. Er strahlt sie regelrecht an. „Hallo Astrid!" „Hallo

Markus! Bin ich zu spät?" „Äh, nein, wieso?", ist er verwirrt. Er lässt sich so leicht irritieren, stellt sie fest. „Na, weil du schon auf mich wartest. Dabei hatte ich ja neun Uhr vorgeschlagen", erklärt sie. „Aber die ist es doch gerade erst. Ich war zu früh", entgegnet er. Nach dem Duschen treffen sie sich am Sportbecken. Astrid mustert ihn dezent aus der Ferne, während sie zu ihm hinüber geht. Wohlstandsbäuchlein, auch sonst nicht gerade muskulös. Haare auf der Brust, den Unterarmen und dünn auf den Beinen. Sie schaut ihm ins Gesicht, als sie vor ihm steht. „Dann wollen wir mal!" Sie steigt über die Treppe ins Wasser. Markus scheint zu zögern, dann folgt er ihr. Gemächlich schwimmen sie nebeneinander. Seine Technik ist nicht so gut, stellt sie fest, er hängt ziemlich schräg im Wasser. Wie fit ist er wohl? Könnte sie wohl das Tempo anziehen? „In der Reha war ich zweimal, manchmal dreimal am Tag im Wasser", erzählt sie, während sie vor sich hin paddeln. „Später wieder hier nur noch zweimal in der Woche, solange das Kursangebot der Krankenkasse lief. Mangels Nachfrage wurde das aber eingestellt. Zuletzt war ich im Januar in der Westfalen-Therme schwimmen. Mit drei Freundinnen zum Wellness-Wochenende." Sie haben den Beckenrand wieder erreicht. Schnaufen tut er nicht. „Und du?", will sie nun wissen. „Ich? Ich glaub im letzten Urlaub mit meiner Ex war ich mal schwimmen. – Und das ist jetzt bestimmt über vier Jahre her." Astrid schweigt einen Moment. „Na, verlernt hast du es ja nicht", ermutigt sie ihn freundlich. „Nö." Er blickt über die fast glatte Wasserfläche, die nur von zwei weiteren Frühschwimmern gekräuselt wird. „Im Sommer hab ich wieder angefangen Rad zu fahren. Hab ich als Jugendlicher gerne und auch ganz gut gemacht. Naja, überhaupt erst mal wieder Kondition aufzubauen ist ziemlich mühsam. Aber mein Arzt hat mich ermahnt, endlich mal was für mich zu tun." „Hast du Probleme mit dem Blutdruck?", fragt Astrid spontan. „Äh, nein. Wie kommst du darauf?" „Ich dachte nur so", windet sie sich, nun selbst verlegen. „Aha." Er schaut sie ratlos an. Sie holt tief Luft. „Du wirst öfters rot. Deshalb dachte ich, es könnte vielleicht der Blutdruck sein." Sie spürt, wie ihr selbst die Hitze in den Kopf steigt. Und er leuchtet auch schon wieder. Und lacht dann los. „Ich weiß. Das war schon früher so. – Und ich bin es einfach nicht mehr gewöhnt, mich mit einer Frau zu verabreden.“ Er schaut ihr direkt ins Gesicht. „Nimm’s bitte nicht persönlich, es liegt an mir.“ „Okay.“ Was sollte das denn nun heißen, nimm’s nicht persönlich? Also doch allgemeine Schüchternheit oder was auch immer. Astrid entspannt sich langsam wieder. „Mir wird’s kühl hier. Magst du mal eine schnellere Bahn probieren? Ich möchte mal testen, was ich überhaupt noch drauf habe.“ „Na klar, lass dich nicht aufhalten!“ Sie stößt sich kraftvoll vom Rand ab, zieht sich in langen Zügen durch das Wasser, geht zum Sportstil über und flucht innerlich, dass sie ihre Chlorbrille vergessen hat. So schließt sie ständig die Augen und hofft, dass sie ihre Kontaktlinsen nicht verliert. Kurz vor dem Beckenrand schaut sie zur Seite. Hat sie Markus abgehängt oder wo ist er? Mit klatschenden Zügen krault ein Rückenschwimmer heran, der sich auf ihrer Höhe zu ihr umdreht und lacht. „Hochachtung, Astrid! So fit war ich mit 18 nicht.“ Erfreut lacht sie zurück. „Es macht mir halt Spaß. Jedenfalls deutlich mehr als diese Kraftmaschinen im Fitnessraum. Und ich sollte meine Oberkörpermuskulatur stärken, haben sie mir in der Reha gesagt. Das habe ich getan.“ Sie paddeln an den Rand. „Das könnte mir auch nicht schaden“, meint Markus. „Allein schon optisch.“ Er grinst vorsichtig. Astrid erwidert sein Lächeln. „Jung und hübsch können wir uns aber trotzdem nicht mehr trainieren.“ „Hm“, brummt er nur. „Aber etwas geht schon noch. Wenn man so gar nichts getan hat wie ich. Mein Chef ist fünf Jahre älter und schlank und elastisch wie ein Dreißigjähriger mit weißem Haar.“ „Ich war nie wirklich schlank“, erzählt Astrid. „Mir reicht es auch, wenn ich mich stark genug fühle. Wenn ich weiß, ich kann mich gut aus eigener Kraft bewegen. Solange es nicht noch mehr Kilos werden, habe ich mich mit meinen Kurven angefreundet. Gegen die Hormone kommst du ohnehin nicht an. Ich will mich ja nicht in Dauerdiät kasteien, dazu ist das Leben viel zu kurz.“ Er schweigt. „Da hast du recht.“ „Nächste Runde?“ Er nickt, stemmt sich am Beckenrand hoch, etwas mühsam, aber er schafft es. Dann steht er auf dem Startblock. Astrid paddelt zur Nebenbahn, um ihm Platz zu machen. Sie beobachtet, wie er sich strafft und konzentriert. Dann holt er tief Luft und Schwung und hechtet mit einem eleganten Kopfsprung ins Wasser. Erst kurz vor der halben Bahn taucht er wieder auf. Astrid ist hinterher gekrault, holt ihn gerade ein. Er lacht sie an. Dann kraulen sie um die Wette bis zum Ende der Bahn. „Du hast gewonnen!", prustet er. „Woher willst du das wissen?", widerspricht sie fröhlich. „Ich weiß es einfach."

Bei den großen Spiegeln und Steckdosen treffen sie sich zum Föhnen wieder. Markus stellt sich unter die fest montierten Geräte und lässt sich den heißen Wind über den Kopf pusten. Astrid holt den mitgebrachten Haartrockner und eine Bürste aus der Tasche. Markus stellt sich schließlich mit trockenen, allerdings ziemlich zauseligen Haaren neben sie vor den Spiegel. „Mit zwölf hat einen so eine Frisur nicht gestört." Er zupft an den abstehenden Strähnen herum. Astrid lacht und gibt ihm ihre Bürste. „Danke schön!" Ein wenig frisierter betrachtet er sich nun, meint dann ironisch „Neueste Mode halt, ich werde zum Trendsetter." Astrid lacht und reicht ihm ihren Föhn. Er winkt nur ab. „Danke, das hilft jetzt auch nichts mehr. Das bring ich zu Hause in Ordnung. – Und nächste Woche bring ich auch meinen eigenen Föhn mit." „Heißt das, wir sind verabredet?", will Astrid wissen. „Na klar. Oder war ich so furchtbar?" Er wird wieder rot. „Nein. Mir hat es Spaß gemacht." Sie lächelt. „Schön, dass ich dich nicht ver- grault habe." „Nur weil du besser drauf bist?", foppt er sie. „Da weckst du doch erst recht meinen Ehrgeiz. Mein Arzt wird sich noch wundern. – Und im Frühjahr nehm' ich dich mit zur Rad- tour. Da werden wir dann ja sehen, wer das besser kann." Sie lacht aus vollem Herzen. „Au ja, das klingt richtig super! Dann sollte ich bis dahin mal die Reifen aufpumpen."

„Wo kommst du denn so energiegeladen her?" Jennifer tappt noch sichtlich verschlafen und im Pyjama in die Küche. „Vom Schwimmen. Und Brötchen hab ich auch mitgebracht." „Oh, super! Hattest du denn vorher noch nichts gegessen?" „Doch klar, ein kleines Müsli. Aber mit vollem Bauch soll man ja auch nicht ins Wasser." Jennifer fischt sich ein knackfrisches Brötchen aus der Tüte und beißt direkt hinein. „Die sind ja noch warm!“, stellt sie kauend fest. Astrid holt Teller für sie aus dem Schrank, deckt Butter und Aufschnitt, stellt den Wasserkocher für den Tee an. „Und wie war es, mit Markus?“, will die Tochter mit hochgezogenen Knien auf ihrem Armlehnstuhl hockend wissen. „Nett“, antwortet Astrid. „Wie, nett, sonst nichts?“, bohrt Jennifer nach. „Was erwartest du denn? Wir haben uns nett unterhalten, ein paar Bahnen gezogen und für die nächsten Samstage auch verabredet.“ „Oh, gut. Gibt's dann immer Brötchen?“ Astrid lacht. „Ja, klar. Im Frühling will er mich mit zu einer Radtour nehmen. Fahrrad fahren liegt ihm wohl eher als schwimmen. Dabei hat er gut mitgehalten.“ „Wie, mitgehalten? Hast du ihn etwa abgehängt?“ Jennifer starrt ihre Mutter ungläubig an. „Nein. Das wäre auch unhöflich. Und seit Januar hab ich ja auch gar nichts mehr gemacht, da leidet die Kondition und Schnelligkeit schon.“ „Wieso Januar?“ „Na, in dieser Therme war auch ein Schwimmbecken. Da hätte ich einen von den Jungs tatsächlich abgehängt“, feixt Astrid vergnügt. „Aber ich wollte ihn nicht vor seinen Kumpeln blamieren.“ Von den drei Grazien weiß Jennifer und fand das auch lustig, als sie ihr davon erzählte. Wie die vier gestandenen Frauen hübsche Jungs anschauten. Das gefiel ihr. Sie hatte ja schon selbst erfahren, was es heißt, von alten Männern angeglotzt zu werden. Aber so aufdringlich war ihre Mutter bestimmt nicht. Und dass sie so einen trainierten Athleten schlagen konnte, gefällt ihr noch besser. „Und wie fand Markus das?“ Astrid lacht. „Er fing vom nächsten Samstag an. Und meinte, sein Arzt würde sich noch wundern, so wie ich jetzt seinen Ehrgeiz herausforderte.“ „Hm“, schmunzelt Jennifer. „Dann muss ich wohl auch erst mal trainieren, bevor ich mit dir wieder schwimmen gehe.“ Astrid lacht. „Das kannst du tun. Oder mit deinen Leuten losgehen, statt mit der runden Mutter.“ Jetzt wird die Tochter rot. „Aber Mama.“ Mehr fällt ihr dazu nicht ein.

Markus ist noch nicht da. Ungewöhnlich. Bisher war er immer vor ihr da, sie hat es immer nur exakt pünktlich um neun geschafft. Astrid stellt die Badetasche ab und schaut durch die Glastüren auf den Parkplatz. Da kommt er ja. Aber er hat gar keine

Tasche dabei. Dafür einen dicken Schal um den Hals. Die Glastür geht auf. Seine Nase leuchtet rot, und ehe er „Hallo“ sagen kann, muss er heftig niesen. „Hallo Markus“, begrüßt sie ihn und streckt ihm die Hand hin. Er winkt nur ab und schnäuzt sich heftig. „Hallo Astrid“, krächzt er und räuspert sich. „Dich hat es aber schlimm erwischt“, stellt Astrid fest. „Ja. Deshalb muss ich dir leider absagen. Ich will die Erkältung lieber nicht verschleppen. Ein Kollege liegt jetzt schon zwei Wochen flach, das kann ich mir nicht auch noch erlauben.“ Sie lächelt verständnisvoll. „Schon klar. Willst du dich wieder ins Bett packen? Oder machen wir was anderes zusammen?“ Er schaut sie überrascht an. „Willst du denn nicht schwimmen gehen?“ „Wenn du wieder gehst, würde ich es tun. Aber wir könnten auch zusammen spazieren gehen, wenn du magst. Wenn du doch schon extra hergekommen bist.“ „Naja, ich wollt dich nicht einfach versetzen. Und ob du deine Handy-Mailbox noch vorher abhörst, war ich mir auch nicht sicher.“ Sie lächelt. „Das ist wirklich lieb von dir. Nein, ich höre sie so gut wie nie ab. Ist mehr meine mobile Notrufsäule, wenn ich mich melden will oder muss. – Meine Festnetznummer hast du gar nicht, oder?“ Sie kramt in ihrer Jackentasche nach dem Portemonnaie und einem Stift, zieht eine Visitenkarte heraus und schreibt ihre private Nummer auf die Rückseite. „Danke schön.“ Er nimmt die Karte und liest sie sorgfältig. „Internationales IT-Haus, hattest du gesagt.“ Er wirft ihr einen freundlich-spöttischen Blick zu. „Von diesem Weltkonzern habe ich zu Hause auch einen Drucker auf dem Schreibtisch stehen. – Und da leitest du die gesamte Schulungstruppe?“ Astrid lächelt geschmeichelt. „Ja, aber nur für Mitteleuropa. Die Nord- und Osteuropäer sitzen in Kopenhagen, die Südeuropäer in Madrid. Die Europachefin – also für Schulungen – hat ihr Büro in Paris.“ „Dann bist du wohl mehrsprachig, oder?“, fragt er vorsichtig. „Englisch ist Konzernsprache. Französisch und Spanisch habe ich auch mal gelernt, aber nicht wirklich aktiv genutzt. Die Gruppenleitung mach ich jetzt seit fünf Jahren, da brauche ich nur noch Englisch.“ Nachdenklich betrachtet er das Pappkärtchen in seiner Hand. „Da bist du nicht nur im Sportbecken topfit.“ Astrid zuckt fast verlegen mit den Schultern. „Naja. Ich bin halt beruflich dran geblieben. Hab' früh mehr verdient als Martin. Und in dem Chaotenhaufen war es nicht so schwer, sich mit etwas Organisation und Konsequenz für den Leitungsjob durchzusetzen." Er schaut sie durchdringend an. „Stellst du immer dein Licht so unter den Scheffel?" „Äh …" Verdattert schweigt sie. Er lächelt ganz warm. „Es ist zwar sympathisch, wenn du mich nicht spüren lassen willst, dass du es deutlich weiter gebracht hast als ich. Aber es schadet dir selbst. – Meine Ex-Frau war auch beruflich erfolgreich, es macht mir nichts aus." Unsicher fragend hebt sie den Blick. Er lacht. Dann muss er husten und wendet sich ab. „Also, spazieren gehen wäre ganz nett", krächzt er schließlich, die Tränen stehen ihm noch in den Augen. „Frische Luft tut, glaub ich, ganz gut. Und ich beweg' mich wenigstens ein bisschen." „Okay", stimmt Astrid zu. „Dann stell ich die Tasche eben wieder ins Auto." Sie schlendern die Hauptstraße ein kurzes Stück entlang, biegen dann in ein ruhiges Wohngebiet ab und erreichen schließlich den Stadtpark. Sie plaudern über dies und das, erzählen von ihrer Arbeitswoche, schweigen dann wieder eine Weile. „Ist dir eigentlich aufgefallen, dass du gar nicht mehr rot wirst?", fragt Astrid Markus unvermittelt. Überrascht denkt er nach. „Nein, das ist mir nicht aufgefallen." Er lacht. „Aber wenn du das sagst!" „Woran liegt das? Hast du dich an mich gewöhnt?", will sie neugierig wissen. In ihrem Kurs stellen sie sich noch viel persönlichere Fragen. Die nicht beantwortet werden müssen, zumindest nicht öffentlich in der Runde. Aber bisher gab es keine Fragen zu ihren Beziehungen untereinander. Markus denkt nach. „Vielleicht. Wahrscheinlich beeindruckst du mich nicht mehr ganz so überwältigend." Er schaut sie an. „Weil ich dich ein bisschen kennenlernen durfte. Und weil du so … auf dem Teppich geblieben bist, bei allem, was du kannst und drauf hast." Jetzt wird Astrid rot. „Danke", murmelt sie verlegen. „Bitte. – Und was ich am meisten an dir bewundere, ist, mit wie viel Kraft und Energie du dein Leben lebst. Und das nach den Schicksalsschlägen. – Dagegen war ich ein selbstmitleidiger Jammerlappen. Nur weil meine Frau irgendwann die Geduld verloren hatte mit meiner, meiner –, wie soll ich sagen? – selbstverständlichen Konsumhaltung. Sie hat nicht nur den Haushalt organisiert, ihren Job erfolgreich gemanagt und unseren großen Bekanntenkreis zusammengehalten, nein, meine wehleidigen Stimmungsschwankungen hat sie auch noch ertragen und oft versucht, mich wieder aufzubauen. Und irgendwann hatte sie genug. Ich glaubte erst, es sei wegen des unerfüllten Kinderwunsches." Markus bleibt stehen und schaut in die kahlen Wipfel der mächtigen alten Parkbäume. „Nur ein halbes Jahr nach unserer Trennung war sie schwanger, mit 41. Von ihrem Neuen. Als ich es von einer gemeinsamen Bekannten im Supermarkt erfuhr, hab ich es kaum bis nach Hause geschafft. Und nur noch Rotz und Wasser geheult." Langsam geht er mit gesenktem Blick weiter, zieht die Füße durch die letzten herumliegenden Blätter. Wie ein trauriges trotziges Kind, denkt sie. „Aber in der Therapie bin ich schon zu dem Schluss gekommen, dass das nicht der einzige Grund war. Sie hatte anfangs auch vorgeschlagen, eine Adoption zu versuchen. – Die Wartelisten sind ja lang. Aber ich war zu verstockt, kam mit der Diagnose nicht klar. Wehrte mich heftig gegen das eigene Versagen. Und in dieser trotzigen Schmollhaltung hab ich es mir dann gemütlich gemacht. Bis sie genug von mir hatte." Schweigend gehen sie nebeneinander her. „Das tut mir leid", sagt Astrid schließlich. „Wieso dir?", fragt er verblüfft. „Dass du so einen schwierigen Weg zurücklegen musstest", antwortet sie ernst. Nach einer Weile erwidert er: „Manchmal lernt man nur durch Schmerz. Dabei hatte sie mir alle nur erdenklichen Brücken gebaut. Aber ich wollte nicht raus aus meiner Ecke. Und da ist sie dann schließlich gegangen." Er sucht nach Taschentüchern, seine Nase läuft. Astrid reicht ihm eine angefangene Packung aus ihrer Manteltasche. „Danke schön." Er putzt sich die Schnupfennase. „Und entschuldige bitte, dass ich dir das alles wiedergekäut habe." Er holt tief Luft und die Tränen stehen ihm in den Augen. „Manchmal holt es mich wieder ein, obwohl es schon so lange her ist." „Das kenne ich", gibt sie leise zurück. „Und danke für dein Vertrauen." Stumm gehen sie weiter. Markus schaut auf die Uhr, dann Astrid an. „Darf ich dich zum Frühstück einladen? Wenn du schon meinetwegen nicht zum

Schwimmen gekommen bist. – Da vorne ist ein Bäckerei-Café."
Sie lächelt breit. „Danke schön. Ja, gerne. Aber …", sie schaut ihm
in die Augen, „ich hoffe, du bist nicht direkt vom Selbstmitleid
zum Selbst-Zerfleischen übergegangen?" Er stutzt. „Wieso?" „Es
war mein Vorschlag gemeinsam spazieren zu gehen und niemand
hat mich davon abgehalten auch allein schwimmen zu gehen.
Fällt es dir schwer, einfach eine Geste anzunehmen?" Er senkt
den Blick auf das Gehwegpflaster, schweigt grübelnd. Dann hebt
er den Kopf wieder. „Ja, es fällt mir oft schwer. Ich fühle mich
dann meist sofort verpflichtet, irgendeine Gegenleistung zu er-
bringen." Er schaut sie an. „Ich kann nicht glauben, wie gut du
mich schon kennst." Sie lächelt. „Ich weiß nicht, ob das so ist.
Ich höre nur zu." „Das können die Wenigsten. Ich auch nicht
besonders gut", gibt er zu.

„Warte noch!", ruft er Astrid zu, die schon an der Tür ist. Sie
dreht sich zu ihm herum. Er steht vor der Theke, die Verkäuferin
hat schon eine Tüte und die Brötchenzange in der Hand. „Was
isst deine Tochter für Brötchen? Und wie viele braucht ihr?"
Astrid lacht. Daran hatte sie gar nicht gedacht. Sie hätte wieder
beim Bäcker in ihrem Viertel angehalten, in der zweiten Reihe
mit Warnblinklicht, wegen der fehlenden Parkplätze. Aber das
kann sie sich ja wirklich sparen. „Sesam, Mohn und für heute
Abend zwei Roggen", antwortet sie, die Verkäuferin packt das
Gewünschte ein. Astrid legt einen Fünf-Euro-Schein auf die
Theke und zwinkert Markus zu, der seine Brieftasche wieder
wegsteckt. „Du hast mich schon eingeladen, okay?" Er grummelt
etwas, dann lächelt er wieder. „Ja klar, okay." Einträchtig wandern
sie zum Parkplatz zurück. Die Sonne hat sich, während sie frühstückten, durch den Hochnebel gearbeitet. Jetzt scheint sie vom
wolkenlosen blauen Himmel. Astrid bleibt mitten im Park stehen
und wendet ihr Gesicht den warmen Strahlen zu. „Das ist so
schön!", freut sie sich. Markus stellt sich neben sie und versucht
es auch. „Hm", brummt er Zustimmung, als er die Wärme auf
der Haut spürt. Dann muss er niesen. Astrid lacht. „Hast du eine
Sonnenallergie?", frotzelt sie fröhlich. Er lacht, nachdem er das
Taschentuch verstaut hat. „Nein, und das wäre ja auch schreck-

lich." Er schaut sie an. „Es ist so schön mit dir", sagt er leise. „Ich lerne immer etwas dazu." Berührt spürt sie die Verlegenheitsröte aufsteigen. „Danke", sagt sie nur. „Ich danke dir, Astrid." Seine braunen Augen lächeln sie warm an.

„Hat unser Bäcker zu?", will Jennifer wissen, als sie zu der unbekannten Brötchentüte greift. „Weiß nicht, ich war nur bei einem anderen. – Markus hatte mich da zum Frühstück eingeladen." Astrid stellt der Tochter Teller und Tasse hin. „Wart ihr gar nicht schwimmen?" „Nein, er ist so heftig erkältet, dass wir nur spazieren waren." „Und da hat er dich eingeladen", stellt Jennifer fest. „Genau." Astrid hat keine Lust mehr zu berichten. Sie gießt das Teewasser auf und holt sich auch noch eine Tasse aus dem Schrank. „Und wie war es bei dir gestern Abend?" Wer fragt, der führt das Gespräch. „Och, joa, ganz nett." „Wo wart ihr denn, wieder beim Mexikaner?" „Ja, am Anfang." Jennifer zeigt offen ihre Unlust zur Berichterstattung. Na gut, denkt Astrid, gleiches Recht für alle. Sie fragt noch nach der Schule und der letzten Klassenarbeit. Da leuchtet Jennys Gesicht auf. Sie hüpft vom Stuhl und kommt sichtlich stolz mit einem Heft zurück. Sie blättert und legt es der Mutter aufgeschlagen neben die Tasse. „Wow!" ‚Sehr gut' steht unter der Mathe-Arbeit, 98 von 99 Punkten und noch ein Kommentar des Lehrers: „Sehr schön gemacht!" Astrid lacht ihre grinsende Tochter an. „Und das zeigst du mir erst jetzt? Wann hast du sie denn zurückbekommen?" „Ach, gestern. Du musst noch unterschreiben." „Muss ich?", frotzelt Astrid. „Oder darf ich?" Jenny lacht. „Beides!" Astrid legt den Kuli wieder in die Stifteschale auf der Ablage. „Kind, ich bin so stolz auf dich! Und Papa wäre es auch." Die Tochter lächelt breit. Dann packt sie das Heft wieder in die Tasche. „Und das Beste ist, dass ich keine Berichtigung zu machen brauche", verkündet sie.

Am nächsten Mittwoch zur Kursstunde trägt Markus nur noch ein modisches Schal-Tuch um den Hals. Die Nase ist noch rot, aber er schnieft und trieft nicht mehr so. „Na, wird's langsam besser?", erkundigt Astrid sich freundlich. Er lächelt. „Na klar. Noch zwei, drei Tage, dann ist es wieder weg. Unserem Schwimmsamstag sollte nichts im Wege stehen." „Schön", freut sie sich. Und fragt dann doch nicht. Die anderen gucken schon. Ein paar haben wohl mitbekommen, dass sie sich verabreden. Der Geschiedene und die Witwe. Aber lass sie doch denken, was sie wollen. Schließlich geht es hier um den eigenen Weg zum Wohlbefinden. Und ihr tut das regelmäßige Schwimmen gut. Ohne Markus hätte sie es nie so konsequent wieder angefangen. Ist ja auch viel netter zu zweit, als nur allein stumpfsinnig die eigenen Bahnen zu ziehen. Sie setzen sich auf ihre Plätze. Und er zwinkert ihr verstohlen zu, quer durch den Raum. Sie lächelt zurück.

Zufrieden schaltet er den Föhn aus. Sie stehen nebeneinander vor den Schwimmbadspiegeln. „Sag mal …", Astrid schaut Markus von der Seite an, „… darf ich dich auch mal zum Frühstück einladen?" Erfreut wendet er sich ihr zu. „Natürlich, sehr gerne." Er lächelt. „Auch bei mir zu Hause? Jennifer weiß zwar noch nichts davon, aber sie fragt sowieso dauernd nach dir." Er zögert einen winzigen Moment, dann lächelt er wieder, ein bisschen schüchtern jetzt. „Warum nicht? – Ich hoffe, du hast mich nicht zum Supermann stilisiert", flüchtet er in spöttische Ironie und wird rot. Astrid sieht es gerührt. „Nein, habe ich nicht. Sie guckt nur zu viel von diesem Vorabend-Schmalz. Da geht die Fantasie schon mal mit ihr durch." Markus wird noch röter, stellt sie überrascht fest. Sie hätte nicht gedacht, dass das überhaupt geht. Sie gibt sich einen Ruck und holt Luft. „Es ist … also …" Plötzlich stehen ihr die Tränen in den Augen. „Martin hätte heute Geburtstag", flüstert sie. Sie schließt kurz die Augen und räuspert sich das Kratzen von der Stimme. „Ich werde noch zu ihm auf den Friedhof gehen." Astrid hebt den Blick wieder und begegnet Markus' ernsten braunen Augen. „Es wäre schön, wenn … wenn du vorher noch ein wenig bei mir wärst." „Natürlich, gerne", antwortet er leise. Stumm packen sie ihre Taschen, ziehen die Jacken über. Hinter dem Drehkreuz bleibt Astrid noch einmal stehen. „Wo wohnst du überhaupt?" Markus lässt sich die Überraschung nicht anmerken und nennt seine Adresse. Auf ihren ratlosen Blick hin ergänzt er den Stadtteil. „Ach so." Astrid grübelt. „Bei uns gibt es nämlich überhaupt keine Parkplätze, ich hab zum Glück eine Garage. – Ich könnte dich mitnehmen und wieder hier

zu deinem Auto bringen, ehe ich zum Friedhof fahre. Wäre das
für dich okay?" Er schaut sie wieder mit seinen braunen Augen
ernst an. „Natürlich. Ich hatte heute ohnehin nichts mehr vor
außer dem Haushalt. Und der wartet leider geduldig auf mich."
Astrid lächelt. „Dann komm."

Beim Bäcker springt sie wie immer aus dem in der zweiten
Reihe geparkten Wagen. Markus guckt etwas nervös, bleibt aber
brav darin sitzen. Nur Minuten später packt sie ihm die Tüten auf
den Schoß und plumpst wieder auf den Sitz. Sie lacht über seine
Erleichterung. „Es geht hier halt nicht anders. Ich musste mich
auch erst dran gewöhnen. Es gibt hier einfach zu viele Autos."
„Fährt denn hier kein Bus?", will Markus wissen. „Doch, schon,
alle halbe Stunde. Jennifer nimmt ihn zur Schule oder wenn sie
sonst in die Stadt will." Astrid kurvt durch die zugeparkten engen
Straßen. „Aber du weißt ja, der Mensch ist bequem. Lieber eine
viertel Stunde Parkplatzsuche als sich nach dem Fahrplan richten."
„Hm. Kenn' ich irgendwoher", brummt Markus.

Astrid schließt ihnen die Haustür auf, nimmt Zeitung und Post
aus dem Briefkasten. Sie steigen in den zweiten Stock. „Einen
Aufzug gibt es hier leider nicht", entschuldigt sich Astrid. Markus
lacht. „Gehen wir nicht schwimmen, um uns zu bewegen und zu
ertüchtigen?" Sie zwinkert ihm zu und schließt die Wohnungstür auf. Der Flur ist noch genauso aufgeräumt wie vor ihrer Ab-
fahrt. „Hallo!", ruft sie in die Wohnung. Keine Antwort. „Nanu?
Als ich fuhr, war Jenny noch da." Astrid schaut nach dem Tele-
fonschränkchen, wo sie sich für gewöhnlich Nachrichten hinter-
lassen. Aber kein Zettel liegt dort. Sie zieht Jacke und Schuhe aus,
nimmt Markus den Mantel ab. Dann schaut sie um die Ecke zu
Jennys Tür und stockt. Ihre Schuhe stehen fein säuberlich davor.
„Hm", brummt sie und geht zurück zu Markus, der im Flur abgewartet hat. „Sie will nicht gestört werden. Kann sein, dass sie
Besuch hat", erklärt sie ihm, dann lächelt sie. „Sie kennt ja unsere
Zeiten. – Dann lass uns mal frühstücken, sie wird schon noch auftauchen." Astrid deckt den Tisch für drei, setzt das Teewasser auf
und holt den großen Brötchenkorb vom Regal. Markus füllt die
Backwaren hinein und gießt den Tee auf, während Astrid einen

Zettel schreibt. Leise schiebt sie ihn unter Jennys Tür hindurch. „Wie alt ist sie noch mal?“ „Fünfzehneinhalb.“ Markus lächelt sie an. „Du scheinst eine sehr rücksichtsvolle Mutter zu sein.“ Astrid lacht. „Na, so ein bisschen erinnere ich mich ja schon noch, wie doof damals vieles war. Ich versuche nur, fair mit ihr umzugehen. Und es klappt bisher ganz gut. Sie ist zuverlässig und schmeißt die Schule quasi mit links. Wozu Stress machen? Sie wird groß, macht ihre eigenen Erfahrungen. Ich versuche nur, ihr einen sicheren Rückzug zu bieten. Annehmen wird sie das aber nur, wenn sie sicher ist, dass ich ihre Privatsphäre respektiere.“ Markus schaut ihr direkt in die Augen. „Du bist eine großartige Mutter.“ Astrid lacht ein bisschen verlegen. „Sie ist auch eine großartige Tochter.“ „Sprecht ihr von mir?“ Jennifer steht verwuschelt in ihrem Hausanzug in der Küchentür. Markus dreht sich zu ihr herum. „Ja, deine Mutter lobt dich gerade in den höchsten Tönen.“ „Echt?“ Sie zieht die Augenbrauen fragend hoch. „Ja, klar“, lächelt Markus. „Glaubst du mir nicht? – Ich bin übrigens Markus. Astrid erwähnte, du habest schon mal nach mir gefragt.“ Er reicht ihr die Hand. Jetzt wird Jennifer verlegen. „Ich bin Jennifer, aber das weißt du ja schon. Äh, oder soll ich besser ‚Sie‘ sagen?“ Markus lacht. „Lieber nicht. Oder möchten Sie lieber gesiezt werden, Jennifer?“ „Nö, auf keinen Fall!“, widerspricht sie fast empört. „Dann sind wir uns ja einig.“ Astrid schmunzelt, stolz auf ihre Tochter, in sich hinein. „Welches ist denn dein Platz?“, will Markus von Jennifer wissen. „Der hier.“ Sie fällt in den breiten Armlehnstuhl. „Und Astrids?“ „Der da“, zeigt Jennifer auf den gegenüberliegenden Platz. „Gut.“ Markus lässt sich auf dem noch freien Stuhl nieder. Auch Astrid setzt sich. „Na, dann guten Appetit!“, wünscht sie ihrer Frühstücksrunde.

Als sie alle satt sind, räumt Jennifer unaufgefordert den Tisch ab und bietet an noch neuen Tee zu kochen. „Also für mich nicht, danke Schatz“, lehnt Astrid ab. „Möchtest du noch?“ Markus verneint ebenfalls. „Ich fahre gleich noch zum Friedhof“, erklärt Astrid in Jennys Richtung. „Hm.“ Sie schaut zu Boden, dann wieder auf. Im Weggehen antwortet sie noch. „Sag Papa einen schönen Gruß. Ich denke an ihn.“ „Mach ich.“ Die Zimmertür schließt sich wieder hinter der Tochter. „Willst du jetzt los?“, fragt Markus vorsichtig nach. Astrid seufzt tief. Dann steht sie auf.

Schweigsam lenkt sie den Wagen durch die Stadt. Der Einkaufsverkehr verstopft die Straßen, sie weicht auf Nebenstrecken aus. Markus fragt sich, auf welchem Weg sie zurück zum Schwimmbad fahren will. Doch sie ist so tief in ihre Gedanken versunken, dass er sie nicht stören will. Sie biegt auf den Friedhofsparkplatz ein, stellt den Wagen ab. Er hatte es sich schon gedacht, die Richtung stimmte einfach nicht mehr. Sie stellt den Motor ab. „Soll ich warten? Oder schon mal den Bus nehmen?“, fragt Markus vorsichtig. „Äh …“ Langsam realisiert sie, dass sie ihn eigentlich erst zu seinem Wagen bringen wollte. „Mist!“, rutscht es ihr heraus. „Entschuldige bitte vielmals.“ Verwirrt schaut sie ihn von der Seite an. „Wieso hast du gar nichts gesagt?“ „Du warst so in Gedanken.“ „Ich bring dich zum Schwimmbad.“ Entschlossen greift sie zum Zündschlüssel. Er legt ihr die Hand auf den Arm. „Lass nur, bitte. Jetzt bist du doch hier. Ich kann warten, wenn du möchtest.“ Sein brauner Blick ruht für einen Moment in ihrem. „Aber …“ Sie verstummt. Markus langt nach dem Türgriff, steigt aus. „Magst du mir zeigen, wo es ist?“ Astrid schließt den Wagen ab. „Dann kann ich etwas spazieren gehen und zwischendurch schauen, wann du zurück willst.“ Sie zögert noch sichtlich. „Und bitte nimm dir alle Zeit, die du haben willst.“ Sie schaut ihn nur skeptisch an. Er lächelt freundlich zurück. „Es ist wirklich in Ordnung, Astrid. Auf mich wartet niemand. – Und ich war lange nicht mehr hier.“ „Okay.“ Sie gibt sich einen Ruck und geht los. Er hält sich einen halben Schritt schräg hinter ihr, will sich nicht aufdrängen. Der Friedhof ist größer, als er ihn in Erinnerung hat. Er prägt sich die Wegkreuzungen ein. Schließlich verlangsamt sie ihren Schritt. „Da vorne“, deutet sie auf ein schlichtes Reihengrab. Markus bleibt stehen. Sie tritt näher heran. Ein Lächeln umspielt ihren Mund, als sie niederkniet und zärtlich die ersten gelb leuchtenden Narzissen in der Vase berührt. „Jenny war schon hier!“, ruft sie ihm zu. „Wahrscheinlich gestern nach der Schule. Sie bringt ihm immer Narzissen.“ Sie kann die Tränen nicht mehr zurückhalten. Weint still und sucht nach einem Taschentuch. Markus zögert, dann geht er zu ihr und reicht ihr seine Packung. „Danke. – Er hat immer Narzissen zum Geburtstag bekommen, es ist die Zeit", erzählt sie leise. Tief berührt betrachtet er den kleinen Strauß in der grünen Kunststoff-Steckvase, die so typisch für einen Friedhof ist. Niemand würde sich so etwas in den Vorgarten stellen. Obwohl es ja hübsch aussehen kann und praktisch ist. Er lässt den Blick zu Astrid streifen, die sich wieder aufgerichtet hat und versunken die Hände faltet. Er lässt sie jetzt besser allein.

An der nächsten Weggabelung bleibt er stehen, schaut sich um. Noch kahl recken die uralten Bäume ihre Äste in den Himmel. Ein paar Schneeglöckchen-Puschel haben sich noch zu ihren Füßen gehalten, auf manchen Gräbern blühen Krokusse. Der ewige Zyklus der Natur, sterben und vergehen, wieder erwachen nach dem kalten Winter. Erste Blätter und Frühblüher, bald explodiert wieder das neue Leben, das noch verborgen schlummert. Blüten locken Insekten, setzen Frucht an und verschwenden ihre Samen für die neue Generation. Er schluckt ein Schluchzen herunter. Er ist ein winziger Teil dieser Natur, aber er zeugt keine nächste Generation. Steril. Wieso er? Was hat er getan? Die Ärzte konnten ihm keine Antwort geben, was schief gelaufen war. Nur das niederschmetternde Resultat. Er biegt in den Weg rechts ab, prägt sich noch den blauen Container an der Ecke ein und wandert mit gesenktem Blick davon. Die schon halb vermoderten Ahorn-flügelchen liegen in vom Wind zusammengefegten Häufchen am Wegesrand. Ein Stück weiter sieht er die abgenagten Tannen-zapfen – oder waren es Fichten? –, die ein Eichhörnchen hinter-lassen hat. Unter einer großen Eiche ist nichts mehr zu finden. Die Eicheln liegen wohl gut versteckt in den Wintervorräten der Tiere. Eine solche Fülle, nur um das Überleben der Art zu sichern. Die paar verkrüppelten Spermien, die sie bei ihm fanden, hätten selbst eine künstliche Befruchtung zum Lotteriespiel gemacht. Gegen Geld hätte die Kinderwunschklinik natürlich alles für sie getan. Aber das ging zu weit. Inga hätte riesige Hormondosen nehmen müssen, ihre Eier wären operativ entnommen und im Reagenzglas mit seinen Krüppelspermien geimpft worden. Und dann alles wieder zurück in ihren Bauch. Mit unabsehbarem Ergebnis. Nein. Niemals. Es gibt Grenzen. Sie wollten ihnen die Machbarkeit verkaufen. Er fühlte sich so schuldig, als Versager. Genötigt, alles medizinisch-technisch Mögliche auch zu tun. Er heult wieder vor Wut. Es ist ja niemand hier. Er sucht nach seinen Taschentüchern. Aber die hat er ja Astrid gegeben. In der Hosentasche findet er noch ein benutztes Papiertuch. In langen Diskussionen brachte er Inga von diesem Wahnsinn ab. Er wollte nicht auch noch schuldig an ihr werden. Irgendwann stimmte sie erleichtert zu und nahm ihren Job wieder mit voller Kraft auf. Sie hat sich andere Babys gesucht. Und er wurde Gruppenleiter Rechnungswesen. – Wieso überfällt ihn hier so unerwartet der alte Schmerz? Die Tränen laufen ihm wieder über die Wangen. Markus bleibt mitten auf einer Kreuzung stehen und schaut in den grauen Himmel. Rechnungswesen. Es sollte sein Einstieg sein, nach dem Studium. Er ist kleben geblieben. Und jetzt Gruppenleiter. Nicht wirklich schrecklich. Aber auch alles andere als sein Traum. Weiter geht es nicht, karrieremäßig. Der kaufmännische Leiter ist jung und ein Neffe des Inhabers. Vielleicht muss er doch wechseln. Aber wohin? Und mit Mitte vierzig – kein kleines Risiko. Es muss dann klappen, auch wenn es für ihn ein Fehlgriff werden sollte. Er seufzt. Kein Kind. Keine Frau. Kein Job, der ihm wirklich Spaß macht. Der Weg scheint noch weit zu sein bis zum eigenen Wohlbefinden. Das Selbstmitleid schwappt hoch, die Tränen schießen ihm wieder in die Augen. Das Papiertuch ist schon nass, er putzt sich vorsichtig damit die Nase, wischt das Gesicht mit dem Pullover-Ärmel ab. Langsam dreht er um, geht den Weg zurück.

Da ist der blaue Container. Er hält nach Astrid Ausschau. Am Grab ist sie nicht mehr. Plötzlich beunruhigt geht er zügig dort hin. Sie ist weg. Hat sie ihn ganz vergessen? Er atmet tief durch. Fühlt nach dem Portemonnaie. Reg dich ab, mahnt er sich selbst zur Ruhe, dann rufst du halt ein Taxi. Neugierig mustert er den Grabstein. Ganz schlicht stehen nur der Name, der Geburtstag und der Todestag darauf. Markus fängt an zu rechnen. 45 ist er nur geworden. So alt, wie er selbst jetzt ist. Und heute wäre er

49 geworden. Ein Schauer durchläuft seinen Körper. Wenn ihm
das passieren würde, jetzt, mit diesem halb verpfuschten, un-
fertigen Leben. Ihm wird kalt. Er verschränkt die Arme vor der
Brust, wie um sich zu schützen vor dieser grauenhaften Vorstellung. Eine Hand berührt ihn an der Schulter. Er dreht sich
um und schaut Astrid direkt ins Gesicht. „Da bist du ja wieder“,
lächelt sie. Ihm wird wieder warm bei diesem freundlichen Blick.
„Hast du schon auf mich gewartet?“, will er wissen. „Nein, ist
schon okay. Ich hatte nicht aufgepasst, in welche Richtung du
gegangen warst und hab gerade wohl in der falschen nachgeschaut.“
„Also hast du doch gewartet.“ „Nein, es ist alles in Ordnung“,
beharrt sie. Er schaut noch einmal auf den Grabstein und das
Narzissen-Sträußchen davor. „Wart ihr eine glückliche Familie?“,
fragt er. Astrid überlegt, sucht nach angemessenen Worten. „Ja
und nein. Eine ganz normale Familie waren wir. Wir waren
manchmal glücklich, ja, aber natürlich gab es auch mal Stress
und jede Menge trüben Alltag.“ Sie schaut ihn an. „Ich habe oft
darüber nachgedacht, welcher Streit wohl überflüssig gewesen
wäre, wenn wir es früher gewusst hätten, dass es so kommt. Aber
zum Glück wussten wir es nicht und haben uns gezankt und genervt wie alle anderen auch.“ Sie wendet sich zum Gehen und
erzählt weiter. „Martin hatte nie ein – wie soll ich sagen? – ver-
nünftiges Verhältnis zum Geld. In seiner Firma hat er oft Stunden
um Stunden gekloppt, ohne sie sich auszahlen oder wenigstens
quittieren zu lassen. Als der Chef kurz vor der Insolvenz stand,
musste er Martin entlassen. Der hat dann ab und zu noch schwarz
was für ihn gemacht. Ich wollte davon lieber gar nichts wissen,
es hätte mich meinen Job kosten können. – Einmal hat er unser
Girokonto dermaßen überzogen, dass ich in Warschau am Geld-
automaten nicht einen müden Schein mehr heraus bekam. Ich
war auf Dienstreise, machte da selbst auch noch Schulungen. Der
Vertriebskollege hat mir dann mit seiner Kreditkarte ausgeholfen,
es war mir hoch peinlich. – Aber natürlich gab es auch die schönen
Zeiten. Unsere Familienurlaube am Meer. Oder diese magischen
Momente, die die Liebe ausmachen, trotz Streit und Nerverei.
An die erinnert man sich natürlich am liebsten.“ Sie wirft Markus

einen Blick zu. „Trotzdem versuche ich, mich an alles zu erinnern. Ihn nachträglich weder zu glorifizieren noch zu verdammen. Damit ich Jenny kein verzerrtes Bild von der Liebe und der Ehe, dem Zusammenleben vermittle. Sie erinnert sich an ihn als ihren heiß geliebten Papa aus Kindertagen. Als meinen Mann hat sie ihn damals noch nicht wahrgenommen, mit gerade einmal zwölf Jahren. Jetzt fängt sie selbst an, die Liebe zu erproben. Und guckt diesen unsäglichen Schmarrn im Vorabendprogramm. Nichts als völlig überzeichnete Dramen, Affären und überirdisches Liebesglück, stets bedroht von teuflischen Hexen. – Ich rede oft mit ihr darüber, sie verdreht schon die Augen, wenn ich davon anfange." Astrid kichert. „‚Aber Mama!‘, sagt sie dann wie eine Krankenschwester. ‚Alle gucken das. Und du glaubst ja wohl nicht, dass ich nicht Fernsehen vom richtigen Leben unterscheiden kann?‘ Natürlich glaube ich das nicht. Aber irgendwie …" Astrid seufzt. „Man kann Kinder nicht erziehen, sie machen einem eh’ alles nach." Markus stutzt verblüfft. „Meinst du das ernst?", fragt er vorsichtig nach. Astrid lacht. „Ja, sicher. Was sie vorgelebt bekommen, prägt sie viel stärker, als was man ihnen mit Engelsgeduld versucht zu erklären. – Ist in vielen Studien bestätigt worden. Glaube ich jedenfalls. Und entspricht auch jeder praktischen Erfahrung. Naja. Das fehlt uns halt jetzt. Das ganz alltägliche Eheleben als realistisches Anschauungsbeispiel gegenüber diesen TV-Fantasiewelten." Markus schaut sie lange an. „Ist das wirklich alles, was dir fehlt? – Ich mein, du bist eine wunderbare Mutter und es ist wahrscheinlich ganz normal, dass du als Erstes an das Wohlergehen und die Entwicklung deiner Tochter denkst." Er holt Luft und schaut ihr gerade in die Augen. „Aber was ist mit dir?" Astrid weicht seinem Blick aus, atmet tief ein und aus. Dann schaut sie ihn an. „Du weißt doch selbst, wie es ist, wenn man allein ist. Und ich bin ja noch nicht einmal ganz allein." Er hält ihrem Blick stand. „Ja, ich weiß, wie das ist. Und genau deshalb frage ich dich, wie es dir damit geht." Er lässt ihren Blick los, schaut nach vorn. „Mir geht es damit oft ziemlich beschissen. Man weiß ja erst, was man hatte, wenn es weg ist. Jeder Streit wäre mir oft lieber, als diese Stille in der Wohnung. Bei mir läuft ständig das Radio oder der Fernseher, nur um nicht dauernd spüren zu müssen, dass da niemand sonst ist. Keine Stimme, keine Hand, kein Arm, …", seine Stimme wird immer leiser, bis er fast nur noch flüstert, „… kein Kuss, keine Zärtlichkeit, kein Begehren, kein Sex, keine Liebe." Er verstummt. Die Tränen rinnen ihm über die Wangen. „Und ich habe noch nicht einmal ein Kind, das ich alle zwei Wochen besuchen dürfte." Er schluchzt kurz auf, wendet sich ab. Bewegt und irgendwie hilflos steht Astrid neben ihm. Mechanisch reicht sie ihm seine übrig gebliebenen Taschentücher zurück. Er schnieft, versucht ein verheultes Lächeln. Dann putzt er sich die Nase. Strafft sich. „Tut mir leid", sagt er leise. „Ich wollte dich nicht auch noch mit meinem Weltschmerz belasten. Und das an diesem Tag, der sicher schon schwer genug für euch ist." „Hm." Astrid zögert, dann greift sie einfach nach seiner Hand. Überrascht hält er vorsichtig ihre Finger fest, während sie langsam weiter gehen. „Aber du bist mitgekommen. Wenn auch nicht ganz freiwillig." Sie zwinkert ihm mit einem Lächeln zu, schaut dann wieder auf den Weg vor ihnen. „Naja, zum Frühstück ja schon." Sie lacht leise. Sie guckt ihn von der Seite an. „Das war schön und …", sie holt tief Luft. „Natürlich hast du recht mit dem Alleinsein. Manchmal werde ich nachts wach und kann nicht wieder einschlafen, weil ich Angst davor bekomme, wenn Jenny in drei, spätestens vier Jahren auszieht. Vielleicht suche ich mir dann eine WG. Oder irgendetwas. Ich kann durchaus gut allein sein, mich selbst mit etwas beschäftigen. Aber auf Dauer würde ich es nicht gut ertragen, das weiß ich. Oder ich würde wunderlich werden. Selbstgespräche führen. Entfernte Bekannte auf der Straße zulabern, nur um mit jemandem zu sprechen." Sie schaut ihn kurz an. „Viele Bedürfnisse nach Kontakt, Anerkennung, Austausch usw. würden zu kurz kommen. Wenn man nicht ständig selbst raus geht und den Kontakt sucht. Aber auch das stell' ich mir auf Dauer ziemlich anstrengend vor. Am schlimmsten würde es wohl, wenn die Rente ansteht, oder der Job futsch ist." „Stimmt", bestätigt Markus nur und hält ihre Hand etwas fester. „Gehst du eigentlich gerne schwimmen?", fragt sie unvermittelt. Er schaut sie fragend-forschend an. „Mit dir schon. Allein würde ich nicht gehen.“ Sie lächelt. „Danke.“ „Wofür?“, will er wissen. „Dass du mit mir gehst. Ich schwimme gerne, bin aber allein trotzdem nie gegangen.“ Er lacht leise. „Was ist?“, fragt sie ihn. „Ach nichts. Ich freu mich nur, dass wir uns so einig sind. Ich hoffe, wir gehen noch lange zusammen schwimmen.“ Sie sind an ihrem Auto angekommen. Markus steht schräg vor ihr und seine braunen Augen lachen sie an. „Das hoffe ich auch“, strahlt sie zurück. Sie kämpft kurz mit sich. „Darf ich …“, sie macht vorsichtig einen halben Schritt auf ihn zu und öffnet zaghaft die Arme, „… dich einfach mal drücken?“ Perplex reißt er die Augen auf und schließt Astrid dann fest in seine Arme. Sie genießt die Nähe dieses Moments, ehe sie sich vorsichtig wieder voneinander lösen. „Danke schön“, flüstert Markus verlegen. Aber er wird gar nicht rot. „Ich danke dir“, erwidert sie leise.

Als Astrid nach Hause kommt, turnt Jennifer wild zuckend im Wohnzimmer herum, ihren Funkkopfhörer schräg auf dem Kopf. „Hallo Tochter“, ruft Astrid ihr zu. Jennifer dreht sich um und nimmt den Kopfhörer ab. „Hallo Mama. Hast du Markus wieder nach Hause gebracht?“ Astrid lächelt über ihr neugieriges Kind. „Nein, nur zu seinem Auto auf dem Schwimmbadparkplatz. Wieso?“ „Nur so. – Findest du ihn nett?“ Astrid schmunzelt und hält ihrem Blick stand. „Ja, ich finde ihn nett. Und du?“ Jenny zuckt mit den Schultern. „Ich kenn ihn ja noch gar nicht. Aber beim Frühstück war er nett.“ Sie trippelt rhythmisch auf der Stelle, die Musik krächzt aus den Ohrmuscheln des Kopfhörers. Astrid will sich gerade umdrehen. „Du, Mama, kann Tom heute noch zu mir kommen?“ Sie zuckt innerlich erfreut zusammen. „Natürlich, wieso nicht?“ Sie wendet sich ihrer Tochter wieder zu. Die lächelt verlegen. „Naja, könnte ja sein, dass es dich stört. Oder so.“ Astrid schmunzelt. „Ich hatte doch heute Vormittag auch einfach Markus mitgebracht, ohne dich vorzuwarnen. – Ich hoffe, mein Zettel hatte dich nicht gestört. Ich wollte es dir zumindest sagen, ehe du oder ihr überrumpelt seid.“ Jenny kichert. „Nee, war schon okay.“ Sie zögert. „Ich hatte auch nur vergessen, meine Schuhe wieder wegzuräumen.“ Sie holt tief Luft. „Tom war nämlich schon kurz da, musste dann weg und vorhin war ich bei ihm. Aber …" Jenny grinst breit. „Seine Mutter ist nicht so dezent wie du. Alle Viertelstunde hat sie geklopft. Ob wir was trinken wollten oder ein Brötchen und ob du denn wüsstest, wo ich bin. Echt nervig. Und da haben wir verabredet, dass er herkommt. Ist allerdings auch schon 20 Minuten überfällig." Sie betrachtet ihre modische Plastik-Armbanduhr. „Ist alles kein Problem, Jenny. Ich lass euch in Ruhe, das weißt du. Und wenn du weggehst, lass bitte einfach einen Zettel da, wo du bist. Und nimm dein Handy mit. Wenn irgendetwas ist, hol ich dich ab. Zur Not auch mitten in der Nacht." Jenny starrt stumm auf den Boden. Dann hebt sie zögernd wieder den Blick. „Ich hoffe, das wird nie nötig sein." Sie guckt sehr ernst und fast schon bedrückt. Astrid schaut sie fragend an. Jenny ringt offensichtlich mit sich. Dann setzt sie sich auf das Sofa und fängt leise an zu erzählen. „Wir hatten uns gestern wieder vor der Disco getroffen, Tom und Sven hatten da auch geparkt. Von da aus waren wir wieder beim Mexikaner. Im Kino lief nichts Besonderes, da sind wir noch ein bisschen herumgelaufen. Vor der Disco war wie immer viel los. Viele hängen da einfach rum, weil sie noch nicht rein kommen. Naja, wäre mir zu blöd. – Jedenfalls hatte Tom mich plötzlich gepackt und gezischt, ich solle weggehen. Ich blieb erst mal stehen und er ging zu einer Clique, wohl aus seiner Stufe. Die Saskia kenn ich von der AG. Die fiel ihm gleich um den Hals, war wohl ziemlich besoffen. Er hat sie abgeschüttelt und die andere angesprochen. Die konnte kaum noch stehen. Er hat sie festgehalten, so um die Taille. Ich wurde schon echt sauer, was das sollte. Dann hat er Sven gerufen, aber wir sollten da bleiben. Die Typen bei den Mädchen verdrückten sich dann und Tom hatte seine Kollegin im Arm. Sven kam zurück und erklärte, er würde Sandy und mich jetzt nach Hause bringen, Tom müsse mit Kathi, so hieß die, zur Ambulanz. ,Wie denn, ohne Auto?', hab ich gefragt, Sven hatte Toms Autoschlüssel. ,Kann er nicht einen Krankenwagen holen?' Sven sagte nur, das dauere zu lange und Tom nehme das Taxi an der Ecke." „Deshalb warst du so früh schon wieder hier?" „Ja." Jennifer grübelt, dann erinnert sie sich, dass sie weiter erzählen wollte. „Tom hat mir noch gesimst, dass Kathi wahrscheinlich K.-o.-Tropfen abgekriegt hat und ihre Eltern sie jetzt abholten. Das war so gegen zwölf. Heute Morgen hat er gefragt, ob er kommen könne und war dann da. Hat alles erzählt, wie Kathi im Taxi plötzlich bewusstlos wurde und der Fahrer anfing zu zetern. Tom hat ihn dann wohl angemacht, er solle zusehen, dass er zur Notaufnahme käme, er wisse auch nicht, was sie habe. Da haben sie sie sofort mit einer Trage geholt, an die Überwachung angeschlossen, so Herzmonitor und so was. Der Arzt kam dann wohl nach einer halben Stunde und fragte ihn aus. Dann nahmen sie noch eine Blutprobe von Kathi. Sie wussten aber nicht, ob sie noch etwas nachweisen könnten. Es sei aber wahrscheinlich, dass sie nach zwei, drei Stunden einfach wieder aufwache. Solange bliebe sie zur Beobachtung. Ob sie vorher Alkohol getrunken hätte, wusste Tom natürlich nicht. Er vermutete, nicht, weil Saskia so zu war. Die beiden wechseln sich meistens mit dem Fahren ab und passen aufeinander auf. Normalerweise." Jennifer verstummt. „Das ist ja echt heftig." Natürlich hatte Astrid solche Geschichten schon gehört, aber dass ihre große vernünftige Tochter so schnell so nah dran gerät, hätte sie nicht erwartet. „Da hat Tom ja gut aufgepasst und wahrscheinlich noch viel Schlimmeres verhindert." „Ja." „Kannte er die Typen?" Jennifer zuckt ratlos mit den Achseln. „Solche Italos oder Russen hängen da immer rum. Kannste ja auch nicht wegschicken, ist ja öffentlicher Raum. In die Disco kommen die meistens nicht mehr rein, viele versuchen es auch gar nicht wegen der Ausweiskontrolle. Ich hab sie da jedenfalls noch nicht gesehen." Sie schweigen beide. „Pass gut auf dich auf", sagt Astrid leise. „Aber das brauche ich dir ja nicht zu sagen." „Nein. – Ich werd' nichts mehr trinken, wo so viele andere sind. Man kann das Zeug ja weder sehen noch riechen noch schmecken." Es klingelt. Jennifer springt auf und wirft ihrer Mutter noch einen schnellen Blick zu. Sie lächelt und erklärt: „Ich bin mal in der Küche, später vielleicht in meinem Zimmer." Sie hört Stimmen an der Tür. Das Wort Parkplatz fällt öfter. Dann stehen sie beide in der Küchentür, Hand in Hand. „Mama, das ist Tom", stellt die

Tochter den verlegen grinsenden Burschen vor. „Hallo Tom“,
reicht sie ihm die Hand. Er ist genauso hellblond wie Martin und
hat dieselben graublauen Augen, stellt Astrid verblüfft fest. Tatsächlich kein ‚Macho-Poser‘, wie Jenny es nannte, eher der nette
Junge von nebenan. „Jenny erzählte gerade von deinem Einsatz
heute Nacht. Hut ab, da hast du ja wohl Schlimmeres verhindert.“
Sie lächelt ihn freundlich an. Er wird prompt rot und noch verlegener. „Naja, war Zufall, Glück gehabt halt. Ein Kumpel ist
beim Roten Kreuz, macht da Sani-Dienste und erzählt schon mal
solche Geschichten, so kam ich darauf. Und Kathi ist sonst nie so
derartig neben der Spur. Wenn sie getrunken hat, wird sie lustig,
hört aber immer rechtzeitig auf. – Sie rief vorhin noch an und
bedankte sich.“ Tom blinkert Jennifer verliebt an. „Deshalb bin
ich zu spät weggekommen. Und mit den Parkplätzen ist es hier
ja immer schwierig.“ „Könnte Tom nicht die Garage zuparken,
wenn er herkommt?“, fällt Jenny ein. „Hm. Kommt darauf an,
ob ich noch rein oder raus muss. Kann man aber abstimmen, im
Notfall“, bremst Astrid ihre Tochter. Nach Feierabend hätte sie
schließlich keine Lust, erst den Wagenhalter aus dem Zimmer
ihrer Tochter zu klopfen, um in die eigene Garage zu kommen.
„Schon klar“, wirft Tom ein. „Mit dem Bus ist es eh einfacher
und dauert auch nicht viel länger. Ich hatte vorhin auch nicht
daran gedacht, wollte nur endlich schnell los.“ „Dann lasst euch
nicht aufhalten …“, zwinkert Astrid ihnen zu und wendet sich
wieder ihrem Kochbuch zu. Vegetarische Frühlingsgerichte.
Wenn sie das nicht ihrem Wohlbefinden näher bringt, weiß sie
es auch nicht. Als sie sich zum Lesen in ihr Zimmer zurückzieht,
stehen zwei Paar Schuhe akkurat vor Jennys Tür.

Glaube

Kevin räumt das Geschirr in die Spülmaschine, seine Mutter wischt noch den Tisch ab. Er ringt mit sich, weiß nicht, wie er es sagen soll. „Hast du irgendwas, Junge?" Er schluckt, richtet sich auf. „Hm", macht er, dann holt er Luft und fällt mit der Tür ins Haus. „Ich werde mich taufen lassen. Und wollte euch fragen, ob ihr das mit mir zusammen feiern mögt." Seine Mutter lässt den Lappen sinken, schaut ihn erfreut an. „Das ist ja eine Überraschung! Wann denn?" „Weiß ich noch nicht. Ehrlich gesagt weiß ich auch noch nicht, wo. Nur, dass ich es will." Die Mutter hängt den Lappen über dem Spülbecken auf und setzt sich wieder an den Tisch. Kevin setzt sich zu ihr. „Und wie bist du darauf gekommen?" Kevin starrt auf die Tischdecke. Natürlich musste diese Frage kommen. Wie erklärt er das nur? Zögernd setzt er an. „Ich hab's versprochen. Als Gott unsere Liebe gerettet hat. Marie hat mir einen schlimmen Fehler verziehen." Er schaut auf und sieht den etwas ratlosen Blick seiner Mutter. „Es war mein Entschluss, nicht ihr Wunsch. – Ich komm nur mit dieser katholischen Messe nicht zurecht. Ich will an Gott glauben und beten und auch in die Kirche gehen. Aber dieser … Klimbim irritiert mich jedes Mal." Seine Mutter kichert. „Weißt du überhaupt, dass ich auch getauft bin? Meine Oma bestand darauf, hat den Pfarrer damals – noch unter den Kommunisten – heimlich in ihr Wohnzimmer geholt. Ich war wohl erst ein paar Wochen alt. Meine Mutter hat es ihr zuliebe mitgemacht. Und auch den Taufschein sorgfältig versteckt. Als wir hierher gingen, dein Vater und ich, hat sie ihn mir in die Hand gedrückt. Und nur damit haben wir für deine Schwester und dich überhaupt einen Kindergartenplatz bekommen. Die sind hier ja alle katholisch geführt. Und ich wollte und musste ja arbeiten gehen. – Aber mit diesem Hochamt konnte ich auch nie viel anfangen. Bei den Kindergarten- und Schulgottesdiensten ging es ja noch. Als die anderen alle zur Erstkommunion gingen, hatten wir dich gefragt, ob du das auch wolltest, erinnerst du dich?" Kevin grinst. „Doch, klar weiß ich das noch. Und die Schulkollegen waren alle neidisch, dass ich nicht zum Unterricht und in die Kirche musste. Als sie dann aber alle nach der Feier von ihren Geschenken erzählten, war ich der Dumme. Naja." „Und jetzt willst du dich taufen lassen." Sie freut sich sichtlich. „Dann haben wir es ja nicht völlig falsch gemacht." „Nein. In den Reli-Unterricht habt ihr mich ja geschickt, ich wusste zumindest immer, worum es überhaupt geht. Und beten gelernt haben wir da ja auch." Er macht eine Pause. „Das hat mir schon geholfen." Sie schweigen beide eine Weile. „Warst du schon mal bei den Protestanten? Bei den Evangelischen geht es ja anders zu, vielleicht fühlst du dich da eher zu Hause." „Gibt's die hier überhaupt? Ich dachte, hier sind alle katholisch." Sie lacht. „Nein, alle nicht. Meine Kollegin zum Beispiel nicht. Sie ist sehr engagiert im Kirchenchor und erzählt häufiger von ihrer Gemeinde. Das klingt eigentlich ganz sympathisch, was die so machen. – Soll ich sie mal fragen, ob sie dich mitnimmt?" „Hm." Kevin zögert sichtlich. Er ist kein kleines Kind und will seinen Weg schon alleine finden. Nicht am Händchen von Mamas Kollegin. „Ich geh lieber erst mal alleine hin und schau es mir an." „Ist gut. – Sie haben auch eine eigene Internet-Seite, da dürftest du fürs Erste alles finden." Kevin schmunzelt. „Aber meine Frage hast du noch nicht beantwortet." Sie denkt kurz nach, dann scheint ihr Lächeln auf. „Natürlich feiern wir mit dir. Sag nur, wie du es dir vorstellst, es wird ja dein Fest." Er lächelt. „Ich werde es mir überlegen, wenn es soweit ist."

Die kleine alte Dorfkirche, nun mitten im Vorort der Stadt, ist noch nicht einmal zur Hälfte gefüllt. Ist er zu früh? Der Ausdruck mit den Gottesdienstzeiten raschelt in seiner Jackentasche. Zögernd nimmt er den Seitengang, sucht sich einen Platz am Rand aus, schräg unter der Kanzel. Er beobachtet noch, wie andere still stehen bleiben und die Hände falten, ehe sie sich setzen. Er macht es nach. Bittet Gott schnell darum, seinen Weg zur Taufe bald zu finden. Er war schon in zwei katholischen Stadtteilkirchen. Da ging es nicht so protzig zu wie im Dom. Aber dieses Wandlungsgebimmel kam überall vor. Wahrscheinlich ist es kindisch, aber es schreckt ihn einfach ab. Kommt ihm wie billige Zaubertricks vor, mit denen man früher die einfachen Leute beeindruckte. Mittelalterlich halt. Nun ist er hier bei den Protestanten. Genauso Christen und doch irgendwie anders, seit Luther. Im Geschichtsunterricht hatten sie damals mal kurz über die Reformation und die Gegenreformation gesprochen. Auf seine provokante Frage im Religionsunterricht nach Luthers Thesen erhielt er damals keine befriedigende Antwort. Nur salbungsvolles Gelaber von der Einheit der heiligen katholischen Kirche. Zumindest erinnert er sich so daran. War damals allerdings auch erst 14 und überlegte, sich vom Religionsunterricht ganz abzumelden. Entgegen der Erwartung des Lehrers tat er es dann doch nicht und bekam weiterhin seine guten Noten. Immerhin.

Die Glocken fangen an zu läuten. Also ist er doch nicht so viel zu früh. Am Eingang hatte er sich, wie andere Gottesdienstbesucher vor ihm, ein Gesangbuch mitgenommen. Nun sucht er die angeschlagenen Lieder, legt die Markierbänder zwischen die Seiten. Dann schaut er sich dezent in dem schlichten Kirchenraum um. Der Altar ist tatsächlich ein großer Holztisch, mit einer Art feinem Läufer und frischen Narzissen geschmückt. Jemand kommt nach vorn und zündet die Kerze an. Dann bringt er aus der Sakristei einen Kelch, eine Kanne und einen Teller, alles zugedeckt mit weißen Tüchern. Er setzt sich vorn an den Rand. Die Glocken klingen aus und eine überraschend laute Orgel setzt ein. Kevin kann nicht anders als sich nach ihr umzudrehen. Oben auf der Empore sind die mächtigen Register zu sehen, aber nicht, wer sie spielt. Er setzt sich wieder gerade hin, hört der Musik zu. Ist es Bach? Er kann sich nicht genau erinnern, aber es ist auch gleich, klingt irgendwie vertraut und erhaben. Soli deo gloria. Er lächelt in sich hinein. Seine Musiklehrerin wäre stolz auf ihn, dass ihm das jetzt noch einfällt. Noch während er das denkt, schreitet die Pastorin durch den Mittelgang nach vorne zum Altar. Auch das hatte ihn gereizt, einmal eine Pastorin zu erleben. Die Diakonin im Dom in Münster hatte ihn sehr beeindruckt. Nun war das auch etwas ganz Besonderes. Aber eben hier, in der kleinen Dorfkirche, eine Frau am Altar – vielleicht hat sie ja auch etwas Besonderes zu sagen oder eine Art, die ihn wirklich erreicht. Gespannt und aufmerksam lauscht er ihren Worten bei der Begrüßung, den Abkündigungen, ihren Fürbitten. Der Predigt über das Neu-Anfangen. Die Lieder, die gesungen werden, kennt er nicht. Manche haben eine sehr eingängige Melodie, zwei sind sehr getragen und das letzte ist regelrecht poppig. Verschämt steckt er einen Fünf-Euro-Schein in den herumgereichten Klingelbeutel. Er ist ja noch gar kein Mitglied, zahlt keine Kirchensteuern. Das gemeinsame Abendmahl war angekündigt und er wollte es sich einfach einmal anschauen. Die Liturgie ist ihm völlig fremd, er versucht einfach, nicht aufzufallen. Und es bimmelt nichts. Es geht ausdrücklich um die Erinnerung an Jesu letztes Abendmahl mit seinen Jüngern und die Nachfolge in der Gemeinschaft der Christen. Die herzliche Einladung an alle berührt ihn tief. Still bleibt er sitzen, während sich fast alle anderen um den Altar versammeln und in einer großen Runde den Kelch mit dem Wein und den Teller mit dem Brot weiterreichen. Der Herr vom Anfang wischt ab und zu den Trinkrand mit einem Läppchen ab und füllt den Becher nach. Zum Schluss fassen sich alle bei den Händen und empfangen den Segen der Pastorin, ehe sie still, meist lächelnd, zu ihren Plätzen zurückgehen, dort kurz im Gebet verharren und sich wieder setzen.

Diese Stimmung von friedlicher, geradezu liebevoller Glaubensgemeinschaft erfasst Kevin ganz plötzlich. Das ist es, was er gesucht hat. Die Pastorin lädt noch einmal alle ein, an den Tisch des Herrn zu kommen. Sie wirft ihm einen freundlichen Blick zu. Er spürt die Verlegenheitsröte aufsteigen. Das kann er nicht annehmen, vor allen. Noch nicht. Die Organistin kommt die Emporentreppe herab, zusammen mit dem Küster helfen sie einem gebrechlichen alten Mann mit seinem Rollstuhl. Die Pastorin kommt die zwei Stufen vom Altar zu ihnen hinunter und reicht ihnen das Abendmahl. Der Küster bietet schließlich ihr den Weinkelch und das Brot an, das sie nun nimmt. Kevin ist tief berührt von dieser Szene, spürt die Tränen in den Augen stehen. Wieso erfährt er erst jetzt davon, dass es so etwas gibt? Plötzlich begreift er, was Marie empfinden muss, in ihrem Glauben, in ihrer Kirche. Und haben sie nicht einen gemeinsamen Glauben, nur vielleicht verschiedene Kirchen? Als er ihr von seinem heutigen Plan erzählte, schaute sie erst kritisch drein, doch dann überlegte sie. „Vielleicht ist das der bessere Weg für dich, wenn dich das Hochamt so abschreckt. Auch Lutheraner sind Christen und glauben an denselben Gott und lesen die gleiche Bibel. Und Luther war schließlich auch erst ein katholischer Mönch. Die Spaltung hat er ja nicht gewollt, nur Reformation. Der Rest war damalige Politik." Er war überrascht von ihren Kenntnissen und ist sich jetzt sicher, dass ihr diese Art des Gottesdienstes ganz bestimmt auch gefallen würde. Auf eine ihm bisher unbekannte Art fühlt er sich glücklich, betet kraftvoll das ‚Vater Unser‘ mit. Nur beim Glaubensbekenntnis stockt er kurz an der Stelle mit der heiligen christlichen, statt katholischen Kirche. Er muss über sich selbst schmunzeln, wie wichtig es ihm ist, hier alles richtig zu machen. Dabei ist er erst zum ersten Mal hier. Beim Schlusslied konzentriert er sich nach Kräften und kann dann auch den Refrain sicher mitsingen. Überraschend setzen sich nach dem Ausgangssegen alle wieder hin und hören dem Orgelnachspiel zu. Soli deo gloria. Wie kraftvoll doch Musik sein kann. Schüchtern und beschwingt zugleich folgt er den anderen zum Ausgang, legt das Gesangbuch zurück und fischt den Geldschein für die Kollekte aus der Jackentasche. Den ausgedruckten Zettel erwischt er mit, stopft ihn lächelnd zurück. Das hier war der Volltreffer. Vor der Tür erwartet ihn die Pastorin, die allen die Hand reicht und jede und jeden persönlich verabschiedet. „Es freut mich sehr, ein neues Gesicht hier zu sehen", lacht sie ihn freundlich an. „Hat es Ihnen gefallen?" „Äh, ja, sehr", stammelt Kevin völlig überrascht. Er fühlt sich zu einer Erklärung genötigt. „Ich … bin nicht zum Abendmahl gekommen, weil ich noch gar nicht getauft bin." Jetzt schaut sie ihn verblüfft an. „Haben Sie einen Moment Zeit auf mich zu warten?", fragt sie ihn. „Natürlich nur, wenn Sie mit mir sprechen mögen." Kevin schluckt. „Sehr gerne." Er fühlt sich fast überwältigt, lehnt sich ein paar Schritte weiter vorsichtshalber am Rande des Portals an. Falls ihm doch noch die Knie weich werden sollten. Er kann sich nicht erinnern, so etwas schon einmal erlebt zu haben. Doch, in der Domkapelle in Münster. Aber da war Marie bei ihm und er war nur zuhörender Gast. Das war auch sehr beeindruckend, aber doch ganz etwas anderes.

Die Pastorin schüttelt unermüdlich Hände, hilft ganz selbstverständlich Senioren mit Rollatoren und jemandem mit einem Kinderwagen, der Kevin in der Kirche überhaupt nicht aufgefallen war. Das Kind schläft auch friedlich. Dann kommt sie auf ihn zu. „Sie sind uns herzlich willkommen, Herr, äh …" „Marticz, Kevin Marticz. Entschuldigen Sie bitte, ich vergaß mich vorzustellen." Sie lacht fröhlich. „Ach bitte nicht so förmlich, ich hatte auch nicht gefragt. Mein Name ist Lehmann, ich bin seit drei Jahren hier Gemeindepfarrerin. Die aktiven Mitglieder kenne ich mittlerweile alle gut, umso mehr freue ich mich über ein neues Gesicht in den Reihen. – Sind Sie hier zugezogen?" Kevin erläutert kurz seine Suche nach einer Glaubensheimat und seinen Wunsch, getauft zu werden. „Könnten Sie sich vorstellen, mich zu taufen?", wagt er schließlich die große Frage. Pastorin Lehmann macht große Augen und strahlt. „Aber natürlich! Es wäre mir eine Ehre. Es ist sehr ungewöhnlich, dass ein junger Mensch wie Sie mit einem solchen Anliegen zu uns kommt. Aber Gottes Wege sind unergründlich und ich freue mich, wenn sie in unsere Christengemeinschaft führen." Sie schaut ihn ganz warm an, Vertrauen und Zuversicht sprühen aus ihren Augen. Kevin fühlt sich ganz schwach und doch gut aufgehoben und sicher. „Ich glaube, hier bin ich angekommen", erklärt er mit zitternder Stimme. Die Pastorin nimmt seine Hand. „Wollen wir uns noch zusammensetzen? Oder möchten Sie vielleicht doch erst noch einmal über alles schlafen?" Sie scheint seinen inneren Aufruhr zu spüren. Er überlegt. „Nein, ich weiß, hier bin ich richtig. So gut hat es sich bisher nirgends sonst angefühlt." Er lacht verlegen. Sie beobachtet ihn erfreut, spürt, wie die Wärme in seine schwitzig-kalte Hand zurückkehrt. „Dann gehen wir hinüber ins Gemeindehaus."

Ausführlich sprechen sie über die Taufe und wie er sich darauf vorbereiten möchte. Da in einigen Wochen die Konfirmationsfeiern anstehen, schlägt sie vor, doch einmal das gleiche Buch mitzunehmen. An den Unterrichtsstunden wird er wegen seiner Arbeitszeiten nicht teilnehmen können. Aber sie bietet an, dass er sie nach dem Gottesdienst jederzeit ansprechen kann und sie sich gerne Zeit nehmen wird. „Es ist meine Berufung und mein Beruf“, erklärt sie lächelnd auf seinen skeptischen Blick hin. „Nicht nur ein Job. Und es gibt nichts Schöneres, als gemeinsam mit einem Suchenden den Weg zu finden. Auch ich suche immer wieder und danke Gott für Begleiterinnen und Begleiter auf meinen Wegen.“ Er nimmt den Gemeindebrief mit den Terminen mit, die Pastorin holt noch das Unterrichtsbuch der Konfirmanden, das er unbedingt bezahlen will. Sie wehrt ab und schlägt dann vor „Dann stecken Sie es doch in die Sammelbüchse für ‚Brot für die Welt‘. In der weltweiten Christengemeinde wird es da am dringendsten gebraucht.“ Mit dem gegenseitigen Versprechen, sich am nächsten Sonntag wieder zusammenzusetzen, verabschieden sie sich voneinander. Wie berauscht und doch hellwach schlägt Kevin den Weg nach Hause ein.

Taufe

Marie sieht ihm gleich an, dass er sich entschieden hat. Sie freut sich mit ihm, und doch ist sie leise enttäuscht, dass er ihre katholische Kirche ablehnt. Gemeinsam blättern sie in seinem Zimmer in dem Konfirmanden-Lehrbuch, aneinandergekuschelt auf seinem Sofa-Bett. „So groß sind die Unterschiede wirklich nicht", stellt Kevin fest. „Aber es gibt nur zwei Sakramente: Die Taufe und das Abendmahl. Die übrigen werden als Segnungsgottesdienste oder -handlungen verstanden." Er schaut sie an. „Kommst du denn auch mit mir zum Abendmahl? Oder darfst du das kirchenrechtlich nicht, bei den ‚Heiden'?" Sie lächelt gequält. „Offiziell darf ich es nicht, solange ich bei einer katholischen Einrichtung in der Ausbildung bin. Aber es gibt ja auch das sogenannte Agape-Mahl. Und das elfte Gebot." Fragend schaut er seine geliebte und gar nicht mehr so keusche Freundin an. Sie kichert und blitzt ihn keck an. „Kennst du es nicht? – Du sollst dich nicht erwischen lassen." Verblüfft lacht Kevin mit. „Dass du so etwas sagst, hätte ich nicht gedacht", gibt er ehrlich zu. „Naja, vor neuer Erkenntnis ist man nie gefeit", frotzelt sie und setzt ernst hinzu. „Natürlich will ich mit dir gemeinsam zum Abendmahl gehen. Ich werd' mir überlegen, ob ich es mir irgendwie erlauben lasse oder einfach riskiere. – Wann soll es denn überhaupt soweit sein?" Kevin erzählt ausführlich von seinem Gespräch mit der Pastorin und schlägt vor „Komm doch nächste Woche einfach mit. Dann ist auch nur ein gewöhnlicher Gottesdienst ohne Abendmahl. Ich bin mir sicher, dass es dir auch gefallen wird." „Wann ist es denn?" „Um zehn und dauert rund eine Stunde." Sie überlegt. „Hm, das ginge. Dann würde ich mich danach noch in der Spätmesse sehen lassen. Du wolltest dich nach dem Gottesdienst ja sowieso noch mit Frau Lehmann treffen."

Marie ist tatsächlich sehr positiv überrascht und beeindruckt von der noch jungen Pastorin. Kevin berichtet ihr später von ihren Vorschlägen zum Termin: Er könne sich in dem großen Festgottesdienst der diesjährigen Konfirmation taufen und quasi in einem Aufwasch mit segnen lassen. Oder er geht als Täufling in einen normalen Sonntagsgottesdienst, dann ohne Abendmahl. „Und was möchtest du lieber?", will Marie von ihm wissen. Er druckst herum, aber sie spürt, dass er es eigentlich schon weiß. „Komm, raus damit!", neckt sie ihn. „Also … schöner wäre so ein großer Festgottesdienst schon. Ich dürfte auch am Wochenende davor mit zum Workshop, um die Konfirmanden kennenzulernen und mit ihnen die Generalprobe zu machen. Und ich wäre auch nicht so allein im Mittelpunkt. Naja … und Frau Lehmann würde mir dann auch sofort die Konfirmation mit auf dem Taufschein eintragen. Also, falls …" Er verstummt. Marie schaut ihn auffordernd-fragend an. Kevin reißt sich zusammen und erklärt leise. „Falls wir doch noch irgendwann einmal heiraten sollten, könnten wir uns dann auch kirchlich, also ökumenisch, trauen lassen. Dazu sollte ich konfirmiert sein, nach evangelischem Kirchenrecht." Verblüfft schaut sie ihn an. „Wenn du das denn immer noch willst. – Wo wir doch jetzt … schon … ganz zusammen sind." Sie wird zart rot und tatsächlich wieder verlegen. Verliebt zieht Kevin sie in seine Arme. „Natürlich will ich dich noch immer", raunt er in ihr Ohr. Dann schaut er ihr tief in die Augen. „Du hattest die Bedingung aufgestellt – und zum Glück schließlich wieder aufgehoben. Ich habe dich immer geliebt, Marie, und ich will dich immer lieben." Er flüstert nur noch: „In guten wie in schlechten Zeiten." Die Rührungstränen rinnen ihr über die Wangen. „Ich liebe dich auch, Kevin. Und ich gehe mit dir, auch zum Abendmahl." Sie umschlingt seinen Hals, er hält sie ganz fest. Zärtlich finden ihre Lippen sich zum Kuss.

„Max?" Der Altgeselle schaut von seiner Brotdose hoch. Kevin ist sichtlich nervös, als er sich neben ihn auf die Holzkiste setzt, in der Befestigungsmaterial für die Innendämmung des denkmalgeschützten Altbaus geliefert worden war, den sie zurzeit sanieren. Er holt tief Luft. Max wartet wie immer ruhig ab. „Glaubst du eigentlich an Gott?" Max guckt erstaunt, dann antwortet er wie selbstverständlich: „Ja, natürlich glaube ich an Gott." Er forscht in Kevins noch immer angespanntem Gesicht. „Warum möchtest du das wissen?" Es ist selten, dass Max Fragen stellt. Kevin stützt sich vornüber mit den Ellbogen auf die Knie, starrt auf den vom Betonstaub ganz grauen Boden. Nach einer Weile schaut er wieder auf und Max an. „Ich werde in drei Wochen getauft und möchte dich fragen, ob du mein Pate werden möchtest." Der gestandene Kollege ist zum allerersten Mal verblüfft, zumindest hat Kevin diesen Gesichtsausdruck noch nicht an ihm gesehen. „Ich wusste gar nicht, dass du noch nicht getauft bist", gibt er zu. „Aber … du bist doch schon erwachsen. Gibt es da denn überhaupt noch Paten?" Kevin lächelt. Das war Max' trockene Art, ‚ja' zu sagen. „Eigentlich nicht", erklärt er. „Aber wenn ich es möchte, hat die Pastorin gesagt, dürfte ich natürlich auch einen oder mehrere Paten haben." Max' Mundwinkel wandern nach außen. „Das ist schön. Was hab ich denn dann zu tun?" Kevin lacht. „Danke für deine Zusage!" Jetzt wird der ehemalige Ausbilder auch noch rot und sogar ein bisschen verlegen. Aber sein Blick weicht nicht aus. „Danke für deine Frage, Kevin", gibt er leise zurück. Nach einem langen Moment erklärt Kevin. „Du kommst mit in den Gottesdienst und mit mir zum Taufstein. Danach segnet uns die Pastorin und wir setzen uns wieder hin. Ich gehe dabei aber zu den Konfirmanden hinüber, es ist nämlich der Konfirmations-Gottesdienst. Mit ihnen zusammen bekomme ich dann auch noch den Konfirmations-Segen. Dann feiern wir noch gemeinsam das Abendmahl. Und nach vielleicht eineinhalb Stunden ist der Gottesdienst zu Ende und wir feiern bei mir zu Hause. Es wird ein leckeres Mittagessen geben und später Torte und Kaffee. Und was wir sonst noch tun, überlege ich noch, vielleicht tanzen oder singen oder einfach nur quatschen und ein Bierchen trinken, mal sehen." Max lächelt freundlich. „Ich freue mich drauf. – Meine eigene Konfirmation ist schon über vierzig Jahre her. Und an die Taufe erinnere ich mich natürlich nicht, ich war ja erst drei Monate alt. – Gibt's denn auch einen schicken Konfirmationsanzug? Oder lieber ein Taufkleid?", foppt er Kevin. Der knufft ihn freundschaftlich in die Seite. „Natürlich einen Anzug. Marie will nächste Woche mit mir shoppen gehen. Und neue Schuhe will Mama mir spendieren." „Kleiner Tipp: Mach' die Preisschilder unter den Sohlen ab. Sieht sonst komisch aus, wenn du vor dem Altar kniest." Kevin lacht. „Guter Hinweis!" „Ist nicht von mir. Hat uns damals der Jugenddiakon bei der Generalprobe gesagt." „Sag mal, wieso bist du eigentlich evangelisch? Ich dachte immer, hier gibt's nur Katholiken." Max schmunzelt. „Fast. Bis auf eine kleine standhafte Diaspora. Wobei ich auch woanders aufgewachsen bin und erst ungefähr in deinem Alter, nach der Lehre, hierher kam. – Aber ich muss dich noch warnen: Ein treuer Kirchengänger bin ich nicht. Manchmal besuche ich den lieben Gott in seinem Haus, aber öfter spreche ich einfach so mit ihm. Zu den großen Festgottesdiensten gehe ich eher selten, das ist mir oft zu viel Getöse. Ich liebe die einfachen, klaren Gedanken und Worte in einer guten Predigt." „Kennst du denn Pastorin Lehmann?" „Lehmann? Nein. Ist die neu? Oder welche Gemeinde ist das?" Kevin berichtet von seinen Gottesdienstbesuchen und den Gesprächen mit Frau Lehmann. „Hm", macht Max dazu. „Ich glaube, ich sollte mir das auch mal vorher anschauen. Du bist am Sonntag auch wieder dort?" Kevin nickt bestätigend, während er an seiner Kniffte kaut. „Dann sollten wir uns dort sehen, ich werde mal kommen." Max schaut auf seine Uhr und steht auf. Kevin will sein Brot schnell wegpacken, aber Max winkt nur ab. „Iss erst mal in Ruhe zu Ende. Rom wurde auch nicht an einem Tag erbaut", und zwinkert ihm zu.

Seit Tagen schon war er nervös. Am schlimmsten wurde es vorhin in der bis auf den letzten Platz gefüllten Kirche, als die Glocken aufhörten zu läuten. Er saß zwischen Marie und Max, seine Eltern und seine Schwester in der Reihe hinter ihm. Es wurde ernst. Die Orgel spielte, der Gottesdienst begann und nahm dann seinen vorhersehbaren Verlauf. Die mittlerweile vertraute Liturgie gab ihm allmählich wieder Sicherheit, die Lieder vermittelten tröstlich.

Jetzt steht er an dem uralten Taufstein. Marie links neben ihm hält seine Finger umfasst, Max' Hand ruht warm und stark auf seiner rechten Schulter. Pastorin Lehmann stellt die Tauffrage, Kevin antwortet feierlich und plötzlich wieder ganz zuversichtlich und fest mit „Ja“. Er beugt sich weit über das Becken und die Pastorin spricht: „Kevin Marticz, ich taufe dich im Namen des Vaters und des Sohnes und des Heiligen Geistes.“ Dabei benetzt sie zunächst mit der Hand sein dichtes Haar, dann gießt sie, wie vorher besprochen und von Kevin so gewünscht, mit der Kanne das vorgewärmte Taufwasser über sein Haupt. Er spürt es vor den Ohren herabrinnen und in sein Gesicht laufen, es sickert langsam durch den Schopf, dann kommt das Wasser auf der Kopfhaut an. Er erschauert leise. Er wollte die Taufe auch wirklich fühlen und empfängt nun tropfnass und weiter vorgebeugt den Taufsegen. Dann reicht Max ihm sein blütenweißes und mit Monogramm besticktes Handtuch. Kevin richtet sich auf und rubbelt sich das Wasser aus den Haaren, fährt mit den Fingern ordnend hindurch. Marie strahlt ihn still an. Sie greift in ihre Tasche, holt ein Schächtelchen hervor und legt ihm eine feine goldene Kette mit einem schlichten Kreuz um den Hals. Überrascht fühlt er nach dem edlen Metall. Sie lächelt ihn nur an. Zu dritt treten sie dann vor den Altar und empfangen noch einmal den Segen. Kevin spürt das Glück, das er schon bei seinem allerersten Besuch in dieser Kirche erfuhr, in allen Poren. Er fühlt sich angenommen, dazu gehörig und wunderbar aufgehoben in der Gemeinschaft, in die er gerade eingetreten ist. Max lächelt ihn schmunzelnd an, als ob er wisse, sich erinnere, was er gerade erlebt. Und Marie strahlt geradezu eine stille Begeisterung aus, sie mag kaum seine Hand loslassen, nur zum Gebet trennen sich ihre Finger.

Nach dem Tauflied wechselt Kevin den Platz und geht zu den Konfirmandinnen und Konfirmanden hinüber. Er hat sie erst vor einer Woche kennengelernt. Pubertierende Jugendliche, deren Prioritäten nicht unbedingt bei Glaubensfragen lagen und es irgendwie seltsam fanden, dass er als junger Erwachsener dazukam. Frau Lehmann stellte ihn zu Beginn des Workshops kurz vor und gab ihm Gelegenheit, sein Anliegen und seine Motivation zu erklären. Die Gesichter der Jugendlichen zeigten zunehmend Interesse und Respekt. Natürlich alberten sie bald wieder herum, aber sie nahmen ihn als eine Art großen Bruder an. Er war vorher skeptisch und unsicher gewesen, aber als er nach Hause kam, war er fröhlich und zufrieden. Bei der Generalprobe drängten sie ihn auch, doch als erster vorzugehen. Er stimmte zu, wenn er denn in der Mitte zwischen ihnen vor dem Altar stehen und dann knien dürfte. Und so ist es nun eine schlichte, aber wirkungsvolle Choreografie. Immer abwechselnd reihen sich die Nachfolgenden rechts und links neben den schon Angekommenen vor dem Altar ein.

Zum gemeinsamen Abendmahl ziehen sich gewundene Schlangen durch alle Gänge der Kirche, aber das Presbyterium hat den Wunsch der Konfirmandinnen und Konfirmanden aufgenommen, dass sie nicht in getrennten Gruppen zum Abendmahl in den Altarraum gehen, sondern wirklich alle gemeinsam das Abendmahl feiern. Sie haben überlegt, geplant und auch geprobt, wie tatsächlich möglichst alle gleichzeitig das Abendmahl erhalten könnten, ohne allzu lange Wartezeiten in Kauf nehmen zu müssen. Kevin gesellt sich zu Marie, die sichtlich erstaunt über das Geschehen ist, und Max, der ihm anerkennend zuzwinkert. Er hat ihm auf einer Autofahrt erzählt, was vorgesehen sei, und dass er die Idee eines Mädchens unterstützt habe und sie schließlich erst die Gruppe und dann auch – zusammen mit Pastorin Lehmann – das Presbyterium überzeugt hätten. Und nun ist es genau so und fühlt sich richtig und wahr an. Der Teller mit den Brotstückchen wandert langsam in ihre Richtung. Max wendet sich Kevin zu. Er sagt nichts, schaut ihn nur an, mit einem tiefen, ernsten Blick voller Liebe und reicht ihm das Brot. Still nimmt Kevin es, isst, verharrt einen Moment und wendet sich Marie zu. Sie ist sichtlich aufgewühlt, als er ihr den Teller reicht. „Dies ist mein Leib, für dich gegeben", spricht Kevin leise die Worte zum Sakrament. Wie gefangen in ihrer aufgeregten Erwartung rührt Marie sich nicht. Sie schauen sich an und dann öffnet sie den Mund ein wenig. Da nimmt Kevin ein Stück Brot und gibt es ihr. Sie schließt die Augen, während sie isst. Genauso reicht Max Kevin den Weinkelch ohne Worte. Kevin trinkt und verharrt, ehe er sich Marie zuwendet. Ihr leuchtender Blick sagt ihm stumm, dass er ihr auch zu trinken geben möge. Mit den leisen Worten „Dies ist mein Blut, für dich vergossen", setzt Kevin vorsichtig den Kelch an ihre Lippen. Konzentriert gibt er ihr einen Schluck Wein zu trinken. Wieder schließt sie kurz die Augen, um ihn dann umso leuchtender anzustrahlen. Seine Mutter nimmt nach dem Brot auch den Kelch von ihm in Empfang und gibt ihn weiter.

Noch lange nach dem Gottesdienst ist Marie ganz still beglückt, sagt kaum ein Wort, bis auf freundliche Grüße hie und da. Sie steht vor dem Gotteshaus etwas am Rand und schaut zu, wie fast alle Kollegen Kevin mit ihren Glückwünschen überraschen und Blumen überreichen, die zusammengenommen einen prächtigen Strauß ergeben. Sie waren alle im Gottesdienst, die meisten eigentlich katholisch, sogar zwei Moslems und natürlich Max. Er hatte sie informiert, auch dass er Pate würde. So war es gar keine Frage, dass sie fast alle kommen würden und nun sind sie da. Kevin ist fast überwältigt von der Anteilnahme, auch seine Familie ist sichtlich überrascht. Max zaubert sogar noch Becher und eine Flasche Sekt hervor, sodass alle noch auf die Taufe anstoßen, ehe sie wieder nach Hause gehen. Kevin, Marie und Max nutzen den sonnigen Frühlingstag für einen Spaziergang nach Hause zu Kevins Familie. Seine Eltern und seine Schwester fahren mit dem Auto vor, um schon einmal den Tisch zu decken, wie sie sagen. Als Kevin mit seiner Begleitung auch ankommt, findet er im Wohnzimmer auf dem mit weißen Damast-Tüchern gedeckten Tisch einen dekorativ angeordneten Stapel mit Geschenken vor. „Ist das etwa für mich?“ Damit hatte er gar nicht gerechnet. Seine Mutter drückt ihn ganz herzlich. „Was andere zur Erstkommunion bekommen haben, bekommst du nun zu Taufe und Konfirmation in anderer Form.“ „Danke schön!“, lacht er in die Runde und fängt vorsichtig an, die Päckchen auszupacken. Maries Karte zu dem nun schon leeren Schmuckkästchen liest er als erste. Dann greift er zu Max’ Geschenk, es ist ein Gesangbuch, das in seiner nun neuen Gemeinde verwendet wird. „Du hast eine gute Stimme“, erklärt er Kevin mit einem Augenzwinkern. Der wird beinahe rot und widmet sich dem etwas größeren Karton von seiner Familie. In der edlen Verpackung findet sich eine wunderschöne Bibel. Zielstrebig sucht

Kevin nach seinem Taufspruch und liest ihn laut vor. Dann legt er das Lesezeichen hinein und klappt die Buchdeckel sorgfältig wieder zu, ehe er das wertvolle Stück zu den anderen Gaben auf das Sideboard legt. Ein kleineres, mit der Post verschicktes Päckchen liegt noch zwischen dem zerknüllten Geschenkpapier, das seine Mutter anfängt wegzuräumen. Kevin greift danach, sucht den Absender und stockt. Er will es unauffällig hinter die anderen Geschenke legen, doch Marie spricht ihn neugierig an. „Von wem ist es denn?" „Das gehört jetzt nicht hierzu", weicht Kevin nur unwillig aus. Sie mustert ihn kritisch, spürt sofort, dass irgendetwas nicht stimmt. „Darf ich gucken?", fragt sie und hält das Päckchen schon fast in der Hand. Kevin seufzt und senkt den Kopf. „Wenn du unbedingt willst, ja." Marie liest den Namen der Absenderin, Kevin tritt näher zu ihr. „Astrid?" Maries Miene ist ein einziges Fragezeichen. „Ja, Astrid", gibt Kevin leise zu. „Weil sie mir den Tipp mit der Andacht im Dom in Münster gegeben hatte, hatte ich ihr eine Rückmeldung nach unserem Wochenende gegeben. Sie war einfach neugierig, wie es uns ge-fallen habe und dann fragte sie, wann es denn so weit sei, mit der Taufe, und ich hatte ihr das Datum genannt." Er schaut Marie tief in die leicht verunsicherten Augen. „Ich hätte nie gedacht, dass sie mir etwas schickt." „Packst du es denn aus?" „Nur, wenn du es willst. Ich kann es auch wegtun." „Nein. Es ist dein Tauf-geschenk, das darfst du nicht." „Also gut." Dicht nebeneinander stehen sie vor dem Schrank, während Kevin das Klebeband ab-reißt, die Kartonlaschen herausruckelt und schließlich den Deckel öffnet. Eine Karte liegt auf zwei kleinen Päckchen. Er lässt Marie, die sich neugierig an ihn drängt, sofort mitlesen. „Ich wünsche Dir zu Deiner Taufe, Kevin, Gottes Segen und das Glück, das Du gesucht hast. Bitte sag auch Marie – aber nur, wenn es sie nicht erneut verletzt – unbekannterweise einen Gruß von mir. Nun seid Ihr auch im Glauben vereint. – Astrid" Marie nimmt Kevin die Karte aus der Hand, liest sie immer wieder. „Was hast du ihr alles von unserem Wochenende erzählt?", will sie leise wissen. Kevin zögert. „Nicht alles. Aber schon, dass ich nicht lügen konnte und du uns die zweite Chance gegeben hast. Und von meinem Taufversprechen. Weswegen sie ja nachfragte." Sie schaut ihm in die Augen. Er hält ihren Blick. Ihr wird wieder warm. „Davon hattest du mir nichts gesagt." Kevin schlägt die Augen nieder, wagt dann wieder aufzusehen. „Ich wollte dich nicht wieder verletzen. Und sie ja wohl auch nicht." „Hm." Marie betrachtet noch einmal die Karte, dann steckt sie sie in den Umschlag zurück und gibt ihn Kevin. „In Ordnung. Es hat mich nur … gerade ein bisschen aus der Bahn geworfen. Damit hatte ich überhaupt nicht gerechnet." „Ich doch auch nicht." Kevin schluckt, versucht aus ihrem Gesicht zu lesen, ob es wirklich in Ordnung ist. Oder sie es nur sagt, um seine Feier nicht zu belasten. „Nun pack schon weiter aus", lächelt sie ihn an. „Jetzt will ich auch wissen, was sie dir schickt." Kevin folgt ihrem Wunsch und hält eine schlichte Taufkerze mit seinem Namen und dem heutigen Datum und eine CD mit Bach-Kantaten in der Hand. „Das ist doch nett", stellt Marie fest. „Wollen wir mal reinhören?" Sie lächelt ihn an und hält ihm die CD hin. Es ist tatsächlich in Ordnung, das weiß er nun, und legt die Musik ein. Seine Mutter trägt gerade die ersten Schüsseln herein, als Orgel und Thomanerchor erklingen. „Oh, woher kommt denn das?", will sie erfreut wissen. „Ein Geschenk einer Bekannten", erklärt Kevin. Marie schlingt ihm den Arm um die Taille und lächelt versonnen. „Sie kann gar kein so schlechter Mensch sein", flüstert sie neben ihm und denkt diesen Satz, der ihre eigenen Gefühle genau ausdrückt. ‚Nun sind wir auch im Glauben vereint.'

Offenbarung

„Ich hab vorhin schon Brötchen gekauft. Darf ich mich wohl damit bei euch zum Frühstücken einladen?" Astrid schaut Markus im Spiegel vor den Umkleidekabinen an, lächelt und dreht sich zu ihm um. „Aber natürlich!", freut sie sich. „Ich hätte dich sowieso gleich noch gefragt, ob du wieder mitkommst." Markus lacht. „Naja, ich wollte nicht einfach dreist vom Gewohnheitsrecht ausgehen … Und wir sparen uns die Aktion vor eurem zugeparkten Bäcker." Astrid lächelt warm. „Das kannst du nicht wirklich leiden, oder?" Markus holt tief Luft. „Stimmt, das macht mich immer etwas nervös. Ein Rettungswagen käme da wohl kaum noch durch." „Hm. Wo du recht hast, hast du recht", brummt Astrid Zustimmung und packt Föhn und Bürste ein.

Jennifer hopst ihnen schon an der Wohnungstür entgegen. „Hallo ihr zwei! Der Tisch ist schon gedeckt. Wer möchte denn ein Frühstücksei?" Astrid lacht. „Ich nehme gerne eins, du auch?" „Oh ja, gerne, was für ein Service!", antwortet Markus. Nachdem sie Jacken und Schuhe ausgezogen haben – Jennifer hat vor einer Weile Markus Gästepantoffeln geschenkt – kommen sie zu der eifrigen Frühstücksfee in die Küche. Erstaunt betrachtet Astrid die weiße Tischdecke und die Kerze auf dem Tisch, Jenny hat auch das gute Feiertagsgeschirr gedeckt. „Ist irgendetwas Besonderes?", fragt sie vorsichtig ihre Tochter. Die schaut sie nur verwundert an. „Nö, nur Familiensamstag, wieso? – Ach, meinst du wegen des Geschirrs? Die Spülmaschine war noch nicht gelaufen und es waren nur noch zwei normale Teller sauber." Damit wendet sie sich wieder der Aufschnittplatte zu, die sie liebevoll arrangiert. „Na, dann", meint Astrid und wirft Markus einen bedeutsamen Blick zu. Er zieht fragend die Augenbrauen hoch, doch Astrid zwinkert ihm nur zu. Sie holt den Korb vom Regal und er schüttet die Brötchen hinein. Mohn, Sesam, Roggen und noch drei weitere, wohl für ihn. Astrid schmunzelt, dass er es sich so gut gemerkt hat. Sie setzen sich. „Ach, die Zeitung ist auch schon da!", stellt Astrid mit Blick auf ihren Stuhl fest. „Ja, hab ich vorhin hochgeholt. Die Post war auch schon da, ein Brief für dich", erzählt Jennifer. „Sah mal nicht nach Werbung oder Rechnung aus." Astrid mustert den Umschlag mit handgeschriebener Adresse. Absender: K. Marticz. Einen Moment lang ist sie ratlos, doch dann fällt es ihr ein. Kevins Taufe. Könnte eine Danksagung sein. Sie legt den Umschlag beiseite. Jennifer serviert die Frühstückseier und sie langen alle drei, wie jeden Samstag in letzter Zeit, mit Appetit zu.

Familiensamstag, denkt Astrid für sich. Und selbstverständlich werden drei Teller benötigt. Ihre Tochter hat Markus schon voll adoptiert. Dabei gehen sie doch nur zusammen schwimmen, sind ein wenig befreundet. Hoffentlich wird ihm das nicht irgendwann zu viel, mit Jenny. Aber bis jetzt freut er sich wohl genau wie sie auf jedes gemeinsame Samstagsfrühstück. Einmal lud er Astrid zu sich ein, hatte sie schon am Mittwoch vorher gefragt, ob das wohl mit Jenny ginge. „Aber sicher, sie ist doch groß", hatte sie voller Überzeugung verkündet, aber das lange Gesicht ihrer Tochter, als sie es ihr sagte, belehrte sie eines Besseren. Das sagte sie Markus aber nicht sofort. Er hatte sich riesige Mühe gegeben, servierte frischen Obstsalat, Quark, Müsli, und zur Einstimmung gab es ein Glas Sekt mit O-Saft. Neben den Brötchen – Sesam, Mohn und Roggen! – gab es noch frische Croissants und ein halbes Baguette. Neugierig, aber dezent ließ sie die Blicke in seinem Appartement schweifen. Alles war sehr gepflegt und aufgeräumt, sogar Blumen hatte er auf der Fensterbank stehen. Alles andere als eine typische Junggesellenbude. Oder er hatte die ganze Woche geackert, um alles in Ordnung zu bringen. Aber das glaubte sie nicht. Den Aufwand hätte er sich mit einer Café-Einladung ja auch bequem sparen können. Bei dem einen Mal ist es aber geblieben, nachdem sie ihm von Jennys Reaktion erzählt hatte. „Ach herrje! Natürlich soll sie nicht meinetwegen auf dich verzichten müssen!", bedauerte er zutiefst. Astrid vermutete eher andere Motive für Jennys Flunsch, schließlich frühstückten sie in der Woche auch eher selten zusammen. „Also, wenn es dir recht ist, kommst du samstags einfach zu uns, dann ist keiner beim Frühstück allein“, schlug sie vor. Und so ergab es sich auch und wurde zur lieben Gewohnheit für alle drei.

„Wer hat dir denn nun geschrieben?“, will Jennifer neugierig wissen, nachdem sie pappsatt ihren Teller aufs Spülbrett deponiert hat und sich ihrem Tee widmet. „Kennst du nicht. Es ist wahrscheinlich eine Danksagung, ich hatte jemandem etwas zur Taufe geschickt“, erwidert Astrid. „Ach so. Wer hat denn ein Kind gekriegt?“ „Kind?“ Astrid stutzt. Dann lacht sie. „Es war kein Kind. Ein junger Mann hat sich taufen lassen.“ Jennys Interesse ist wieder geweckt. „Und was für ein junger Mann?“ „Ein gut aussehender, athletisch-trainierter junger Mann aus dem Raum Paderborn“, grinst Astrid. Jenny zieht die Stirn kraus. „Etwa einer von den drei Grazien?“ Astrid lacht. „Richtig geraten!“ „Der, den du beim Schwimmen beinahe abgehängt hast?“ Astrid schmunzelt. „Doppeltreffer!“ Jennifer freut sich. „Und wieso lässt der sich jetzt erst taufen? Ich denk’, da in Paderborn sind alle katholisch.“ „Nicht alle. Und seine Eltern sind vor seiner Geburt aus Albanien gekommen, sie kannten nur den Kommunismus, haben ihn aber hier zum Reli-Unterricht geschickt. Und jetzt hat er sich taufen lassen.“ „Hm.“ Die Tochter scheint zufrieden zu sein. Markus sitzt stumm und etwas ratlos daneben. „Ich wollte gleich noch zu Tom“, wechselt Jenny das Thema. „Ist das okay?“ „Wieso sollte das nicht okay sein? Wann willst du denn wieder nach Hause kommen? Oder weißt du das noch nicht?“ „Hm. Ich kann dich ja anrufen, wenn es später als zehn wird. Wäre das okay?“ „Aber sicher, meine Tochter. Falls ich dich irgendwo abholen soll, meld’ dich bitte.“ Jenny wird rot, sagt aber zunächst nichts. Dann steht sie auf. „Ich mach mich mal fertig.“ Die Zimmertür schließt sie hinter sich. „Sie wird flügge“, stellt Markus fest. Astrid lächelt. „Ja, zum Glück. Zwei, höchstens drei Jahre noch, dann zieht sie aus.“ Sie schweigen eine Weile. „Und dann?“, fragt er schließlich und schaut ihr gerade ins Gesicht. Astrid zuckt mit den Achseln „Tja, dann? Mal sehen. Das Leben geht weiter. Und festhalten will ich sie auf keinen Fall. Solange ich sie finanziell weiter unterstützen kann, soll sie raus, auf eigenen Füßen stehen. Aber die Halbwaisenrente hat sie ja auch noch, solange sie in der Ausbildung ist. Wird schon werden!"

Sie greift zu dem Umschlag neben ihrem Teller, wischt das Messer an der Serviette ab und schlitzt den Umschlag auf. „Oh!", macht sie, als sie die Karte aufklappt. Vom eingeklebten Foto lachen sie Kevin und Marie an. Marie hat sogar mit unterschrieben. Eine bildhübsche junge Frau. Und wie verliebt Kevin sie im Arm hält. Sie betrachtet sie eingehend. Eine warme Freude breitet sich in ihrer Brust aus. Marie weiß es und hat ihm verziehen. Und unterschreibt sogar die Danksagung an sie mit. Dann ist wirklich alles gut. Astrid seufzt, überfliegt noch einmal die kurzen Sätze und legt dann die zugeklappte Karte auf den Tisch. „Ist alles in Ordnung?", will Markus vorsichtig wissen. Er hat sie nur still beobachtet. Astrid schaut ihn lächelnd an. „Ja", sagt sie. „Spätestens jetzt ist wieder alles in Ordnung." Jennifer linst in Jacke und mit geschultertem Rucksack zur Küchentür herein. „Ich bin dann mal weg. Bis später – und spätestens bis nächste Woche, Markus!" „Ja gerne, bis nächste Woche!", erwidert er lächelnd. „Bis später und viel Spaß!", ruft Astrid ihr noch nach. „Danke! Bis dann!" Die Wohnungstür fällt ins Schloss. „Sie hängt schon an dir", schmunzelt Astrid. „Meinst du wirklich?", zweifelt Markus. Astrid zählt ihm die Indizien, die ihr allein während des heutigen Frühstücks aufgefallen sind, auf. „Und sie will dich nächste Woche wieder sehen", schließt sie ab. „Hm", brummelt Markus. Er hatte zwar so einen Eindruck, dass Jenny ihn zumindest nicht unsympathisch findet. Aber an ihm hängen? Das ist schon eine Hausnummer. Aber wenn ihre Mutter es so sieht … Die schaut ihn fragend an, wie er in Gedanken versinkt. „Ich hoffe, es wird dir nicht zu viel mit ihr." „Wieso?" Erstaunt taucht er wieder aus seinen Grübeleien auf. „Weiß nicht. Könnte ja sein." „Nein." Er dehnt das Wort in die Länge. „Was sollte ich gegen ein Frühstücksei, einen sehr hübsch gedeckten Tisch … und Gästepantoffeln haben? Es ist doch schön, willkommen zu sein." Er schaut ihr in die Augen und hält ihren Blick. „Oder wird es dir zu viel?" „Wie? Was denn?" „Weiß nicht. Mit mir, mit Familienanschluss, und das jeden Samstag." „Nein. Wie

kommst du darauf?", fragt sie verblüfft. „Dann ist ja gut", lächelt
er. „Ich bin sehr gerne bei euch." Wie zufällig streicht er zart
über Astrids Finger, ihre Hand ruht neben dem Umschlag auf
dem Tisch. Überrascht, aber doch nicht völlig überrumpelt, hält
sie still. „Wer ist denn nun dieser frisch getaufte junge Mann, der
dir geschrieben hat?", wechselt Markus nach einem Moment das
Thema und deutet auf die Karte, beendet damit die zarte Berührung. Astrid lächelt. „Willst du das wirklich alles wissen?"
„Wenn du es mir erzählen magst. Ich bin ziemlich neugierig, wie
du weißt." Sie schmunzelt. Seit er allmählich immer mehr Vertrauen gefasst hat, wird er auch immer offener und eben auch
neugieriger. Kein Vergleich mehr mit dem stotternden Herrn,
der schon beim Small Talk vor Verlegenheit rot geworden ist.
Sie haben sich schon viel aus ihrem Leben erzählt, beim gemüt-
lichen Paddeln im Schwimmbad, hier beim Frühstück, auch
strukturiert in der VHS-Gruppe, dann vor allen. „Klar mag
ich. Aber die ganze Geschichte passt nicht in fünf Sätze, dafür
brauchen wir mehr Zeit." „Jetzt machst du mich ja noch neugieriger. Und ich habe Zeit – wie immer. Du auch?" Astrid
lacht. „Na klar. Lass uns rüber gehen. Ich nehme den Tee mal
mit." Sie lassen sich in Astrids Zimmer in der kleinen gemüt-
lichen Sitzecke nieder. Sie hat noch schnell ihr Bett zugeschlagen
und die Tagesdecke darüber geworfen. Markus legt die Karte
auf das Tischchen, schaut sie erwartungsvoll an. „Schau sie dir
ruhig an, es stehen keine Geheimnisse drin." Markus greift zu
der Karte und schlägt sie auf. „Das ist er?" „Ja, Kevin Marticz
und seine katholische Freundin Marie." „Wie der Name schon
sagt", kommentiert Markus. Auf Astrids fragenden Blick erklärt
er: „Marie, das klingt schon ziemlich katholisch." „Ach so. Ja. Sie
leben im Raum Paderborn." „Und er sieht nicht nur im weißen
Hemd, wie hier auf dem Foto, gut aus, sondern ist auch noch
athletisch trainiert", ergänzt Markus. Astrid schaut ihn an und
grinst. „Da hast du ja ganz genau aufgepasst." Er grinst zurück.
„Wenn du von einem gut aussehenden jungen Mann anfängst,
kann ich doch gar nicht anders." Sie schaut ihn fragend an, aber
er hält ihrem Blick stand. „Und woher kennst du diesen Kevin

aus Paderborn?“, will er wissen. „Aus der Sauna im Wellness-Hotel“, provoziert sie ihn, und tatsächlich zuckt er ein bisschen zusammen. Dann erzählt sie ihm vom Wellness-Wochenende mit den Freundinnen und den attraktiven drei Grazien, denen sie immer wieder begegneten. Und dass Kevin – im Nachhinein betrachtet – immer wieder den Kontakt suchte. „Im Nachhinein? Was war denn sonst noch mit euch?“ Eine kleine steile Falte taucht auf Markus’ Stirn auf. Irgendetwas reitet Astrid und sie erzählt wie selbstverständlich im Tonfall eines banalen Urlaubserlebnisses. „Ach, was war noch. Wir haben die Nacht zusammen verbracht. Er hatte noch keine Erfahrungen und wünschte sich Nachhilfe, damit wenigstens die Hochzeitsnacht mit Marie schön würde. Sie verweigerte zu der Zeit noch den Sex vor der Ehe. Und da war ich halt seine erste Frau.“ Markus steht der Mund halb offen, er schaut Astrid entgeistert an. „Es war schön. Für einen Anfänger kannte er sich schon ganz gut aus“, setzt Astrid noch lächelnd hinzu und fängt Markus’ völlig irritierten Blick ein. Der klappt schließlich den Mund zu. Und nach einer weiteren Weile findet er seine Sprache wieder, während Astrid ihn innerlich feixend beobachtet. „Dann hast du diesen gut aussehenden, athletischen jungen Mann … äh …“ Er sucht nach Worten. „Ja, wie sagt man?“, hilft Astrid weiter, „‚Zum Mann gemacht‘ vielleicht? Ist auch wieder typisch, dass es kein Gegenstück zu ‚entjungfert‘ gibt.“ „Ja.“ Markus verstummt, starrt auf das noch offen liegende Foto des jungen Paares. „Wusste sie davon?“ Astrid wird wieder ernst. „Nein. Aber er hat es ihr später sagen müssen, er brachte es nicht fertig zu lügen, als sie die falsche Frage stellte. Aber sie hat ihnen eine zweite Chance gegeben, ihm verziehen. – Und mir anscheinend auch, wenn sie sogar mit unterschreibt.“ Markus schnauft tief durch. „Du überraschst mich immer wieder. Ich trau dir wirklich viel zu. Aber auf so etwas wäre ich nie gekommen.“ Sein Blick wirkt verletzlich, fast unsicher. „Wie alt ist er denn? Und … ich meine … also, … wie seid ihr zusammengekommen? So was fragt man doch nicht mal eben auf der Saunabank.“ Astrid lächelt. „Nein. Er ist 21, war er zumindest im Januar. Also die ganze Geschichte von vorne?“ „Ja, bitte.“

Ausführlich und chronologisch erzählt Astrid nun von dem ungewöhnlichen Wochenende. Auch den noch folgenden Austausch mit Kevin erwähnt sie, umreißt kurz, was in Münster zwischen den beiden passiert sein muss. „Und nach den Erfahrungen hat er sich nun taufen lassen", fasst Markus zusammen. „Richtig." Astrid sinniert schweigend. „Nur, was ich bis heute nicht wirklich begreife, ist, wieso er ausgerechnet auf mich verfallen ist. Unverheiratete und doch erfahrene Frauen gibt es schließlich noch mehr, und es sind sicherlich attraktivere darunter. Schließlich hat er mich zuerst in der Sauna gesehen, dann im Schwimmbad und erst abends angezogen in der Bar. – Normalerweise geht so was ja umgekehrt." Markus lacht leise. Zumindest kennt er sie ja schon im Badeanzug. Aber Sauna wäre auch eine gute Idee. „Worüber lachst du?", will sie wissen. Er räuspert sich. „Ich kann Kevin gut verstehen", erklärt er ganz ernsthaft. Astrid zieht skeptisch die Augen schmal. „Jetzt veräppelst du mich doch. Das finde ich nicht so nett. In meinem Alter fliegen einer die Kilos eher zu, als dass sie wieder verschwinden." „Heh, ich mein das wirklich ernst." Er schaut ihr in die Augen und sein Blitzen darin verwirrt sie zunehmend. „Die Werbung und die Medien propagieren natürlich immer leichtgewichtigere und immer jüngere Mädchen. Aber Männer, die auf solche verhungerte Kleiderständer stehen, wollen nur das Prestige, sich mit so einem Abziehbild schmücken wie mit einer teuren Uhr. – Wenn du ganz normale Durchschnittsmänner fragen würdest, dann wüsstest du, dass sie auf weibliche Rundungen stehen. Vermutlich hat das die Natur so im Stammhirn angelegt oder wo auch immer der Sex und der Trieb ihr Zuhause haben. Mich wundert überhaupt nicht, dass Kevin genau dich wollte." Und er setzt leise hinzu. „Du bist wirklich attraktiv. Und ich bin auch so ein ganz normaler Durchschnittsmann." Seine Worte schwingen lange im Raum zwischen ihnen. Schließlich wagt Astrid seinen Blick wieder einzufangen. „Danke. Das hat mir noch keiner gesagt." Ihre Stimme ist leise, fast zerbrechlich. Wie das dünne Eis, auf dem sie gerade stehen. Zaghaft tastet er nach ihrer Hand. Sie zuckt zusammen, schließt kurz die Augen, dann erwidert sie sanft seinen Druck.

Sie kann sich nicht erinnern, wie lange sie so gesessen haben, nebeneinander, schüchtern und stumm Händchen haltend wie zwei junge Teenager. Schließlich löst er sacht seine Finger, beobachtet dabei ihr Mienenspiel. Fragend schaut sie ihn an, erwidert dann sein vorsichtiges Lächeln. „Ich sollte jetzt gehen", sagt er und steht langsam auf. Zögernd folgt sie ihm, noch immer wortlos. „Ich kann dich eben zu deinem Wagen bringen", bietet sie ihm schließlich an, als er in Schuhen und Mantel im Flur vor ihr steht. „Danke für das Angebot", lächelt er. „Aber ich möchte jetzt lieber Bus fahren." Sie stehen voreinander, schauen sich ein wenig ratlos an. Dann lädt Astrid ihn mit einem kleinen Heben der Hände in ihre Arme ein. Stumm halten sie sich fest. „Sehen wir uns am Mittwoch?", flüstert sie neben seinem Ohr. „Natürlich sehen wir uns, ich bin da." „Auch am Samstag?", fragt sie genauso leise wispernd. „Ja, sehr gerne auch am Samstag, Astrid, wenn du noch magst." „Natürlich mag ich", erklärt sie, löst sich ein Stück und schaut ihn an. „Es ist nur … du hast mich überrascht … und …" Sie verstummt, schaut fast verzweifelt drein, nicht ausdrücken zu können, was sie bewegt. Er senkt den Blick. „Ich weiß. Ich hoffe, du …", er holt tief Luft, „… du schickst mich nicht weg. Ich möchte nicht, dass sich zwischen uns etwas ändert, nur weil …" Astrid lächelt. „Nicht? Hab ich dich doch falsch verstanden?" Jetzt wird Markus knallrot. Astrid wartet ab. Er weicht ihr aus, starrt an die Decke. Langsam normalisiert sich wieder seine Gesichtsfarbe. Er zieht sie noch einmal fest in seinen Arm. „Doch", sagt er. „Du hast mich richtig verstanden. Aber wenn … du anders empfindest, wäre es schön, wenn wir trotzdem weiter schwimmen gehen und zusammen frühstücken könnten." „Aber natürlich, Markus." Sie seufzt leise. „Ich mag dich doch. Und Jenny hängt auch an dir. – Sie hat es übrigens lange vor mir kapiert." „Jugendliche Intuition?" „Hm. Und lebenserfahrenes Rationalisieren." Astrid stockt. „Und prompt liegt sie richtig und ich war auf dem Holzweg." Markus lächelt. Erst in der letzten Kursstunde haben sie über Intuition und rationale Verwirrung gesprochen. „Apropos Holzweg. Ich mach mich mal auf denselben. Wir sehen uns am Mittwoch?" „Ja. Spätestens. Ich weiß

noch nicht so genau. Aber Mittwoch bestimmt." „Schön." Er
zwinkert ihr zu. „Bis dann!"

Astrid steht noch lange mit der Klinke in der Hand an der geschlossenen Wohnungstür. Es purzelt alles durcheinander in ihrem
Kopf. Und ihr Herz klopft so schnell. Als wäre sie die Treppen
hochgerannt. Hätte sie ihn aufhalten sollen? Sofort klären, was
und wie jetzt weiter? Oder doch nicht? Plötzlich muss sie weinen.
Fühlt sich so schwach und allein und irgendwie hilflos. Sie geht
in ihr Zimmer, kuschelt sich mit der Decke in den Sessel. Da,
wo gerade noch Markus saß. Er will sie tatsächlich. Findet sie
attraktiv mit ihren Kurven. Sie lächelt zaghaft. Eigentlich doch
schön. Wollte sie nicht genau das? Geliebt werden, so wie sie ist?
Und jetzt hat sie Angst. Will sie ihn denn auch? Sie mag ihn, er
ist ein wirklich lieber Kerl. Sie vertrauen sich, das ist unglaublich
viel wert. Aber verliebt ist sie nicht in ihn. Da gibt es kein Herz-
rasen, wenn sie an ihn denkt, keine Schmetterlinge im Bauch,
wenn sie ihn sieht. Mit 46 und einem teils heftigen halben Leben,
geht das da überhaupt noch? Sie weiß es einfach nicht. Sie muss
schon wieder zittern und weinen. Was ist nur mit ihr los? Von
der ganzen Liebe träumt sie. Und Markus kommt daher und sagt,
er finde sie attraktiv. Wo bleiben da der große Knall, die überwältigenden Gefühle, große leidenschaftliche Romantik, wilde
Küsse und besinnungsloses Begehren? Sie könnten zueinander-
passen, aber sie hat nur freundschaftliche Empfindungen für
ihn. Kann man Liebe erlernen und wie anstrengend würde das?
Völlig unromantische Arbeit? Sie hat sich in ihrem Leben schon
manches Mal in unmöglichen Situationen in unmögliche Typen
verguckt. Und mühsam wieder ent-liebt. Mit Kevin ist sie nur
knapp und bewusst daran vorbeigeschrappt. Ist ihr Markus schon
zu vertraut? Fehlt der Überraschungseffekt? Sie kennt ihn schon
längst in Badehose, wo bleibt da die Neugier, ihn zu erkunden?
Sein Bild taucht vor ihr auf. Wie er vom Startblock springt und
weit taucht, lachend in der Mitte des Beckens wieder auftaucht.
Sie anstrahlt. Also doch. Jenny hatte von Anfang an recht. Und
sie wollte es nicht glauben. Weil es nicht in ihre enge kleine Vor-
stellungswelt passte. Beim VHS-Kurs kennengelernt. Na super.

Astrid lacht. Wie irre das doch alles ist. Sie erzählt ihm vom Wellness-Wochenende und prompt gesteht er ihr sein Begehren. Deutet es zumindest verklausuliert an. Und nun? – Verlieren will sie ihn auf keinen Fall. Und er würde zur Not wohl auch alles lassen, wie es ist. Zumindest sagte er das. Solange er es denn aushält. Oder bis sie sich doch noch auf ihn einlässt, vielleicht irgendwann. Mann, ist das alles kompliziert! Sie wirft die Decke beiseite, springt auf und legt Musik auf, laut. Wild tanzt sie durch ihr Zimmer, es ist ja eh niemand da.

Später setzt sie sich hin, schreibt einfach alles hin, was ihr durch den Kopf geht. Wozu lernen sie im Kurs, ihre Bedürfnisse und Gefühle zu erkunden und wahrzunehmen? Zwischendurch kocht sie sich etwas, stellt die Waschmaschine an, bügelt. Das Einzige, was am Bügeln sinnvoll ist, sind die Gedanken, die dabei frei fließen können, während die Wäsche Stück für Stück geplättet in den Schrank zurückwandert. Sie muss mit ihm reden, in Ruhe. Sie muss wissen, wie es ihm geht, jetzt. Er wollte mit dem Bus zurück, allein. Ob er bereut, es ihr gesagt zu haben? Sie spürt Sehnsucht, würde sich am liebsten in seine starken Arme flüchten und alles würde gut. Wenn das mal so einfach wäre, ruft sie sich seufzend zur Ordnung. Was wohl Jenny tun würde, in ihrer jugendlichen Intuition? Fragen wird sie sie ganz bestimmt nicht, das geht sie nichts an und soll sie auch nicht belasten. Sie ist ihre Mutter und keine Busenfreundin. Und einfach mal ausprobieren? Wäre das nicht die spontane Reaktion? Aber es kann viel, alles kaputt machen, wenn es nicht funktioniert. Ist es ihr das wert? Sie schaudert zurück. Nein. Einfach so geht nicht, wenn man die großen Verluste des Lebens schon kennengelernt hat. Und verletzen will sie ihn auch nicht, mit ihm spielen, das hat er nicht verdient. Überhaupt nicht.

Jennifer simst, dass sie den letzten Bus verpasst hat und mit dem ersten Nachtexpress um halb elf kommt. Überrascht schaut Astrid auf die Uhr, sie hat gar nicht gemerkt, wie spät es schon ist. Ein seltsamer Tag. Morgen ruft sie ihn an. Vielleicht können sie sich am Dienstagabend treffen, da ist Jenny ohnehin lange beim Training. Sie sucht noch einmal Musik aus. Jetzt lieber etwas Ruhiges, zur Entspannung. Und ein klitzekleines bisschen romantisch. Sie kuschelt sich wieder in den Sessel, versucht ein wenig zu träumen.

Bis die Tochter nach Hause kommt. Der Schlüssel dreht sich im Schloss. „Hallooo!", flötet sie, unverkennbar gut gelaunt und entspannt. „Hallo Große!", rappelt Astrid sich auf. „Na, was habt ihr gemacht?" „Och, nix Besonderes", weicht Jennifer aus und wird etwas rot. „Wo wart ihr denn unterwegs?", fragt Astrid weiter. Ein bisschen mehr könnte sie schon rauslassen, wenn sie mehr als den halben Tag weg war. „Na, bei Tom, hatte ich doch gesagt." „Nervt seine Mutter nicht mehr so?" Jennifers Blick klebt auf dem Boden. „Nö, sie sind ja gar nicht da." „Ach so!" Astrid kann sich das Grinsen nicht ganz verkneifen. Aber die Tochter wagt noch nicht wieder aufzuschauen. „Dann hattet ihr quasi sturmfreie Bude?" „Hm." Jennys Blick fliegt kurz durch Astrids Gesicht. Sie muss ihr freundliches Lächeln registriert haben, wagt, sie jetzt doch wieder anzuschauen. „Das ist ja schön, dass ihr mal ganz in Ruhe Zeit füreinander hattet", meint Astrid. „Hm." Jenny steigt die Röte schon wieder in den Kopf. Sie gibt sich einen Ruck. „Wir hatten die Zeit völlig vergessen und da war der Bus halt weg." „Das macht doch nichts", lächelt Astrid. „Genießt es doch einfach. Solange ich weiß, wo du bist, muss ich mir ja keine Sorgen machen." Jennifer strahlt sie verlegen an. Dann fällt sie der Mutter spontan um den Hals. „Du weißt gar nicht, wie klasse es ist, dass du so entspannt bist!" Schnell lässt sie sie wieder los. „Danke für die Blumen." Astrid ist sichtlich überrascht. Und denkt nur für sich, dass man mit Verboten noch keine ungewollte Schwangerschaft verhindert hat. Das geht nur mit Verantwortungsbewusstsein der jungen Menschen. „Ich freue mich ja auch, wie sehr ich mich auf dich verlassen kann, Große. Geht es dir gut?" Jenny lacht übermütig „Und wie!" Sie tänzelt ein bisschen durch den Flur. „Er ist einfach so süß!", ruft sie aus und hält sich schnell die Hand vor den Mund. Sagt man so was seiner eigenen Mutter?, scheint ihre Geste zu verraten. Astrid lächelt nur stumm über ihren verliebten Überschwang. War sie auch mal so verknallt, damals in ihrem Alter? Sie weiß es nicht mehr so genau. In der Erinnerung verschieben sich die Gefühle oft. Vielleicht ja doch. Bestimmt. Seit Längerem halt nicht mehr. In ihrem Alter. Sie muss an Markus denken. „Schöne Grüße noch von Markus." Das hatte er zwar nicht mehr explizit gesagt, aber gemeint doch bestimmt. Und sie musste einfach seinen Namen aussprechen. „Ach ja, danke schön." Jennifer verschwindet im Bad.

Das Freizeichen tutet. Es knackt. „Ja bitte?" „Markus?" „Ja, hallo Astrid!" Die erst distanzierte Stimme ist plötzlich ganz warm. „Das ist ja schön, dich zu hören!" „Ja? Ich wollte dich fragen …", Astrid holt tief Luft, „… ob wir uns vielleicht schon am Dienstagabend zum Reden treffen könnten? So am Telefon mag ich nicht." Er zögert. „Ja natürlich können wir uns treffen, sehr gerne. Nur am Dienstag …" „Hast du da schon was anderes?" „Hm. Ich geh' dienstags und donnerstags zum Training." „Hm, ach so." Damit hatte sie nicht gerechnet, dachte, er würde noch immer jeden Abend, außer am Mittwoch halt, einsam in seinem Appartement hocken. „Dann bleibt ja nur der Mittwoch", stellt sie fest. „Sollen wir uns vorher verabreden?", schlägt er vor. „Joa. Das ginge. Wann denn?" „Vielleicht eine halbe Stunde vorher? Ich weiß nicht, ob ich es noch früher schaffe, auf der Arbeit ist zurzeit der Bär los." „Hm." „Wir könnten ja auch nach dem Kurs noch weiter reden, wenn es vorher nicht reichen sollte. – Wenn das nicht zu spät für dich wird, mit Jenny." „Hm, nö, das würde schon gehen, wenn sie Bescheid weiß. So vernünftig ist sie ja nun auch schon." „Wäre das okay für dich?" Er klingt plötzlich so besorgt, als habe er ein schlechtes Gewissen. „Ja doch, es ist okay. Auf einen Tag mehr oder weniger soll es nicht ankommen. Und … ich freu mich drauf." Das meint sie ganz ehrlich. Und hört sein Lächeln in der Stimme. „Ich auch, Astrid. Also bis Mittwoch." „Ja, bis Mittwoch."

Der Regen hatte ein Einsehen und pünktlich eine halbe Stunde vor ihrem Treffen aufgehört. Erste blaue Flecken am Himmel lassen erahnen, dass es doch Frühling ist. Statt sich in das nahe gelegene Café zu setzen, gehen sie spazieren. Die Bewegung tut ihnen gut und erleichtert die offenen Worte. Abseits der Straßen auf den Parkwegen greift Astrid wie selbstverständlich nach seiner

Hand. Sie will ihre Verbindung, und sie soll halten. Ob er das spürt, während sie, immer wieder nach Worten und Formulierungen suchend, versucht ihm zu erklären, dass sie ihn wirklich mag, ihr aber – noch? – die großen Gefühle fehlen? Sie hofft es einfach. Er hört ihr ganz aufmerksam zu, fragt ab und zu nach. Schließlich schweigt er nachdenklich. „Danke, Astrid. Ich bin so froh, dass du so offen bist." Er lächelt sie mit einer Spur Trauer in den Mundwinkeln an. Es tut ihr so leid. Aber was soll sie tun? „Meinst du …" Er bricht den Satz ab. Setzt nach einer Weile erneut an. „Glaubst du, deine Gefühle …", er holt tief Luft und wird nach langer Zeit wieder rot, „… für mich", seine Stimme wird leise, „könnten sich vielleicht noch weiter entwickeln?" Astrid bleibt stehen, schaut ihm ins Gesicht. „Das könnte sein. Aber ich weiß es nicht." Sie weicht ihm aus, kehrt dann wieder zu ihm zurück. Erklärt leise: „Es wäre schön, wenn es so käme. Aber ich kann es leider nicht erzwingen." „Nein, natürlich nicht." Sein Lächeln durchzieht eine kleine Spur Zuversicht. „Dürfte ich denn um dich werben? Oder würde dir das unangenehm oder lästig? Ginge das zu weit?" „Nein, wieso?", erwidert sie erfreut. „Nur Garantien gibt es natürlich nicht." „Nein." Er lächelt wieder warm und lädt sie in seine Arme ein. Glücklich folgt sie ihm und hält ihn fest, vergräbt die Nase an seiner Schulter. „Garantien gibt es im Leben nie. Aber Hoffnung umso mehr."

Es kommt ihr vor, als sei er fröhlicher, unbefangener denn je, vielleicht erleichtert, dass sie jetzt voneinander wirklich wissen. Sie planschen alberner als sonst durch das Becken, schwimmen um die Wette, nachdem er sie nicht zum Kopfsprung überreden konnte. Astrid muss sich anstrengen, um doch noch eine Armlänge vor ihm am Beckenrand anzuschlagen. „Hey, was trainierst du da denn dienstags und donnerstags, dass du so rasant aufgeholt hast?" Markus grinst so breit, dass es fast von einem Ohr zum anderen reicht. „Osteoporose-Prophylaxe", erklärt er bierernst, muss sich aber sichtlich das Lachen verkneifen. „Wie bitte? Hat dir das dein Hausarzt verschrieben? Und wieso bist du dann so schnell geworden?" Weiter grinsend zuckt er nur mit den Schultern und dreht zur nächsten Bahn ab. Astrid folgt ihm, sie paddeln brustschwimmend nebeneinander her. „Also, an deiner Technik kannst du noch was tun, wenn ich das mal so offen sagen darf. Aber gerade beim Kraulen lagst du offensichtlich gut im Wasser." Markus lacht. „Scheint so. Nur mit Kraft kann man mit dir auch nicht mithalten. Aber beim Brustschwimmen war ich noch nie gut. Hast du Lust es mir besser zu zeigen?" Gespielt böse erwidert sie: „Ach ja? Damit du mich da auch noch abhängst, was?" Sie lachen gemeinsam. „Klar, wenn du willst. Müssten wir uns aber ein Schwimmbrett vom Bademeister holen." „Echt, mit Brett?" Markus guckt skeptisch. „Klar, wie willst du sonst den korrekten Armzug und Beinschlag trainieren?" „Ich weiß gar nicht, ob ich das dann tatsächlich noch will." Astrid lächelt. „Wie du willst. Ohne Fleiß kein Preis." „Schon klar, du Trainerin. Heute nicht mehr. Vielleicht später."

Zufällig treffen sie sich nach dem Duschen bei den Schränken wieder. Sonst war meistens einer von ihnen eher da, beim Föhnen am großen Spiegel sahen sie sich immer wieder. Markus hat das große Duschtuch über die Schultern gelegt, er lächelt sie erfreut an. Ihre Schränke liegen nah beieinander, sie holen ihre Sachen, Astrid schaut sich nach einer Kabine um. Die Tür zur Familienumkleide steht offen. Eine Idee fliegt ihr durch den Kopf, völlig spontan. „Kommst du mit?", dreht sie sich zu Markus um und deutet auf die große Kabine. Er braucht einen Moment, bis er versteht, zögert vielleicht eine Sekunde, dann schaut er ihr in die Augen. „Mit dir doch immer." Jetzt wird Astrid rot. War das dumm, verspricht er sich schon etwas? Stumm bringen sie ihre Bügel und Schuhe, Taschen und Handtücher hinein, Astrid verschließt die Tür. „Und nun?", fragt er leise. Astrid schluckt. „Ich dachte nur … du könntest mich ganz anschauen, auch ohne Badeanzug. Nicht, dass du dir falsche Vorstellungen machst." Er lächelt vorsichtig. „Glaubst du, es gibt etwas Abschreckendes an dir, was ich nicht sehe oder weiß?" Astrids Gesicht glüht. „Ich weiß nicht." Sie strafft sich etwas. „Ich bin ja halbwegs mit mir zufrieden. Aber was attraktiv ist, liegt im Auge des Betrachters." Markus lächelt weich. „Natürlich. Und deshalb mach dir bitte keine Sorgen." Sie atmet mehrmals durch, hängt dann ihr Handtuch auf einen Haken und schiebt die Träger von den Schultern. Sie zieht die Arme heraus und streift den Badeanzug bis zur Taille herunter. Markus lächelt sie weiter freundlich und ermutigend an. Astrid hebt die Arme, damit er die Narben sehen kann, unter der neuen Brust. Er schaut es sich kurz an, dann ist sein Blick wieder in ihrem Gesicht. „Du bist schön, Astrid, bitte glaube es mir", sagt er leise. Sie lächelt vorsichtig. Dann langt sie nach ihrem Handtuch und fängt an sich abzutrocknen. Markus dreht sich um und hängt seines auf. Astrids Blick bleibt auf seinem Rücken, den sichtbar trainierteren Schultern hängen. Er dreht sich langsam zu ihr um. Zeigt sich ihr aufrecht, glatt rasiert und überraschend muskulös. Anerkennend hebt sie die Augenbrauen. „Deine Osteoporose-Prophylaxe hat ja kräftige Auswirkungen", lächelt sie mit freundlichem Spott. „Und seit wann bist du so glatt? Letzte Woche doch noch nicht, oder?", will sie wissen. Markus lässt den eingezogenen Bauch wieder los. „Hab ich letzten Sonntag mal probiert. In der Mucki-Bude war ich eh' die Ausnahme, mit meinem Fell." „Lässt dich irgendwie jünger wirken. Und dein Training war mir auch noch nicht so aufgefallen", meint Astrid. „Das hab ich schon mal wo gehört", grinst er. „War auch beabsichtigt", gibt er zu. „Auch wenn es nicht für 21 reicht." Astrid lacht leise. „Hat dich das so beeindruckt, mit Kevin?" „Na klar, was denkst denn du?", erklärt er offen. Er schaut sie direkt an, hält ihren Blick. „Das Privileg der Jugend sind spontane Eroberungen. Ich hab's nicht mehr, kann nur mit Erfahrung dienen. – Falls die denn gefragt ist." Astrid spürt, wie ihr langsam die Hitze in den Kopf steigt, die Wangen rötet und glühen lässt. Was soll sie darauf sagen? Und er strengt sich echt an. Mucki-Bude! Sie hasst diese leblosen Maschinen und er gibt sich sogar zweimal in der Woche mit ihnen ab. „Wenn, dann will ich ja auch nicht nur eine Nacht", sagt sie leise. „Da zählt anderes." Der Funken Hoffnung glüht in seinen Augen auf. Sie streckt die Hand aus. Ihr Finger streift ganz sacht von der Kuhle unter seinem Halsansatz über das Brustbein bis zum Bauchnabel. Sein Blick hält sie fest. Nur die Augen werden etwas schmal, die Mundwinkel rühren sich ungläubig. Hart recken sich seine Nippel auf. Sie nimmt es wahr und bedauert still ihren Verlust. Da ist nur eine Tätowierung auf der gedehnten und aufgepolsterten Haut. Ganz vorsichtig zieht er sie in seine Arme. Sie gibt ihm nach. Haut auf Haut. Sein hämmerndes Herz. Diese Wärme, so lange vermisst. Ein kleiner Seufzer entwischt ihr. Sie spürt seine Anspannung in den Händen, die auf ihrem bloßen Rücken liegen, warm und sicher, und endlich wagen sie vorsichtig zu streicheln. Ihr Kopf liegt auf seiner Schulter, sie hat die Augen geschlossen. Lässt die Finger seinen Nacken kitzeln und kraulen. Seine Erektion wächst neben ihrer Leiste. Er schluchzt einmal kurz auf, dann nimmt er sein Becken zurück, löst sich sacht aus der Umarmung. Als sie sich anschauen, steht ihm die Sehnsucht übermächtig ins Gesicht geschrieben. „Es tut mir so leid", flüstert sie. „Nein, das soll es nicht", gibt er rau zurück. „Du schenkst mir die Hoffnung, und das ist viel." „Aber wie lange kannst du das ertragen?", fragt sie, ohne eine Antwort zu erwarten. Er seufzt. „Das weiß ich nicht. Ich hoffe so lange, bis du mich doch noch erhörst." Sie lächelt etwas gequält. Dann strafft sie sich. „Das hoffe ich auch." „Dann sind wir uns zumindest darin schon einmal einig", stellt er nüchtern fest.

Mal wieder ein wenig ratlos stehen sie voreinander. „Wir sollten uns mal fertig machen", stellt Astrid fest. „Hm." Sein Blick liebkost ihren halb entblößten Körper und folgt ihren Händen, während sie sich aus dem feuchten Badeanzug pellt. Dann wendet er sich halb ab, legt das Badetuch wieder über die Schultern, rubbelt kurz die Haare durch. Als er sich vor ihr auszieht, lässt er sie nur seine erstaunlich muskulöse Kehrseite sehen. Da er es nicht bemerken kann, betrachtet sie eingehender seine kräftigen Radfahrerschenkel. Wann wollen sie eigentlich die Tour machen und wohin? Wortlos trocknen sie sich ab und kleiden sich an. Erst vor dem Spiegel finden sie ihre Sprache wieder. „Die Radtour?", erwidert Markus auf ihre Frage. „Bisher war das Wetter so unbeständig, es soll ja auch Spaß machen. Oder fährst du gerne im Regen?" Die Frage klingt ernst gemeint. „Nein, nicht wirklich. Wasserscheu bin ich zwar nicht, wie du weißt, aber von oben muss es nun nicht unbedingt sein." „Dann lass uns einfach den Wetterbericht im Auge behalten, und wenn es für ein Wochenende gut aussieht, können wir uns ja spontan verabreden. Die Samstage sind doch ohnehin schon reserviert, oder?“ „Ist gut“, stimmt sie zu. „Nur am übernächsten Wochenende, dem langen mit Brückentag, bin ich nicht da. Wir Freundinnen sind mal wieder unterwegs.“ „Wieder zum Wellness?“, will Markus prompt wissen. „Nee, nicht wirklich. Nach Paris geht es. Hoffentlich haben wir auch halbwegs Wetter. So romantisch der Mai an der Seine sein kann, so nass ist er ja auch manches Mal“, erzählt Astrid. „Romantisch? Kommen die Männer oder Freunde der anderen mit?“, forscht er nach. Astrid lacht. „Nein, es bleibt ein Weiber-Wochenende. – Aber das kann doch trotzdem romantisch sein. Träumst du nie mal so in den Tag hinein?“ Markus wird ein wenig rot. „Doch, manchmal schon. Aber träumen allein macht ja auch nicht glücklich.“ Astrid zuckt innerlich zusammen. Mist. Sie will ihn doch nicht dauernd verletzen. Aber er lächelt wieder entspannt, packt seine Sachen ein. „Frühstück?“, fragt er. „Ja, bitte!“

Paris

„Markus?" Die junge Stimme am anderen Ende der Leitung kommt ihm irgendwie bekannt vor, aber er kann sie nicht einordnen. „Ja. Wer ist denn da?" „Jenny!" „Ach hallo, Jenny!", freut er sich. „Ich wusste doch, dass ich die Stimme irgendwoher kenne." Sie lacht. „Sag mal, Mama ist ja dieses Wochenende weg. Kommst du trotzdem am Samstag zum Frühstück? Oder hast du was anderes vor?" „Äh", macht Markus verblüfft. „Nein, was anderes habe ich nicht vor. Also, klar, wieso denn nicht?" „Schön! Dann frühstücken wir beide nicht alleine." „Bist du denn nicht bei deiner Oma? Astrid hatte es so erzählt." „Ja, schon, heute und morgen Vormittag auch noch. Aber ich hab nicht so viel Lust, die ganze Zeit hier zu hocken. Und Mama sagte schon vorhin am Telefon, dass es okay wäre, falls du kommen wolltest. Sie wollte nur dafür sorgen, dass ich bei Oma auch was zu essen kriege und nicht vereinsame." „Besteht da eine Gefahr, dass du vereinsamst?", foppt Markus sie. Er wusste von Astrid von ihrem Freund Tom. „Nö, nicht wirklich." „Sonst kannst du dir ja auch Besuch einladen. Solange es keine Riesenparty wird", schlägt Markus vor. Sie kichert. „Naja. Freitag übernachte ich bei meiner Freundin und Samstag … mal sehen." „Wann soll ich denn dann kommen? Um die gleiche Zeit oder etwas früher?" „Gehst du nicht vorher schwimmen?" Markus grinst in sich hinein. Das tut er schließlich nur Astrid zuliebe. Aber das kann er ja schlecht ihrer Tochter auf die Nase binden. Die eh schon den richtigen Riecher hatte. Im Gegensatz zur Mutter. „Das hatte ich nicht vor", antwortet er daher. „Hm." Jenny überlegt. „Naja, so zehn Uhr passt doch ganz gut, oder?" „Klar, ich bring dann Brötchen mit. Du isst lieber Sesam als Mohn, oder?" „Stimmt", grinst Jenny hörbar. „Mohn will immer Mama lieber." „Hat sie den Wagen mit? Oder könnte ich wohl vor der Garage parken?" „Nee, der Wagen steht drin, aber davor stellen kannst du deinen natürlich." „Sehr gut, das spart mir eine elende

Sucherei. Oder ich müsste Bus fahren." „Nee, geht doch. Also bis Samstag?" „Ja, klar, bis Samstag. Und vielen Dank für die Einladung!" „Ach was!", wehrt sie ab. „Ist doch schon Tradition, dazu brauchst du doch gar keine Einladung."

„Ich bin noch gar nicht ganz fertig!", klagt Jennifer, als sie Markus die Tür öffnet. „Guten Morgen, Jenny." „Äh, ja, 'tschuldigung, guten Morgen!" „Das macht doch nichts, ich bin ja auch mal wieder zu früh. Sozusagen nach vorne unpünktlich. Aber ich hatte keine Lust im Auto zu warten, bis es zehn wird." Sie lacht. „Das macht doch nichts." Markus fischt seine Gästepantoffel aus dem Schuhschrank, nachdem er die Jacke aufgehängt hat. Ein liebevoll gedeckter Tisch erwartet ihn. Und wieder hat sie das gute Geschirr genommen, eine Kerze hingestellt und sogar zwei Blümchen in einer Vase. „Wow!", lobt Markus das Arrangement. „In einem Café mit der Ausstattung würde der Kaffee aber 2,60 Euro pro Tasse kosten. Und das Brötchen 3,60 Euro." „Dafür musst du hier selber schmieren und die Eier sind auch noch nicht gar", wiegelt Jenny ab. Markus langt nach dem Korb und füllt die Brötchen hinein. Er hat auch zwei Croissants mitgebracht. „Magst du so was?", will er von ihr wissen. „Hm! Ja klar! Ha, wenn Mama in Paris ist, essen wir wenigstens Croissants zum Frühstück." Markus lacht. So ähnlich hatte er es sich auch gedacht. „Was machen die Freundinnen denn so in Paris? Du hast doch sicher mit Astrid gesprochen, oder?" Jenny holt aus und erzählt ausführlich von der gesamten Anreise, den Staus und dem abendlichen Varieté-Besuch. „Gestern waren sie auf dem Eiffelturm und bummeln, heute wollten sie eine Stadtrundfahrt mit dem Bus machen, zu Notre Dame und heute Abend in die Oper. Ja, und morgen kommen sie ja auch schon wieder zurück. Mama sagte, sie wollten doch schon nach dem Frühstück und nicht erst mittags fahren, damit sie nicht wieder so heftig in die Staus geraten." „Wo wohnen sie denn, haben sie ein Hotel?" „Nein, eine Ferienwohnung und wohl total zentral auf Montmartre. Die Ausstattung ist wohl doch etwas spartanisch, sagte Mama, aber die Lage wäre genial. Abends gehen sie einfach noch mal vor die Tür und trinken noch wo was. Das Wetter ist wohl noch besser als hier. Sie schwärmte von der

Frühlingsluft und alles blüht – muss wirklich schön sein." Jenny seufzt ein bisschen. „Du kommst bestimmt auch noch mal nach Paris", tröstet Markus sie freundlich. „Warst du schon mal da?", will sie neugierig wissen. „Ja, ist aber schon lange her. Da war ich mit meiner jetzigen Ex-Frau noch ziemlich glücklich verheiratet, und wir sind zusammen mit einem befreundeten Ehepaar gefahren. Sie ist Halbfranzösin und kennt sich richtig gut aus, hat die Unterkunft besorgt, Tische in wunderbaren Restaurants reserviert, die noch in keinem Reiseführer standen. – Ja, Paris kann sehr schön sein." Jenny schiebt ihren Teller beiseite und fischt mehrere zusammengeheftete Zettel aus dem Regal. „Das hier ist das geplante Programm", zeigt sie Markus den Plan. „Am Donnerstagnachmittag mussten sie etwas streichen, weil es so spät geworden war. Ich glaub, deshalb machen sie jetzt …", Jenny schaut auf die Uhr, „… stimmt, genau jetzt sitzen sie im Bus und machen ihre Stadtrundfahrt. Da kommen sie auch nach ‚La Défense‘ oder wie das heißt, ist so ein ultramodernes Business-Viertel." Markus liest den Plan, den Jenny ihm überlassen hat. Ein sonniges Mai-Wochenende in Paris, das hat schon was … Gedankenverloren versinkt er in den Erinnerungen. Damals. So lange her und lange vorbei. Er seufzt. In der Oper sind sie heute Abend. Danach scheint nichts mehr geplant zu sein. Außer noch was trinken gehen oder so, wahrscheinlich. Ein Gedanke, eine Idee schleicht sich von hinten an. Er will sie noch wegschieben, aber sie krallt sich hinter seiner Stirn fest. Das Freundinnenwochenende klingt doch heute Abend aus. Da könnte er doch … wie weit ist das mit dem Auto, drei Stunden? Oder vier bis fünf? „Was schätzt Astrid denn, wie lange sie morgen für die Rückfahrt brauchen werden?", will er möglichst unverfänglich von Jenny wissen. Und prompt riecht sie Lunte. Woher hat sie diesen Instinkt? „Wieso willst du das wissen? Willst du Mama überraschen?" Markus spürt, wie er mal wieder errötet. „Hm, vielleicht, weiß noch nicht." Jennifer blitzt ihn an. „Also gestern Abend meinte sie, sie rechnet am Sonntag mit rund fünf Stunden, inklusive Pause. Und los wollten sie nach dem Frühstück, also wohl so gegen zehn Uhr." „Aha. – Wo ist diese Ferienwohnung denn eigentlich, du sagtest auf Montmartre?“ „Ja, warte, Mama hat nämlich ihren Reiseführer vergessen und da ist ein Plan drin, auf dem sie es eingetragen hat.“ Sie blättert eifrig, dann reicht sie ihm die aufgeschlagene Seite. Markus versucht fieberhaft, sich die Lage einzuprägen. Aber ein fotografisches Gedächtnis besaß er noch nie. Er blättert durch den Reiseführer. „Meinst du, ich könnte den mal ausleihen? Dann kann ich wenigstens ein bisschen mitreden, wenn sie morgen wieder kommt.“ Jennifer kichert. „Mach doch. Und du kannst ja jetzt selbst abschätzen, wann du ihn ihr zurückbringen könntest.“ Markus grinst sie verschwörerisch an und zwinkert. Sie hat sichtlich Spaß an dieser kleinen Verabredung.

Gegen halb zwölf verabschiedet er sich. Der Gedanke lässt ihn nicht los. Zuhause wirft er den Rechner an. Der Routenplaner meint, er brauche rund viereinhalb Stunden, natürlich ohne Pause. Wie lang geht die Vorstellung in der Oper? Er sucht und findet, flucht über sein verschüttetes Schulfranzösisch, aber „leo.org“ hilft wie so oft mit dem Nötigsten weiter. Er wird es tun. Er braucht ein Zimmer. Einen Moment ringt er mit sich, dann sucht er Evelyns Telefon-Nummer aus seinem Handy-Speicher heraus. Sie ist da, völlig überrascht von seinem Anruf und freut sich deutlich hörbar. „Paris?“, fragt sie. „Machst du eine Städtetour?“ Er erklärt kurz, dass er nur jemanden überraschen möchte und morgen zurückkomme. „Aha“, macht sie nur. Dann grübelt sie und nennt ihm zwei Hotels. „Ob die im Internet buchbar sind, weiß ich nicht. Das eine ist eher eine recht privat geführte Pension, das andere ein sehr gutes mittelgroßes Hotel mit Business-Standard. Ist auch entsprechend hochpreisig. Wenn du nicht zurechtkommst, melde dich gerne noch mal.“ Markus bedankt sich ganz herzlich und legt auf. Wieso hat er nicht schon längst wieder die alten Freunde angerufen? Sie sind alle erwachsen und können zwischen Inga und ihm unterscheiden. Er hatte sich ja mit keiner und keinem von ihnen verkracht. Nur jetzt drei Jahre nicht mehr gemeldet. Er wird sie mal nach und nach alle wieder anrufen – und je nach ihrer Reaktion zu seinem Geburtstag einladen. Er hatte doch gute Freunde und er will sie auch wieder zurück – wenn sie noch mögen.

Das Vier-Sterne-Hotel ist schnell im Internet gefunden und gebucht. Als er auf „Doppelzimmer" klickt, hämmert sein Herz. Ist er gerade dabei, sich gnadenlos zu blamieren? Der geliebten und begehrten Frau hinterher zu reisen ohne jegliche Garantie, dass sie ihn erhört? Er reißt sich zusammen. Wer nicht wagt, der nicht gewinnt. Was soll er stattdessen heute Abend nur wieder allein hier vor dem Fernseher hocken? Dann hat er es wenigstens versucht. Und sauer wird sie schon nicht sein, so oder so.

Er steht vor dem Kleiderschrank und wühlt sich durch seine Schätze. Die Büro- und Sportsachen hat er beiseitegeschoben, heute Abend geht es um etwas ganz anderes. Das weiße, herrlich lässige Seidenhemd. Die einst heiß geliebte schwarze Lederjacke – wie lange schlummert die eigentlich schon hier? Die schwarze Jeans. Die war mal zu eng geworden, er probiert sie an. Wow, sie sitzt wieder perfekt, das Training und die Disziplin in der Kantine scheinen sich ja schon zu lohnen. Stolz betrachtet er sich im Spiegel. 21 ist er lange nicht mehr, aber ganz ansehnlich ja doch noch. Er zieht auch das Hemd an, die Jacke darüber. Kaum zu glauben, dass er so aussehen kann. Er wühlt noch in seiner Schublade. Tuch oder Schal? Kurzerhand nimmt er beides mit zum Bett, wo schon die Wechselwäsche, Socken, Schlappen, Shirt für morgen und der Kulturbeutel liegen. Für die Fahrt braucht er noch ein anderes Hemd, die Seide zerknautscht sonst und er schwitzt sie schon voll. Nachdenklich betrachtet er den offenen Kulturbeutel. Duschseife, Shampoo, Deo, Zahnbürste und Zahncreme, Nageletui, Rasierer. Zögernd öffnet er die Schublade seines Nachtschränkchens. Die Kondompackung ist noch ungeöffnet. Er steckt sie ein. Wozu sonst tut er das alles? Ein Schauer durchläuft ihn. Astrid. Völlig unerwartet hat sie ihn voll erwischt. Konnte es erst selbst nicht glauben, in seinem Alter. In der Volkshochschule! Aber man kennt ja die Symptome. Und es ließ nicht nach, ganz im Gegenteil. Je mehr er von ihr erfuhr, desto mehr sehnte er sich nach ihr. Und sie weiß es ja auch endlich. Er hatte so gehofft, dass sie sich in seine Arme wirft, sich ihm ganz ergibt, ihn genauso will, wie er sie. Deshalb hatte er es überhaupt gewagt. Und doch verloren. Geheult hatte er, wie ein kleiner Junge, war am Donnerstag danach nicht mal zum Training gegangen. Dabei hatte ihm das schon bei manchem Frust geholfen, sich auszupowern, die Endorphine durch blanke Anstrengung in den Körper zu spülen. Er war zu schwach, sich überhaupt aufzuraffen. Bis zum Samstag gelang es ihm, sich einfach darauf zu freuen, sie wieder zu sehen. Und dann nimmt sie ihn mit in die große Kabine. Zeigt sich ihm nackt. Erkennt sein Training, sein Bemühen, endlich. Er hätte sie auf der Stelle …

Und jetzt fährt er nach Paris. Einfach so, nur ihretwegen. Apropos, das ist im Ausland, kann sein Navi das denn überhaupt? Er lässt alles stehen, eilt zu seinem Auto und gibt die Hotel-Adresse ein. Keine Reaktion. Dann verkündet Else, er möge bitte das Europa-Update verwenden. Scheiße. Was nun? In Gedanken geht er alle Möglichkeiten durch. Um diese Zeit in die Stadt zum Saturn? Kostet ihn mindestens eineinhalb Stunden. Er ruft Sammy an. Im Studio prahlt er immer mit seinen Wochenendtrips durch halb Europa. Der wird doch was Passendes haben. Wenn er denn hier ist und nicht in Genf, Mailand oder Kopenhagen. Juchhu! Er ist da und zu Hause und hat auch Paris im TomTom. Eine halbe Stunde später klebt das Gerät an der Windschutzscheibe von Markus' vollgetanktem Golf. Eilig packt er seine Sachen endlich zusammen, legt noch eine Wasserflasche in den Verpflegungsrucksack, in dem schon Astrids Reiseführer und die ausgedruckten Hotelunterlagen stecken. Los geht's.

Müde von der langen Fahrt, aber irgendwie aufgekratzt, schließt er sein Zimmer auf. Zufrieden schaut er sich um. Etwas schmal, das Bett, für ein Doppelzimmer, französische Breite halt. Und nur eine Decke. Na, für ihn wird es schon reichen, ruft er sich zur Ordnung. Er packt seine Sachen aus, hängt Hemd und Lederjacke auf. Halb acht. Er könnte ja auch noch selbst in die Oper gehen, sie fängt um acht Uhr an. Aber ob es überhaupt noch Karten gibt? Er blättert kurz im Reiseführer, sucht eigentlich die Adresse und betrachtet die Fotos des prachtvollen Gebäudes. Da wären Jeans vielleicht nicht so passend. Okay, in gut zwei Stunden steht er dort am Eingang, so ist der Plan. Das Handy ist aufgeladen und laut Jenny ist Astrids auch dauernd erreichbar. Also wird er erst zum Vorstellungsschluss simsen oder anrufen. Hoffentlich geht das gut. Er ist aufgeregt wie vor einem großen Abenteuer. Aber was könnte passieren? Sie verpassen sich. Sie geht nicht ans Telefon. Sie haben doch noch etwas anderes vor. Na und? Dann geht er allein in das von Evelyn empfohlene Lokal, schläft allein in seinem französischen Bett, genießt das Frühstücksbuffet und fährt wieder nach Hause. Andere machen so was ständig am Wochenende. Nun gut, nicht gerade allein. Aber wer weiß schon davon und würde fragen? Außer Evelyn und Sammy niemand. Langsam beruhigt sich sein Puls. Er holt den Wecker aus der Tasche, stellt ihn und streckt sich auf dem Bett aus. Eine wirklich gute Matratze, denkt er noch, ehe er einschlummert.

„Gib mir mal deinen Chip, ich hol die Sachen schon." Anne streckt Astrid die Hand auffordernd hin. Die ist mit ihrem Handy beschäftigt. Noch während des Schlussapplauses hatte es durchdringend in ihrer Tasche gebrummt. Zwei neue Nachrichten. Ein verpasster Anruf, eine SMS. „Äh, ja, danke, Moment." Astrid kramt im Portemonnaie nach ihrer Garderobenmünze und gibt sie Anne. Lydia und Tina stehen schon in der Traube vor den Ausgabetheken. Astrid geht ein Stück beiseite, aus dem munteren Trubel hinaus. Was Jenny wohl will? Außer ihr weiß ja niemand, dass gerade jetzt die Oper zu Ende geht. Sie hört die Box ab. Perplex hört sie Markus' Stimme. Ob sie ihn wohl bitte sofort mobil zurückrufen könne? Was hat er nur? Dann die SMS. Auch von Markus, mit der Bitte um Rückruf. Die Freundinnen sind in die erste Reihe vor der Garderobe vorgedrungen. Astrid drückt auf Rückruf. Er ist sofort dran. „Hallo Astrid! Danke, dass du dich sofort meldest!" „Keine Ursache, was kann ich denn so Dringendes für dich tun? Du weißt, dass ich noch in Paris bin?" „Natürlich, du wirst gerade wahrscheinlich in irgendeinem Treppenhaus oder Gang der Oper stehen, deine Freundinnen holen schon mal die Jacken oder ihr habt sie schon und ihr werdet in wenigen Minuten die Treppe des Hauptportals herunter kommen." Astrid ist völlig verblüfft. „Woher weißt du das?" Markus lacht nur leise. „Ich steh an der Treppe links, wenn ihr heraus kommt. Ich wollte nur vermeiden, dass wir uns verpassen." „Du machst Scherze!", meint

Astrid fassungslos. Anne bleibt mit den Jacken in zwei Meter Entfernung stehen. Sie kann nicht einschätzen, was gerade los ist. Ob mit Jenny irgendetwas ist? Nicht, dass sie gleich schon alles zusammenraffen und losfahren müssen? – „Vielleicht – vielleicht auch nicht“, foppt Markus sie und legt auf. „Aber …“ Der Tut-Ton lässt Astrid ihr Handy ratlos anschauen. „Was ist los? Ist was mit Jenny?“, will Anne wissen. „Wie?“ Astrid nimmt sie erst jetzt wahr. „Nein. Markus rief an. Er wusste, dass wir hier sind, und behauptete, er warte an der Ausgangstreppe auf uns.“ „Echt???“ Anne guckt sie ungläubig an. „Ich weiß nicht. Aber warum sollte er solche Scherze machen?“ „Natürlich macht er keine Scherze mit dir. Mann, er ist dir nachgereist, will dich überraschen! Dein Verehrer meint es wirklich ernst.“ „Sag nicht Verehrer, er ist ein Freund. Das klingt so abschätzig.“ „Ist aber nicht so gemeint.“ „Okay“, brummelt Astrid, streift den Sommermantel über das große Abendkleid, betrachtet sich kritisch im Spiegel und zieht ihn wieder aus. „Soll ich ihn nehmen?“, bietet Anne an. „Hm? Nee, geht schon, danke.“ „Was hat sie denn?“, will Lydia von Anne wissen. „Markus rief an, er wartet an der Treppe des Hauptportals auf sie.“ „Wie bitte?“ Anne wiederholt geduldig den Satz. „Ja, hab ich gehört“, unterbricht Lydia Anne. „Aber wieso ist er hier?“ „Wieso wohl?“, gibt Anne mit einem bedeutungsschweren Blick in Astrids Richtung zurück. „Echt?“, fragt Lydia leiser. „Was denn sonst?“ Tina hat nun auch mitgekriegt, was los ist. Astrid geht schweigsam vor ihnen her.

Am großen Portal bleibt sie auf der obersten Stufe stehen und schaut sich suchend um, auf der linken Seite. Es ist noch viel Gewimmel, der Abend ist mild, die Menschen stehen zusammen und tratschen, ehe sie sich dazu bequemen, ihrer Wege zu gehen. Da ist er tatsächlich! Ihr Herz macht einen Satz. Was tut er nur! Für sie! Langsam geht sie die Treppe hinab, versucht, so elegant wie möglich in den ungewohnten neuen Schuhen über die Stufen zu schreiten, ohne nur nach unten zu gucken. Jetzt hat er sie erkannt und hebt die Hand, damit sie ihn auch sieht. Ist er das wirklich? Dieser charmant lächelnde, gut aussehende und so lässig chic gekleidete Bursche, ihr Markus? Sie bekommt Herzklopfen. Jetzt sehen die Freundinnen ihn auch. Sie werden glauben, sie habe ihn schlecht machen wollen, als sie ihn als lieben, aber etwas langweiligen Jeans-und-Pulli-Träger beschrieb. Er strahlt sie an. Sie sieht nur noch seine braunen Augen blitzen. Bleibt vor ihm stehen. „Bonsoir, Madame", begrüßt er sie und küsst ganz französisch rechts und links neben ihr Gesicht in die Luft. Sie muss lachen. Das ist so verrückt! Mitten in Paris, im Mai, an diesem lauen Abend zieht er alle Register und überwältigt sie hemmungslos. Sie könnte heulen vor Glück, ihr stehen die Tränen in den Augen, als sich ihre Blicke wieder treffen. Begreift er schon, was gerade passiert? „Hallo Süßer", sagt sie leise. Ungläubig-fragend reißt er die Augen auf. Sie strahlt ihn an. Und zieht ihn dann mit dem freien Arm – der andere hält Mantel und Tasche, sie hätte doch auf Anne hören sollen – an sich heran. Gerne gibt er ihr nach. Sie flüstert: „Was auch immer du erreichen wolltest, ich glaube, es gelingt dir gerade." Impulsiv drückt er sie fest an sich. Ein Laut entwischt seinen Lippen. Dann schaut er sie wieder an, mit verdächtig glänzenden Augen. „Sag, dass das wahr ist", raunt er mit rauer Stimme. Sie kichert leise. „Doch, ich glaub schon. So … hab ich dich noch nie gesehen." „Darf ich dich denn heute Abend entführen? Oder sind dann die Freundinnen sauer?" Astrid lächelt. „Ich glaub nicht. Und natürlich darfst du. – Hast du denn ein Zimmer für heute Nacht?" „Aber natürlich!", strahlt er sie an. „In unserem Alter fährt man nicht mehr ganz ohne Planung los – wie man es vielleicht noch mit 21 getan hätte." Astrid lacht über seine Anspielung. Dann dreht sie sich um. Die Freundinnen sind in respektvollem Abstand stehen geblieben. „Ich sollte euch wenigstens mal einander vorstellen, ehe ich mich entführen lasse", meint sie fröhlich. Sie greift nach Markus' Hand. „Komm mit, sie beißen nicht." Er wird etwas verlegen, doch dann begrüßt er sie formvollendet mit einem „Bonsoir Mesdames!" und einem gehauchten Handkuss für jede. Die Freundinnen in großer Abendrobe – genau wie Astrid – sind überrascht von der Galanterie und mustern ihn unverhohlen wohlwollend. Astrid nennt die Namen, sie schütteln sich lächelnd die Hände, doch dann drängt Anne, nun zur Wohnung zurückzukehren, sie wollten doch noch ein wenig flanieren gehen, wenn sie sich umgezogen hätten. Sie verabschieden sich freundlich und verschwinden in einem Taxi. „Willst du dich auch noch umziehen?", fragt Markus vorsichtig. Astrid überlegt kurz. Sie fühlt sich so übermütig und frei wie noch nie. „Ach was! Also, wenn du mich so mitnehmen magst", schränkt sie sofort wieder ein. Er lacht. „Du siehst umwerfend aus! Ich hätte dich fast nicht erkannt. Was hast du mit deinen Haaren gemacht?" Zärtlich zupft er an den gelockten Strähnen, die sich aus der Hochsteckfrisur ringeln. Astrid schmunzelt. „Das war Tina. Ich kann das so gar nicht." Vorsichtig legt er ihr den Arm um die Taille, nimmt ihr Mantel und Tasche ab. Sie schmiegt sich an ihn, er passt seinen Schritt an ihren an, steuert die wieder nachgerückten Taxis an.

„Und wohin geht es nun?", will Astrid neugierig wissen, während sie ihre Rockschöße sortiert. „Lass' dich überraschen …", erwidert Markus nur und nennt dem Fahrer den Namen des Lokals und die Straße. Der Fahrer gibt Gas, ehe sie sich auch nur richtig angeschnallt haben, aber das gelingt bei dem harten Stopp an der nächsten roten Ampel. Nach einer rasanten Fahrt hält der Wagen in einer kleinen Nebenstraße. „Voilà!", verkündet der Fahrer und Markus reicht ihm die auf dem Taxameter angezeigten Euros, zusammen mit einem satten Trinkgeld. „Warst du so froh, dass wir heile angekommen sind?", frotzelt Astrid, als sie auf dem Gehsteig stehen. „Meinst du wegen des Trinkgeldes?" „Genau. Bei dem Fahrstil hätte ich ihm höchstens die zwanzig Cent bis zum nächsten Euro gegeben." „In Deutschland schon. Evelyn erzählte aber mal, dass viele sehr schlecht bezahlt werden und eigentlich nur mit dem Trinkgeld einigermaßen ihre Familien versorgen können. Deshalb. Zum Fahrstil sind wir einer Meinung." „Wer ist denn Evelyn?", will Astrid neugierig wissen. Markus lächelt. „Eine gute Freundin aus alten Zeiten. Ich hab sie heute Mittag nach drei Jahren zum ersten Mal wieder angerufen. Sie hat sich sehr gefreut und mir das Hotel und dieses Lokal empfohlen. Sie ist Halbfranzösin, alle Nase lang in Paris und kennt sich hier entsprechend gut aus." „Schön!", meint Astrid anerkennend. Er sorgt wieder für sich. Kein Vergleich mit dem weinerlichen Bekenntnis aus der ersten Kursstunde zu seiner Einsamkeit vor dem Fernseher. Er lächelt. „Dann lass uns mal rein gehen. Bisher hat Evelyn mich noch nie enttäuscht."

In dem halbdunklen Gastraum sitzen in warmen Lichtinseln an dezent voneinander abgeteilten Tischen kleine Gruppen und Paare. Eine sofort sympathisch-freundliche Stimmung umfängt sie. Sie schauen sich einen Moment um. Dann kommt eine Servierkraft auf sie zu. „Vous avez reservé un table?" Astrid schaut ihn fragend an. „Eh, non", stammelt Markus und es wird ihm ganz heiß. „Oh, well", verfällt die Dame ins Englische (woran hat sie so schnell gemerkt, dass sie Ausländer sind?), „please follow me." Sie schreitet vor ihnen her, drückt eine Glastür zu einem Innenhof auf. „Would you like to sit down here? I think it is still warm enough and we can bring pillows and … eh …" Sie sucht nach Worten. „Ça va bien", lächelt Astrid sie an. „Merci beaucoup." Erleichtert nimmt Markus auf dem erstaunlich bequemen Gartenlehnstuhl Platz, nachdem er Astrid ihren herangerückt hat. Sie schaut sich in der Dämmerung in dem Innenhof um. Große, üppig bepflanzte Kübel sind noch zu erkennen, helle Blüten leuchten im schwindenden Licht, es duftet irgendwie südländisch. „Ist das schön hier!", schwärmt Astrid. Das Windlicht auf ihrem Tisch brennt ruhig und verbreitet seinen warmen Schein. Eine Lichtinsel, genau wie drinnen im Lokal. Sie bekommen die Karten gebracht, ein Kellner spannt schräg neben ihrem Tisch einen Sonnenschirm auf und zeigt ihnen den Schalter für die daran montierte elektrische Strahlungsheizung. „Was nimmst du?", will Astrid wissen. „Hattest du überhaupt schon ein richtiges Mittagessen?" „Was heißt schon richtig. Am Rastplatz eine Bratwurst im Brötchen. Kalorien genug. Und gut gefrühstückt hab ich ja – wie jeden Samstag." „Ach, warst du bei Jenny?" „Ja, hatte sie dir nichts davon erzählt?" „Nein, sie hatte nur gefragt, ob es okay wäre, falls du kommen würdest. Ich hatte ihr nur gesagt, dass ich ja nicht wüsste, was du vorhättest, sie müsste dich schon fragen." Markus erzählt kurz von ihrem Anruf und dem heutigen Frühstück. Astrid lacht. „Sie ist echt groß geworden. Das hätte sie sich letztes Jahr noch nicht getraut."

„Magst du auch einen Rotwein?", fragt Markus sie, als der Kellner ihre Wünsche aufnehmen will. „Ja gerne, aber bitte auch Wasser dazu. Sonst mach ich noch zu früh schlapp." Er blitzt sie unternehmungslustig an. „Was hast du denn noch vor?" „Ich? Ich wurde doch entführt und bin gespannt, was der Abend noch bringt", gibt sie keck zurück. Schweigend schaut er ihr tief in die Augen, tastet sacht nach ihrer Hand. Zärtlich spielt sie mit seinen Fingern. Schließlich spricht er mit leiser, rauer Stimme „Mir fällt noch einiges ein. Aber du entscheidest, wie weit es geht." Astrids Puls verfällt in Stakkato. Er will sie noch immer. Dieser nagelneue und doch so vertraute Markus. Kann denn tatsächlich ein neues Outfit in fremder Umgebung so viel verändern? Oder war es tatsächlich einfach der überwältigende Überraschungseffekt? Sie lacht leise. Markus hebt fragend die Brauen. „Ich staune nur über mich selbst", erklärt sie ihm. Er lächelt. „Ich auch." „Über mich oder dich?", will sie wissen. „Über uns beide." Er senkt den Blick, hebt ihn zögernd wieder. „Natürlich habe ich es gehofft, aber nicht wirklich damit gerechnet, dich so … schnell … zu gewinnen." Wird er rot? Im Kerzenschein ist es nicht gut auszumachen. Astrid lächelt. Dann wird sie ernst „Es geht mir genauso, Markus. Auch wenn eigentlich noch nichts passiert ist – und doch ist alles irgendwie neu. Vertraut und anders zugleich." Ihm stehen die Tränen in den Augen. Langsam hebt sie seine Hand an ihren Mund, küsst eine Fingerspitze nach der anderen. Sie spürt sein Zittern an ihren Lippen. Lässt ihn los, als die Vorsuppe gebracht wird. Nach dem vorzüglichen Hauptgang rutscht sie mit ihrem Stuhl zu ihm herum. „Ich will nicht mehr diesen Tisch zwischen uns haben, Süßer", erklärt sie. Wortlos legt er ihr seinen Arm um die Schultern, sie lehnt sich seufzend bei ihm an. Sacht liebkost sie seinen glatt rasierten Hals mit ihren Lippen. Er hält ganz still, sie spürt sein Erschauern. Sie sind allein geblieben, in diesem Innenhof. Die Glastür zum Lokal steht halb auf, ruhige Musik fließt hinaus zu ihnen. Ihr Weinkrug ist noch nicht leer, man lässt sie in Ruhe. Ihr Herzschlag fängt an zu trommeln, bei den Gedanken, die sie zum ersten Mal denkt. Sie dreht sich weiter zu ihm herum. Ihre Linke tastet sich an den Armlehnen vorbei, findet seine Jeans. Vorläufig ruht sie auf seinem Schenkel. Die Rechte wandert in seinen Nacken, kitzelt und krault. Das hat sie schon in der Familienkabine getan. Sein Arm rutscht von ihrer Schulter, hält nun ihren Rücken, er wendet sich ihr zu. Ihre Blicke treffen sich. Und sie weiß, dass in ihren Augen nun die gleiche Sehnsucht glüht. Ihre Lippen finden sich, sie schließt die Augen. Lässt sich fallen, in diesen ersten, vorsichtigen Kuss. Fast zaghaft erforscht er ihren Mund. Ermutigend kommt sie ihm entgegen. Sie tanzen miteinander, die Glut ist entfacht. Die Hitze steigt, er packt sie fester, sie dirigiert seinen Kopf, dass sie ihn auch gut erreiche. Nur langsam lösen sie sich wieder voneinander, Tränenspuren auf jedem Gesicht. „Ist es wirklich wahr?", will Markus wissen. „Ja doch." Sie zögert, holt tief Luft. „Ich liebe dich, Süßer. Und ich bin so glücklich, dass ich es endlich kann", setzt sie leise hinzu. Jetzt weint er still. „Ich liebe dich auch." Noch einmal küssen sie sich lange. „Sollen wir gehen?", fragt er schließlich. Sie lächelt. „Du bist der Entführer. Nimm mich mit."

Markus zahlt an der Theke. Ob sie ein Taxi benötigen, werden sie zuvorkommend gefragt. „Weit ist es nicht, das Hotel liegt in der übernächsten Querstraße. Aber wie gut kannst du in deinen Schuhen laufen?" Astrid überlegt kurz. Die Nacht ist mild. Und noch so eine Taxifahrt, auf die sie erst noch warten müssten, reizt sie nicht wirklich. „Es wird schon gehen, ist ja keine Bergbesteigung." „Okay. – Au revoir! Bonne nuit!" Galant hilft Markus ihr in den leichten Sommermantel. Dann treten sie wieder hinaus auf die Straße. Sie zupft an ihrer Kleidung herum. „Passt ja nicht wirklich zusammen. Aber einen anderen hatte ich nicht mitgenommen." Markus schmunzelt. „Seit wann bist du so eitel?" „Schon immer. Und seit du den ‚charming young guy' gibst, besonders." Er lacht. „Du hast gut reden. Hast du diese wunderbare Kreation von einem Kleid mitgebracht, oder wart ihr spontan shoppen?" „Weder noch", lacht sie. „Wir waren geplant shoppen. Im Internet hatten wir schon vorher das Label gesehen, für reife Frauen mit reifer Figur. Es war eine Wucht, dieser Laden. Ach was sag ich, Laden! Ein Studio, wie eine Galerie. Großzügig, hell und übersichtlich gestaltet. Komfortable und große Umkleidekabinen mit tatsächlich vorteilhafter Beleuchtung. Und ganz selbstverständlich alle Größen da, freundliche und wirklich hilfsbereite Bedienung. So wie frau es sich wünscht. Da haben wir alle gerne unser Geld ausgegeben. Und zum Glück ist morgen Sonntag, sonst bestünde die Gefahr, dass das Weihnachtsgeld schon jetzt in Textiles umgesetzt würde." Markus lacht. „So kenne ich dich ja gar nicht!" „Warum soll es dir besser gehen als mir? – Jedenfalls mussten dann natürlich auch noch passende Schuhe her und die Oper war der angemessene Rahmen, die neue Pracht einmal auszuführen." „Dann wünsch ich mir ein Opern-Abo zum Geburtstag." „In unserem Stadttheater?" „Klar, wo sonst? Dann ist es nicht so weit nach Hause …" „Wann hast du überhaupt Geburtstag?", hakt sie nach. „Ende Juni. Vielleicht feiere ich auch mal wieder. In den letzten Jahren hab ich es ausfallen lassen. Hatte ja keinen, mit dem ich hätte feiern können. – Zumindest glaubte ich das." Er verstummt. Sie gehen weiter im Gleichschritt, Arm in Arm. „Du hast dich ganz schön verändert, seit ich dich kennengelernt habe", stellt sie unvermittelt fest. „Findest du? – Das kann ja nur an dir liegen", blinkert er sie an. Sie guckt skeptisch zurück. „Nicht zu viel der Ehre, Süßer. Vielleicht eher an unserem Kurs. Und natürlich an dir selbst. – Wie sonst hättest du mich heute so umhauen können." „Umhauen??? Das wollte ich nicht", frotzelt er zurück und hält sie fest, um sie wieder zu küssen. Sie zieht ihn heran, schlingt die Arme um seinen Hals, er legt den Kopf etwas schräg, kommt ihr entgegen. Warm liegen ihre Lippen aufeinander und versprechen sich aufregendes Neuland. „Wir sind gleich da", erklärt er mit Blick auf ihre Füße, die sie immer wieder kurz ausschüttelt. „Es ist nur die ungewohnte Absatzhöhe. Alles ist gut", beruhigt sie ihn.

Nervös, wie als Teenager vor dem ersten Mal, folgt sie an seiner Hand die Treppen hinauf zu seinem Zimmer. Das Hotel ist wirklich chic, kein Vergleich mit ihrem abgewohnten Feriendomizil. Er öffnet die Tür zu einem modernen und zugleich eleganten Doppelzimmer. Auf einen Blick erkennt sie das schmalere französische Doppelbett mit nur einer Decke. Sie sind halt in Paris. Wahnsinn! Sie steht mitten im Raum und kann es alles nicht glauben. „Träum ich oder ist es wirklich wahr?“, fragt sie rhetorisch. Markus tritt zu ihr. „Das frage ich mich auch schon den ganzen Abend. Aber beim Träumen hab ich noch nie so heiß geküsst wie mit dir …“ Warm legen sich seine Hände in ihre Taille. Dass das wirklich wahr ist, dieser wunderbare Mann nur sie will und keine andere, Astrid kann es kaum fassen. Er zieht sie näher, sie schmiegt sich ganz in seine Arme, ihre Wangen berühren sich. Vorsichtig wendet er ihr sein Gesicht zu. Ihre Lippen legen sich warm aufeinander. Astrids Sehnsucht überwältigt sie fast. Sie könnte ihn verschlingen, ganz und gar, so sehr will sie ihn jetzt. Fiebrig fängt sie an, sein Hemd aufzuknöpfen. Mit vor Erwartung schmalen Augen drückt er ihr sacht sein Becken entgegen. Sie kann seine Erektion durch den ganzen Stoff hindurch fühlen. Atemlos gibt er sie frei, seine Hände suchen ihr Kleid ab. Naht für Naht streift er ihren so aufregend verhüllten Körper entlang und findet den Verschluss nicht. Als sie das endlich begreift, hilft sie ihm weiter: Verschmitzt führt sie seine mittlerweile ratlosen Finger zu den verdeckten Häkchen, winzigen Ösen und dem Reißverschluss. Erleichtert streift Markus sein offenes Hemd ab, beachtet nicht ihren zärtlich über seine blanke Brust wandernden Blick und widmet sich begierig ihrer Garderobe. Endlich kommt die große Pracht ins Rutschen. Mit einem freudig-überraschten „Oh!“ betrachtet er die zum Vorschein kommende dunkelrote Spitzenwäsche. Stolz und aufrecht zeigt sie sich ihm, erklärt leise „Die gab es zum Kleid dazu. Ton in Ton sozusagen.“ Neugierigzögernd tritt er einen Schritt nach links, dann einen nach rechts, umrundet sie, will sie von allen Seiten betrachten. „Du … weißt gar nicht, was du da gerade mit mir anstellst …“ Er seufzt leise. Sie kichert ein wenig, dann hält sie ihn fest, zieht ihn heran. Sie umarmen sich sehnsüchtig. Ganz anders als im Schwimmbad. Als er sich mit all seiner Kraft zwang, fast nicht mehr konnte und sich abwenden musste. Die Spitze ihres BHs berührt seine Brust. Sie drängt sich an ihn, er spürt ihre warme Haut, atmet schneller. Schon unruhig wandern seine Hände über ihren Rücken, sie gurrt leise und hält sich an seinem Nacken fest. Er zögert noch, will sie nicht drängen. Dann strafft er sich, holt Luft. „Darf ich …?“ Er tastet nach dem Wäscheverschluss, sie strahlt ihn offen an. „Sehr gerne …“, blitzt ihr Blick. Vorsichtig löst er das edle Spitzenteil, sie streift die Träger von den Schultern und gibt ihre neuen Brüste seinen Blicken frei. Zaghaft berührt er sie in den Seiten, wagt nicht, sie einfach so anzufassen. Astrid spürt seine Zurückhaltung. „Wenn du magst, fühl ruhig mal. Sie sind nicht so viel anders als meine eigenen früher.“ Prompt wird er rot, spürt es und lacht. Dann betastet er vorsichtig das gelungene Chirurginnenwerk. „Kitzelt es denn auch ein bisschen?“, will er wissen. Sie seufzt „Nicht wie früher. Die Brustwarzen sind ja mit weg, der ganze Milchdrüsenkörper. Ist wie … hm … an jeder normalen Hautstelle. Mehr als Oberfläche und Form kann man halt nicht rekonstruieren.“ „Wie schade“, bedauert er zutiefst. „Naja. Ich habe den Krebs überlebt, was soll ich mich da beschweren“, entgegnet sie. „Äh, ja, natürlich.“ Er lässt betroffen die Hände sinken. „Hey, Süßer“, muntert sie ihn auf. „Es gibt noch genug kitzelige Stellen, die du gerne alle ausprobieren darfst.“ In seinem Blick glüht die Sehnsucht auf, mit einem Fragezeichen untermalt. Astrid nestelt nun an seinem Gürtel, er hält verlegen still. „Gehe ich recht in der Annahme, dass ich das darf?“, frotzelt sie keck. Markus lacht und greift wieder in ihre Taille. Sie löst den Jeansknopf, zieht den Reißverschluss herunter. Seine Augen werden schmal vor Begehren, als sie langsam mit beiden Händen unter den Bund fährt und die Hose in Zeitlupe über seinen Knackarsch schiebt. Sie spürt die Spannung seiner Muskeln unter ihren Fingerspitzen, jedes leise Zucken lässt ihr einen Schauer durch den Körper laufen. Die Jeans rutscht ihm in die Kniekehlen, bleibt dort als Fessel hängen. Heraus steigen kann er so nicht, ohne die Hände zu Hilfe zu nehmen. Astrid erkennt erregt seine Lage, fasst ihn an den Hüften und dirigiert ihn rückwärts zum Bett. Markus lässt es sich mit einer freundlichen Frage im Blick gefallen. Vor der Matratze drängt Astrid ihn mit sanftem Druck zum Hinsetzen. Ihr Herzschlag hämmert. Sie will ihn besitzen, diesen Mann, diesen Markus, den sie schon glaubte, so gut zu kennen. Diesen Markus, der sie so überwältigend überrascht hat, der so neu und verheißungsvoll unbekannt ihr Begehren fordert. Sie atmet flach und schnell. Er scheint zu spüren, was da in ihr auflodert. Ganz leicht nur rühren sich seine Hände auf ihren Hüften, doch die Einladung ist unverkennbar. Wortlos schwingt sie sich rittlings auf seinen Schoß, schlingt die Arme um seinen Hals. Sein harter Schwanz beult den knappen schwarzen Sportslip gewaltig aus. Sie kann gar nicht anders, als sich ihm entgegenzudrücken. Der zarte Seidenstoff ihres Höschens lässt sie fast alles spüren. Markus unterdrückt ein Stöhnen, sie spürt seinen Atemhauch an ihrem Ohr. Seine so unmittelbare Nähe macht sie unglaublich heiß. Dieser stramme Phallus gilt nur ihr allein. Es wird ihr fast schwindelig vor Sehnsucht und Lust. Sie muss ihn einfach küssen, wild und fordernd. Markus packt sie fester, gibt ihrem Ansturm nach, erwidert ihn, folgt ihren Wogen, lässt sich willig von ihr überwältigen. Atemlos lässt sie schließlich wieder von ihm ab, wie neu entdeckt erkennen sich ihre Blicke. Ein Schauer durchläuft sie. Alles neu. Und doch vertraut. Er ist derselbe. Aber anders als je geglaubt. Warm und aufmerksam folgen seine Augen ihren Regungen. Ist es wahr? Dieses plötzliche Wunder, erträumt, ersehnt, herbeigewünscht?

Vorsichtig rutscht sie neben ihn auf die Matratze. Markus holt tief Luft, befreit sich endlich von der Hosen-Fessel um seine Knie und legt sich halb aufgestützt neben sie. Sein Blick ist eine einzige Frage, die sie wortlos lächelnd beantwortet. Ohne seinen Blick loszulassen, fährt sie sich mit den Fingern die Seiten hinab, schiebt den zarten Spitzenbund vorsichtig über die weich gerundeten Hüften und streift schließlich hoch erotisch ihr Höschen über die einzeln elegant herangezogenen Beine und Füße. Markus' Brustkorb hebt und senkt sich schneller. Die Spannung knistert zwischen ihnen, sucht noch den Weg, sich zu entladen. Astrid hebt die Ecke der Bettdecke an, auf der sie noch liegen. Innerlich vor Anspannung bebend nimmt Markus diese Einladung an. Wortlos schlüpfen sie beide darunter, ihre Hände und Körper sprechen ihre eigene Sprache. Heiß pressen sie sich aneinander, eng umschlungen drückt sein hart-pulsierender Schwanz gegen ihren Leib. Nur der Stoff seines Slips trennt sie tatsächlich noch voneinander. Sacht tastet Astrid sich vor. Sie will ihn, ganz. Er schließt die Augen, verzieht das Gesicht vor Lust und Begehren.

Ihre Finger übersetzen, wie sehr sie sich wünscht, ihn glücklich zu erleben. Zart wandern sie seine Seiten entlang, wie elektrisiert explodiert die Gänsehaut unter ihren Händen. Ganz sacht berührt sie seine Leisten, wagt sich langsam vor und will den Slip herunterschieben. „Warte bitte", stöhnt er mehr, als dass er noch spricht. „Was ist denn?", will sie ratlos wissen. Er stützt sich auf, blitzt sie aus schmalen Augen glühend an. „Ladies first, Süße. – In meinem Alter ist sonst das Pulver zu schnell verschossen." Astrid lacht erleichtert auf. „Wer spricht denn hier von Alter … du bist fast ein Jahr jünger als ich!" Er antwortet nicht, wendet sich ihr zu und sie sinkt, seinem sanften Druck nachgebend, auf den Rücken. Sie schließt die Augen, als er sich über sie beugt und beginnt, sie mit seinen Küssen zu bedecken. Vorwitzig trillert seine Zunge an allen erdenklichen kitzeligen Stellen, hinter ihrem Ohr, unter dem Kinn, in der Ellenbeuge … Sie kichert und seufzt. Doch als er die kühle Haut ihrer Füße spürt, widmet er sich ihnen. Ganz sanft fahren seine Hände über ihre Sohlen, die noch etwas verspannt vom unbequemen Schuhwerk sind. Dann wandern seine Finger zwischen ihre Zehen, was sie mit unterdrücktem Quietschen quittiert. Einzeln massiert er jeden Zeh, kitzelt die Sohlenränder und greift mit festem Druck den ganzen Fuß. Astrid zittert und zuckt, hält ein Aufheulen zurück, schnauft heftiger. „Gefällt dir das?", will Markus leise von ihr wissen. „Hm, jaaa! Uuuuh …" Er lacht. „Mit kalten Füßen kann keine Frau wirklich genießen …" Wie recht er hat, denkt sie nur. Solche Erfahrung verspricht noch viel mehr. Schließlich lässt er von ihren wieder warm durchbluteten und so sensibel gereizten Füßen ab, packt sie gut in die Decke ein. Dann wandern seine Hände zurück, tanzen über ihre Schenkel, umkreisen die Knie. Astrids Stöhnen und Seufzen begleiten ihren Weg. Er streift an ihrem Venusdreieck vorbei, kitzelt ausführlich ihren Bauch, dann die Seiten, schließlich Schultern und Arme. Sie hat sich längst fallen gelassen, genießt seine Liebkosungen, den Kitzel, ihre anschwellende Hitze. Schließlich küsst er sie wieder, ihren Hals, ihre Ohren, das Dekolleté. Wohlig brummt sie, spürt jeder Berührung nach, die Augen längst geschlossen. Erfahrung hat er zu bieten, hatte er gesagt. Und wie!

Es gibt nichts Wundervolleres, als die Geduld und Liebe, mit der er sie ihr schenkt. Ganz langsam nähert er sich wieder ihrem magischen Dreieck. Astrid bebt schon vor Erregung, die er gekonnt noch weiter treibt. Und endlich, endlich schiebt sich sein Finger in ihren wilden Busch. Betritt das Gestrüpp, teilt es langsam, dringt vor, erreicht die Zauberperle. Und berührt sie zart. Astrid erstickt den Aufschrei mit ihrer Faust, öffnet sich ihm weit. Quälend langsam erkundet er ihren triefnassen Brunnen, holt das Feuchte hervor und benetzt ihre Perle. Sie glüht und bebt, ersehnt mit allen Fasern endlich mehr. Markus verfällt in einen langsamen Rhythmus, doch sie fordert viel mehr von ihm. Seine Hand folgt ihrem Begehren, fasst sie fester, dann hart, wie sie es jetzt will. Es packt sie, es hebt sie, baut sich auf, sie tobt, wimmert und plötzlich bäumt sie sich überwältigt auf, den Mund zum lautlosen Schrei geöffnet. Nur langsam kehrt sie zurück, er ist ganz still. Schaut sie nur an. Vorsichtig streicht er noch einmal durch ihre Spalte. Sie heult auf und umklammert seine Hand mit ihren Beinen. Er hält sie fest im Arm, liebkost ihren Hals, ihr Gesicht mit seinen Lippen. Heiße Tränen fließen über ihre Wangen, er küsst sie zärtlich fort. Lang liegen sie so da, die Wogen, hoch gebäumt, beruhigen sich langsam. „Danke", raunt sie rau in sein Ohr und drückt ihn fest an sich. „Du bist so wunderschön", gibt er leise zurück „besonders, wenn du fliegst." Sie wagt ihn anzuschauen, und sein Blick überwältigt sie. Er hält ihren fest, lässt nicht mehr los, ihre Hände wissen auch so, was zu tun ist. Sein Slip fällt endlich auf den Boden. Jetzt lässt er sie. Stöhnt schon bei der ersten sachten Berührung auf, sofort von seiner Ekstase gepackt. Ganz vorsichtig fasst Astrid zu, schiebt seine Vorhaut sanft vor und zurück. Markus unterdrückt ein Aufheulen, beißt sich in den Arm. „Hör auf", keucht er, „warte, stopp." Irritiert hält sie in der Bewegung inne. Er streckt sich zu seinem Nachtschränkchen, nestelt mit fliegenden Fingern ein Kondom aus der Packung. Sie nimmt es ihm aus der Hand und rollt es über den prall-glühenden Schwanz. Markus verzieht das Gesicht und schreit überrumpelt auf, als sie sich rittlings über ihn schwingt und unendlich langsam auf ihn herab lässt. Ganz will sie ihn spüren, ganz tief in sich aufnehmen, ihn besitzen. Er umklammert sein Kissen, stöhnt bei jeder ihrer Bewegungen unmittelbar hinein, beherrscht von seinem nackten Begehren, der blanken Geilheit, die schon so lange nach Befriedigung giert. Er packt ihre Hüften, dirigiert sie in seinen Rhythmus, lässt sie plötzlich wieder los. „Was tu ich", keucht er, „komm mit, hol es dir, du nimmst mich sowieso gleich mit." Zögernd sucht sie ihren Winkel, fängt an, sich auf ihm zu reiben. Die Glut flammt auf und zündet. Kräftig zieht sie ihre Schwünge, die Hitze steigt. Sie blinzelt ihn an und sieht, wie er sie beobachtet, ruhig. Es ist nicht sein Rhythmus. Das will sie nicht. „Was hast du?", fragt er besorgt zu ihrem Langsamerwerden. Sie lächelt nur. „Ich will es nicht ohne dich. Du hast mich schon fliegen lassen." Sie stützt sich wieder vornüber, ihre Brüste wippen ihm entgegen. Sie massiert nun gezielt seinen Schwanz mit ihrem muskelstrammen Schlund. Markus stöhnt auf, wirft den Kopf zur Seite. Genau so. Sie will auch seine Lust, seine Geilheit. Auch er ist schön, wenn sich die Muskeln unter der Haut anspannen und lösen, wenn er seine Lust zulässt, anfängt sich hinzugeben, los-zulassen. Sie spürt, wie seine Spannung anwächst, der Rhyth-mus immer stärker drängt, alles andere vergessen lässt. Auch sie keucht schon, wenn auch vor allem vor Anstrengung und Mühe, das Tempo zu halten. Er stöhnt jetzt ungehemmt, wirft den Kopf wie von Sinnen herum, die Augen fest geschlossen. Er besteigt seinen Gipfel, hat ihn fast schon erreicht. Da packt er sie, dreht sie zusammen zur Seite und stößt lang in sie hinein. Sehr schnell überwältigt es ihn. Astrid spürt sein Beben, wie die Erschütterung durch seinen ganzen Körper läuft. Sie war selbst schon wieder halb abgehoben und hält ihn nun fest im Arm, presst sich an seinen glühenden, schweißfeuchten Leib. Allmählich hat er wieder Luft. Kann überhaupt nichts sagen. Drückt nur sein Gesicht an ihren Hals und schluchzt. Sie hält ihn einfach weiter fest und wartet ab, bis er zurückfindet, hierher.

„Was machst du nur mit mir?" Markus blinzelt sie ganz un-gläubig an, seine Stimme gehorcht ihm noch nicht wieder ganz, sie kratzt. „Hat es dir gefallen?", fragt sie vergnügt zurück und fährt ihm durch die verstrubbelten Haare. „Wie bitte???" Seine hochgezogenen Augenbrauen drücken eine Mischung aus Unverständnis und Ironie aus. Astrid kichert und wiederholt gespielt ernsthaft „Ob es dir gefallen hat, habe ich gefragt." „Ach, du!" Markus packt sie, rollt halb auf sie und küsst sie mit seiner ganzen befreiten Leidenschaft. „Das ist gefährlich, was du hier tust, weißt du das eigentlich?", fragt er sie scherzhaft. „Ach wirklich? Nein, das wusste ich nicht. Was kann denn Gefährliches passieren?", spielt sie fröhlich mit. Markus blitzt sie aus schmalen Augen funkelnd an. „Du wirst mich nie wieder loswerden." Seine Stimme ist tatsächlich irgendwie gefährlich leise. Astrid erschauert wohlig. „Wirklich nicht? Aber das ist ja wunderbar!" Er lacht los und sie drückt ihn mit Schwung rückwärts auf die Schultern, legt sich über ihn. Sie fordert seinen Kuss, sagt ihm so wortlos Dank für die so unerwartet geweckte und überwältigend erfüllte Sehnsucht. Er erzählt ihr von seinem Glück mit ihr, seiner Hingabe, verspricht ihr seine unendliche Liebe. Lange versinken sie so eng umschlungen in ihrer ganz frischen, neuen Welt.

Als sie sich endlich wieder voneinander lösen, strahlt Astrid Markus an, der – noch immer eine Spur ungläubig – ihren Blick nicht loslassen mag. Vorwitzig kitzelt sie ihn wieder ein bisschen. Er muss lachen und revanchiert sich sofort. Bald balgen sie sich übermütig wie junge Katzen und bringen sich immer wieder gegenseitig zum Schnurren und Maunzen. Ineinander gekuschelt dösen sie schließlich fast ein. Astrid sucht noch mit den Augen eine Uhr und seufzt tief. Schon halb drei Uhr durch. Wann war sie denn zuletzt um diese Zeit wach? Sie grübelt kurz und es fällt ihr das Januar-Wochenende ein. Irgendwie war das der Anfang. Dass sie wieder mehr vom Leben wollte und losging. Und jetzt liegt sie mit ihrem geliebten Freund in einem Pariser Luxushotel-Zimmer zum ersten Mal im Liebesnest und es ist ganz furchtbar spät in der Nacht. „Jetzt kann ich auch nicht mehr in unsere Wohnung, da wecke ich noch alle auf", brummelt sie und kuschelt sich noch enger an Markus' Brust. „Du wirst doch wohl hierbleiben, Süße, oder was hab ich da gerade gehört?" „Ja, ich bleib hier. Aber dann muss ich früh rüber, ich hab doch gar nichts hier, noch nicht einmal eine Zahnbürste." Markus kichert. „Dann guck mal ins Bad. Da liegen eingeschweißte Zahnbürsten für vergessliche Gäste. Handtücher sind da. Duschgel und Shampoo auch. Wenn du willst, kannst du auch mein Deo benutzen. – Und deine Handtasche hast du doch auch dabei. Dem Gerücht nach sollen Frauen – zumindest manche – ja mit dem Inhalt ihrer Handtasche problemlos eine Wüstendurchquerung bewältigen können." „Wo hast du das denn her?", fragt sie amüsiert. „Weiß nicht, war wohl irgend so eine Friseurzeitschrift." „Gala? Bunte? Neues Blatt?" „Nee", grinst er sie an. „Men's Health, oder so was für Kerle. Das verzapft doch kein Redakteur in einer Frauenzeitschrift." „Da hast du zweifellos auch wieder recht. Also ich bewältige definitiv keine Wüstenwanderung, allein schon wegen des fehlenden Wassers. Aber eine Bürste, Make-up, Taschentücher und zumindest ein Kontaktlinsendöschen und die Brille müssten drin sein." „Und was brauchst du mehr?" „Wäsche? Strümpfe? Tageslichttaugliche Kleidung? Bequemere Schuhe?" Markus lacht. „Ist gut, ich fahr dich nach dem Frühstück eben 'rum." „Das klingt gut, danke schön. Aber frühstücken geh ich hier so nicht." „Wieso nicht?" Markus simuliert eine tief enttäuschte Miene. Sie muss lachen. „Ich mach' ja viel, auch mal was Verrücktes. Aber zum Sonntagsbrunch im Vier-Sterne-Hotel geh ich nicht im zerknautschten Abendkleid, in getragener Wäsche und High Heels. Sieht doch sofort ein Blinder mit dem Krückstock, was gelaufen ist." „Stört dich das?" bohrt er fröhlich nach. Sie schaut ihm in die Augen und ist plötzlich ganz ernst. „Ich bin so glücklich, dass du mich so umwerfend entführt hast. Ich hatte ernsthafte Zweifel, dass mir das in meinem Alter noch einmal passieren würde." Markus muss schlucken, berührt ihre Schultern. „Nur geht das nicht viele Leute etwas an. Mit zwanzig kann man sich so einen Auftritt mal leisten. Aber mir wäre es furchtbar peinlich. Und das wäre kein schönes Gefühl nach dieser Nacht." Markus nimmt sie weich in den Arm. „Ist gut, ich bring dich im Auto rüber. Der Aufzug geht auch direkt in die Tiefgarage." „Danke schön!" Sie lächelt. Dann langt sie nach dem Wecker, stellt ihn und kuschelt sich rückwärts in seine starken Arme.

Heimkehr

Alarm! Es fiept durchdringend. Was ist los? Schlaftrunken hebt Astrid mühsam den Kopf aus dem Kissen. Ruhe. Markus hat den Knopf erwischt. Acht Uhr. Matt sinkt sie wieder zurück. Er fängt neben ihr an zu wühlen, dreht sich zu ihr herum und zieht ihr dabei fast die Decke weg. Energisch hält sie sie fest. Er lacht brummelnd und blinzelt sie an. „Guten Morgen, du Schöne!" Warm zieht er sie in seinen Arm. „Guten Morgen, Süßer!" Zärtlich erwidert sie seinen Kuss. „Das hast du heute Nacht auch gemacht", erzählt er mit dunkler Brummelstimme. „Geküsst?" „Hm." Seine Lippen wandern wieder für einen Moment auf ihre. „Klar, auch. Nein, ich meine das Decke-Festhalten." „Echt? Hast du deshalb das T-Shirt an?" „Hm", brummelt er grinsend, „wurde sonst doch zu ungemütlich." „Ach herrje! Das wollte ich ganz bestimmt nicht. – Wieso hast du mich nicht geweckt?" Astrid tut es ehrlich leid. „Engel weckt man doch nicht", blitzt er sie aus seinen braunen Augen an. Sein Blick nimmt sie schon wieder so gefangen. Wie er es seit gestern Abend schon mehrmals tat. „Aber ich bin kein Engel, ganz bestimmt nicht", erwidert sie leise. „Nur eine alleinerziehende, mittelalte Witwe mit Rubensfigur, mehr nicht." Markus lacht leise. „Das glaubst du doch selbst nicht! ‚Mehr nicht'! Du bist eine Super-Mutter, beruflich erfolgreich und finanziell unabhängig, mutig, optimistisch, tatkräftig, ehrlich, eine fantastische Liebhaberin und die liebevollste Freundin, die ich je hatte." Sein Blick lässt sie wieder nicht los, beinahe wäre sie ausgewichen vor Verlegenheit und Freude. „Danke", flüstert sie. Und holt Luft. „Du charmanter Überraschungsentführer und Verführer. Und bis auf die Mutter gilt alles genauso für dich. – Wobei du bestimmt ein wunderbarer Vater geworden wärest." Markus schluckt, ihm stehen die Tränen in den Augen. Schnell dreht er den Kopf weg. Sie hält ihn weiter fest, küsst seinen Nacken. „Ich kenne nicht viele Männer, genau genommen nur dich, die Jenny so schnell für sich eingenommen haben. Du scheinst ihr gut zu tun. Sonst hätte sie dich nie angerufen, ob du mit ihr frühstückst. Junge Menschen sind meist viel konsequenter als wir Älteren. Sie tun, wovon sie überzeugt sind, nicht, oder eher seltener, was sie meinen, was andere von ihnen erwarten." Vorsichtig schaut er sie wieder an, blinkert kräftig, ein Tränchen entwischt ihm dabei. Sie küsst es ihm sacht von der Wange. Impulsiv umschlingt er sie mit ganzer Kraft. Ihr bleibt fast die Luft weg, doch sie drückt ihn genauso. Mächtige Gefühle kann man oft nur spüren, nicht mit Worten beschreiben.

„Ich könnte uns auch das Frühstück aufs Zimmer bestellen", schlägt Markus nach einer geraumen Weile vor. „Hm", überlegt sie. „Nein, geh du mal zum Buffet und stärk dich richtig. Die würden ohnehin nur Baguette, ein Croissant, Butter, Marmelade und Kaffee bringen." Astrid seufzt. „Dann geh' ich mal duschen. – Dabei mag ich mich gar nicht von dir losreißen." Sie blitzt ihn an. „Oder kommst du mit?" Eine gute halbe Stunde, vielfältige Zärtlichkeiten und zwei Höhenflüge später hilft er ihr in das raschelnde Abendkleid. Während sie die zierlichen Sandalen an die Füße schnallt, streift er T-Shirt und Jeans über, schlüpft in die bequemen Sommer-Sneaker. Sie sammelt noch den Inhalt ihrer Handtasche wieder ein und wirft einen kritischen Blick in den Spiegel. Markus lacht sie an. „Einfach umwerfend! Du siehst fantastisch aus!" Astrid lächelt, ein wenig unentschieden zwischen fröhlichem Übermut und verlegener Unsicherheit. „Danke. Ist nur die falsche Tageszeit für dieses Styling." „Ach was, gerade richtig auf dem Weg zur großen Prachthochzeit. Nur mein Outfit passt nicht dazu. – Aber als Chauffeur wird's wohl noch gehen." Er greift zu Brieftasche, Auto- und Zimmerschlüssel. Sie begegnen niemandem auf dem Weg zu seinem Wagen. Erleichtert plumpst sie in den Sitz, schnallt sich an. Markus fingert noch an dem Navigationsgerät, sie beobachtet ihn. Wieso hatte sie zuvor nie gesehen, wie charmant er lächelt, mit diesen süßen kleinen Grübchen? Nie bemerkt, wie männlich markant sich seine Kinnlinie schwingt? Und dass er sich erst blank rasieren musste, bis ihr auffiel, wie hart er trainiert hatte. Sie seufzt leise. „Ich hab's gleich. Ich kenn mich nur noch nicht so gut mit dem Ding aus“, entschuldigt er sich mit einem schnellen Seitenblick. „Nur die Ruhe. Hast du es neu?“ „Nein, gestern von ’nem Bekannten aus dem Studio ausgeliehen. Meins kann nur Deutschland.“ Wahnsinn. Was er alles in Bewegung gesetzt hat. Nur um sie zu überraschen. Erleichtert drückt Markus die Taste. „Jetzt haben wir es. Ich wusste doch, dass ich eure Adresse schon drin hatte.“ Er dreht den Zündschlüssel, der Wagen rollt sanft an. Das Rolltor öffnet sich vor ihnen, die Frühlingssonne strahlt ihnen entgegen. Die Straßen sind leer, an diesem noch jungen Sonntagmorgen. Markus folgt entspannt den Anweisungen der elektronischen Stimme. „Wann bist du eigentlich darauf gekommen, mich hier zu überraschen?“, will Astrid schließlich wissen. Nach einem Blick auf die Uhr im Armaturenbrett rechnet er und antwortet vergnügt. „Vor ungefähr 22 ½ Stunden.“ „Echt???“ Markus parkt rückwärts in einer Lücke fast vor der Haustür ein. Dann schaut er sie an, mit diesem fesselnden, braunen Blick. „Ich hatte Jenny beim Frühstück ein bisschen ausgefragt, was ihr hier so macht. Sie erzählte, was sie von dir wusste und zeigte mir euren Plan und den vergessenen Reiseführer – ach Mist, der liegt noch bei mir im Zimmer.“ „Den hast du mitgenommen?“ „Klar, ausgeliehen. Da hattest du ja eure Wohnung hier“, er deutet auf das Haus, „eingetragen.“ Astrid lacht herzlich. „Und was hast du Jenny erzählt?“ „Ich? Nichts. Sie hat zwar sofort gemerkt, dass ich irgendetwas vorhatte. Aber sie geht wohl davon aus, dass ich dich zuhause überraschen werde, wenn du zurück bist.“ „Und? Wirst du es tun?“, foppt sie ihn. „Wenn ich darf, immer wieder gerne.“ „Wann sehen wir uns wieder?“ Sie will sich gar nicht verabschieden. Aber was nützt es. „Wann immer du willst.“ Was großspurig-oberflächlich klingen könnte, sagt er mit tiefem Ernst und einer Spur Sehnsucht, die auch ihr schon in die Brust zieht. Sie löst den Gurt und dreht sich zu ihm herum. Noch einmal küssen sie sich innig. „Pass gut auf dich auf.“ „Du auch auf dich.“ Astrid öffnet die Tür, stellt die High Heels auf den Gehweg und stemmt sich hoch. Markus will schon herausspringen, um ihr zu helfen, aber sie steht schon und lacht. Sie beugt sich noch einmal hinein „Ich ruf dich an." „Ich freu mich darauf! Und grüß' deine Freundinnen. Ich hoffe, sie nehmen mir deine Entführung wirklich nicht übel." „Ach was! Da mach dir bloß keine Gedanken." Sie schwingt den Gurt der Handtasche über die Schulter, steht da wie eine Göttin in der Morgensonne. Markus pustet ihr noch ein Kusshändchen zu. Sie lacht, tritt einen Schritt zurück. „Bis bald, Süßer!" „Bis bald!", winkt er noch. Sie schlägt die Autotür zu, der Motor startet. Er lenkt den Wagen aus der Lücke, winkt noch durch das offene Fenster. Sie schaut ihm nach, bis er um die Ecke verschwunden ist.

Da steht sie nun. Sonntagmorgens um viertel nach neun, in großer Operngarderobe, mitten in Paris vor dem Haus mit der schäbigen Ferienwohnung. In der die Freundinnen wohl auf sein werden und das Frühstück vorbereiten. Als Erstes muss sie sich umziehen, dann etwas essen und packen. Sie strafft sich, stöckelt zur Haustür und kramt den Schlüssel heraus. Angesichts der steilen drei Stockwerke, die sie zu bewältigen hat, zieht sie im Flur erst einmal den Mantel wieder aus. Zwar ist es noch kühl hier drinnen, aber schon im ersten Stock pustet sie ordentlich und überlegt, die hinderlichen Sandaletten auszuziehen. Nur der unbekannte und teils grobkörnige Dreck auf den Stufen hält sie davon ab. Als sie leise die Wohnungstür öffnet, ist es noch ruhig dahinter. Vorsichtig trippelt sie hinein und streift endlich die schönen unbequemen Schuhe ab. „Hallo, Nachtschwärmerin!" Lydia schaut noch im Nachthemd aus der Küche. „Hallo! Ich dachte schon, ihr schlaft alle noch." „Nein, Tina ist gerade im Bad, Anne schon fertig, sie packt gerade und ich mach mich gerade ans Tischdecken. Willst du auch einen Kaffee?" „Ja, gerne. Aber noch lieber will ich mich eben umziehen." Lydia lacht. „Habt ihr durchgemacht oder woher kommst du jetzt?" „Hallo, durchgemacht? Wir sind doch keine zwanzig mehr." Astrid muss herzzerreißend gähnen. „Du steckst mich an!", stellt Lydia fest und reißt den Mund auf. „Nein, wir waren essen, und dann hat er mich mit in sein Hotelzimmer genommen. – Aber viel geschlafen haben wir tatsächlich nicht." Sie wird etwas rot. „Schön!", meint Lydia freundlich. „Dann hat's also tatsächlich endlich gefunkt?" Astrid spürt, wie

ihr Kopf anfängt zu glühen. „Ja. Wer kann zu so einer Überraschung schon nein sagen. Und … wie soll ich sagen … die
Seite kannte ich noch nicht von ihm. So lässig-chic gestylt, und
volles Risiko einfach bis nach Paris gefahren. Nur um mich vor
der Oper zu überraschen.“ Lydia lacht leise. „Du bist ein Glücks-
pilz!“ „Stimmt. Jetzt bin ich es wirklich.“ „Und wann trefft ihr
euch?“ „Hm? Ich werde ihn anrufen, wenn wir zurück sind.“
„Wie? Fahrt ihr etwa nicht zusammen? Oder ist er mit dem
Flieger oder Zug gekommen?“ „Äh, nein, mit dem Wagen …,
darüber hatten wir nicht gesprochen. Aber eigentlich …, wenn
ihr nichts dagegen habt?“ „Liebe Astrid!“ Lydia baut sich mit in
die Hüften gestemmten Fäusten vor ihr auf. „Was, bitte, sollten
wir dagegen haben, wenn du mit deiner taufrischen Liebe zusammen nach Hause fährst? Im Gegenteil, das gebietet sogar
die Fürsorgepflicht: Wie soll er denn allein und übermüdet die
Strecke gefahrlos bewältigen? Wir müssen nur klären, welches
Gepäck du und welches wir mitnehmen. Das ist alles.“ Astrid
bleibt eine Weile stumm. Dann rührt sie sich wieder. „Du hast
völlig recht. Und ich nehme meine Sachen alle mit, dann spart
ihr euch auch den Zwischenstopp. Und außerdem beeil ich mich
jetzt erst mal, sonst ist er weg, bevor ich zurück im Hotel bin.“
„Na, ruf doch an!“ „Ja, mach ich. Aber etwas Überraschung darf
ja auch sein.“ Astrid zwinkert ihr zu und verschwindet barfuß
mit ihren Sandalen in der Hand in ihrem Zimmer. Dann ruft sie
schnell die Hotelrezeption an. Nein, er ist noch nicht abgereist.
Sie hinterlässt ihm die Nachricht, dass er sie bitte sofort an-
ruft, ehe er abfährt. Zufrieden packt sie ihre Sachen zusammen.
Für das neue Kleid gibt Tina ihr eine große Tüte, in die sie es
locker hineinrollt und oben auf dem Rollkoffer festbindet. Die
gute Seide soll man nicht falten, waren sie im Laden aufgeklärt
worden. So wird es wohl gehen. Und im Golf kann es ja auf die
Kofferraumabdeckung oder die Rückbank. Nach einer schnellen
Tasse Kaffee und einem Croissant auf die Hand verabschiedet sie
sich von den Freundinnen. „Und meld’ dich auf jeden Fall, ob
alles klar gegangen ist!“, mahnt Anne. „Wir fahren nicht ab, bis
du grünes Licht gegeben hast.“ Astrid lacht. „Ihr seid doch alle

Goldstücke! Ja, natürlich meld' ich mich eben. Die SMS ist schon gespeichert, ich brauch sie nur noch abzuschicken. In Ordnung?"

Vorsichtig bugsiert Astrid ihr Gepäck die Treppen hinunter. Die warme Frühlingssonne empfängt sie. Die frische Luft tut so gut, die kurze Nacht und das noch fehlende Frühstück machen sich bemerkbar. Zügig schreitet sie aus, der Koffer rattert leise hinter ihr her. Immer wieder rechnet sie nach. Er braucht eine Viertelstunde zurück ins Zimmer. Wie lange braucht er zum Packen und wie gemütlich frühstückt er allein? Aber bis jetzt ist ihr Handy stumm geblieben. Sie kontrolliert den Akkuladestand und den Empfang. Alles in Ordnung. Hoffentlich passen sie an der Rezeption auf. Sie bekommt Herzklopfen. Was, wenn er doch schon weg ist? Bang fürchtet sie die riesige Enttäuschung. Die Freundinnen würden sie abholen, sie käme hier schon weg. Aber der Frust wäre groß. Welche Sorgen er wohl gestern ausgestanden hat?, geht es ihr plötzlich durch den Sinn. So ein Aufwand für eine so große Überraschung. Kein Wunder, dass er gesimst und angerufen hatte und vor dem Portal stand und alle Hinauskommenden beobachtete. Sie darf gar nicht daran denken, was sie verpasst hätten, wenn irgendetwas schief gegangen wäre. – Wo muss sie jetzt lang, geradeaus oder rechts? Plötzlich überfällt sie die Unsicherheit. Sie bleibt mitten auf dem Gehweg stehen, schaut sich um. Aus welcher Richtung sind sie vorhin gekommen? Unschlüssig geht sie ein paar Schritte nach rechts. Da ist ein Straßenschild. Juchhu, hier entlang! Das ist die Straße, in der das Hotel liegt. Nach gut hundert Metern hat sie ihr Ziel erreicht. Das Handy ist noch immer stumm geblieben. Mit Herzklopfen betritt sie die Lobby, geht auf die Rezeption zu. Sie fragt nach ihm, der junge Herr ruft sein Zimmer an. Er ist nicht da. Sofort wieder unruhig bittet sie darum, ihr Gepäck dort stehen lassen zu dürfen. Sie fliegt fast in die Garage. Der Wagen steht noch da, sogar am selben Platz wie vorhin. Erleichtert schnauft sie durch. Dann muss er ja noch irgendwo hier sein, und die Zeche prellen wird er ja wohl auch kaum. Sie ist einfach zu aufgeregt, ermahnt sie sich selbst zur Ruhe. Als sie wieder in die Empfangshalle kommt, winkt ihr der Herr an der Rezeption schon dezent zu. Markus sei gerade zum Frühstück gegangen. „Merci beaucoup!", bedankt sie sich strahlend. Im Vorbeigehen wirft sie einen kurzen Kontrollblick in den großen Spiegel. Sie ist noch etwas erhitzt vom schnellen Marsch und dem Sprint in die Garage. Sie zieht das dekolletierte T-Shirt glatt und strafft sich. Langsam betritt sie den Speisesaal, lässt die Blicke wandern. Hat er schon einen Platz oder ist er erst zum Buffet gegangen? Sie tritt aus dem Strom der hereinkommenden Gäste heraus vor eine Säule, sodass sie in Ruhe suchen kann. Da hinten, ist er das? Die Frisur könnte es sein, aber er dreht ihr den Rücken zu. Der Zweiertisch steht direkt an den bodentiefen Fenstern zum noch schattigen Innenhof. Kurzerhand durchquert sie den Raum, postiert sich vor einer anderen Säule und schaut hinüber. Er muss es sein. Vertieft in eine Zeitung, den Kaffee vor sich. Isst er gar nichts? Oder lässt er sich einfach nur Zeit? Sie gibt sich einen Ruck. Nähert sich ihm durch das Gewimmel von schräg hinten, nimmt im Vorbeigehen noch einen Teller mit zwei Croissants und Butter mit. Er scheint sich völlig aus der lauten Umgebung ausgeklinkt zu haben, liest, blättert um und nimmt nichts weiter wahr. Sie tritt an den Tisch heran. „Ist der Platz noch frei?", spricht sie ihn an. Er schaut kaum auf, murmelt „Ja, ja" und zieht die Zeitung zu sich herüber. Dann hebt er den Blick und erkennt sie endlich. „Astrid?" Ein Strahlen breitet sich auf seinem Gesicht aus. „Woher kommst du denn?" „Aus unserer Wohnung", feixt sie. „So ein kleiner Spaziergang am Morgen macht frisch, wenn man wenig geschlafen hat." Noch immer ein wenig ungläubig lacht er. „Das fehlt mir wohl. So ganz wach bin ich noch nicht." „Hab ich gemerkt, du Zeitungsleser. Hast du noch gar nichts gegessen?" „Nö, hatte noch keinen Appetit." Er schaut sie so warm und schon wieder eine Spur sehnsüchtig an. Sie lächelt. Wieso war sie nicht gleich darauf gekommen, mit ihm zurückzufahren? Egal, so konnte sie sich wenigstens mit einer kleinen Überraschung revanchieren. „Dann lass uns uns mal stärken", ermuntert sie ihn. „Müde wird die Fahrt nicht weniger anstrengend. Aber zumindest können wir uns abwechseln." „Oder gegenseitig wach halten", ergänzt er grinsend. „Magst du Kaffee? Er ist ganz trinkbar“, greift er zur Thermoskanne auf dem Tisch. „Ja, gerne. Ich hatte zwar schon eine Tasse von Lydia, aber eine zweite kann ich noch gut vertragen.“ Dann begutachten sie gemeinsam das wirklich international bestückte Frühstücksbuffet. Von Rührei über gebackene Bohnen und Speck bis zu Toastbrot, Obstsalat, Joghurt, Quark, frischen Obstsäften und knackfrischem Baguette bleibt kein Wunsch offen. Sie schlemmen sich genussvoll durch das reichliche Angebot, schieben schließlich satt die Teller beiseite. „Jetzt eine Stunde schlafen und dann ins Bett“, seufzt Markus und gähnt verstohlen. „Hab ich dich lange wach gehalten, ohne Decke?“, fragt Astrid leise. Er lächelt. „Nein, ging schon. Außerdem war ich ja meist nur halb aufgedeckt, deshalb das T-Shirt.“ „Soll ich zuerst fahren? Oder lieber dich ablösen, wenn es dir zu anstrengend wird?“ „Lieber so herum. Durch die Stadt und aus Paris heraus ist ja noch abwechslungsreich, erst die ewige Autobahn wird dann so öde.“ „Ich weiß, wir werden viele Pausen machen.“ Er blinzelt sie an. „Mit dir als Schutzengel werde ich das schon schaffen.“ Sie lächelt etwas besorgt. „Ich will keinen Helden, Süßer, wir wechseln uns bitte wirklich ab, ja?“ Er schmunzelt. „Wenn du darauf bestehst, gerne.“ Sie treten noch in den jetzt halb sonnigen Innenhof hinaus. Auch hier verströmen üppig bepflanzte Kübel den Duft des Südens. Sogar eine Palme gedeiht in einem großformatigen Hochbeet. Markus schlingt seinen Arm um ihre Taille. Sie lehnt sich erst an, dann nimmt sie ihn in den Arm. Ihre Blicke ruhen ineinander. Dann finden sich ihre Lippen wieder. Markus’ Sehnsucht überwältigt sie fast. Sie hält sich an seinem vor innerer Anspannung bebenden Körper fest. „Das Zimmer muss erst bis elf geräumt sein“, raunt er rau. Astrid zögert, schwankt. Wie gerne würde auch sie wieder mit ihm unter die kuschelige Decke schlüpfen. Aber sie haben noch eine lange Fahrt vor sich. Und je später sie fahren, desto voller wird die Strecke in Deutschland werden. Er spürt ihre Zurückhaltung, löst sich ein bisschen. „Du willst lieber los?“ Sie holt Luft. „Ja. Die Staus am Donnerstag haben keinen Spaß gemacht. – Und mein Bett zuhause ist nicht schmaler als dieses hier. Ich hab auch zwei Decken.“ Er grinst gequält. Dann lacht er. „Danke für die Einladung, du Engel. – Okay." Er richtet sich auf, lässt sie zögernd los. „Dann hol ich mal meine Sachen. Wo hast du dein Gepäck? Bei den Freundinnen oder hier?" „Mein Koffer steht an der Rezeption." Sie nimmt seine Hand. Sie schlendern hinein, die Treppen hinauf. Er schließt auf. Das Bett ist ordentlich aufgedeckt, die gepackte Tasche steht bereit. Durch die Gardinen flutet das Sonnenlicht hinein. Erst vor Stunden sind sie hier aus ihrem Liebesnest gekrabbelt, zum ersten Mal. Wortlos stehen sie voreinander, umarmen sich und küssen sich. Zart, aufflammend, leidenschaftlich ungestüm und langsam wieder ruhiger, liebevoll zärtlich. Bis sie sich widerstrebend wieder voneinander losreißen. „Komm." Markus blitzt sie an und nimmt ihre Hand.

Problemlos kommen sie aus Paris heraus und über den Autobahnring. Bald sind sie auf der Strecke Richtung Deutschland. Markus gähnt häufiger, hat das Fenster etwas geöffnet. „Päuschen?", schlägt Astrid vor. „Hm, geht noch ein bisschen. Machst du bitte mal Musik oder Radio an? Im Handschuhfach sind ein paar alte CDs." Astrid schaut nach und stöbert. Gegen Müdigkeit brauchen sie etwas Aufmunterndes. Partyhits der 80er? Warum nicht. Als die Lieder der ‚Neuen Deutschen Welle' ertönen, verdreht Markus die Augen. „Voll erwischt. Musst du gleich meine Jugendsünden hervorholen?" „Wieso? Vergiss nicht, dass ich ein Jahr älter bin als du." Schließlich singen sie beide lauthals mit Nenas „Leuchtturm" mit. Bei „Ich will Spaß" muss Astrid Markus daran erinnern, dass Geschwindigkeitsübertretungen in Frankreich teuer geahndet werden. Genau, als die CD zu Ende geht, taucht ein Rastplatz-Hinweis auf. „Ich fahr dann mal raus", kündigt er an. „Dann übernehm' ich mal." „Eigentlich will ich nur den Kaffee wegbringen." Sie schaut ihn eindringlich von der Seite an. Prompt muss er gähnen. „Schon gut, wenn du willst." „Ja, will ich. Und wir turnen uns gleich erst mal fit." Gesagt, getan. Deutlich entspannter streckt Markus sich auf dem Beifahrersitz aus. Astrid macht sich mit dem Cockpit vertraut, fädelt sich wieder auf der Autobahn ein. Sie ist noch immer leer, ein paar PKWs und Wohnwagen-Gespanne begegnen ihnen. Die Sonne strahlt vom wolkenlosen blauen Himmel, es wird warm.

Brummelnd stellt Markus die Klimaanlage ein. „Wenn es dir zu kalt wird, stell einfach höher." Damit döst er ein. Bald pustet er leise mit halb offenem Mund. Immer wieder wirft Astrid einen verliebten Blick zu ihm hinüber. Das schmal geschnittene Shirt bringt seine Trainingserfolge ansehnlich zur Geltung. Und perfekt rasiert hat er sich auch noch. Wahrscheinlich war er deshalb noch nicht früher beim Frühstück. Sie denkt an die letzte Nacht. Fast körperlich spürt sie seine Hände auf ihrer Haut. Die Sehnsucht zieht ihr Inneres zusammen. Je eher sie zuhause sind, desto eher darf sie ihn wieder spüren. Was Jenny dazu sagen wird? Wenn sie die Schuhe vor ihre Zimmertür stellen? Oder sollten sie nicht doch besser zu Markus gehen? Aber dann ist Jennifer allein zuhause. Sie ist groß. Und trotzdem ist es ein Sprung. Wenn die Mama einen neuen Mann hat. Aber sie hat es eigentlich schon als Erste erkannt. Und sie mag Markus offensichtlich. Astrid seufzt. Sie werden sehen. Was für ein Wochenende! Markus neben ihr schnauft kurz, dreht sich etwas zur Seite. Er muss tief und fest eingeschlafen sein. Eintönig zieht sich die Autobahn vor ihnen, es geht zügig voran, Kilometer für Kilometer. Astrid versucht sich zu erinnern, wo die Strecke verläuft, wo die Städte liegen, die auf den Ausfahrtschildern stehen. Noch rund dreihundert Kilometer, sagt das Navi. Es bleibt stumm, zählt nur die Strecke mit. Astrid schaltet vorsichtig das Radio an, erwischt einen Musiksender mit Nachrichten. Sie konzentriert sich auf die Sprecher, versucht möglichst viel zu verstehen. Sie gähnt immer häufiger, macht das Fenster kurz auf. Markus schläft ungestört weiter. Es hilft nichts, am nächsten Parkplatz muss sie raus, sich an der Luft bewegen. So sacht wie möglich parkt sie den Wagen in die Lücke, schaltet den Motor aus. Erst jetzt spürt sie, wie müde auch sie schon ist. Das Dröhnen der Fahrgeräusche verschwindet allmählich aus ihrem Kopf, für einen Moment schließt sie die Augen. Sie könnte auf der Stelle einschlafen. Sie zwingt sich, die Augen wieder zu öffnen. Sie öffnet die Tür ein wenig. Frische Luft strömt hinein. Draußen ist es noch gar nicht so heiß, wie es ohne Klimaanlage hier drin geworden wäre. Markus rührt sich. Griesgrämig blinzelt er in das helle Licht, dann nimmt er Astrid

wahr. Augenblicklich strahlt er wieder. „Wo sind wir hier?“,
fragt er. Astrid seufzt müde. „Keine Ahnung. Wohl so um die
100 km vor der Grenze, vermute ich mal.“ Markus richtet sich
auf, streckt sich, soweit das im Auto-Inneren geht. „Dann lass
uns mal aussteigen. Oder bist du schon mit der Pause fertig?“
Astrid lacht. „Nein. Ich merk nur gerade, wie nötig sie ist.“
„Dann raus hier, du reisender Engel.“ Als Erstes nimmt er sie
fest in den Arm, dann küsst er sie mitten auf diesem Rastplatz
und stört sich nicht an all den Familien, Senioren, Urlaubern und
Sonntags-Fernfahrern. Sie lässt es gerne geschehen, froh über
seine starken Arme und sein wieder waches Lachen. Ihr fällt noch
der Proviant im Rucksack ein. Vielleicht schmeckt der Kaffee ja
noch. „Ist schon mit Milch, aber ohne Zucker“, bietet sie Markus
den Becher an. Ohne mit der Wimper zu zucken trinkt er ihn
leer. „Den Mund verbrennt man sich nicht mehr daran. Aber ist
gut stark, das kann nur helfen.“ Astrid füllt nach und probiert.
„Bah, der ist ja schon völlig kalt!“ „So hart wollte ich es nicht
ausdrücken“, meint Markus. „Vielleicht schläfst du gleich erst mal
und hebst ihn für später als Doping auf.“ Astrid schüttelt sich,
nimmt noch einen kleinen Schluck, dann kippt sie den Rest ins
Gebüsch. „Ich glaub, in Deutschland gibt’s auch an Raststätten
trinkbaren – und heißen – Kaffee.“ Kritisch begutachtet sie die
Thermosflasche. „Bruchfest, aber schlechte Isolierung. Taugt
auch nicht viel.“ „Ach komm“, ermuntert Markus sie. „Lass uns
ein paar Meter gehen.“ Auf der Wiese turnen sie ein bisschen,
Markus hüpft energiegeladen auf und ab. „Du bist richtig fit?“,
will sie wissen. „Ich denke schon. Zumindest im Rahmen des
Möglichen.“ Sie reicht ihm die Autoschlüssel. Zurück auf dem
Beifahrersitz spürt sie sofort, wie Markus so schnell einschlafen
konnte. Dankbar schließt sie die Augen.

„Mist!“ Markus flucht leise vor sich hin, schaltet die Warn-
blinkanlage an, bremst immer wieder kräftig herunter. Schließlich
stehen sie. Astrid ist noch halb im Tran. „Was ist los?“ „Nichts
Schlimmes. Nur ein Baustellenstau.“ „Sind wir schon in Deutschland?“ „Ja, lange.“ Astrid rappelt sich auf, blinkert, die Kontaktlinsen mögen eigentlich keine geschlossenen Augen. Sie sucht

im Radio einen Verkehrsfunksender. Die Musik dudelt. Und sie stehen. Fast zwei Stunden muss sie geschlafen haben. „Wie geht es dir, bist du noch fit?“ „Hm. Halbwegs“, weicht er aus. „Wir könnten eben tauschen. Hier geht doch gerade mal gar nichts.“ „Hm.“ Markus schweigt. Gibt keine Antwort. Dann gähnt er und bekommt den Mund kaum noch zu. Astrid löst den Gurt, steigt aus und öffnet seine Tür. Er guckt sie nur fragend an, dann steigt er widerstandslos aus und auf der anderen Seite wieder ein. „Danke, du Engel.“ Sie schaut ihn von der Seite an. „Wir wollen doch beide heil nach Hause kommen. Das schaffen wir am besten gemeinsam.“ Er lächelt müde. „Ich weiß. Trotzdem danke.“ Sie schweigen, das Radio dudelt leise vor sich hin, er döst ein.

Astrid schaut sich um, in die umstehenden Autos hinein. Das hat sie schon früher gemacht, als sie noch beruflich viel im Auto unterwegs war und genauso viele Staus erleben durfte. Vor ihnen ist eine Familie, vermutlich auf dem Weg nach Hause, deutsches Kennzeichen, auch Nordrhein-Westfalen. Die Kinder auf der Rückbank scheinen lebhaft zu sein. Eben flog etwas quer durchs Auto. Echte Geschwisterliebe wohl. Mit Jennifer war es einfach, sie hatte ja nie jemanden zum Streiten. Aber ein zweites wollte sie nicht. Martin war ein wirklich liebevoller Vater. Aber von den ganzen praktischen Pflichten, die das Elternsein so mit sich bringt, hat er sich fast nur die angenehmeren herausgepickt. Wenn sie dann freitags müde nach Hause kam, standen da noch die Bügelwäsche, die Kindergeburtstagsorganisation oder der Wichtelgeschenk-Einkauf an. Ums Laternenbasteln hat er sich auch immer gedrückt. Naja. Alte Zeiten. Und trotzdem fehlt er ihr. Tatsächlich alles allein meistern zu müssen war hart. Und die stille, in ihrer Trauer verschlossene Tochter es nicht spüren zu lassen, war noch viel schwieriger. Bis sie eines Abends verheult zu ihr ins Wohnzimmer kam, sie lenkte sich gerade mit einer seichten Liebeskomödie im Fernsehen ab, um besser schlafen zu können, und ihr nur eine Frage stellte. „Mama, wie kann ich dir denn helfen?“ „Du mir?“, hatte sie verblüfft gefragt und dann nur das schluchzende Kind in den Arm genommen. Sie war so verzweifelt, die Kleine. Hatte natürlich gespürt, wie schwer es ihr alles fiel und sie sich trotzdem um gute Laune und das eine oder andere Extra für die Tochter bemühte. Sie machte den Fernseher aus und sie sprachen lange miteinander. Es war das erste Mal, dass sie nicht mehr nur das zu versorgende und zu behütende Kind in ihr sah. Sie war fast dreizehn, beileibe nicht mehr klein. Sie wollte etwas tun, Pflichten übernehmen, irgendetwas, damit es ihr, der Mama besser ginge, wenigstens ein bisschen. Sie wusste ja, dass auch sie krank war und mit dem Krebs gekämpft hatte. Sie überlegten gemeinsam und staunten, was alles möglich wäre. Sie wollte nach der Schule einkaufen, damit Astrid nicht nach Feierabend noch in die vollen Läden musste. Selbst schlug sie vor, dass sie die ehemals väterlichen Müllpflichten übernimmt: Die Eimer im Haus leeren, die Tonnen nach Plan an die Straße stellen und wieder zurückholen. Und bügeln wollte sie lernen, damit sie zumindest ihre eigenen Sachen in Ordnung hielt. Wenigstens die T-Shirts, Jeans und Pullis. Sie weiß noch genau, wie enthusiastisch Jenny ans Werk ging. Natürlich schlief die eine oder andere ihrer Aufgaben mal ein. Aber wenn Astrid sie freundlich darum bat, war sie mit schlechtem Gewissen sofort wieder dabei. Ganz selbstverständlich kümmerte Jenny sich diszipliniert um ihre Schulsachen, holte sich bei Freundinnen Hilfe, wenn sie etwas nicht verstanden hatte. Noch heute geht Astrid eigentlich nur zum Elternsprechtag, um mal die Lehrerinnen und Lehrer ihrer Tochter kurz kennengelernt zu haben. – Der Verkehrsfunk unterbricht ihre Gedanken. Scheiße, flucht sie innerlich. Sperrung wegen einem Unfall in der Baustelle. Das kann dauern. Markus schläft ruhig. Wenigstens das. Eigentlich könnte sie ja auch die Augen zu machen. Der Motor ist aus, die Handbremse angezogen. Sie döst ein bisschen, träumt.

Plötzlich kommt wieder Bewegung in den dreispurigen Parkplatz. Es geht ungefähr zehn Meter weiter, dann steht wieder alles. Nach ein paar Minuten wieder wenige Meter. Die Nachrichten. Und die Verkehrsmeldungen: Die Sperrung ist aufgehoben, aber nur eine Spur befahrbar. Astrid stöhnt. Aber besser als nichts. Langsam bekommt sie Hunger. Mittag ist eigentlich schon lange vorbei. In ihrem Rucksack hat sie noch ein Stück Baguette mit

Käse und Schinken. Und eine kleine Flasche Sprudel müsste auch noch drin sein. Sie überlegt, wo jetzt der Rucksack steckt. Im Kofferraum? Oder hinter den Sitzen? Es geht wieder etwas weiter. Und wieder stopp. Sie linst hinter Markus' Platz. Da ist nichts. Hinter ihrem Sitz? Sie fühlt, bekommt einen Trageriemen zu fassen. Ist das ihrer? Sie zieht vorsichtig daran, versucht sich so weit zu verdrehen, dass sie mehr sieht. Aber jetzt muss sie erst einmal wieder fünf Meter fahren. Markus brummelt vor sich hin. Entweder träumt er oder schläft nicht allzu tief. Astrid zerrt wieder an dem Gurt. Ob sie eben aussteigt und den Rucksack holt? Ein vorbeifahrendes Motorrad, das sich durch die Reihen schlängelt, belehrt sie eines Besseren. Lieber nicht. Sie probiert es weiter, wieso ist das Ding so schwer? Oder ist es Markus? Stück für Stück hangelt sie die Tasche in die Mitte. Dann will sie sie zwischen den Lehnen hindurch nach vorne heben. Immer wieder rücken die Autoschlangen vor. Sie kriegt den Rucksack einfach nicht gehoben, so verrenkt, wie sie die Arme dabei hat. „Was machst du da?", mault Markus noch im Halbschlaf. „Entschuldige, ich wollte dich nicht wecken." „Hab ja gar nicht richtig geschlafen. – Und was wühlst du da, kann ich dir helfen?" Er rutscht gerade in seinen Sitz und schaut nach hinten. „Willst du an den Rucksack?" „Ja, genau." Mit einem Schwung hat er das Gepäck auf dem Schoß. „Willst du selbst gucken oder soll ich dir was reichen?" „Kannst ruhig gucken. Ist noch was zu essen drin? Ich krieg allmählich Hunger." Markus zieht den Reißverschluss auf und kramt. „Ein Stück Baguette? Oder weiche Schokokekse?" „Ja, genau, das Baguette bitte." Sie beißt kräftig hinein und kaut, während sie den langsam rollenden Wagen mit einer Hand lenkt. Mittlerweile haben die meisten kapiert, mit wie viel Abstand sie im Schritttempo daherrollen können, ohne ständig anhalten und anfahren zu müssen. In der Ferne blinken schon die gelben Warnleuchten. Davor ist noch eine Ausfahrt. Wieso bleiben nur alle auf der Autobahn? Könnten nicht mal ein paar runter fahren? Dann wäre hier auch mehr Platz. Aber sie will ja auch weiter und nicht über die Dörfer zockeln. „Du hast aber viel Post gekriegt", stellt Markus fest und reicht ihr ihr Handy, als sie die zweite Hand wieder frei hat. Sie liest und tritt unwillkürlich auf die Bremse. „Scheiße!“ Hinter ihr hupt jemand. Sie gibt Markus das Gerät zurück und fährt wieder an. „Was ist los?“, fragt er besorgt. Astrid schaut grimmig drein. „Ich hab vergessen, mich abzumelden. Dabei hatte ich hoch und heilig versprochen, Anne die vorbereitete SMS zu schicken, wenn klar ist, dass ich wirklich mit dir zurück fahre. Sie werden darauf gewartet haben.“ „Oha.“ Nach einer Weile des Schweigens bittet Astrid „Kannst du bitte mal vorlesen? Ich hab nur den ersten Satz gesehen.“ Markus tippt in den Nachrichteneingang. „Es sind insgesamt fünf Nachrichten. Eine von einer anderen Nummer. Soll ich sie alle vorlesen?“ „Ja, bitte. Scheiße, scheiße, scheiße! Wie kann ich das wieder gut machen!“ Astrid ärgert sich furchtbar über ihre eigene Vergesslichkeit. Markus schaut sie besorgt von der Seite an. Dann liest er ruhig vor. Die Freundinnen haben eine Stunde gewartet, dann haben sie Astrid nicht erreicht. Sie sei nicht ans Telefon gegangen. Sie haben im Abstand mehrere Nachrichten geschickt, zunehmend besorgt, mit dringender werdender Bitte um Rückruf. „Wieso? Es hat doch gar nicht geklingelt!“, regt Astrid sich auf. „Ist das teure Mistding auch schon wieder kaputt?!“ Markus meint vorsichtig: „Nein, ich glaube, es ist nur stumm geschaltet. Und das Brummen hört man im fahrenden Auto nicht.“ „Oh nein!“ Astrid zieht eine verzweifelte Grimasse. „Was bin ich nur für eine dämliche Kuh! Das hab ich vor der Oper gestern so eingestellt. Und nicht wieder heraus genommen.“ Markus tröstet. „Nein, Süße. Nur etwas übermüdet. Und ich bin ja auch nicht ganz unschuldig an dem Malheur.“ „Was kannst du denn dazu, dass ich so vergesslich bin?“, empört sie sich. „Ich hab dich ein bisschen abgelenkt, nehme ich an“, lächelt er. Sie lacht „Natürlich hast du das. Aber das ist doch keine Entschuldigung für mich.“ Sie grübelt. „Gut, dass wir uns nicht verpasst haben, heute Morgen. Ich hatte ja die Rezeption angerufen, dass du mich anrufen solltest, ehe du fährst.“ Markus schmunzelt. „Die Überraschung musste sein?“ „Naja, schon.“ Seine Hand wandert auf ihren Schenkel. Sie wirft ihm einen schnellen Blick zu, während sie einen hineindrängenden Lastwagen überholt – so gut das im

Stau eben geht. „Soll ich mal zurückrufen, dass alles in Ordnung ist?“, schlägt er vor. „Du? Aber du kannst doch gar nichts dazu.“ „Na eben. Mich werden sie schon nicht fertig machen.“ „Natürlich nicht, du Charmeur!“ „Und?“ Astrid grummelt. „Ja, mach, wenn du willst. Ich kann mich ja vom nächsten Parkplatz aus melden. Wenn sie noch mit mir sprechen.“ Markus grinst und wählt. Anne meldet sich. „Hi Astrid, wo steckst du denn?!“ „Hier ist Markus, und Astrid sitzt neben mir, sie fährt gerade.“ „Oh, äh, sorry. Hier ist Anne.“ „Hallo Anne. Wir haben gerade erst festgestellt, dass Astrid aus Versehen noch das Handy stumm geschaltet hatte, noch von gestern in der Oper. Tut uns leid, dass ihr euch Sorgen gemacht habt.“ „Na, Hauptsache, bei euch ist alles in Ordnung. Wo seid ihr denn gerade?“ Markus berichtet von dem Stau und der Sperrung, die wieder aufgehoben wurde. „Oh, das sind gute Nachrichten!“, meint Anne. „Wir haben schon heftig diskutiert, ob wir einen Umweg fahren, oder riskieren uns hinten anzustellen. Aber das scheint ja dann die bessere Variante zu sein.“ „Darf Astrid sich auf dem nächsten Rastplatz noch bei euch melden?“, fragt Markus und schaut sie von der Seite aus an. „Sie ist so zerknirscht, dass sie am liebsten unters Lenkrad kriechen würde.“ Anne lacht. „Natürlich, gerne. Und sie soll euch lieber heile weiter fahren, unterm Lenkrad wird das schwierig.“ „Das sag ich ihr, sie meldet sich dann später.“ „Ist gut, bis später!“ Astrid brummelt. „Was hast du da erzählt?“ Markus lächelt, seine Hand liegt auf ihrem Schoß. „Übertreibung macht anschaulich. – Und ich glaube, so sehr hab ich nicht übertrieben, du zerknirschter Engel.“ „Hm.“ Dann lacht sie leise. „Ach, du.“ Sie wirft ihm einen verliebten Blick zu. „Du kennst mich schon verdammt gut.“ Er lächelt fein. „Das freut mich.“

„Jenny hatte sich ja auch gemeldet!“ Astrid ist ganz besorgt und wählt sofort den Rückruf. „Sie geht nicht dran!“ Markus kommt mit dem Kaffeebecher in der Hand näher zu ihr. „War das ihre Handy-Nummer?“ Astrid nickt und lauscht angestrengt auf das Freizeichen. Schließlich legt sie auf. Die Sorgenfalte steht ihr steil auf der Stirn. „Meinst du nicht, dass sie sich längst noch mal gemeldet hätte, wenn es dringend wäre?“, versucht Markus sie vorsichtig zu beruhigen. „Hm, weiß nicht.“ Astrid nimmt seinen Becher und trinkt ihn fast leer. „Danke, der ist gut.“ „Willst du auch einen?“ „Hm, kann nicht schaden.“ Sie schlendern gemeinsam zum Rasthaus hinüber, wohin sich Markus schon zurückgezogen hatte, als Astrid mit den Freundinnen telefonierte. Das ging ihn schließlich nichts an, was sie zu bereden hatten. Kaum hält Astrid nun ihren dampfenden Kaffee in der Hand, bimmelt ihr Telefon in der Hosentasche. Grinsend nimmt Markus ihr den Becher ab. Es ist Jenny. Astrid ist sichtlich erleichtert, erzählt, wo sie jetzt sind, und dass sie vermutlich noch eine Stunde brauchen werden. „Kommt Markus mit rauf oder setzt er dich nur ab?“, will die Tochter neugierig wissen. „Äh, woher weißt du denn, dass ich mit Markus fahre?“ Jenny kichert. „Wenn dich keiner erreichen kann, werd’ ich schon mal gefragt, ob ich was wüsste. Wusste ich aber auch nicht. Nur jetzt, dass ihr beide zusammen unterwegs seid.“ „Ach so.“ Astrid schluckt. „Ich glaube, er kommt noch auf einen Sprung mit rauf, oder?“ Sie schaut Markus fragend an. Der hat halb mitgehört und nickt nur. „Sag ihr schöne Grüße!“ „Schöne Grüße von ihm und er hat gerade genickt.“ „Liebe Grüße zurück und fahrt vorsichtig! Bis später!“ „Bis später, Tochter!“

Das letzte Stück Autobahn soll staufrei bleiben, hat der Verkehrsfunk versprochen, es gibt keine Meldungen. Astrid sitzt wieder am Steuer. „Ich könnte mich glatt daran gewöhnen, so souverän gefahren zu werden“, kommentiert Markus und räkelt sich gemütlich auf seinem Sitz. Astrid schmunzelt. „Meinst du das ehrlich?“ „Wieso sollte ich das nicht ehrlich meinen?“ „Weiß nicht. Männer und Frauen finden ja oft den Fahrstil des anderen überhaupt nicht gut.“ „Ach was, alles Klischees. Man merkt dir die langjährige Routine einfach an. Ich kenn genug Frauen, die Panik kriegen, wenn sie mal ein anderes als ihr eigenes Auto fahren sollen.“ „Ich bin halt anders als viele andere Frauen.“ „Genau.“ Markus dreht sich zu ihr herum. „Und genau das macht dich einfach unwiderstehlich.“ Sie riskiert einen schnellen Blick bei freier Bahn und Tempo 150. Er blitzt sie verliebt und sehnsüchtig aus seinen braunen Augen an. Sie seufzt leise. „Das ist so schön, wenn du mir so etwas sagst.“ Er lacht leise. Dann fängt er an in

seinem Handschuhfach zu wühlen. Schließlich befördert er eine
uralte Kuschelrock-CD ans Tageslicht. Er legt sie ein und sucht
den Titel. „Ich hoffe, du verträgst eine große Dosis Schmalz.“
Sie zieht fragend die Augenbrauen hoch und setzt zum Über-
holen eines Wohnwagengespanns an. Bei den ersten Tönen von
„Dreams Are My Reality ...“, macht sie seufzend „Ooh!“ und
summt mit. Sacht wandert Markus’ Hand zu ihr hinüber. Sie
lächelt ihn zärtlich an, schert wieder rechts ein und nimmt den
Fuß etwas vom Gas. Sie lenkt nur noch mit links und kitzelt seine
Hand. „Hast du noch mehr von diesem herrlichen Schmalz?“,
fragt sie ihn lächelnd, als die letzten Töne verklingen. „Ich glaub
schon. Wenn’s noch mehr aus unserer Jugend sein darf?“ Sie lacht.
„Mit dir bin ich gerne wieder jung, Süßer.“

Familie

Astrid dreht den Zündschlüssel herum. Das ewige Motorbrummen weicht dieser unerwarteten Stille. Endlich wieder zu Hause. „Da sind wir!" Sie lächelt Markus neben sich an. Der hat schon den Gurt gelöst und sich zu ihr herum gedreht. „Ich danke dir fürs Fahren, Engel. Allein hätte ich tatsächlich arge Schwierigkeiten gekriegt." Sie küsst ihn vergnügt auf den Mund, er hält sie sofort fest und knutscht sie kräftig. „Vor 24 Stunden hätte ich noch nicht geglaubt, was inzwischen passiert ist." Astrid lacht. „Ich auch nicht!" Sie versinkt einen Moment in seinen braunen Augen. „Und es ist das Beste, was mir seit Langem passiert ist", ergänzt sie leise. Markus strahlt. „Wem sagst du das?", frotzelt er liebevoll zurück. „Lass uns mal raufgehen, Jenny wird doch schon warten." „Wer weiß, ob sie überhaupt da ist. Ich glaub, sie kommt schon ganz gut zurecht."

Als Astrid den herausgekramten Schlüssel gerade ins Türschloss stecken will, reißt Jennifer ihnen schon die Tür vor der Nase auf. „Herzlich willkommen zu Hause!", strahlt sie. Astrid lacht überrascht, stellt ihren Koffer wieder hin und breitet erst einmal die Arme aus. „Wie geht es dir, Große? Alles gut überstanden?", will sie von der Tochter wissen. „Na klar, bin doch kein Baby mehr. – Aber trotzdem schön, dass ihr zurück seid." „Dann ist ja gut", lässt sich Markus aus dem Hintergrund vernehmen. Astrid macht erst einmal Platz und zieht ihren Koffer in den Flur. Sie nimmt Markus das gerollte Kleid ab, sodass er auch Jenny begrüßen kann. Ihr flinker Blick tanzt forschend über sein Gesicht, er muss fast lachen. Eigentlich weiß sie es schon längst, will sich nur vergewissern, denkt er amüsiert. „Mögt ihr schon etwas essen? Oder hattet ihr unterwegs Mittagessen?", fragt Jennifer in die Runde. „Nein, wir hatten nichts Richtiges", erklärt Astrid. „Was können wir denn kochen?" „Gar nichts", widerspricht die Tochter. „Ist schon fertig. Ich hoffe, die Nudeln sind nicht zu pampig geworden." Astrid dreht sich zu ihr um. „Wow! Das ist ja ein Empfang!" Grinsend wendet sie sich zu Markus „Jetzt weiß ich, wofür ich die ganzen Windeln gewechselt hab." Er lacht, bemerkt aber auch, dass Jenny das nur halb so spaßig findet. „Was können wir denn noch helfen?", will er von ihr wissen. Sie lächelt wieder. „Nichts! Ihr braucht euch nur noch hinzusetzen. In der Küche ist schon gedeckt." Astrid und Markus waschen sich kurz noch die Hände, dann lassen sie sich am vorbereiteten Tisch nieder und sparen nicht an Lob für die liebevolle Dekoration und das leckere Essen. „Na, übertreibt mal nicht." Jenny wird fast verlegen. „Nudeln mit Soße und Salat sind ja kein Sterne-Menü." „Nö, besser", zwinkert Markus ihr zu. „Sogar fast noch besser als gestern das Frühstück." Jetzt lacht sie wieder. „Die Croissants hattest du doch selbst mitgebracht." „Na klar. Wenn wir schon nicht in Paris waren, haben wir wenigstens zusammen französisch gefrühstückt." Jennifer grinst breit. „Aber dann bist du doch noch nach Paris gefahren. Waren die Croissants so lecker?" Markus wird eine Spur rot. „Ja, auch." Er atmet durch, Jenny schaut ihn noch immer auffordernd an. „Ich musste Astrid einfach überraschen. Und du hattest ja von dem schönen Wetter in Paris erzählt. – Manchmal machen auch Große einfach mal was Verrücktes." Jenny lächelt. Dann schaut sie ihre Mutter an, die ein wenig verlegen guckt, und zwinkert ihr zu. Wortlos wendet sie sich dem Kühlschrank zu und fragt, ohne sich umzudrehen „Mögt ihr auch noch Nachtisch?" „Hm, eigentlich immer", meint Markus. „Was hast du denn noch alles gezaubert?", will Astrid wissen. „Nicht gezaubert, nur selbst gekauft, Mousse au chocolat. – Haben Tom und ich gestern im Supermarkt entdeckt und euch gleich auch welche mitgebracht." „Das passt ja genial zum französischen Wochenende", freut Astrid sich. „Wie geht es Tom? War er auch hier?", fragt sie so unverfänglich wie möglich. Jenny zögert einen Moment. „Ja, klar, bis heute Mittag. Seine Mutter hat gestern Nachmittag schon wieder derart genervt, dass wir hierher sind." „Schön", bestätigt Astrid nur kurz. Sie wird schon mehr erzählen, wenn sie es denn will. Sie stellen das Geschirr zusammen und auf das Spülbrett, Markus verteilt

die Löffelchen zu den Nachtisch-Bechern. Genüsslich verspeisen
sie die leckere Crème. „Wo gibt es die?", will Markus wissen.
„Die ist fantastisch." Jenny erklärt, wo der Supermarkt in Toms
Wohngegend ist. Astrid widmet sich inzwischen den Töpfen und
Schüsseln, räumt das Geschirr in die Spülmaschine. Dann steht
Markus auf und geht in den Flur, sucht etwas in seiner Jackentasche. „Sag mal, Mama", setzt Jenny leise an, „hat Markus dich
jetzt endlich rumgekriegt?" Verdattert fällt Astrid fast der Topf-
deckel aus der Hand. „Was hast du gesagt?", guckt sie sie entgeistert an. Jennifer wird rot. „Ich dachte ja nur, wenn er doch
extra nach Paris fährt …" Astrid muss über das verlegene Gesicht ihrer Tochter lachen. Dann holt sie Luft. „Ja, hat er", gibt
sie die Antwort und wird selbst etwas rot. „Mich hat nur deine
Ausdrucksweise etwas überrascht." Jennifer kichert und strahlt
über das ganze Gesicht. Markus kommt gerade zurück. „Was habt
ihr denn zu lachen?" Astrid und Jennifer tauschen bedeutsame
Blicke. „Ich hab nur Jennys Frage beantwortet, ob …", Astrid
fängt Jennys flehenden Blick auf, „wir jetzt zusammen seien."
Markus lacht von einem Ohr zum anderen. Er zieht Astrid in
seinen Arm. „Dank deiner Informationen", wendet er sich an
Jenny, „ist es mir tatsächlich gelungen, deine Mutter gestern
Abend vor der Oper abzupassen, als sie mit den Freundinnen
herauskam. Und die Überraschung schien wohl so gelungen zu
sein, dass sie sich anschließend von mir entführen ließ." Zärtlich küsst er Astrid auf die Nase, die schon wieder errötet, vor
ihrer Tochter. Die springt plötzlich auf und umarmt sie beide
zusammen. „Ihr wisst gar nicht, wie ich mich freue!" Ganz fest
drückt sie sie mit jedem Arm. Als sie sie wieder loslässt, wischt
sie sich verstohlen ein Tränchen von der Nase. „Kommst du
jetzt öfter her?", fragt sie Markus. „Wenn ich darf, sehr gerne",
lächelt er zurück. „Aber darüber haben wir noch gar nicht so
genau gesprochen." „Oder gehst du zu Markus?", will Jenny
nun von ihrer Mutter wissen. „Wenn es dir recht ist, auch gerne
mal. Aber ab und zu möchte ich dich schon noch sehen, meine
Tochter." „Na klar", lacht sie. „Das wird schon klappen." „Wenn
du nicht gerade bei Tom bist", kontert Astrid. „Nur, wenn seine

Eltern nicht da sind. Die können echt penetrant sein." „Schon verstanden", schmunzelt Astrid. „Also könnte es euch durchaus recht sein, wenn ich am Wochenende mal verschwinde." „So hab ich das nicht gemeint!", protestiert Jenny. „Und du lässt uns ja auch in Ruhe." Astrid lacht. „Okay, okay. Wir werden sehen."

Nun reicht Markus Jennifer ein kleines Päckchen. „Nur ein kleines Mitbringsel aus Paris. Auch als Dank für deine Unterstützung, ohne es zu wissen." Er zwinkert ihr verschmitzt zu. Neugierig wickelt Jenny das Papier auseinander und hält einen kleinen Eiffelturm in der Hand. „Danke schön!", strahlt sie. „Der ist ja süß. Wart ihr auch oben?" „Nein", erzählt Markus. „Wir haben die kurze Zeit anders genutzt." Astrid knufft ihn, was auch Jennifer nicht entgeht. „Und außerdem waren die Freundinnen doch schon am Freitag dort", erklärt Markus ungerührt weiter. „Vielleicht komm ich ja auch mal nach Paris und auf den Eiffelturm", meint Jenny. „Ganz bestimmt. Und Zugfahren ist auch nicht so anstrengend wie die heutige Autofahrt." Markus unterdrückt nur halb sein Gähnen. Jennifer wirft einen Blick auf die Wanduhr. „Ist es okay, wenn ich mich mal verdrücke? Ich wollte noch mit Tom telefonieren." „Aber klar", stimmt Astrid zu. Jennifer schnappt sich das Mobilteil und verschwindet in ihrem Zimmer.

Markus zieht Astrid wieder in seinen Arm. Zärtlich knabbert er an ihrem Ohr, sie kichert leise, weil es so kitzelt. „Du hast die beste Tochter, die du kriegen und erziehen konntest", säuselt er in ihr Ohr. „Hmm", brummelt sie Zustimmung. „Ich weiß. Sie kann zwar auch anders. Aber zum Glück nicht sehr oft. – Wie sehr sie sich für uns gefreut hat, hat mich echt überrascht." Markus feixt. „Tatsächlich? Geteiltes Glück ist doppeltes Glück, heißt es doch. Sie ist verliebt in ihren Tom, und ich … baggere dich an, so gut ich halt kann, und nun hat es die Mama auch endlich erwischt." Astrid guckt ihn erstaunt an. „Meinst du wirklich?" „Wieso denn nicht?" Er holt Luft, spricht leiser weiter. „Ihr habt beide Martin verloren. Sie wird nun langsam flügge und hat ihre erste Liebe. Es ist klar, dass sie in ein paar Jahren auszieht. Und nun freut sie sich riesig, dass du auch eine neue Liebe hast. Und nicht allein bist, wenn sie sich beginnt abzunabeln." „Hm." Astrid schweigt nachdenklich. Es stimmt schon. Jenny war immer auch um ihr Wohlergehen besorgt. Natürlich so, wie Kinder, besser gesagt Jugendliche, es können. Dann hat sie möglicherweise Markus so herzlich aufgenommen, um ihm alle Chancen zu geben? Weil sie früh spürte, dass er mehr von ihr wollte? Aber sie mag ihn ja wohl auch wirklich. So berechnend kann sie auch gar nicht sein, schon gar nicht nur ihrer Mutter zuliebe. Es ist ja nun nicht so, dass es nie Zoff gab und Meinungsverschiedenheiten, die Astrid auch schon mal rigoros in ihrem Sinne entschied. Allerdings liegt die letzte Auseinandersetzung schon einige Zeit zurück. Jenny ist einfach groß und ziemlich vernünftig geworden. Sie vertraut ihr und wurde bisher nie enttäuscht. Stück für Stück lässt sie ihr mehr Freiraum. Sie muss ihre Erfahrungen einfach machen können. Druck und Zwang ist keine gute Vorbereitung auf ein selbst bestimmtes Leben. – Astrid schaut Markus an, der ihr geduldig beim Denken zugesehen hat. „Kommst du noch mit rüber?" Sein breites Lächeln ist wortlose Antwort genug. Nachdem er aus dem Bad zurückkommt, stellt er seine Schuhe ordentlich vor Astrids Zimmertür. Als sie es sieht, muss sie lachen, stellt aber ihre genauso ordentlich daneben und schließt dann die Tür. „Gleiches Recht für alle", grinst Markus. „Wie sie das wohl findet?", fragt sich Astrid laut. Markus zuckt mit den Achseln. „Ich baue drauf, dass ihr beide einen so guten Draht habt, dass sie es sagen würde, wenn sie etwas stört." „Ich glaube schon", meint Astrid. „Sonst würde ich sie auch fragen, wenn sie mir komisch vorkäme."

Markus legt ihr locker die Hände auf die Hüften. „Gilt deine Einladung von heute Vormittag noch?", fragt er vorsichtig. Astrid schmunzelt und zieht ihn in ihren Arm. „Wenn du meinst, dass mein Bett nicht schmaler als das heute Nacht ist, dann stimmt das immer noch." Sie blitzt ihn mit Schalk in den Augen an. „Oder möchtest du es gerne überprüfen?" Markus brummt mit schmalen Augen. „Das fände ich nicht schlecht. Und am liebsten noch, bevor ich wieder allein nach Hause fahre." „Wirklich allein bist du aber nicht mehr, Süßer." Ihre Lippen suchen seinen Mund. Schon so vertraut und warm finden sie sich, schmecken die Sehnsucht des Gegenübers. Sacht wagt er sich vor, fordert sie auf zum Tanz und Astrid sinkt wirklich selbstvergessen in seine Arme. Wie er es immer erträumt hatte, seit er sie kennt. Zärtliches Begehren durchströmt ihn, wächst langsam, sie feuert ihn hemmungslos an. Sie fasst in seinen Schopf, hält ihn fest, er erschauert unter ihrem Griff in seinen Nacken. Das wilde Tier ist geweckt. Und es will brüllen! Atemlos richten sie sich auf, trennen sich nur zum Luft holen kurz. Wortlos sind sie sich einig, fiebrig zerrt sie sein T-Shirt hoch, zieht es ihm über den Kopf und lässt es auf den Boden fallen. Ihres folgt sofort und ungeduldig fingert Markus an ihrem BH-Verschluss, während sie an seiner Hose nestelt. Für einen Moment hält er inne, hebt ganz sacht ihre entblößten Brüste in seinen Händen, als wolle er sie wiegen, aber es ist nur seine noch immer ungläubige Bewunderung, dass er dies endlich darf, sie ihn lässt, ach was, einlädt! Ihr Herz klopft noch schneller, als ihre Blicke sich finden. Ungeduldig streifen sie sich gegenseitig die restlichen Kleider vom Leib. Astrid erzittert unter seinen warmen, zart kitzelnden Fingern. Sein Schwanz reckt sich stolz und straff empor, seit sie ihn aus seinem dunklen Versteck befreit hat. Sacht streichelt sie den empfindsamen Phallus. Markus schließt die Augen, presst die Kiefer zusammen, um nicht laut aufzustöhnen. Er bebt schon. Sie zerrt die Tagesdecke vom Bett, wühlt im Medikamentenschränkchen nach den Kondomen. – Jenny und Tom haben sie noch nicht angerührt, die Packung ist noch fast voll. Sie werden ihre eigene haben. – „Komm her“, bittet Markus mit vor Lust dunkler Stimme. Seine Arme empfangen sie weit geöffnet. Sie umschlingen sich auf dem noch kühlen, glatten Laken und wollen sich spüren, Haut an Haut. Fiebrig wandern Hände über Körper, erforschen die sensibelsten Stellen, treiben an und die Hitze steigt. Ihre Körper sprechen schon miteinander. Markus jault beinahe auf, als Astrid sich über seine Füße hermacht, so wie er sie noch vor Stunden zärtlich quälte. Er japst bald heftig und sie lässt von ihm ab, ihre Hände streifen nun ziellos über seine Schenkel. Kaum beruhigt langt er nach ihren Hüften, zieht sie näher und greift von hinten zwischen ihren Beinen hindurch. Wie ein vorwitziger Kobold tippt er ihren Lustknopf an. Sie zuckt

und quietscht, klemmt seine Hand zwischen ihren Beinen ein.
Er lacht und jammert gespielt hilflos „Du hast mich gefangen!
Ich bin verloren!" Sie lässt nur ein wenig locker und er nutzt es
sofort zur neuen Lustattacke. Jetzt rutscht Astrid fort, nicht ohne
seine Trillerfinger einen Moment zu genießen, und greift zum
Kondom. Markus nimmt es ihr weg und streift es selbst über den
glühenden Schwanz. Er zögert noch, wie sie es nun tun, schaut
Astrid fragend an. Mit einem spöttischen Lächeln beugt sie sich
einfach vor und saugt ihn mit einem Schwups in ihren Mund. Den
Lustlaut kann Markus nicht sofort unterdrücken, dann presst er
sich das Kissen vor den Mund. Ganz langsam und genüsslich bearbeitet Astrid sein männlichstes Körperteil, greift sich die heißen
Eier zum Spiel. Dumpf tönt es aus Markus' Kissen, seine Muskeln
spannen sich an, er bettelt geradezu um Erlösung. Astrid treibt
ihn noch ein Stück weiter. Dann schwingt sie sich kurzerhand
über ihn und lässt ihn unendlich langsam in sich eintauchen. Sie
spürt, wie er sich aufbäumen will, hört sein Wimmern. Selbst
schon glutheiß und nass will sie ihn jetzt richtig abschießen. Mit
geübtem Schwung und kribbelnder Muskelspannung reitet sie
seinen Schoß. Er tobt unter ihr, bockt sich ihr entgegen, doch so
leicht lässt sie sich nicht abschütteln. Kraftvoll massiert sie ihre
aufgeblühte Knospe, genießt die aufwallende Hitze und gibt
ihm endlich den Rest. Aufheulend überwältigt ihn die Woge.
Er zittert am ganzen Körper, für einen langen Moment. Ein
Tränchen ist ihm entwischt und rinnt über seine Wange. Vorsichtig legt Astrid sich auf ihn, in seine warmen Arme, die sie
sofort sicher halten. Markus schluchzt leise. „So ein Wahnsinn",
flüstert er. „Das hätte ich nie geglaubt." Astrid brummelt nur
wohlige Zustimmung, saugt seine warme Nähe in sich auf, für
die nächste Nacht allein. Genussvoll bewegt sie ihr Lustknöpf-
chen auf seinem Schoß. Sein Schwanz steckt immer noch prall
in ihr. Schließlich dreht Markus sie auf die Seite, zieht sich sanft
zurück. Enttäuscht grummelt sie ein bisschen. „Willst du noch
mehr? Du warst noch nicht so weit, oder?", forscht er freundlich nach. „Hmm." Frisch bekleidet schiebt sich sein Luststab
wieder langsam in ihre Pforte, die sie bereitwillig für ihn öffnet.

Doch seine Finger wandern mit, tasten sacht nach der Perle, die es sich nass und freudig gefallen lässt. „Ein erfahrener Mann ist viel besser als jeder ungeübte Frischling", raunt sie ihm schon wieder erhitzt ins Ohr. Erfreut konzentriert er sich noch mehr auf ihr Liebesspiel, spürt, wie ihre Spannung steigt, und bewegt sich sacht in ihrem Zaubergarten. Sie stöhnt, fängt an zu keuchen, zieht sich die Decke heran, um sich den lauter werdenden Mund zuzuhalten. Sein Finger tanzt um ihre Perle, lässt sie trillern und jubilieren, immer wieder. Er ist so gut, macht sie schier wahnsinnig, es brodelt in ihrem Becken. Dann fährt er lang durch ihre Spalte, teilt die Lippen, neckt den heißen Knopf. Er treibt sie immer noch weiter, Stück für Stück, wenn sie schon glaubt, es zerreiße sie. Längst hat es sie gepackt, sie presst sich ihm entgegen, bebt und wimmert, heult, kann sich nicht mehr halten. Mit einem langen, tiefen Stoß und hartem Griff bringt er sie zur Explosion. Sie schreit in die Bettdecke, als sich ihr der Himmel öffnet. Momente lang ist sie nicht von dieser Welt. Ganz ruhig wartet Markus ihre Landung ab, nimmt sie liebevoll wieder in Empfang. Sie weint, kann gar nicht anders, so hat es sie überwältigt. Zärtlich küsst er ihre Tränen trocken, der Stolz erfüllt warm seine Brust. „Dich lass ich nie wieder weg." Ganz fest hält sie ihn umschlungen. „Nie wieder."

Noch eine gute Weile liegen sie beieinander, ehe Markus sich seufzend losreißt und erhebt. „Ich sollte euch jetzt auch mal in Ruhe lassen und zu Hause nach dem Rechten sehen." „Na, solange warst du doch auch nicht weg", protestiert Astrid. Er lächelt sie zärtlich an. „Nein. Nur einen Tag. Aber es kommt mir vor wie eine Ewigkeit." Astrid steht auch auf und schlüpft in ihre Kleidung. „Und wann sehen wir uns wieder?", will sie wissen. „Wann immer du willst", lächelt er und knöpft seine Jeans zu. Sie blitzt ihn an. „Das habe ich, glaube ich, heute schon einmal gehört. Wann bist du denn morgen zu Hause?" „Wann immer du willst", wiederholt er spitzbübisch. „Ach, komm! Wann wärst du denn normalerweise von der Arbeit zurück?" „Naja, normalerweise … zwischen fünf und sechs, mehr so bei sechs Uhr. – Aber was ist schon normal?" Er fasst ihr in die Taille, zieht sie heran.

„Und du?“ „Das würde schon passen. Aber ich sprech’ noch mit
Jenny. Wann ich zurück sein sollte.“ „Na, spätestens zum Frühstück ja wohl, falls sie wieder eine Nacht alleine aushält.“ „Wieso
wieder alleine? Sie hatte doch Besuch …“ „Stimmt auch wieder. –
Vielleicht hat sie ja wieder Besuch?“ „In der Woche? Es ist doch
Schule.“ „Dann frag sie doch einfach. Und der Besuch müsste
doch auch in die Schule, oder?“ „Ja, sicher. – Hm. – Naja, wenn
sie es sich zutraut, könnte man es ja mal testen.“ Markus küsst
sie auf die Nase. „Du bist wirklich die beste Mutter, die sie sich
vorstellen kann.“ „Findest du?“ „Ja. Wenn Zuverlässigkeit mit
so viel Freiraum belohnt wird, kann sie doch nur ganz entspannt
groß und erwachsen werden. Und die Sicherheit, dass du für sie
da bist, wenn sie dich braucht, hat sie auch noch.“ „Na, das ist ja
wohl das Mindeste“, meint Astrid. „Sag ich doch.“ Markus zieht
sie heran und küsst sie sacht. Sie wollen die glimmende Glut nicht
wieder anfachen. Ihr Finger fährt über seine noch nackte Brust.
Wie letztens im Schwimmbad. Aber jetzt ist alles anders. Sie lässt
ihn los. Leise seufzend greift Markus zum Shirt, zieht die Socken
an. Dann schaut er sich suchend um, bis ihm einfällt, dass seine
Schuhe ja vor der Tür stehen. Nach einem fragenden Blick zu
Astrid öffnet er die Zimmertür und steigt in die bequemen Treter.
Jennys Tür ist auch zu, aber schuhfrei. Astrid zögert, dann klopft
sie. „Ja?“, hört sie die Stimme ihrer Tochter. Vorsichtig linst sie
hinein. „Ich wollte dir nur Bescheid sagen, dass Markus jetzt
fährt.“ „Ach, schon? Bleibt er nicht?“ Jenny springt schon auf die
Füße. Markus hat mitgehört. „Nein, ich will erst mal zu Hause
nach dem Rechten sehen. Und morgen müssen wir ja auch alle
wieder arbeiten und du in die Schule.“ „Na und?“, provoziert
Jennifer grinsend. „Solang man pünktlich wieder aus dem Bett
raus kommt, ist das doch kein Grund.“ Markus lacht. „Besprecht
ihr mal, wie ihr das halten wollt.“ „Aber du kommst doch wohl
nicht erst am Samstag wieder, oder?“, forscht Jennifer weiter.
„Besprich das mal mit Astrid und sagt mir Bescheid. Ich richte
mich gerne nach euch.“ Er zwinkert Astrid zu, sie lächelt verschmitzt. „Meinetwegen kannst du auch jetzt bleiben“, verkündet
Jenny. „Danke schön. Aber wie gesagt, ich möchte erst mal zu

Hause alles sortieren. Und wir laufen uns ja auch nicht gegenseitig weg." „Das will ich hoffen!", kommentiert die Tochter. Markus lacht. Er greift sich seine Jacke von der Garderobe. „Bis bald, Jenny", reicht er ihr die Hand. Kurzerhand drückt sie ihn und wird etwas rot dabei, als sie seinen überraschten Blick bemerkt. „Bis bald, Markus." Dann küsst er Astrid zum Abschied. „Bis morgen, Engel", raunt er halblaut in ihr Ohr. „Ja, bis morgen. Ich ruf dich an." Sie reißen sich voneinander los. Astrid drückt die Tür langsam ins Schloss.

Jennifer steht noch im Flur. „Seht ihr Euch morgen? Fährst du zu Markus?" Astrid schaut ihr vorsichtig ins Gesicht. „Wenn du einverstanden bist, würde ich das gerne tun, ja." Sie holt Luft. „Aber das will ich erst in Ruhe mit dir besprechen. Ich möchte nicht, dass du den Eindruck bekommst, allein gelassen zu werden." „Ach was!" „Naja. Ich war schon das ganze Wochenende weg und du auf dich allein gestellt." „Aber ich war doch bei Opa und Oma, und Freitag bei Nadja und Samstag war Markus hier und später Tom. Ich war doch gar nicht alleine", widerspricht Jennifer energisch. „Ja, ich weiß." Astrid lacht. „Ich freue mich auch, dass das so gut geklappt hat und du für dich sorgst, dass es dir gut geht. Ich war echt platt, als Markus von deiner Frühstückseinladung erzählte. Vor einem Jahr hättest du so etwas nie gemacht." Jennifer wird verlegen. „Da gab es ja auch noch keinen Markus." „Nein, natürlich nicht, aber auch so. Du bist echt groß geworden." „Hm. – Also, was gibt es jetzt zu besprechen? Wie oft ich dir Ausgang gebe, oder was möchtest du hören?" Astrid zieht sich etwas zurück bei dem forschen Ton. Manchmal verbirgt er nur ihre heimliche Unsicherheit. Sie ist auch erst 15. „Ich möchte gerne von dir wissen, ob es dir lieber ist, wenn wir uns nach der Arbeit erst sehen und ich dann zu Markus rüber fahre." „Oder?" „Oder ich fahre direkt zu ihm und komme abends früher zurück. Aber dann bist du ab der Schule allein. – Wenn du nicht woanders hingehst oder Besuch hast." Jennifer überlegt, fragt dann vorsichtig „Übernachten wolltest du nicht bei ihm?" Astrid zögert. Holt Luft. „Am liebsten natürlich schon. Aber ich glaube, das ist besser freitags oder am Wochenende." „Oder Markus kommt

her. Wenn er mag." „Oder das. Wenn du einverstanden bist."
Jenny grinst. „Tom hat doch auch schon hier übernachtet. Und
ich hatte dich noch nicht einmal gefragt." „Wenn ich gar nicht
da bin, kann es mich ja auch nicht stören, oder?", kontert Astrid
freundlich. „Hm." Jennifer sinniert. „Also, ich glaub, es wäre
schöner, wenn du nach der Arbeit erst herkommst. Dann können
wir auch besprechen, was so ansteht. Falls was mit der Schule ist,
oder einkaufen, oder so. Und wenn du bei Markus bist, brauchst
du auch nicht so auf die Uhr zu gucken. Schließlich weiß ich ja,
wo du bist." „Und du rufst bitte auch an, wenn irgendetwas sein
sollte." „Ich komm schon klar." Astrid schaut ihr ins Gesicht. „In
Ordnung, Große. Dann probieren wir das mal aus."

Geburtstag

Der feuchte Nieselregen des Vormittags hatte sich gegen Mittag verzogen. Über den Nachmittag kämpfte sich die Frühsommersonne durch die graue Wolkenschicht und schaufelt nun zum Abend hin größere blaue Lücken hinein. Es ist schwül, die Feuchtigkeit dampft unsichtbar durch die Straßen. Jennifer wippt von einem Fuß auf den anderen. Sie ist nervös. Astrid beobachtet sie heimlich von der Seite. Auch sie ist ein wenig aufgeregt. Der Türsummer brummt, Astrid drückt die Haustür auf und hält sie fest, damit Jennifer den Geburtstagskuchen sicher hindurchbalancieren kann. Im ersten Stock steht Markus schon in der Wohnungstür und strahlt ihnen entgegen. Astrid freut sich sofort mit ihm und drückt ihn noch einmal mit ihren Glückwünschen ganz herzlich. Dabei hatte sie heute Nacht schon mit ihm in seinen Geburtstag hinein gefeiert. An einem Freitag geht das schon einmal. Jennifer ist vor Verlegenheit ein bisschen rot geworden. Sie weiß nicht, wohin mit dem gut verpackten Kuchen und drückt ihn kurzerhand ihrer Mutter in die Hände. „Herzlichen Glückwunsch, Markus, und alles Gute!" Auch sie drückt ihn kurz und herzlich. „Der ist für dich!", überreicht sie ihr Päckchen, das Astrid ihr zurückgegeben hat. „Oh, danke schön!", freut Markus sich sichtlich. „Nun kommt doch erst mal rein!" Er macht Platz und sie betreten den kleinen Flur. Astrid zieht die Jacke aus, während Jennifer sich unverhohlen neugierig umschaut. Sie ist zum ersten Mal in seiner Wohnung. Was sie sieht, gefällt ihr sehr. Die Einrichtung ist modern, zurückhaltend, nicht überladen, eher schlicht, dabei ansatzweise geradezu elegant. Und alles ist sehr gepflegt, kein Staubkörnchen, nichts liegt unordentlich herum. Beschämt fällt ihr die Szene ein, bei der sie aus einer Laune heraus verlangte, Markus solle doch auch mal den Müll mit herausbringen, er wohne doch schon zum Teil bei ihnen. Nie vergisst sie den entsetzten Blick ihrer Mutter und die Verblüffung in Markus' Gesicht. Er fing sich als Erster wieder und lachte, während ihre Mutter sie böse anfuhr, wie sie denn auf die Idee käme. Sie putze doch auch nicht bei Toms Eltern. Was zweifellos stimmte, aber sie vermied es auch, Tom zu besuchen, wenn seine Eltern da waren. Sie fühlte sich dann immer irgendwie beobachtet, kontrolliert. Die Auseinandersetzung, nachdem Markus gegangen war, fiel heftiger aus. Am nächsten Morgen entschuldigte sie sich bei ihrer Mutter. Sie wollte es auch Markus sagen, dass es ihr leid tue, aber irgendwie fand sich keine Gelegenheit, bei der sie zu zweit waren. Und so hatte sie gegrübelt, wie sie es vielleicht zu seinem Geburtstag wieder gut machen könnte.

Markus hat mittlerweile die Alufolie vorsichtig abgewickelt und holt einen großen Teller aus dem Schrank. Jennifer schaut ihm von der Küchentür aus zu. Als er sie bemerkt, ermuntert er sie: „Komm ruhig rein. – Der ist ja prachtvoll! Wie viele Stunden hast du denn allein mit den Verzierungen verbracht?!“ „Och, geht, gestern Abend, als Mama weg war, hatte ich ja Ruhe dazu.“ Markus wendet sich ihr zu. „Ich danke dir ganz herzlich, Jennifer. Ich kann mich nicht mehr daran erinnern, wann ich das letzte Mal überhaupt einen Geburtstagskuchen bekommen habe.“ Sie lächelt verlegen. Dann nimmt sie ihren Mut zusammen und nutzt die kurze Gelegenheit. „Ich wollte dir noch sagen, dass es mir leid tut, letztens mit dem Müll und so.“ Markus schaut sie überrascht an und lacht leise. „Ist schon okay, Jenny. Ich fand das nicht so schlimm wie deine Mutter. Aus deiner Sicht hattest du ja durchaus recht. – Nur hab ich hier ja auch noch meinen eigenen Haushalt.“ „Hm. Und ganz schön chic alles hier. Nicht so unordentlich wie bei uns.“ Markus lacht leise. „Danke. Aber wenn man allein ist, fällt das auch nicht schwer. Ich mag es halt so gerne. Aber bei euch ist es gemütlicher.“ „Findest du?“ Er schaut ihr in die zweifelnden Augen. „Ja, finde ich. Zu Hause ist da, wo die Menschen sind, die man mag. Und gemütlich ist es, wenn man spürt, dass Menschen wo gerne leben.“ „Hm“, macht Jennifer nur nachdenklich. „Findest du es dann bei uns gemütlicher, weil du hier alleine wohnst?

Und ist es hier auch gemütlicher, wenn Mama da ist?" Markus
stutzt kurz. Dann antwortet er „Ja und ja, beides. Und am ge-
mütlichsten wird es hoffentlich heute noch, wenn erst mal alle
da sind." Das erinnert Jennifer an ihr eigentliches Geschenk.
„Also, ich hatte gedacht, wenn du möchtest, könnte ich dir heute
Abend hier in der Küche helfen. Damit du etwas von deinen
Gästen hast. Mama meinte, das ginge bestimmt. Ich müsste nur
wissen, wo alles ist." Verblüfft bleibt Markus einen Moment
stumm. „Echt?", vergewissert er sich. „Du würdest dich hier
in meine Küche stellen? Hat Astrid dir auch gesagt, dass ich
keine Spülmaschine habe?" Jetzt grinst Jennifer. „Ja, genau deswegen ja." „Wow!" Markus nimmt sie einmal fest in den Arm.
„Danke schön! Herzlich gerne nehme ich deine Unterstützung
an. – Wie lange bleibst du denn überhaupt? Du wirst ja wohl
kaum deinen Samstagabend mit uns alten Leuten verbringen."
„Äh … also eigentlich …" „Das ist nicht dein Ernst, Jenny!
Gegen zehn Uhr ist Schluss mit Küchendienst, aber spätestens,
okay?" Sie guckt erfreut. „Wenn du das so willst. Aber dann
habt ihr ja wohl auch schon gegessen, nehme ich an." „Das
nehme ich auch an", meint Markus. „Komm, lass uns mal diesen
Prachtkuchen 'rüber tragen. Dann zeig ich dir auch gleich, wo
im Wohnzimmer die Gläser stehen. Das Geschirr ist komplett
in der Küche, das Besteck kommt aufs Buffet, in Körben. Da
kann es auch sauber wieder hinein." Wissbegierig lässt Jennifer
sich alles zeigen, ehe sie eifrig das Buffet mit aufbaut und den
Tisch deckt. Astrid schaut ihr wohlwollend vom Sofa aus zu.
Erleichtert hatte sie Jennifers Einsicht in ihr unpassendes Ansinnen gegenüber Markus zu Kenntnis genommen und intuitiv
geahnt, dass sie sie besser eine Weile allein in der Küche lassen
sollte. Auf die Ideen mit dem Kuchen und der Küchenhilfe war
Jennifer von selbst gekommen. Ein Stück schlechtes Gewissen?
Aber sicher auch Zuneigung für Markus. Wie liebevoll sie den
ganzen Abend an der Kuchen-Dekoration gearbeitet hatte. Sie
könnte das selbst gar nicht so akkurat. In der Schule haben sie
das gelernt, erzählte sie, in der Hauswirtschafts-AG. Astrid hatte
bis jetzt gar nicht mitbekommen, dass sie die gewählt hatte.

Gerade rechtzeitig bindet sich Jenny die Schürze um, als die Türklingel geht. In einem Rutsch empfängt Markus seine weiteren Gäste, das Wohnzimmer ist bald gefüllt mit Gelächter, Menschen und Stimmengewirr. Astrid konzentriert sich, all die Namen zu behalten und vielleicht auch noch die Geschichten zuzuordnen, die Markus ihr vorher alle erzählt hat. Es ist nicht zu spüren, dass sie sich über drei Jahre nicht mehr gesehen haben, nur zum Teil lange telefoniert, als Markus sein Adressbuch durchging. Glücklich und ein wenig aufgedreht dirigiert er alle zunächst ins Wohnzimmer an den Tisch. Dann klingelt er mit dem Löffel an sein Glas, woraufhin Jenny mit der gerade geöffneten Sektflasche aus der Küche geschossen kommt. Abrupt bleibt sie stehen, als sie Markus' konzentrierte Miene sieht. Ruhig und noch etwas leise setzt er an. „Ich freu mich sehr, dass ihr alle meiner Einladung gefolgt seid. Selbstverständlich ist das nicht, nachdem ich mich so lange überhaupt nicht gemeldet hatte. Aber das sind die echten Freundinnen und Freunde, die einem so etwas großherzig wieder verzeihen. Herzlichen Dank dafür!" Mit einem Zwinkern in Jennifers Richtung setzt er fort. „Ganz herzlich bedanken möchte ich mich auch bei meiner jungen Freundin Jennifer, Astrids Tochter, die mich stets herzlich empfangen hat, sogar, als Astrid selbst gar nicht da war. Sie hat mir diesen wundervollen Geburtstagskuchen geschenkt und wird sich außerdem heute Abend für mich in die Küche stellen, damit ich mehr von meinen Gästen habe." Ein Raunen geht durch die Runde. Jennifer hält sich verlegen an der Sektflasche fest. Sie wird ganz warm, fällt ihr ein. Aber so lange wird Markus ja wohl auch nicht reden. Und richtig. „Und bei dir, Astrid, möchte ich mich ganz herzlich dafür bedanken, dass du mein Leben verändert hast. Auch wenn es etwas gedauert hat, bis du das geglaubt und dann auch angenommen hast." Astrid wird etwas rot, als er sich zu ihr beugt und sie küsst. „Und darauf sollten wir alle anstoßen, finde ich." Astrid verteilt die nun von Jenny auf dem Sideboard gefüllten Gläser in der Tischrunde. „Auf diesen Abend!", ruft Markus aus. „Auf dich, deinen Geburtstag und diese wunderbare Einladung, Markus!", erwidert

Evelyn, die ohne ihren Mann erschienen ist. Die Gäste stoßen miteinander und natürlich mit Markus und Astrid an.

Schließlich drückt Markus auch Jennifer ein Glas in die Hand. „Deine Mutter erlaubt ein halbes", lächelt er sie an. „Willst du Saft dazu oder lieber pur?" „Öh, nö, ohne Saft, bitte." Feierlich hebt er sein Glas und schaut ihr in die Augen. „Ich möchte dir danke sagen, Jenny. Nicht nur für den tollen Kuchen und deinen Arbeitseinsatz. Sondern auch dafür, dass du so großherzig Astrid mit mir teilst." Jennifer wird verlegen, warum, weiß sie selbst gar nicht und weicht seinem Blick schnell aus. „Und dafür, dass du mich von Anfang an bei euch willkommen geheißen hast. Das ist alles andere als selbstverständlich. Danke schön!" Sie wird rot und lächelt unsicher. „Aber warum denn nicht?", wehrt sie ab. „Du bist doch nett. Und …", sie holt Luft, spricht leise weiter, „Papa ist schon drei Jahre nicht mehr da. Es ist schön, dass Mama nicht mehr alleine ist." Markus lächelt warm. Wie er es sich gedacht hatte. Sie stoßen miteinander an. „Es ist schön, dass du das so siehst, Jennifer. Ich glaub, du bist jetzt schon erwachsener, als ich es noch vor, na, zehn Jahren war." Sie lacht und nippt vorsichtig an ihrem Glas. „Schmeckt er dir?", will er wissen. „Hm. Richtig erwachsen." Sie kichert. „Hoffentlich vertrag ich das auch." Jetzt lacht Markus. „Du bist jung. Und ein halbes Glas ist bestimmt nicht zu viel."

Eifrig stürzt Jennifer sich in die Arbeit, als es ans Essen geht. Sie füllt das Buffet nach, räumt benutztes Geschirr weg, spült, trocknet ab, stellt sauberes wieder bereit und achtet darauf, dass alle auch etwas zu trinken haben. Astrid staunt, wie organisiert sie alles im Blick hat, dabei freundlich und höflich behilflich ist. Da fällt ein Messer vom Tisch und sie hebt es auf und bringt ein sauberes. Als Astrid neugierig einen Blick in die Küche wirft, findet sie alles ordentlich und die Flächen trocken gewischt, während ihre Tochter zügig das Besteck abspült. Sie greift zum Trockentuch, um ihr ein wenig zu helfen. „Aber Mama!", missbilligt Jenny ihr Ansinnen. „Lass mich mal machen. Zu Hause machst du eh schon das meiste. Feier wenigstens heute einfach mit." Verblüfft lässt Astrid das Tuch wieder sinken. „Wenn du meinst. Ich wollte dir nur sagen, wie stolz ich auf dich bin. Du hast hier wirklich alles im Griff." Jennifer lächelt erfreut. „Danke für die Blumen! Dann lass mich auch machen, ja?" Astrid hängt wortlos das Trockentuch wieder auf und zwinkert ihrer Tochter zu.

„Schon zurück?", wird sie von Evelyn begrüßt, die neben ihr sitzt. „Sie hat mich quasi rausgeschmissen", erklärt Astrid. „Will lieber alles allein machen. Und sie hat es ja auch im Griff." „Allerdings!", bestätigt Evelyn. „Du kannst stolz auf diese Tochter sein." „Bin ich ja auch", gibt Astrid zu. „Ich weiß zwar nicht, womit ich sie verdient habe, aber beklagen will ich mich bestimmt nicht." Markus lacht leise hinter ihnen. Astrid dreht sich halb zu ihm um. „Die beste Mutter der Welt weiß nicht, woher sie so eine selbstständige Tochter hat?", frotzelt er. „Ach, hör doch auf", wehrt Astrid ab. Markus zieht sich einen Stuhl heran. „Nein, ich hör nicht auf." Er wendet sich an Evelyn. „Sie ist die erste Mutter, die ich in meinem bisherigen Leben kennengelernt habe, die ihrem Küken aus freien Stücken das Fliegen beibringt. Und sie dann auch tatsächlich fliegen lässt. Ohne Leine, Netz und doppelten Boden. – Was aus so viel Freiheit und Vertrauen wird, kannst du hier sehen." Passend kommt in diesem Moment Jenny mit einem Tablett voller Gläser aus der Küche. Markus steht auf und hilft ihr beim Abstellen. Evelyn zwinkert Astrid zu. „Na, vom Himmel gefallen ist sie ja nicht." Astrid schweigt einen Moment. „Nein. Aber mein Mann hatte einen großen Anteil daran. Ich hab auch erst mit und von ihm gelernt, frühzeitig loszulassen und ihr etwas zuzutrauen. Nach seinem Tod hab ich versucht, seiner Linie treu zu bleiben. Das ist alles. Aber die Wurzeln hat sicher eher er gelegt." Astrid schweigt wieder. Dann fängt sie an zu erzählen. „Als sie klein war, hat er auf sie aufgepasst und sie versorgt. Nicht immer in der Art, wie ich mir das vorstellte. Aber es ist ihr offensichtlich gut bekommen. Dass der Haushalt trotz Vollzeitjob meist an mir hängen blieb und entsprechend notdürftig versorgt war, hat weder ihn noch sie besonders gestört. Mich natürlich schon. Gab oft Zoff deswegen, wenn sie im Bett war. Aber da war er ziemlich dickfellig. Hat ein-, zweimal die Küche gefegt und die Wäsche gemacht, dann blieb wieder alles liegen und er war mit ihr draußen unterwegs. Sie liebte ihn abgöttisch und ich war oft eifersüchtig. Später wollte sie mir helfen, beim Kochen oder Kuchenbacken. Die Küche hab natürlich wieder ich aufgeräumt. Aber sie war immer ein waches und neugieriges Kind. Wollte alles ganz genau wissen und am liebsten sofort selbst ausprobieren. Mein Mann hat sie mal mit unter das Auto genommen, als er den Auspuff schweißte. Hat ihr alles gezeigt und erklärt, mit einer Engelsgeduld. Als ich von einer Dienstreise aus Polen wiederkam, überreichte sie mir strahlend eine selbst gebaute Holz-Skulptur. Sie hatten auf einem Handwerkermarkt eine Kettensägen-Vorführung gesehen. Und natürlich wollte sie das auch. Was macht Martin? Besorgt im Baumarkt die passende Kette und geht mit der Siebenjährigen in den Garten zum Sägen. Mit blieb bald das Herz stehen, als sie mir zeigte, wie sie das alles ganz allein gemacht hat. Martin stand nur daneben und passte mit Argusaugen auf, dass sie alle Sicherheitsregeln einhielt. Und sie konnte es. Überlegte zwischendurch, aber hielt den Papa davon ab, ihr weiter zu helfen. Sie wollte selbst darauf kommen, was sie vergessen hatte. Und sie kam darauf. Es war Wahnsinn. Mir fällt die Szene manchmal heute noch ein, wenn ich panisch denke: ‚Um Himmels willen, das kann sie doch noch gar nicht.' Doch, sie kann. Mittlerweile frage ich sie einfach, was sie sich zutraut. Dann überlegen wir gemeinsam, wo sie bei Bedarf Hilfe oder Unterstützung bekommt. Die sie meistens gar nicht braucht. – Und bis jetzt kommt sie immer wieder wohlbehalten ins Nest zurück." Evelyn hört gebannt zu. „Wirklich beeindruckend. – Hatte dein Mann damals die Elternzeit genommen?" „Offiziell ja. Er war ohnehin arbeitslos geworden. Und dabei blieb es dann. Ich verdiente genug, mit Steuerklasse drei hat's ganz gut gepasst." Astrid seufzt. „Es war halt ein echter Rollentausch. Nur nicht vollständig." „… was den Haushalt anging?" „Na klar. Und Elternabende. In der Grundschule ging er noch ganz gerne hin, fühlte sich wohl als Hahn im Korb. Kannte die anderen Mütter ja auch vom Kindergarten und Spielplatz. Am Gymnasium hatte er keine Lust mehr. Das hab ich dann auch übernommen. Und dann wurde er ja auch krank." Sie schweigen miteinander, mitten im lebhaften Austausch der übrigen Gäste. Evelyn schaut sich um, Markus sitzt am anderen Ende des Tisches. „Seit wann kennt ihr euch?", fragt sie vorsichtig. Astrid lächelt. „Seit März. Aber zusammen sind wir erst seit Mai. – Danke schön übrigens für die gute Hotelempfehlung!" Evelyn guckt überrascht. „Wart ihr zusammen in Paris?" Astrid schmunzelt. „So ähnlich. Ich war mit meinen Freundinnen dort. Und er hat mich am letzten Abend vor der Oper überrascht. – Mit vollem Erfolg …" „Markus?", staunt Evelyn ungläubig. „Er ist dir einfach nachgereist, um dich zu überraschen?" Astrid lacht leise. „Na klar. Damit hat er mich endgültig erwischt. – Wie gesagt, es war eine gute Hotel-Empfehlung …" Evelyn schüttelt leise den Kopf. „Das hätte ich ihm gar nicht zugetraut." Sie schaut Astrid ins Gesicht. „Er scheint sich wirklich verändert zu haben." Sie lächelt. „Kann sein. Vielleicht lag's an dem Kurs, den wir beide in der VHS gemacht haben." „VHS?" „Ja, Volkshochschule, …" „Ich weiß. Also, er war in die VHS gegangen, in denselben Kurs?" „Ja." Evelyn bleibt stumm. Markus kommt wieder zu ihnen hinüber. „Na, ihr zwei Hübschen, ihr scheint euch ja was zu erzählen zu haben", frotzelt er. „Klar, ich erzähl Astrid gerade dein ganzes Sündenregister, damit sie auch weiß, worauf sie sich eingelassen hat." Markus lacht. „Na, da hast du ja noch einiges zu tun. – Ich schau mal gerade nach Jenny. Ich finde, sie sollte mal den Rest des Abends mit Gleichaltrigen verbringen." Astrid schmunzelt. Sie haben sich gegenseitig adoptiert. Ersatzvater und Ersatztochter. Was konnte ihr Besseres passieren?

Kurz darauf verabschiedet sich Jenny höflich von allen Gästen, es klingelt, Tom holt sie ab. Sie fragte noch, ob Astrid hier bliebe und ob sie beide dann zum Frühstücken zu ihnen kämen. Wie sonst auch immer. Markus lachte. „Na klar, Traditionen müssen gepflegt werden. Die Brötchen bringen wir natürlich mit. Tom ist dann doch sicher auch da, oder?" Jennifer war zart errötet. „Ich glaub schon. Wenn's okay ist." Astrid schmunzelte. „Wieso sollte es nicht okay sein?" Jennifer zuckte mit den Schultern „Weiß nicht. Könnte ja sein." „Seit wann das denn?", frotzelte

Markus. Astrid guckte für einen Moment ernst, dann lächelte sie wieder. „Viel Spaß, Große! Und bis morgen." verabschiedete sie ihre Tochter.

„Seit wann fragt sie denn, wenn Tom mitkommt?", will Markus von Astrid wissen, als sie sich wieder an den Tisch setzen. Astrid schweigt einen Moment. „Das ist eine nicht so schöne Geschichte", sagt sie schließlich. Beunruhigt fragt Markus nach „Was denn? Ist irgendetwas vorgefallen?" Astrid seufzt. Evelyn setzt sich zu ihnen, bemerkt dann Markus' besorgten Blick und fragt: „Störe ich?" „Nein, ist schon gut." Astrid lächelt sie an. Sie wendet sich wieder Markus zu. „Jenny brachte letzte Woche einen Zettel von ihrer Klassenlehrerin mit, ich möge sie bitte einmal anrufen. Habe ich gemacht. Sie druckste erst ziemlich herum. Dann rückte sie heraus: Toms Mutter hatte sie angesprochen. Sie sollte doch mal das Jugendamt informieren, wie Jennifer vernachlässigt würde." „Wie bitte?" Markus ist entsetzt. „Vernachlässigt?" Astrid hebt beruhigend die Hand. „So hab ich auch reagiert. Und dann um einen Gesprächstermin gebeten. So etwas wollte ich nicht am Telefon diskutieren. Ich war dann am nächsten Nachmittag da. Ihr war es auch offensichtlich unangenehm, denn sie teilt unsere Einschätzung, dass Jennifer auf keinen Fall einen vernachlässigten Eindruck macht. Aber sie konnte Toms Mutter auch nicht einfach ignorieren. Die hatte nämlich schon mal einen Lehrer bei der Bezirksregierung angeschwärzt." „Das kann nicht wahr sein!", wirft Markus empört ein. „Doch. Es gibt solche Leute. Jenny wusste, dass ich den Termin mit ihrer Lehrerin hatte. Wir haben uns dann abends zusammengesetzt. Erst war sie total wütend und später hat sie geheult. Wie soll sie auch mit dieser Frau umgehen, die die Mutter ihres Freundes ist? Ich konnte ihr nur vorschlagen, mit Tom darüber zu sprechen. Und dass er jederzeit zu uns kommen kann, wenn sie nicht mehr zu ihm will. Sie hatte Tom unbekümmert erzählt, dass sie im Mai das lange Wochenende alleine sein durfte und dass ich ab und zu bei dir bin. Sie ging jetzt davon aus, dass seine Mutter ihn ausgefragt hatte. Tom kam dann noch zu uns. Wir haben erst zu dritt miteinander gesprochen, dann haben sich die beiden zurückgezogen. Beim

Frühstück hat Tom mir gesagt, dass es ihm leid tue, dass er seiner
Mutter weitererzählt habe, was er von Jenny wusste. Er werde
ihr nichts mehr sagen. Schließlich sei er 18 und werde so bald
wie möglich von zu Hause ausziehen. – Er macht nächstes Jahr
Abitur und will studieren. Jenny erzählte, dass er sich schon über
Bafög informiert und nach Möglichkeiten sucht, eine günstige
Bude zu finden." „Dann hat seine Mutter ja genau das Gegenteil
davon erreicht, was sie vermutlich beabsichtigte", meint Evelyn
ernst. Astrid seufzt. „Ja. Und bestätigt, dass Vertrauen weiter
reicht als Kontrolle." Markus nimmt ihre Hand. „Du bist wirklich die beste Mutter, die ich kenne, Astrid. – Und solche un-
verschämten Vorwürfe hast du in keiner Weise verdient." Sie
lächelt. „Danke, Süßer. Mich bedrückt nur, dass Jenny es mit
trifft. Äußerlich gibt sie sich cool und souverän. Aber das hat sie
ganz schön verletzt. Und es belastet ja auch ihre Liebe zu Tom.
Diese Frau hat versucht, einen Keil zwischen die beiden zu treiben.
Zwar vergebens, aber Kratzer bleiben immer zurück." Markus
verzieht das Gesicht. „Und das ihr. Diesem fröhlichen, selbst-
bewussten, zuverlässigen und selbstständigen Mädchen." „Hm",
brummt Astrid. „Wir werden es alle verkraften. – Jedenfalls wird
Tom entsprechend öfter bei uns sein. – Und ich die beiden am
Wochenende in Ruhe lassen, wenn du erlaubst." Markus grinst.
„Was für eine Frage."

„Wo steckt eigentlich dein holder Gatte? Hatte er keine Lust
auf ein Wiedersehen?", will Markus später von Evelyn wissen.
„Der ist dieses Wochenende allein unterwegs", antwortet sie
zurückhaltend. „Aha, und wo?" Evelyn strafft sich. „Segeltour.
Er hat den Schein für Binnengewässer gemacht und sich für dieses
Wochenende verabredet." Markus runzelt die Stirn. „Ohne dich?
Oder hattest du dazu keine Lust?" Evelyn weicht seinem Blick
aus. „Wir probieren im Moment jeweils unsere eigenen Wege.
Brauchen mal Raum für uns selbst." Markus' Miene wird ernst.
„Habt ihr … Probleme miteinander?", fragt er leiser. Sie schweigt.
„Ich weiß es nicht wirklich", gibt sie mit dünner Stimme zu und
hält sich an ihrem Weinglas fest. Er schluckt, zögert, wagt dann
doch etwas zu sagen. „Ich weiß, dass Ratschläge auch Schläge

sein können“, beginnt er vorsichtig. „Aber bitte redet doch miteinander. Ich … ich hab es ja selbst alles falsch gemacht, mich zurückgezogen, versteift, wollte nichts hören von dem, was Inga mir sagen wollte. – Es war sehr schmerzhaft, das zu lernen. Und dass Astrid mir begegnete, konnte ich ja nun wirklich nicht erwarten. So ein Glücksfall ist sensationell selten.“ Er schaut Evelyn ins Gesicht. Ihr stehen die Tränen in den Augen. „Bitte gebt nicht zu schnell auf. Ihr wart ein Traumpaar – und könnt es bestimmt auch noch immer sein.“ Evelyn unterdrückt ein Schluchzen. Markus sucht nach einem Taschentuch und reicht es ihr dezent. Sie wischt die Tränen ab und atmet tief durch. „Es ist so schön hier zu sein und euch beide zu erleben“, versucht sie wieder zu lächeln. „Und es ist wirklich schade, dass Kai nicht dabei ist“, entgegnet Markus und schaut sie direkt an. Sie seufzt. „Vielleicht haben wir zu lange zu viel zusammen gemacht. Und übertreiben nun die Einzelgängerei.“ „Dann sucht gemeinsam die goldene Mitte. Und ihr seid jederzeit herzlich eingeladen.“ „Wenn du denn hier bist“, foppt Evelyn ihn nun. Markus lacht. „Natürlich. Sag Kai bitte einen ganz lieben Gruß, wenn er zurück ist. Ich würde mich sehr freuen, ihn mal wieder zu sehen.“ Sie lächelt warm. „Ich werde es ihm gerne ausrichten. Und danke, Markus.“ „Wofür?“, fragt er verwundert. „Für …“, sie sucht nach Worten. „Für dein Interesse und deine Offenheit.“ Sie schmunzelt über seine zarte Röte im Gesicht und legt noch nach „Du hast dich ganz schön verändert, zum Guten.“ „Das kann nur an Astrid liegen“, wehrt er verlegen ab. Sie lacht. „Verändern kann man sich nur selbst!“

Der klare Sternenhimmel leuchtet über ihnen, als Astrid und Markus sehr spät Arm in Arm auf seinem Minibalkon stehen. Die Gäste hielten sich lange, keiner mochte den Anfang machen, als Erster gehen. Es war auch zu schön, eine völlig fröhlich-entspannte Stimmung, auch wenn ernstere Themen aufkamen. Astrid konnte ahnen, wie vertraut sich die Freundinnen und Freunde einmal waren und jetzt schnell wieder wurden. So einen Kreis hatte sie bisher nie. Die Freundinnen, ja. Sie kennen sich lange, erzählen sich viel, wenn sie zusammen sind. Aber das ist nicht so oft. Sie sind ja alle so furchtbar beschäftigt. Das Schwierigste ist es jedes Mal, einen gemeinsamen Termin zu finden. „Woran denkst du?“, fragt Markus leise in ihr Ohr. Sie lächelt „Wie toll es ist, dass du solche Freundinnen und Freunde hast.“ „Hm. – Und ich hab sie drei Jahre nicht mal angerufen. Und sie sind trotzdem alle gekommen, also fast alle.“ „Geht es dir gut?“, will sie wissen. „Ich bin so glücklich wie schon ganz lange nicht mehr.“ Markus zieht sie sacht noch näher an sich heran. Zärtlich küssen sie sich im Mondschein dieser wunderbaren Nacht.

Hochzeit

Astrid schnauft. Der Tag war lang, die Einkaufstasche ist schwer, es regnet und sie ist müde. Sie stellt die Tasche im Hausflur ab, schließt den Briefkasten auf, nimmt das Bündel Umschläge heraus und blättert es kurz durch. Wieso bekommt nur sie immer die ganze Werbepost? Vielleicht ist Markus' Adresse seit seinem Umzug zu ihr noch nicht so weit verbreitet in den Datenbanken. Sie steckt die Briefe zu den Einkäufen. Erst beim Auspacken in der Küche fällt ihr der Umschlag mit der handgeschriebenen Adresse auf. Für sie. Wer schreibt ihr denn? K. Marticz. Irgendetwas sagt ihr der Name des Absenders, aber sie kommt nicht darauf. Sie legt den Brief beiseite, räumt erst die Tasche zu Ende aus, ehe sie sich mit einem Pott Tee an den Küchentisch setzt. Mit dem herumliegenden Brotmesser schlitzt sie die Umschläge auf.

Verblüfft betrachtet sie die Einladung, die sie herausgezogen hat. Natürlich weiß sie jetzt sofort wieder, wer der Absender ist. Kevin und Marie heiraten! Und sie ist eingeladen. Verrückt. Was Markus wohl dazu sagen wird, wenn er vom Training kommt? Sie freut sich. Das Wellness-Wochenende vor, na, gut drei Jahren? Dass er ihre Adresse aufgehoben hat. Sie schaut noch einmal genauer auf den Umschlag. In Münster wohnen sie jetzt. Ob seine Handy-Nummer wohl noch stimmt? Ach hier, sie haben ihre Telefon-Nummer angegeben – klar, sie wollen ja auch Rückmeldungen, wer kommt. Hm. Astrid zögert. Soll sie sofort anrufen? Aber er will dann sicher auch wissen, ob sie kommt. Sie steht auf, holt den Kalender aus ihrer Aktentasche, blättert. Doch, sie hat noch nichts eingetragen. Und Ende August zum Hochzeit feiern nach Münster, warum nicht? Ob Markus wohl mitkommt? Auf jeden Fall braucht sie ein Zimmer, zurückfahren will sie dann nicht mehr. Sie blättert ihren neuen Zweier-Planer an der Küchenwand durch. Bei ihm steht auch noch nichts. Sie lächelt in sich hinein. Das könnte schön werden. Kevin wieder sehen. Wie er sich wohl verändert hat? Und Marie kennenlernen. Ihr gegenübertreten. Irgendwie komisch. Sie schluckt. Markus soll mit. So alleine würde sie sich nicht so recht wohl fühlen. Wenn sie doch außer dem Bräutigam niemanden kennt. Und was sollte sie sagen, wenn sie gefragt wird, woher sie sich kennen: Ich hab ihn zum Mann gemacht? Ich war die erste Frau, mit der er gevögelt hat? Oder: Wir hatten mal ein nettes Wochenende? – Zweifel überfallen sie. Was hat sie dort zu suchen? Ja, es verbindet sie wahrscheinlich schon mehr, als eine flüchtige Bekanntschaft. Aber zur Hochzeit? Astrid grübelt. Ihr Tee wird kalt.

Schließlich fängt sie an zu kochen, Markus wird bald zurück sein. „Hallo!", ruft er auch schon aus dem Flur und kommt in die Küche. „Du bist ja schon wieder fleißig, mein Engel!", freut er sich und packt sie in der Taille. Ein saftiger Schmatz landet auf ihren Lippen. Sie muss lachen. Er ist immer noch umwerfend. Dabei hatte sie das am Anfang gar nicht gemerkt. Oder wollte es nicht wahrhaben. Wie auch immer. „Wie geht es dir?", forscht er in ihrem Gesicht. „Bist du müde oder war irgendetwas?" „Ach", wehrt sie ab, „das Übliche halt." Markus schaut nach der Post auf seinem Platz und bemerkt den Haufen auf ihrem Tischset. „Steuernachzahlung? Strafmandat? Stromrechnung?", fragt er. „Wie?" Astrid dreht sich zu ihm herum und er deutet auf die aufgerissenen Umschläge. Sie lächelt müde. „Nein, nein. Alles nur Werbung. – Und eine Einladung zur Hochzeit." „Ach." Markus ist irritiert. „Aber das ist doch schön! Oder nicht?" „Weiß nicht so recht." „Wer heiratet denn überhaupt?" Sie schaut ihn kurz an. „Kevin und Marie." Es arbeitet hinter seiner Stirn. Sie wartet ab. „Kevin und Marie. Müsste ich die kennen?" Sie lächelt. „Nein. Marie kenne ich auch nicht, nur vom Foto. Dafür Kevin umso … intimer." Markus zieht die Augenbrauen zusammen, die steile Falte auf seiner Stirn wird sichtbar. „Etwa der Kevin, mit dem du …?" „Wenn du das Wellness-Wochenende vor dreieinhalb Jahren meinst, ja, genau der Kevin." Markus setzt sich hin. „Und der lädt dich jetzt nach über drei Jahren zu seiner Hochzeit ein?" „Ja." „Dann hast du wohl einen prägenden Eindruck hinterlassen." „Das fürchte ich auch. Aber Marie hat mit unterschrieben.“ „Hm.“ Markus verstummt. „Willst du denn hingehen?“ „Das weiß ich eben nicht. Alleine auf keinen Fall. Wenn du mitkommen würdest, vielleicht. Aber ich müsste erst mal mit ihm telefonieren. Was er denn davon erwartet, dass er mich dabei haben will.“ Markus schweigt eine lange Weile. Das überkochende Nudelwasser zischt auf der heißen Herdplatte. Astrid hebt schnell den Deckel hoch, Markus steht auf und langt nach dem Wischlappen. Dann bleibt er vor Astrid stehen. „Tu du, was du für richtig hältst. Vielleicht würde ich auch mitkommen, wenn du darauf bestehst. Aber nur, wenn es für die beiden okay ist, als mitgebrachter Überraschungsgast möchte ich nicht auftreten.“ „Schon klar.“ In Astrids Blick liegt die Frage. „Es war vor unserer Zeit, Engel. Es steht mir nicht zu, dir da reinzureden. – Und wenn er heiratet, gibt es ja nun auch wirklich keinen Anlass zur Eifersucht.“ „Nein.“ Astrid fällt ihm um den Hals und hält ihn ganz fest. Warm erwidert er ihre Umarmung. „Ich ruf ihn erst mal an. Dann hab ich hoffentlich mehr Klarheit“, entschließt sie sich und lässt Markus sanft los. „Tu das.“ Sein klarer Blick fängt ihren ein, für einen Moment.

Ihr Herz klopft ihr bis zum Hals, als sie die Nummer wählt. Wie heißt Marie eigentlich mit Nachnamen?, schießt es ihr plötzlich durch den Kopf. In der kurz aufflammenden Panik will sie schon wieder auflegen. Doch dann meldet er sich. „Hallo Kevin, hier ist Astrid.“ Für einen Moment herrscht Stille. Sie fürchtet schon, die Leitung sei zusammengebrochen. Doch dann hört sie seinen Atem. „Astrid? Bist du es wirklich?“ Seine Stimme klingt ungläubig und froh zugleich. Sie lacht leise. „Natürlich, wer sonst? Ich hab heute eure Einladung bekommen. Und möchte mich erst mal ganz herzlich bedanken.“ „Das ist ja schön! Dass du dich meldest!“ Astrid schmunzelt über seinen Überschwang. „Das ist ja wohl das mindeste.“ „Ich wusste ja gar nicht, ob deine Adresse noch stimmt“, erklärt er. „Kommst du denn?“, will er dann vorsichtig wissen. Astrid holt tief Luft. „Deshalb rufe ich ja an. Ehrlich gesagt, weiß ich es noch nicht so recht.“ „Aha. Und was, hm, würde dich abhalten? Hast du schon etwas anderes vor?“ „Nein. Und auf der einen Seite würde ich sehr gerne mit euch feiern.

Es freut mich riesig, dass ihr zusammen geblieben seid und jetzt sogar diesen Schritt gehen wollt." „Aber?" „Andererseits ist es eine ziemlich seltsame Situation für mich. Und für Marie doch sicher auch." „Sie ist aber total neugierig auf dich und würde dich sehr gerne kennenlernen!", wirft Kevin ein. „Echt?" „Ja, wirklich. Als ich die Idee hatte, dich einzuladen, hab ich mich auch erst gar nicht getraut sie zu fragen, was sie davon hält. Aber sie hat gemerkt, dass ich was hatte. Und dann hab ich es ihr gesagt. Sie war erst ziemlich verblüfft. Dann hat sie eine Nacht darüber geschlafen und erklärt, sie wolle dich sehr gerne kennenlernen. Du müsstest ja schon eine außergewöhnliche Frau sein. – Womit sie zweifellos recht hat." „Hm." Astrid staunt nicht schlecht, damit hatte sie nicht wirklich gerechnet. „Das Kompliment möchte ich ihr unbekannterweise gleich zurückgeben. Und neugierig wäre ich auch …" gibt Astrid zu. Kevin lacht. „Also kommst du?" „Das hab ich noch nicht gesagt", wehrt Astrid sich halbherzig. Sie seufzt. „Was soll ich denn sagen, wenn mich jemand fragt, woher wir uns kennen?" „Na, aus der Westfalen-Therme natürlich!", gibt Kevin wie selbstverständlich zurück. „Du musst ja nicht sagen, dass es nur ein Tag und auch noch eine Nacht war …" „Hm." Astrid ringt mit sich. „Außer dir würde ich aber niemanden kennen." „Die sind aber alle ganz unkompliziert. Und schüchtern bist du doch auch nicht, oder? – Wir machen eine lockere Polterhochzeit, zwar nach dem Standesamt noch mit Kirche – übrigens evangelisch, nur falls es dich interessiert." Astrid lacht. „Danach feiern wir dann ganz entspannt im Gemeindesaal. Klar wird auch getanzt und die Torte angeschnitten und so was, aber es soll nicht so bierernst werden, einfach eine fröhliche Party." Astrid weiß nicht, was sie sagen soll. Sie ist hin und her gerissen. Sie spürt, dass es ihm wichtig ist. „Ich versteh dich ja, Astrid", sagt er leise, als könne er ihre Gedanken erraten. „Ich weiß auch, dass es ungewöhnlich ist. Aber du würdest mir – und auch Marie – eine große Freude machen." „Hm. Und … worin besteht diese Freude? Ich mein, was erwartest du dir davon, was bedeutet es dir wirklich?" Kevin stockt. Dann atmet er tief durch. „Ohne dich wären Marie und ich wahrscheinlich nicht zusammengeblieben. Ohne deine …“, er sucht verzweifelt nach Worten, „… deine liebevolle Einführung hätte ich kaum Marie weiter so geduldig auf ihrem Weg begleiten können. Ich hatte ja schon erfahren dürfen, was möglich ist. – Und dein Vorschlag mit dem Wochenende in Münster war goldrichtig.“ „Aber da wäre doch beinahe alles aus gewesen, meinetwegen“, wendet Astrid ein. „Aber nur beinahe. Und das lag ja auch nicht an dir. Es war eine Krise, die Marie und mich wieder wirklich zueinander gebracht hat.“ „Aber das habt ihr doch selbst hingekriegt. Deshalb bin ich doch nicht so wichtig.“ „Doch.“ Kevin schmollt fast. „Willst du wirklich nicht kommen?“, bettelt er. Astrid lächelt. Sie weiß, dass sie nicht mehr nein sagen kann. Ganz vergessen hat sie den Burschen ja auch noch nicht. „Also, wenn, dann aber nicht allein.“ „Bring mit, wen du mitbringen möchtest!“, ruft Kevin erleichtert aus. „Ich muss Markus noch überzeugen. Er sagte, dass, wenn ich darauf bestehen würde, er vielleicht mitkäme.“ „Ist er dein Freund?“, will Kevin vorsichtig wissen. „Oder seid ihr schon verheiratet?“ „Markus ist mein Freund. Wir sind jetzt seit gut drei Jahren zusammen, und vor fast zwei Monaten ist er zu mir gezogen. Jenny hat ihr Zimmer jetzt im Studentenwohnheim.“ „Deine Tochter, oder?“ Der Bann ist gebrochen, sie erzählen sich hin und her, was sie in den letzten drei Jahren erlebt haben. Diese Vertrautheit ist wieder da. Sie lachen und reden viel. Die Zeit vergeht wie im Flug. Schließlich fragt Kevin noch: „Wie heißt Markus eigentlich mit Nachnamen?“ Astrid nennt ihn. Dann diskutieren sie noch, wo sie übernachten könnten. Schließlich kommen sie überein, dass Kevin ihnen ein Doppelzimmer in der zwar einfachen, aber nahe gelegenen Pension reserviert. Er wird Astrid noch die Telefonnummer schicken, denn im Internet ist sie nicht vertreten.

Nach über einer Stunde legt Astrid schließlich wieder auf. Komisch, wie fröhlich sie dieses Gespräch gemacht hat. Kevin will sie dabei haben, sie beide, Markus und sie. Und er lässt sie Anteil haben an ihrem noch jungen Lebensglück. Natürlich fahren sie zur Hochzeit, was für eine Frage! Was zieht sie nur an? Und was schenken sie ihnen? Markus linst vorsichtig um die Ecke und lächelt angesichts ihrer fröhlichen Miene. „Und?“, fragt er nur. Astrid strahlt. „Wir fahren hin! Kevin reserviert uns ein Zimmer in der Nähe. Zwar einfach ausgestattet, aber zu Fuß zu erreichen. Damit wir auch ordentlich mitfeiern können!" Markus lacht. „Danke der Nachfrage, ja, ich werde dich gerne begleiten. Wenn du so begeistert bist …" „Ach du!" Astrid springt auf und fällt ihm um den Hals. Heftig knutscht sie ihn auf den Mund. Und dann erzählt sie ihm alles, was sie von Kevin erfahren hat. Dass er sein Fachabitur gemacht hat und nun an der Fachhochschule Bauingenieurwesen studiert. Vor zwei Jahren sind sie zusammen nach Münster gezogen. Marie ist an der pädagogischen Hochschule eingeschrieben und sie haben schon wilde Pläne von einer eigenen Kita, in einem selbst renovierten und noch leer stehenden alten Gewerbegebäude. „Und da heiratet ihr jetzt einfach mal so zwischendurch?", fragte Astrid ihn etwas spöttisch. „Na, klar", gab Kevin zurück „Ich hab ihr doch im Mai einen Antrag gemacht. Da wollen wir doch nicht noch Jahre warten. – Und bei einer späteren Kreditverhandlung schadet es bestimmt auch nicht." Astrid war verblüfft. Unbekümmert und pragmatisch in einem, die beiden. Was sie sich wünschten, wollte sie noch wissen. „Gutes Wetter und fröhliche Gäste!", war Kevins prompte Antwort. „Wir haben keine Liste oder so was. Wer uns etwas schenken möchte, darf sich selbst etwas aussuchen." Das half ihr zwar auch nicht weiter, aber es war ja auch noch Zeit.

Drei Tage später liegt auch Markus' Einladung im Briefkasten. Kopfschüttelnd zeigt er sie Astrid. „Ein ganz verrückter Bursche, dieser Kevin. Außer, dass er den gleichen guten Geschmack hat, was Frauen angeht, kann ich mir noch immer nicht vorstellen, wie er tickt." Astrid lacht leise. „Du wirst ihn ja erleben. Und wie er sich verändert hat, weiß ich ja auch nicht." „Ich bin gespannt!" „Und ich erst …", lächelt sie zurück.

Vom knallblauen Himmel lacht die Sonne in die Welt. Astrid hält den Straßenatlas auf den Knien. Die Adresse des Rathauses kannte Else aus dem Navi angeblich nicht. Zu dem Dorf, das laut Karte als Vorort von Münster fungiert, lotste sie sie aber klaglos. „Das muss es doch sein." Markus deutet auf das kleine, alte Amtshaus, dessen Eingang mit Blumen geschmückt ist. Jemand fegt das Pflaster davor. „Da hat wohl schon jemand Reis geworfen“, vermutet Astrid. „Könnte sein. – Ist ja auch wirklich hübsch hier. Da gibt's samstags bestimmt nicht nur eine Trauung.“ Markus kurvt um den gesperrten Rathausplatz herum, ehe er einen Parkplatz findet. Astrid steigt aus und streckt sich in der Sonne. Kritisch zupft sie an ihrem Kleid herum. Sie fürchtet, völlig overdressed zu sein. ‚Polterhochzeit‘ klingt irgendwie nicht nach großer Abendgarderobe. Aber Markus drängte darauf, dass sie das edle Couture-Stück aus Paris anzog. Zumindest hat sie sich noch bequemere Schuhe dazu gekauft – schließlich will sie ja mitfeiern und nicht nur mit geschwollenen Füßen herumsitzen. Und ihr Lieblings-Sommerkleid liegt auf der Kofferraumablage. „Für morgen“, sagte sie auf Markus' fragenden Blick. Oder zum Umziehen, ehe sie sich zur Närrin macht, in ihrer Aufmachung. Dann hätte sie noch Bluse und Hose in der Tasche, für morgen.

Markus strahlt sie begeistert an, wie sie so dasteht, in der Sonne in diesem hübschen Dorf, auf dem Weg zu einer Hochzeitsfeier, bei der er noch niemanden kennt. Über drei Jahre ist es schon her, ihre erste Nacht in Paris. Und sie sieht noch genauso göttlich aus, in diesem Kleid. Deshalb wünschte er es sich so, dass sie es noch einmal anzog. Kann sein, dass es unpassend ist. Aber wer kennt sie beide schon hier, außer Kevin Astrid? Und das Sommerkleid im Kofferraum ist bestimmt nicht nur für morgen. So gut kennt er seinen Engel auch schon. Leise lächelt er in sich hinein. Sie tut ihm den Gefallen, aber hält sich die Alternative offen. Ehe sie sich unwohl fühlt auf dieser Feier. Das hat er schon früh angefangen von ihr zu lernen: Für sich sorgen.

„Wollen wir schon hingehen?“, fragt Astrid, die nun alle Stoffbahnen zu ihrer Zufriedenheit geordnet hat. „Ist noch etwas früh, oder?“, meint er und schaut sich um. „Lass uns doch noch da vorne hinsetzen. Da kriegen wir auch mit, wenn es losgeht.“ „Ja, ist gut.“ Arm in Arm schlendern sie über den Platz und lassen sich auf einer der Bänke neben dem kleinen Brunnen nieder. Die Bäume spenden sanften Halbschatten, filtern den Sonnenschein mit ihren leise raschelnden Blättern. Astrid ist nervös. Sie ist so still. Das kennt er schon an ihr. Ist ja auch klar, in so einer ungewöhnlichen Situation. Vor seiner 46. Geburtstagsfeier, als er seine Freundinnen und Freunde alle wieder eingeladen hatte, ging es ihm genauso. Aber er kannte ja alle Gäste, und sie kamen zu ihm. Ist doch etwas anderes hier. Innerlich schüttelt er immer noch staunend den Kopf, dass sie das damals getan hat. Kevin und Marie. Und heute heiraten sie. Er schaut Astrid von der Seite an. Sie ist ganz in Gedanken versunken. Sacht greift er nach ihrer Hand. Sie schaut auf und lächelt ihn an. Die Anspannung steht ihr im Gesicht. Markus nimmt sie vorsichtig in den Arm. „Wir können jederzeit gehen, wenn du dich nicht wohl fühlst, Engel." Astrid seufzt. Das hatte er ihr schon oft gesagt, als sie wieder zweifelte und Kevin wieder absagen wollte. „Ich weiß. Ich bin ja auch neugierig. Aber es ist einfach furchtbar aufregend." Markus muss über ihren verzweifelten Blick lächeln. „Das kann ich mir vorstellen. Ich bin ja auch noch da." „Sonst wäre ich auch nicht hier!" Er lacht. Hufgetrappel und Stimmengewirr nähern sich. Sie halten Ausschau und entdecken die offene weiße Kutsche, die, eskortiert von einer festlich gekleideten Menschentraube, sich langsam dem Rathaus nähert. Astrid schaut wie gebannt hinüber und hält Markus' Hand, die er ihr reicht, ganz fest. „Sind sie das wohl?", fragt sie rhetorisch. Natürlich sind sie es, die Zeit stimmt ja.

Die Kutsche fährt bis vor die Rathaustür. Kevin, im dunklen Anzug, springt von der Stufe und hilft Marie beim Aussteigen. Sie fällt ihm gleich um den Hals, sie lachen und küssen sich. Kevin hält sie im Arm. Astrid ist von der Bank aufgestanden. Erleichtert stellt sie fest, dass ihr Kleid angemessen ist, alle Gäste haben sich festlich herausgeputzt. Marie trägt ein elegantes, weißes Kleid, bis zur schmalen Hüfte figurbetont geschnitten, dann glockig aufspringend. Die langen Haare sind kunstvoll hochgesteckt, ein kleiner Schleier schmückt die Frisur. Zögernd setzt Astrid einen Schritt vor den anderen. Markus hält einfach ihre Hand und bleibt an ihrer Seite. „Ich glaub', Till, äh, nein, Paul und Manuel sind auch da." Sie wirft Markus einen Blick zu und erklärt: „Die anderen beiden Grazien aus der Westfalen-Therme." „Dann ist für den Augenschmaus ja gesorgt", frotzelt er, „auch wenn sie angezogen sind." Astrid muss lachen. Sie fasst sich ein

Herz, und sie gehen zu der fröhlichen Gesellschaft hinüber. Das Paar ist umringt und wird von allen Seiten begrüßt und geherzt. Die beiden strahlen mit der Sonne um die Wette. Geduldig wartet Astrid am Rande ab, bis sich der Trubel etwas legt. Markus und sie werden schon von anderen Gästen freundlich gegrüßt, auch wenn man sich nicht kennt. Schließlich schaut Kevin sich in der Runde um und entdeckt sie. „Astrid?", ruft er ihr zu und nimmt Marie an der Hand mit. „Bist du es wirklich?" Astrid lacht. „Natürlich bin ich's, wer sonst?" Schwungvoll drückt er sie an sich. „Danke, dass du da bist!", sagt er ihr ins Ohr und lässt sie wieder los. Tritt einen Schritt zurück und schaut sie an. „Wow! – Du siehst fantastisch aus!" „Danke." Astrid lächelt. „Aber nicht zu vergleichen mit deiner wunderschönen Braut …" Marie lächelt sie verlegen an. Sie tritt auf Astrid zu und reicht ihr die Hand. „Hallo Astrid. Schön, dass ihr gekommen seid." „Danke noch mal für die überraschende Einladung. – Das ist Markus, mein Freund", stellt Astrid ihn vor. Er lacht sie an und reicht der Braut zuerst die Hand. „Hallo Marie! – Hallo Kevin! Auch noch einmal danke für die Einladung. Und das Wetter habt ihr ja auch perfekt bestellt." Sie plaudern noch ein wenig, dann werden die Brautleute hereingewinkt, die Gästeschar folgt ihnen.

Während der ganzen Zeremonie kann Astrid sich nicht richtig konzentrieren. Sie beobachtet nur die beiden von schräg hinten. Kevins breites Kreuz, der perfekt sitzende Anzug. Er trägt eine silbergraue Weste unter dem dunklen Jackett, ein Jabot schmückt das außergewöhnliche Stehkragenhemd. Seinen Vollbart hat er gestutzt, trägt nur noch einen schmalen Kinnbart. Sie kann gar nicht mehr glauben, dass sie mit diesem jungen Prachtexemplar von einem Mann … Aber dann wäre sie ja gar nicht hier, ruft sie sich in Erinnerung. Und diese junge Frau, seine Braut, schlank und elegant, wie einem Brautmodenkatalog entstiegen, die will sie tatsächlich auch kennenlernen. Hat sie nicht zur Hölle verdammt und verflucht. Sondern hält sie für eine außergewöhnliche Frau. Ist sie dann ja wohl auch irgendwie. Hat Markus ihr schließlich auch schon gesagt. „Stellst du immer dein Licht so unter den Scheffel?", hatte er sie schon ganz am Anfang gefragt.

Eigentlich nicht. Zumindest im Job. Sonst manchmal. Aber er kennt sie so verdammt gut, dass er sie jedes Mal wieder daran erinnert. Und mindestens zweimal in diesem Sommer davon abgehalten hat, die Einladung doch noch abzulehnen. Sie drückt seine Hand ganz fest, er schaut sie fragend an. Und liest lächelnd ihre Liebe und Dankbarkeit in ihrem Blick.

Natürlich muss sie Kevin wieder sehen, wenn er sie so einlädt. Das wusste er gleich, als sie nach ihrem Telefonat mit ihm überschwänglich ihren Entschluss verkündete, hierher zu fahren. Jede Geschichte braucht einen sauberen Abschluss. Das weiß er nicht erst, seit er sich im letzten Jahr mit Inga getroffen hatte. Astrid hatte ihn darin bestärkt und geduldig zugehört, was er berichtete. Sie trafen sich dreimal zum Essen in einem Restaurant. Erzählten ein bisschen aus ihrem neuen Leben. Ingas Mann sei ziemlich eifersüchtig, gab sie zu. Er wusste auch nichts von den Treffen. Schließlich sprachen sie auch über die Verletzungen, die Enttäuschungen, die sie sich zugefügt hatten. Inga staunte über seine Offenheit, die sie so nie an ihm kennengelernt hatte. Und verzieh ihm traurig. Es lag an Astrid, dass er so werden konnte, das wusste er ganz sicher. Der VHS-Kurs damals war nur eine Leitplanke, die Theorie, aber sie war diejenige, die die Ehrlichkeit hineinbrachte und lebte. Nie wird er vergessen, wie sie sich mühte, ihm zu erklären, dass sie ihn mag, aber eben nicht liebt. Wie sie ihn trösten wollte und doch selbst nicht weiter wusste. Er hörte ihr zu, dabei hatte er sofort gespürt, dass es so war. Und dann Paris. Wie einer Eingebung war er dieser verrückten Idee gefolgt. Und genau in diesem Kleid, in dem sie jetzt neben ihm sitzt, hat sie sich endlich verliebt. Zärtlich streichelt er ihre Finger, sie antwortet ihm sacht und schenkt ihm dieses flüchtige Lächeln, das ihn immer im Inneren so warm und glücklich macht.

Atemlos lauschen sie beide der Trau-Frage. Klar und laut sagt erst Marie, dann Kevin „Ja!“. Applaus brandet auf und die beiden küssen sich eng umschlungen. Sie sollen glücklich werden, bis an ihr Lebensende, schickt Astrid in Gedanken ihren Wunsch zu ihnen. Dezent tupft sie sich dann ein Rührungsträchen von der Nase und bemerkt verblüfft, wie auch Markus nach einem

Taschentuch kramt und sich leise schnäuzt. Verlegen steckt er das Tuch wieder weg, doch Astrid zwinkert ihm vergnügt zu. Wie süß, dass er sich diesem Moment auch nicht entziehen kann. Die Papiere werden noch unterschrieben, dann gratulieren erst die Standesbeamtin, dann die jeweiligen Eltern, Geschwister und Trauzeugin und Trauzeuge. Der, ein Herr im mittleren Alter, stimmt das Gratulationslied an, das alle kennen: „Hoch sollt ihr leben!"

Vor der Tür auf dem nun in voller Sonne liegenden Platz warten schon eine Sektbar auf einem Fahrradanhänger und eine Gulaschkanone mit Stapeln von Suppentassen daneben auf die Festgesellschaft. Kevins Sauna-Kumpel füllen die Schüsselchen und verteilen sie an die Gäste. Als Astrid an der Reihe ist, guckt Paul sie völlig irritiert an. „Hallo Paul, erinnerst du dich nicht? Rubens' Topmodel in der Westfalen-Therme?" Ihm steht ungläubig der Mund halb offen. „Was ist los? Mach mal weiter!", stupst Manuel ihn an. Paul reicht Astrid die Suppe und schaut sie unverwandt an. Er sagt noch immer keinen Ton. Dann schaut auch Manuel sie an. „Kennen wir uns irgendwoher?", fragt er mit zusammengekniffenen Augen. Astrid grinst. „Ist schon dreieinhalb Jahre her. Westfalen-Therme, Anfang Januar." Manuel grübelt sichtlich. „Rubens' Topmodels, sie waren zu viert", hilft Paul, aus seiner Schockstarre erwacht, ihm auf die Sprünge. „Nee, das glaub ich jetzt nicht!" Manuel ist völlig verblüfft. Er hat abgenommen, stellt Astrid schmunzelnd fest, und das Bild von den nackten weißen Hintern der gut gebauten Jungs am Saunapool schiebt sich in ihre Gedanken. Wer weiß, was die beiden jetzt gerade hinter ihrer Stirn sehen. „Habt ihr für Markus auch noch Gulasch?", erinnert Astrid sie freundlich an ihre Aufgabe. „Äh, ja natürlich." Etwas abseits löffeln sie die würzige Stärkung. Schließlich fragt Markus „Das waren dann die übrigen zwei von den drei Grazien?" „Genau." Er sinniert ein wenig und beobachtet die jungen Männer im Getümmel. „Kevin passte auch am besten zu dir", meint er unvermittelt und erklärt auf Astrids verblüfftes Fragezeichen im Gesicht: „Paul ist zu klein und Manuel zu behäbig. Kevin passte von der Größe und anscheinend auch vom Temperament." Astrid legt nur bittend den Zeigefinger auf die

Lippen. „Schon gut, Engel“, säuselt er in ihr Ohr, nachdem er sein Schälchen auf die Brunnenmauer gestellt und sie in den Arm genommen hat. „Außer Kevin, Marie, dir und mir wird niemand etwas davon wissen.“ „Ich hoffe es“, seufzt sie.

Astrid hat mittlerweile Kevins ältere Schwester kennengelernt und fragt, wo denn die Kirche sei, in der es in einer Stunde weitergehen soll. „Nur 800 m weiter die Straße hinunter, wir laufen alle gemeinsam hin!“, erklärt sie. Gut, dass sie die Schuhe schon eingelaufen hat, denkt Astrid und informiert dann Markus. In einem langen Zug, die offene Kutsche im langsamen Schritt vorneweg, geht es schließlich dorthin. Astrid war schon lange nicht mehr in einem Gottesdienst, erinnert sich aber noch grob an den Ablauf. Umso verwunderter erlebt sie, wie persönlich Marie und Kevin den Traugottesdienst gestaltet haben. Eine kleine Gruppe Gäste formiert sich im Altarraum und singt für die Festgemeinde. Der Herr, der schon im Rathaus ein Lied angestimmt hat und auch hier die Tonlage vorsummt, gibt sich als Kevins Taufpate zu erkennen. Er richtet in den Fürbitten sehr herzliche Worte an das Paar, die sie offensichtlich tief berühren. Marie fischt Taschentücher aus ihrer Handtasche und reicht auch Kevin eins herüber. Die Geschwister und Eltern schließen sich mit ihren Wünschen für das Paar an.

Astrid flennt so heimlich wie möglich. Zu deutlich erinnert sie sich an ihren eigenen Hochzeitstag. Ein sehr pastoraler, älterer Pfarrer traute Martin und sie, auch in einem ökumenischen Gottesdienst. Martin war katholisch, machte sich aber nicht viel aus der Kirche. Sie selbst war auch eher passives Mitglied, aber für sie gehörte der Gottesdienst einfach zur Hochzeit dazu. Im Nachhinein wurde sie aber das Gefühl nicht los, dass nur eine kirchliche Routine abgespult worden sei. Als Zugeständnis an die katholische Seite sang eine bezahlte Solistin das „Ave Maria“ von der Empore herab. Wirklich persönliche Worte gab es nicht. Der junge Standesbeamte beim staatlichen Akt hatte sich spürbar mehr Mühe gegeben, sich vorher mit ihnen unterhalten und wusste auch, dass sie schwanger war. Sie schnieft leise. Wie schön dies doch dagegen ist. Eine wirkliche Festgemeinde, die gemeinsam die Hochzeit mit ihnen feiert, sich beteiligt, ihre guten Wünsche ausspricht und nicht nur passiv dabei ist. Markus tastet nach ihrer Hand, schaut sie vorsichtig von der Seite an. Sie lächelt unter Tränen und tupft sich das Gesicht wieder trocken. Die Orgel setzt zum nächsten Lied ein. Astrid lehnt sich an seine Schulter, raunt in sein Ohr. „So schön war meine Hochzeit nicht. Es ist so … herzlich, wie sie hier gemeinsam feiern." Markus versteht sofort, was sie meint. Auch er kann sich nicht daran erinnern, bei seiner Trauung so gerührt gewesen zu sein. Aufgeregt, rappelig, ja, aber das war nicht mehr als Lampenfieber vor dem großen Auftritt und hinterher Erleichterung, dass alles gut gegangen war. „Es ist auch lange her, es war noch eine andere Zeit", gibt er leise zu bedenken. Astrid setzt sich wieder auf. Er wird recht haben. Es war noch nicht üblich. Die Kirchen hatten es noch nicht so nötig, auf ihre Schäfchen einzeln einzugehen. Sie seufzt. Umso schöner ist es, dass sie heute dabei sein dürfen. Das Lied beginnt. Markus singt mit sicherer Stimme mit. Das hat sie noch gar nicht gewusst, dass er so gut singt. Sie haben es auch bisher noch nie getan. Sie versucht es zaghaft auch. Niemand beachtet sie. Beim Refrain fühlt sie sich schon sicherer, fasst nach Markus' Hand. Er blitzt sie verliebt an und sie singen gemeinsam.

Kevin hat nicht zu viel versprochen, es wird eine fröhlich-entspannte Feier mit Sahnetorten, Kaffee und Hochzeitswalzer, später kommen Bier und Brötchen dazu. Kinder tollen herum und verschwinden bald im großen Garten hinter dem Gemeindehaus. Die jeweiligen Cliquen lassen es sich natürlich nicht nehmen, das Hochzeitspaar mit Spielchen in ein paar harmlose Verlegenheiten zu bringen. Es wird viel gelacht und fotografiert und Musik gemacht und immer wieder getanzt. Die Gäste und Angehörigen halten ihre unvermeidlichen Ansprachen erfreulich kurz, danken herzlich für die Feier und sparen nicht mit pfiffig gewürzten guten Wünschen. Astrid muss oft an ihre eigene Feier denken. Fast zwanzig Jahre ist es schon her. Und doch stehen ihr noch einzelne Situationen wie erst gestern erlebt vor Augen. Wie Martin sie im Standesamt anstrahlte, nach dem ‚Ja', und ihr den Ring aufsteckte. Beim Kuss betörte sie sein Rasierwasser, das er sonst nie auflegte. – Und dann die unschöne Szene mit ihrem Schwiegervater. Der immer nur alte Schlager vom DJ hören wollte und sich mit zunehmendem Schnapskonsum empörte, welche ‚Affenmusik‘ sich die Braut denn da wünschte. Aber er bezahlte den Plattenaufleger, Martin und sie hatten eigentlich kein Geld für eine große Feier. Sie hatte auf dem Klo geheult, bis ihre Mutter sie fand und mit dem DJ und dem Schwiegervater sprach. Sie warf sich für sie in die Bresche und bezirzte ihn nach besten Kräften. Schwiegermutter verfrachtete ihn schließlich in ein Taxi. Doch da war sie selbst schon so müde, dass sie auch kaum noch tanzen mochte. Vage erinnert sie sich an die Enttäuschung am nächsten Morgen, diese schmerzende Frage: ‚Das soll es gewesen sein?‘ Markus legt ihr den Arm um die Schultern. „Woran denkst du? Du siehst so traurig aus.“ Sie lächelt ein wenig gequält. „An alte Zeiten. Es war nicht alles schön. Auch bei der Hochzeit nicht.“ Besorgt schaut er sie an. „Magst du mir davon erzählen? Oder geht es mich nichts an?“ Sie zögert einen Moment. Warum nicht, es gibt keine Geheimnisse. „Dann lass uns raus gehen.“

Unter der großen Linde halten sie sich im Arm. „Und wie war es bei dir?“, will Astrid schließlich wissen. „Ach.“ Markus grübelt. „Irgendwie normal, nichts Besonderes. Zumindest erinnere ich mich heute so daran. Standesamt, Sektempfang, Fotograf, die Gäste warteten in einem Café. Dann Kirche und hinterher Autokorso zur Gaststätte.“ Er lächelt. „Inga sah fantastisch aus. Und ich war so stolz, dass sie meine war. Vor dem Hochzeitswalzer hatte ich heftig Panik. Ging aber gut. Überhaupt hatte ich dauernd Lampenfieber, so in einer Hauptrolle, dass ich nichts falsch machte, kein Missgeschick passierte. Das legte sich erst, als alle Rituale absolviert waren, Hochzeitstorte anschneiden, Brautstrauß werfen – aber das war ja Ingas Job – und Schleier abnehmen. Das erste Bier danach hatte mich beinahe umgehauen, vor lauter Aufregung. Ich hab an meiner eigenen Hochzeit nur Cola und Wasser getrunken. Und trotzdem die Hochzeitsnacht verpennt. So erschöpft muss ich gewesen sein. – Inga nahm’s mit Humor. Und wir haben es am nächsten Mittag nachgeholt.“ Markus schmunzelt. „Das war schön.“ Astrid lächelt und seufzt. „Das klingt doch ganz schön. Und lange gehalten hat es doch auch." Markus senkt den Kopf, brummt. „Hm. Schon. Manchmal hab ich gedacht, in der Zeit nach der Scheidung, so konventionell, wie die Hochzeit war, war auch unsere Ehe. Solange alles nach Plan lief, war es gut. Erst als die Gewissheit größer wurde, dass wir keine Kinder, jedenfalls keine eigenen, haben würden, kam irgendetwas aus dem Tritt. Zuerst mal ich. Als Versager. Hat mich lange beschäftigt. Mittlerweile tut es nicht mehr weh, wenn ich dran denke. – Und Jenny hat sicher auch ganz unbewusst ihren Teil dazu beigetragen." Astrid schaut ihn an. „Aber uns beiden konnte nichts Besseres passieren. Keine Sorgen mit dem ewigen Verhütungskrempel. – Wusstest du eigentlich, dass sich Martin mir zuliebe hatte sterilisieren lassen?" Markus sieht verblüfft auf. „Echt?" Er lacht. „Na, da hast du ja wirklich den Richtigen erwischt." Astrid umschlingt ihn lachend. „Und ob!"

Als sie wieder hineingehen, ist schon ein riesiges Buffet aufgebaut. Fleißige Hände haben geholfen, die ganzen Salate und Frikadellen, Schnitzelchen und Soßen, Eintopf, Brot und Butter und natürlich viele Schüsseln mit süßem Nachtisch aufzubauen. Sie nehmen sich, noch gut gesättigt vom Kuchen, etwas Brot und Salat und lassen sich an einem der Tische nieder. Sie beobachten das Treiben und sind selbst mittendrin. Da kommt Marie auf sie zu, einen gut gefüllten Teller balancierend. „Darf ich mich zu euch setzen?" „Aber ja, gerne doch!", beeilt Astrid sich sie einzuladen. „Puh, endlich mal sitzen", seufzt Marie lachend. „Dann lass es dir mal schmecken!", ermuntert Markus sie. „Wer hat das denn alles vorbereitet?", will Astrid wissen. „Das ist ja enorm, das Buffet!" Marie schluckt einen Bissen hinunter und erklärt fröhlich: „Wir haben uns von jedem einen Beitrag zum Buffet oder Hilfe bei der Feier gewünscht. Schließlich wohnen wir schon eine Weile zusammen und haben den Haushalt im Großen und Ganzen komplett. Für neues feines Geschirr hätten wir nur wieder einen neuen Schrank und der einen Platz in der Wohnung gebraucht. Ich find' es so viel schöner!" „Wohl war", bestätigt Markus. „Es ist wirklich eine schöne Feier, das habt ihr klasse hingekriegt." „Ach", wiegelt Marie kauend ab, „das haben nicht wir hingekriegt, sondern alle zusammen. So groß war das

Budget halt nicht, aber weiter sparen und warten wollten wir auch nicht." Sie überlegt kurz. „Die Kutsche war vom Karnevalsverein. Kevin hatte sie einfach mal gefragt, und weil sie die Idee so gut fanden, haben sie sie gleich weiß gestrichen und uns die Miete erlassen. Sie ist schon den ganzen Sommer auf allen Hochzeiten der Umgebung unterwegs. Ich bin gespannt, ob sie sie im Winter wieder blau-rot anmalen. Das sind die Vereinsfarben. Die Polster und der Teppich da drin sind natürlich blau-rot geblieben. Wir haben dann zumindest einen Sack Möhren für die Pferde besorgt. Der Bauer wäre ja beleidigt gewesen, wenn wir ihm für die Pferde etwas hätten geben wollen. – Den kleinen Chor in der Kirche hatte Max mitgebracht. Er singt in Kevins früherer Gemeinde im Kirchenchor, seit er sein Taufpate geworden ist. Die Fürbitten haben unsere Familien untereinander abgesprochen, davon wussten wir gar nichts. Ja, und der DJ ist ein Kumpel von Manuel. Mehr als die Zugfahrkarte hierher und die Übernachtung wollte er nicht haben." „Wahnsinn!", staunt Astrid. „Da habt ihr ja einen Haufen toller Freunde." Marie lacht und beißt in ihr Brotstück. Sie kaut. „Stimmt. Und das ist das Beste überhaupt. Freunde sind wichtiger als Geld."

Sie zögert einen Moment, schaut Astrid an. „Und dass ihr gekommen seid, ist besonders schön. – Es war Kevin sehr wichtig." Astrid wird verlegen. „Das hab ich am Telefon gemerkt. Und … für dich?" Markus steht auf. „Ich hol mir mal noch ein Bier." Damit lässt er die beiden allein. „Für mich?" Marie lächelt Astrid an, denkt kurz nach. „Ich freu mich auch. Ich muss zugeben, dass ich sehr neugierig war, wie du bist. Kevin hat dich mir zwar beschrieben und ewig im Internet gesucht, ob er nicht irgendwo ein Foto von dir findet, vielleicht von deiner Firma. Aber so gegenüber ist ja schon was anderes." Sie lächelt vergnügt. „Aber …, damals, da … warst du doch bestimmt nicht gerade glücklich mit dem, was passiert war, oder?", wagt Astrid sich vor. Ihr Puls hämmert. Marie wird ernst, schaut auf die Tischdecke. „Nein, natürlich nicht." Sie blickt wieder auf. „Aber du hast ihm wahrscheinlich das Leben gerettet." Sie hat leise gesprochen. Doch Astrid treffen ihre Worte wie ein Donnerhall. Erst nach einer ganzen Weile bringt sie ein raues „Nein!" heraus. Marie versucht, in ihrem Gesicht zu lesen. Erzählt dann leise weiter. „Er hatte schon Doppelkorn und Schlaftabletten in seinem Schrank liegen. Hat er mir in Münster erzählt. Da hatte er die Tabletten aber schon weggeworfen und den Schnaps in die Bar seines Vaters gestellt." Astrid ringt um Fassung. „Ich weiß nicht, was ich getan hätte, wenn du mich abgewiesen hättest." Unwillkürlich spricht sie den grell aus der Erinnerung auftauchenden Satz aus seiner E-Mail aus. „Das hat er mir später geschrieben", erklärt sie tonlos. „Ich weiß." Marie schaut sie an. „Er hat mir im Frühjahr alles genau erzählt und gezeigt. Als er versuchte mir zu erklären, warum du kommen solltest. Und deshalb freu ich mich auch, dass du da bist." Marie holt Luft. „Ich möchte dir danke sagen. Auch wenn es ungewöhnlich klingt. Natürlich hat es mich damals schwer verletzt. Aber es war eine Art Notwehr von Kevin. Er hätte es wohl nicht viel länger ausgehalten. Und das lag allein an mir. Und daran, dass wir beide nicht darüber geredet hatten." Astrid schaut sie fassungslos an. „Das kann ich alles nicht glauben. Ich war schon ziemlich verblüfft, als du die Danksagung nach Kevins Taufe mit unterschrieben hast." Marie kichert. „Dein Geschenk hatte mich erst völlig aus dem Tritt gebracht. Besonders, weil dein Satz in der Karte genau das traf, was ich fühlte." Astrid schaut sie etwas ratlos an, kann sich beim besten Willen nicht mehr erinnern, was sie vor über drei Jahren geschrieben hatte. „Nun seid ihr auch im Glauben vereint", hilft Marie ihr weiter. „So etwas konnte doch keine gemeine, oberflächliche, böse Frau, die mir meinen Liebsten für seine erste Nacht geraubt hatte, schreiben." Astrid zuckt bei ihren Worten zusammen. Beschwichtigend hebt Marie etwas die Hand. „Es tat schrecklich weh, als ich es erfuhr. Aber ich wusste, dass Kevin mich liebte. Dass er es eigentlich auch für mich getan hatte. Das machte es natürlich nicht leichter. Deine Karte schon. Und solche Verletzungen heilen mit der Zeit." Sie strahlt Astrid an. „Es war, wie es war, und es ist gut, dass nichts Schlimmeres passiert ist." „Dann hast du mir wirklich verziehen?", fragt Astrid noch zweifelnd. Marie lacht. „Aber längst. Viel schwerer tat ich mich damit, mir selbst zu verzeihen." Astrid lächelt. „Du bist einfach großartig." Jetzt ist Marie verblüfft. „Danke", sagt sie nur. Sie pickt noch ein paar Krumen von ihrem Teller, schaut dann wieder auf. „Wie lange bist du schon mit Markus zusammen?" „Über drei Jahre. Indirekt hab ich es Kevin zu verdanken." „Wieso?" Astrid erzählt, wie sie wieder mehr vom Leben wollte, sich aufraffte, vom VHS-Kurs, dem Schwimmengehen, dem samstäglichen Frühstück und schließlich von Paris. Aus dem Augenwinkel sieht sie Markus an der Theke stehen. Er wartet ab, lässt Marie und sie in Ruhe. Marie hört ihr gebannt zu. „Dann hat er ja richtig um dich ge-kämpft", schwärmt sie. „Und dann Paris! Wie romantisch." Astrid schmunzelt. Wie recht sie hat. „Ja", gibt sie zu. „Mir hätte wirk-lich nichts Besseres passieren können." „Und Kevin hat dich vor-her quasi wach geküsst – oder geküsst ja nun nicht." Astrid lacht. Sie weiß wirklich alles. Versonnen schauen sie sich einen Moment in die Augen. „Sag mal", Marie unterbricht den Blick, „dürfte ich wohl mal mit Markus tanzen?" Sie schaut Astrid wieder an. „Er scheint es richtig gut zu können." Astrid lächelt. Das genießt sie auch sehr. „Natürlich, meinetwegen. Aber du solltest schon ihn fragen." „Das werde ich tun!" Marie steht auf und hält nach Markus Ausschau. Astrid lehnt sich zurück. Wie verrückt ist das alles. Die frisch getraute Frau ihres One-Night-Beachboys fragt sie um Erlaubnis mit ihrem Freund tanzen zu dürfen. Astrid lacht in sich hinein. Als ob wir Frauen darüber zu befinden hätten.

„Huch!" Sie schreckt zusammen, als sie jemand zwischen die Schultern piekt. Sie dreht sich um und sieht direkt in Kevins breites Grinsen. „Wo ist denn meine Frau geblieben? Sie war doch gerade noch hier, oder?" „Ja, aber jetzt tanzt sie mit Markus." „Wie?" Kevin hält Ausschau nach den beiden und entdeckt sie auf der gut gefüllten Tanzfläche. „Äh, darf ich bitten?" Mit einer galanten Verbeugung bietet er kurz entschlossen in Tanzschul-manier Astrid seinen Arm an. Sie lacht. „Ja, darfst du …", und steht auf. Hoch konzentriert nimmt Kevin sie in die Tanzhaltung und führt sie vorsichtig in den Foxtrott. Astrid achtet genau auf seine Signale und die Schritte, will es ihm nicht unnötig schwer machen. Da wirbelt Markus mit Marie im Disco-Fox-Stil an ihnen vorbei. Kevin verzieht das Gesicht. „Da kann ich nicht mithalten“, grummelt er. Astrid schaut ihn an, mustert sein junges hübsches Gesicht. „Das ist das Privileg der Lebenserfahrung. Du hast das der Jugend.“ Überrascht kommt er fast aus dem Tritt, schweigt konzentriert. „Hm“, brummt er schließlich. „Kann sein.“ Zum Ende des Tanzes kommen Markus und Marie direkt neben ihnen zum Stehen. Marie lacht glücklich und erhitzt, bedankt sich artig bei Markus und fällt ihrem Bräutigam direkt um den Hals. „Wir müssen unbedingt so einen Disco-Fox-Kurs machen!“, verkündet sie strahlend. Kevin zieht etwas gequält die Brauen hoch, startet aber wie verlangt sofort in die nächste Runde.

„Willst du auch eins?“, langt Markus nach seinem Bierglas. „Klar, gerne.“ Sie stellen sich an die Theke, beobachten das Gewühle und Gelächter auf der Tanzfläche, wenn wieder zwei zusammenrempeln. Markus legt Astrid den Arm um die Taille. „Ist es jetzt gut mit Marie und dir?“, fragt er sie schließlich. „Ja.“ Sie lehnt sich an ihn an. „Sie ist einfach großartig.“ Markus schmunzelt. „Dann habe ich euer Gespräch von Ferne ja richtig interpretiert.“ Nach einer Weile richtet Astrid sich wieder auf. „Sie glaubt, dass ich Kevin wahrscheinlich das Leben gerettet habe.“ Markus schaut sie ernst an. „Wenn sie das sagt, wird wohl etwas dran sein. Sie kennt ihn schließlich am besten.“ Auf Astrids betroffenen Blick hin ergänzt er „Es wird ja einen Grund haben, dass er dich eingeladen hat. Und es ihm so wichtig war, dass du auch kommst.“ „Hm. Und du hast mich – völlig zurecht – davon abgehalten, wieder abzusagen.“ Markus zieht sie ganz in seinen Arm und küsst sie zart auf die Stirn. „Wollen wir uns wieder setzen?“, schlägt er nach einer Weile vor. „Ein Schälchen Nachtisch könnte ich noch vertragen.“

Am Nebentisch sitzen die Saunajungs in einer größeren Clique. Paul umturtelt seine zierliche kleine Freundin, die ihn unverwandt anhimmelt. Wie schön für ihn!, denkt Astrid. Dass auch der Schüchternste seine Liebe gefunden hat. Manuel versorgt die Runde mit einem ganzen Tablett voller Biergläser. Eine große Blonde setzt sich eng neben ihn. Er wird etwas rot, kann aber den Blick nicht von ihr lassen. Solche Hochzeitsfeiern taugen wohl immer zum Anbandeln, denkt Astrid schmunzelnd. „Magst du noch tanzen oder kannst du dich an den hübschen Jungs nicht satt sehen?", frotzelt Markus. „Wie? Für dich lasse ich sie alle stehen, Süßer!", kontert Astrid und steht auf. „Wolltest du nicht tanzen?" Markus springt auf und reicht ihr mit einer spöttisch-übertriebenen Verbeugung den Arm. Er zieht alle Register und wirbelt sie über die Tanzfläche, dass ihr beinahe schwindelig wird. Aber er wechselt immer rechtzeitig die Drehrichtung und so geht es immer weiter. „Pause?", fragt er schließlich, als sie beide etwas atemlos und verschwitzt nach dem Jive voreinander stehen. „Könnte nicht schaden." Astrid plumpst auf ihren Stuhl und Markus stellt sich an der Theke an, um etwas flüssiges Kühles zu besorgen. Nebenan wir gekichert und gelästert. In der lauten Musik kann sie nicht verstehen, worum es geht. Ein kurzer Blick von Paul trifft sie, sie zwinkert ihm zu. Markus steht noch immer in der Schlange, die Barkeeper kommen bei dem Ansturm nicht nach. Er winkt zu ihr hinüber. Astrid schlürft die letzte Pfütze aus ihrem Cola-Glas und wartet. Es ist noch gar nicht so spät, aber sie wird schon etwas müde. Es ist schon so viel passiert. Sie gähnt verstohlen hinter ihrem leeren Glas.

„Hallo Astrid." Sie dreht sich zu Paul um. Er steht merklich aufgeregt vor ihr und holt noch einmal tief Luft. „Würdest du mit mir tanzen?" Von seinem Tisch wandern Blicke hinüber. Sie haben bestimmt wieder gewettet. „Wenn deine Freundin nichts dagegen hat, gerne", lächelt Astrid ihn freundlich an. „Nein …, sie, äh, … sie würde auch gerne mit Markus tanzen." Paul wird rot und Astrid steht auf. „Na, wenn das so ist …" Obwohl er etwas kleiner ist als sie, stellt er sich deutlich geschickter als Kevin an, führt klarer und hat den Überblick, wo gerade Platz ist und er mit ihr hin tanzt. „Danke schön, Paul. Du tanzt wirklich gut", lobt sie ihn, wieder am Platz. Er wird schon wieder rot. „Darf ich dich etwas fragen?" Er nickt nur stumm. „Wo hast du deine Freundin kennengelernt?" Er grinst erleichtert. „Im Fitness-studio. Sie macht Sportgymnastik und zum Ausgleich Zumba. – Und sie hat mich gefragt, ob ich mit ihr einen Tanzkurs machen will." Der Rest erklärt sich von selbst. Astrid freut sich sehr für die beiden. Erstaunlich, wie selbstbewusst die junge Frau sich ihren Freund suchte. Genau das brauchte Paul. Und sie scheinen gut zueinander zu passen.

„Wollt ihr euch nicht zu uns setzen?", ruft Kevin Astrid und dem gerade mit den Gläsern zurückkehrenden Markus zu. „Na klar!" Markus steuert direkt den großen Tisch der jungen Leute an. Astrid sondiert schmunzelnd die Runde. Paul rückt sofort zur Seite, um Platz zu machen, Manuel und Kevin holen Stühle vom mittlerweile leeren Nachbartisch heran. „Na dann, Prost, ihr beiden!", hebt Kevin sein Glas. „Prost zusammen!", erwidert Markus. „Auf euch und diese tolle Feier!", lobt Astrid das Brautpaar. Schnell sind sie mitten im Gespräch, es wird neugierig nachgefragt, woher sie denn Kevin und Marie kennen. Astrid wird es kurz heiß, aber Kevin erklärt völlig souverän und entspannt „Aus der Westfalen-Therme. Astrid war mit drei Freundinnen zum Wellness-Wochenende da." Paul wirft sein Wissen in die Runde. „Rubens' Topmodels!", verkündet er. Astrid lacht. „Stimmt, das stand auf unseren Handtüchern." Die jungen Frauen am Tisch lachen ungläubig mit. „Wo steckt eigentlich Marie?", will Astrid schließlich von Kevin wissen. Der grinst. „Sie kommt gleich wieder, zieht sich nur um." Kurz darauf erscheint sie auch im schwarzen Minirock mit hautenger weißer Stretchbluse und einem funkelnden roten Stein im Dekolleté. Anerkennendes Pfeifen setzt unter den jungen Männern ein. Kevin, der schon längst Jacke und Weste abgelegt und die Hemdsärmel locker gekrempelt hat, steht stolz und strahlend auf und geht ihr entgegen. Der DJ legt ein romantisches Instrumentalstück auf. Nach einem langen Kuss mitten auf der Tanzfläche holt Kevin für Marie einen Stuhl und nestelt sorgfältig den kleinen Schmuckschleier aus ihrer Frisur. „Mach ganz auf", raunt sie ihm halblaut zu und er zieht Haarnadeln und Kämmchen aus der hochgesteckten Pracht. Vorsichtig fährt sie sich mit den Händen durch die herabrutschenden Strähnen und schüttelt lachend die Mähne aus.

Prompt erklingt zum zweiten Mal der Hochzeitswalzer. „Das ist nicht dein Ernst!", beschwert Kevin sich in Richtung DJ, gibt sich dann aber geschlagen und startet mit seiner Frau fest im Arm in die Walzer-Drehung. „Komm", fordert Pauls Freundin ihn zum Aufstehen auf, „lassen wir sie nicht so allein!" Die zwei kreiseln auch auf der Tanzfläche, was Kevin dankbare Blicke verteilen lässt. Astrid schaut Markus an. Er grinst nur und steht auf. Schließlich sind fünf oder sechs Paare auf dem Parkett, und bald stellt sich heraus, dass der Walzer ein Medley ist und gar nicht so schnell zu Ende geht wie gedacht. Markus schmunzelt. „Sollen wir mal tauschen?", fragt er Astrid in einer Linksdrehung. „Du mit Kevin, ich mit Marie?", erklärt er auf ihren zunächst ratlosen Blick hin. „Na klar. Wer weiß, wie viele Walzer hier gemixt sind." Markus lächelt und steuert das Brautpaar an. Ohne Vorwarnung übernimmt er Marie, und Astrid reicht dem verdutzten Ehemann die Hand. Das haben auch andere mitbekommen und machen es nach. Fast alle wollen einmal mit dem frischgebackenen Paar tanzen, sodass Astrid erst mit Manuel, der nach eigenem Bekunden nur Walzer tanzen kann, dann mit Paul und schließlich noch den anderen Jungs aus der Clique ihre Runden dreht. Die meisten legen sich überraschend gekonnt in die Kurve. Wenn sie einen Blick erhaschen kann, sieht sie Markus ständig wechseln, seine Tanzkünste scheinen unter den weiblichen Gästen heiß begehrt zu sein. Astrid freut sich. Er ist aber ihrer! Endlich kündigt sich das bombastische Ende des Walzermarathons an. Sie bittet Paul, der sie gerade wieder führt: „Da hinten ist Markus, kommen wir da durch?" Paul hält Ausschau und dreht sie elegant zum Schlussakkord aus seinem Arm direkt vor Markus. Astrid lacht und bedankt sich herzlich, noch ein bisschen schwindelig von den vielen Rechtsdrehungen. Links herum trauen sich nicht so viele. Markus sieht es ihr an und fängt sie auf. „Na, Engel, alles in Ordnung?" „Ja, sicher, und bei dir?" „Ich darf ja führen …", stellt er fest. „Pause?" „Ja bitte", seufzt Astrid. „Wollen wir mal kurz raus?" Markus legt ihr den Arm in die Taille, fürchtet, sie sei noch nicht wieder ganz sicher auf den Beinen.

Unter der großen Linde schauen sie in den Himmel, dann sich in die Augen. Astrid zieht Markus ganz fest in ihren Arm. „Es ist so schön mit dir", flüstert sie. Sie küssen sich zärtlich und lange. Schauen dann dem Partytreiben drinnen durch das große

Fenster zum Garten zu. Markus holt tief Luft, räuspert sich noch
einmal. „Würdest du eigentlich noch ein zweites Mal heiraten?"
Seine Stimme kratzt. „Na klar!", strahlt Astrid spontan und schaut
ihm in die Augen. „Aber nur dich!" Markus wird knallrot wie
schon lange nicht mehr. Das kann Astrid sogar in der Dämmerung
hier erkennen. Wie ein Blitz durchfährt es sie plötzlich, was er
da gerade gefragt und was sie gesagt hat. Ihr Atem stockt. Für
einen Moment. Dann zieht Markus sie wieder in seine Arme,
küsst zärtlich ihr Ohr. Und schweigt. Sie krault seinen Nacken,
ihr explodierter Puls sackt wieder in normale Regionen. Alles
ist gut und normal. Sie ist erleichtert und trotzdem eine winzige
Spur enttäuscht. Was hätte sie denn gesagt, wenn? ‚Ja!' natürlich,
sie liebt ihn doch wie keinen anderen und natürlich wollen sie
zusammenbleiben. Aber heiraten? Ist noch mal eine neue Hausnummer. Wobei, sie leben zusammen, stehen füreinander ein,
würden selbstverständlich im Fall der Fälle füreinander sorgen.
Es wäre nur amtlich, sonst nichts. Markus scheint zu spüren, dass
sie innerlich beschäftigt ist. Er hält sie einfach nur fest. Astrid
sucht seine Lippen, will ihn küssen. „Ich liebe dich so!", raunt
sie leise, als sie sich lösen. „Wollen wir gehen?", fragt Markus
zurück. „Ja, gleich." Noch einmal schmiegt sie sich an ihn, will
diesen Moment auskosten, die Magie dieser Stimmung aufnehmen
und nie mehr vergessen.

Hand in Hand schlendern sie zurück Richtung Tür. „Ach,
hier seid ihr!", stellt Kevin halblaut fest. Er schaut sie an. „Wollt
ihr schon gehen?" Astrid schaut auf die Uhr. „Alte Leute haben
andere Maßstäbe, halb eins ist da durchaus schon spät", frotzelt
sie zurück. Kevin grinst. „Aber einen Absacker müsst ihr bitte
noch nehmen", meint er und verschwindet in Richtung Theke.
Etwas unschlüssig bleiben sie neben der Tanzfläche stehen, setzen
sich schließlich an die Ecke des Tisches. Manuel bedeutet ihnen
gestikulierend – die Musik hat an Lautstärke deutlich zugelegt –
doch wieder an ihren Tisch zu kommen, doch Astrid winkt nur
zurück. Da kommt er um den Tisch herum und fragt: „Seid ihr
morgen auch beim Katerfrühstück wieder hier?" Astrid zuckt ratlos mit den Achseln. „Davon weiß ich nichts." „Wir treffen uns

morgen Vormittag hier zum Frühstücken und Aufräumenhelfen."
„Hm. Wir sind ja in der Pension, die Wirtin hat uns schon nach
unseren Wünschen für morgen gefragt." „Ach so." Manuel schaut
bedröppelt. „Aber vielleicht kommt ihr ja wenigstens kurz vorbei,
ehe ihr nach Hause fahrt?" „Das könnten wir tun", sagt Markus
zu Astrids Überraschung zu. Sie freut sich, dass es dann jetzt
noch kein endgültiger Abschied ist, hat schon überlegt, was sie
Kevin und Marie sagen wollte. „Ich hab Astrid und Markus auch
für morgen eingeladen", wendet Manuel sich an Kevin, der vorsichtig ein Tablett mit Cocktail-Gläsern herbei trägt. „Wie? Ja
klar!", erwidert er nach kurzem Stutzen. „Kommt ihr denn?"
„Ja, aber wahrscheinlich nach dem Frühstück. Unsere Wirtin
wird schon alles vorbereitet haben", erklärt Astrid. „Ach ja. Aber
dann schaut ihr noch vorbei? Das wäre total schön!" Er stellt das
Tablett auf dem Tisch ab. „Finde ich auch", lächelt Astrid. Marie
tritt auch zu ihnen, steckt noch bunte Trinkhalme in die Gläser
auf dem Tablett. Astrid schaut kurz hin, hat eine Ahnung und
wirft Kevin einen Blick zu. Der fängt ihn auf und zwinkert ihr
zu. „Als eine Art ‚Betthupferl' gibt es noch was Besonderes."
Kevin gibt Markus ein Glas, Marie Astrid, dann reicht sich das
Brautpaar gegenseitig die verbliebenen zwei Gläser. „Auf diese
wundervolle Hochzeitsfeier und eure glückliche Ehe!", bringt
Astrid den Toast aus. Kevin senkt konzentriert den Blick. Setzt
dann ernst an: „Auf euren Besuch, den wir uns beide sehr gewünscht haben." Berührt trinken sie einen ersten Schluck. Astrid
ist sich sicher, es ist der gleiche Cocktail. „Gefährlich lecker, diese
Mischung", meint Markus, „was ist das?" „‚Sex on the beach' hieß
es in der Westfalen-Therme", gibt Kevin etwas bemüht locker
zurück. Marie grinst und prostet Astrid zu. „Ach so!" Markus
begreift. „Na dann, zum Wohle allerseits!"

Rosen

Markus drückt die Kofferraumklappe zu. „Dann lass uns mal schauen." Astrid gähnt verstohlen. Die Nacht war kurz. Zwischen Fußende und Heizkörper legten sie Markus' Matratze auf den Boden, nachdem das Bett schon beim schwungvollen Hinsetzen gefährlich gekracht und geächzt hatte. So bauten sie sich ihr kuscheliges Liebesnest, und nur noch die alten Dielen knarrten auf dem Weg zum Bad.

Obwohl schon müde nach dem aufregenden Tag, wollten sie gar nicht voneinander lassen. Ihre warme Haut zog sie gegenseitig magisch an. Markus überzog Astrid vom Kopf bis zu den Füßen mit seinen Küssen. Astrid zitterte und bebte, wimmerte und jammerte vor Lust unter diesem kitzeligen Ansturm, doch er ließ nicht von ihr ab. Im Gegenteil: Sein harter Schwanz berührte sie so zart und heiß in ihrem Liebesgarten, dass sie aufjaulte, während seine Lippen immer weiter wanderten. Ganz langsam nur öffnete er ihre Pforte, streifte dabei unentwegt um ihre blühende Knospe. Und dann biss er sanft zu, die Lippen über die Zähne geschürzt saugte er sich an der zarten Haut ihres Dekolletés fest. Astrid seufzte vor Behagen, ließ sich besitzen, ließ es zu, dass er sie markierte. Als er losließ und sein Werk betrachtete, leckte er darüber, wie zur Heilung. Dann zog er nur ein Stückchen weiter und setze erneut seinen Knutschfleck. So ging es weiter, Schritt um Schritt, während er langsam immer weiter in sie drang und in ihrem Lustgarten spielte. Sie gab sich seinem Treiben völlig hin, nahm ihn auf, verschenkte sich. Mit unendlicher Liebe ließ Markus sie schweben, abheben und schließlich davonfliegen.

Erst als sie durchglüht und liebessatt im Badezimmerspiegel Markus' Werk erblickte, stockte ihr kurz der Atem. Wie eine Kette umkränzten die Kuss-Male in weitem Rund ihren Hals. Dann lachte sie los. „Was hast du denn?", wollte er wissen und schaute nach ihr. „So etwas", sie deutete lächelnd auf die vielen roten Flecken auf ihrer Haut, „hat noch keiner mit mir gemacht!" Die Verlegenheitsröte stieg Markus in den Kopf. Sie lachte ihn an. „Deutlicher kannst du nicht machen, dass ich dir gehöre." „Tut mir leid", murmelte er ehrlich zerknirscht. „Wie bitte?!" Astrid schlang ihm die Arme um den Hals und knutschte ihn auf den Mund. „Es war so schön, so besessen zu werden. Warum sollen wir dieses Vergnügen nur den Teenies zugestehen?" Aber erst als sie ihr Kleid anprobierte und im Ausschnitt nichts zu sehen war, beruhigte sich Markus' Gewissen wieder.

Jetzt zwinkert er Astrid zu und muss auch gähnen. „Du hast mich angesteckt", entschuldigt er sich und kriegt den Mund schon wieder nicht zu. „Na, am Kaffee kann es ja nicht gelegen haben", meint Astrid. Der war so stark, dass selbst Markus ganz gegen seine Gewohnheit reichlich Milch hinein gegossen hatte. „Kaum", bestätigt er. Hand in Hand wandern sie zum Gemeindehaus. Schon von Ferne hören sie Gelächter und Stimmengewirr. Als sie die Tür aufdrücken, sind sie schon wieder mitten im Trubel. Marie steht direkt im Vorraum. „Da seid ihr ja, guten Morgen!", begrüßt sie sie fröhlich mit einem Bündel zusammengeraffter Tischdecken im Arm. „Kommt rein, wollt ihr einen Kaffee?" „Nein, danke, wir hatten schon", kommt es wie aus einem Mund von Astrid und Markus zurück. Sie lachen. „Unser Frühstückskaffee war etwas stark, das hat uns vorläufig gereicht." „Wir haben auch Wasser und Tee da, bedient euch einfach!", ermuntert Marie sie zum Eintreten. Die komplette Clique vom gestrigen Abend sitzt wieder am gleichen Tisch, nur dass jetzt Kaffeetassen statt Biergläsern auf dem Tisch stehen. Mit ‚Hallo' werden sie begrüßt und gleich wieder in die Mitte genommen. Sie sehen schon wieder richtig frisch aus, denkt Astrid. So jung müsste man auch noch mal sein. „Habt ihr durchgemacht?", will Markus von der Runde wissen. „Oder wieso seid ihr schon wieder alle da?" Nein, um kurz nach fünf sei Schluss gewesen und sie seien auch erst seit einer halben Stunde wieder hier. Ungläubig schüttelt Markus den Kopf. „Das nenne ich Kondition. So fit war ich selbst in eurem Alter nicht." Schließlich taucht auch Kevin auf. Er sieht ein bisschen blass um die Nase aus, freut sich aber sichtlich über die beiden Nachzügler. „Bist du okay?“, will Astrid besorgt wissen, als er sie mit einer kräftigen Umarmung herzlich begrüßt. „Naja“, gibt er zu, „fit ist anders. Aber wir haben ja beide nächste Woche frei. Da können wir erst mal ausschlafen.“ Er begrüßt auch Markus. „Seid ihr schon versorgt? Ihr habt ja noch gar keinen Kaffee!“ meint er und will schon eine Kanne holen. „Lass gut sein, Kevin, unserer heute Morgen war so stark, dass er für den Rest des Tages reicht“, beschwichtigt Astrid. „Was anderes? Vielleicht Wasser? Oder Kamillentee?“, bietet er an. „Och, wenn du einen Kamillentee fertig hast, würde ich einen nehmen“, bittet Markus. „Dann für mich ein Wasser. Aber sag doch bitte nur, wo es ist, holen können wir es uns doch selbst“, wendet Astrid ein. Doch Kevin verschwindet schon in Richtung Küche. Astrid seufzt. „Lass ihn doch einfach, wenn er es möchte. Wahrscheinlich möchte er doch nur, dass du dich wohlfühlst.“ Markus fängt Astrids skeptischen Blick auf und lächelt. Dann kommt Kevin mit einem Tablett zurück, darauf zwei Teetassen, eine Kanne, eine Sprudelflasche und ein Glas für Astrid. Formvollendet serviert er die Getränke, schenkt erst Astrid, dann Markus ein, ehe er sich über Eck zu ihnen setzt und sich selbst Tee nimmt. Astrid deutet auf seine Tasse „Ist dir etwas nicht bekommen?“ Kevin schaut fragend auf. „Ach so, wegen dem Tee? – Nein, ist mehr prophylaktisch. Wenn mein Kreislauf so schlapp ist, wird es mir schnell flau.“ Er rührt einen Löffel Zucker hinein. „Dann lieber ‚Schonkost‘ auf nüchternen Magen, ehe ich mir was wieder durch den Kopf gehen lassen muss.“ „Sehr vernünftig“, meint Markus. Kevin erkundigt sich nach ihrer Pension, ob das Frühstück – bis auf den Kaffee – in Ordnung war und wie sie übernachtet hätten. Markus steht augenzwinkernd auf: „Das kannst du besser erzählen …“, und geht zum Buffet. Astrid lacht über Kevins neugierigen Blick und erzählt dann von dem wahrscheinlich instabilen Bett, seinen lautstarken Geräuschen und ihrem improvisierten Ausweichquartier. „Aber so ein Kuschelnest – zumindest für eine Nacht – hat auch etwas für sich.“ Sie schaut ihm gerade in die Augen und er hält blitzend ihrem Blick stand. Plötzlich steht ihre Verbindung wieder. Nur ganz anders als vor dreieinhalb Jahren. „Das ist schön", lächelt er. „Dann hat der Drink ja zumindest nicht geschadet." „Nein, im Gegenteil." Markus kommt zurück, stellt seinen Teller mit dem trockenen Brötchen ab und geht nach einem kurzen Blick zu Astrid wieder. Kevin hält sich an seiner Tasse fest, schaut lange in den hellgelben Tee. Dann atmet er tief und sieht wieder auf. „Astrid", er spricht leise, sie muss sich konzentrieren, um ihn zwischen den vielen anderen Stimmen zu verstehen, „ich möchte dir danke sagen, für alles, was du für mich getan hast. Damals und gestern und heute, dass ihr tatsächlich gekommen seid." Er sucht nach Worten, Astrid wartet still ab. „Vielleicht kannst du dir nicht vorstellen, wie groß das für mich war und …", er holt tief Luft, „dass Marie und du, dass ihr euch kennengelernt habt." Seine Augen glänzen verdächtig. Er holt noch einmal Luft. „Jetzt ist endlich auch diese Erinnerung frei, die … so wunderschön war, … obwohl es so verboten war, … aber … jetzt brauch ich kein Bauchweh mehr zu haben, wenn ich an uns denke." Astrid schweigt tief bewegt. Der Trubel um sie herum dringt gar nicht zu ihr durch. „Danke Kevin", sagt sie schließlich leise. Sie kann gar nicht in Worte fassen, was sie alles bewegt. Ja, es war groß. „Ich habe auch dir viel zu verdanken", erwidert sie. „Du hast mich damals daran erinnert, was das Leben noch alles zu bieten hat. Ohne dich hätte ich Markus nie kennengelernt." Kevin lächelt warm. „Das hat Marie mir gestern – ach Quatsch, heute früh – schon erzählt. Dass du ihr das so gesagt hattest. Und es macht mich so froh! Dass nicht nur ich genommen habe." Astrid lacht laut, dämpft dann wieder die Stimme. „Ganz bestimmt nicht! Welche Mittvierzigerin wird schon mit einem solchen An- sinnen eines so jungen und hübschen Mannes beglückt?" „Hübsch?" Zweifelnd hebt er die Augenbrauen. „Marie hat mich mal ‚schön' genannt, habt ihr euch abgesprochen?" Astrid kichert. „Nein. Wir haben nur beide Augen im Kopf." Jetzt schweigt er verlegen. „Ist das für dich kein Kompliment?" „Weiß nicht. Frauen oder Mädchen sind hübsch oder schön, aber ich?" „Klingt das für dich unmännlich? Markus habe ich auch schon gesagt, dass er ‚schön' sein kann. In diesen speziellen, magischen Momenten. Er hat schließlich verstanden, was ich meinte." „Hm", brummt Kevin. „Klar. Er ist ja auch ein Kerl. Ich wünschte, ich bin in seinem Alter zumindest halb so attraktiv, wie er es heute ist." Erstaunt guckt Astrid ihn an. „Du hast doch gestern gesehen, wie die Mädels sich darum gerissen haben, mit ihm tanzen zu dürfen." Sie lacht. Natürlich. Selbst Marie war begeistert. „Die meisten Frauen tanzen einfach gerne. Er kann das gut, hat einfach Erfahrung und Übung, das ist alles. – Paul ist aber auch schon ganz gut." Kevin guckt etwas verdrießlich. „Der ist ja auch zweimal in der Woche in der Tanzschule, mit Katharina." „Na dann. Ist doch klar, dass man so etwas üben muss. Und die Frau gut zu führen ist deutlich schwieriger, als sich einfach von einem erfahrenen Tänzer führen zu lassen." „Hm." Er trinkt den abgekühlten Tee in einem Zug aus, stellt die Tasse wieder auf den Tisch. „Jedenfalls seid ihr ein echtes Traumpaar", stellt er fest. Astrid schmunzelt. „Und ihr erst!", gibt sie zurück. „Ach komm, soweit wie ihr müssen wir erst noch kommen." „Für euer Alter seid ihr aber schon ein Traumpaar. Das kann doch nur noch mehr werden." Kevin will schon wieder abwehren, als Markus dazu tritt. „Na, was diskutiert ihr denn?" „Wir versuchen, uns in Komplimenten zu überbieten, du attraktiver Kerl." Markus bleibt ratlos, wie ernst oder ironisch das gemeint war. „Du hast ja noch gar nicht gegessen", erinnert Kevin ihn an sein Brötchen auf dem Teller. „Ach herrje, doch, ich hatte gerade ein Croissant und Nudelsalat." „Willst du es einpacken?", bietet Kevin an. „Hm. Ehe es weggeworfen wird, wäre das wohl besser." Astrid langt nach einer Serviette, wickelt es ein und verstaut es in ihrer Handtasche. „Willst du los?", fragt sie Markus, der stehen geblieben ist. „Hm. Schon so allmählich. Wenn es okay ist." Astrid steht auf und küsst ihn auf die Nasenspitze. „Natürlich ist es okay. – Wo ist eigentlich Marie?" „Sie war gerade in der Küche", weiß Markus. „Da muss ich sie mal dringend ablösen", meint Kevin. Sie gehen zusammen in den Vorraum. Astrid schaut in die Küche. „Wir wollen jetzt fahren", erklärt sie Marie, die sich schleunigst die Hände abtrocknet und mit hinaus kommt. Sie drücken sich im Flur. „Ich wünsche euch alles, alles Gute!", sagt sie Marie.

„Und danke für diese wunderschöne Feier!" Kevin hält sie einen Moment ganz fest. „Es wird mir unvergesslich bleiben", sagt sie ihm ins Ohr. Er kämpft mit den Tränen. Ein leises „Danke!" bringt er noch heraus. Sie wenden sich zum Gehen, winken noch, dann fällt die Tür ins Schloss.

Die Sonne steht schon wieder hoch am Himmel. Ein leichtes Lüftchen sorgt für sanfte Erfrischung, lässt Astrids weit schwingenden Rock leise flattern und die Blätter an den Bäumen säuseln. Markus schlingt ihr den Arm um die Taille, sagt nichts weiter, sie gehen einfach Arm in Arm über die sonnige Straße. Sacht dirigiert er sie auf den Rathausplatz zu. Ein schöner kleiner Umweg zu ihrem Auto, das seit gestern in einer Querstraße parkt. Beschwingt und gar nicht mehr müde folgt Astrid gerne seinem wortlosen Wunsch. Noch einmal sehen, wo gestern die Hochzeit stattfand. Mit weißer Kutsche, aber ohne Prunk und Protz. Ein Haufen lieber Gäste, so viele helfende Hände, eine unbeschreibliche Stimmung. So fröhlich und unbefangen, selbstverständlich hilfsbereit und aufmerksam, liebevoll. Eine wirklich traumhafte Hochzeit. Und das zusammen mit Markus, ihrem wirklichen Traummann. Sie schaut ihn lächelnd von der Seite an. Irritiert erkennt sie seine steile Falte auf der Stirn. Er guckt so abwesend ernst, bemerkt gar nicht ihren Blick. „Hast du irgendetwas?", fragt sie vorsichtig. Wie aufgeschreckt reißt er den Kopf hoch und lächelt sie an, ohne Falte auf der Stirn. „Äh, nein, wieso?" „Du gucktest gerade so ernst. Als würdest du über irgendetwas grübeln. Oder so." „Hm." Markus zögert. Schaut wieder nach vorn auf den Weg. Sie gelangen jetzt an den Rand des Platzes. Friedlich plätschert das Brunnenwasser, Vögel zwitschern verborgen in den Baumkronen. Markus bleibt stehen, lässt Astrid vorsichtig los. „Es ist schön hier", sagt sie. „Ja. – Kommst du mit?", wendet er sich ihr zu. „Zum Brunnen?" Nur mit einem Lidschlag antwortet er ihr und nimmt ihre Hand. Seine ist überraschend kühl, fast ein bisschen schwitzig. Eine Ahnung beschleicht Astrid, aber sie schiebt sie beiseite. Dann stehen sie nebeneinander vor dem Brunnen, schauen dem fröhlich sprudelnden Lebensquell zu. „Wollen wir uns noch einen Moment setzen?" Markus Stimme ist plötzlich rau. „Ja, gerne. Auf ein paar Minuten kommt es ja nun wirklich nicht an." Astrid streicht die Stoffbahnen ihres Sommerkleides glatt, ehe sie sich auf der Bank unter den Bäumen niederlässt. Sie schaut Markus an, der sich so zögerlich, irgendwie nur in Zeitlupe bewegt. Er beugt die Knie, aber er setzt sich gar nicht. Geht weiter herab und kniet jetzt vor ihr. „Astrid", er hebt den Blick und schluckt einen riesigen Kloß herunter, „willst du mich heiraten?" Also doch!, schießt es ihr durch den Kopf, während sie heiße Freude überschwemmt. Sie strahlt. „Ja, natürlich will ich das!", antwortet sie feierlich. Sie funkelt ihren Liebsten nur an. Ein echter Heiratsantrag! Markus' Miene entspannt sich, er lacht begeistert. Sie fasst zärtlich seine Hände, dann seinen Kopf, um ihn zu küssen. Nachdrücklich dirigiert sie ihn neben sich auf die Bank. Sie umschlingen und küssen sich glücklich, fast wie zum ersten Mal. Als sie sich schließlich wieder voneinander lösen, leuchten ihre Augen. „Ich kann es noch gar nicht glauben", stellt Markus leise fest. Astrid lacht. „Hast du dich gestern Abend noch nicht getraut?", will sie frech wissen. Markus lächelt. „Nein. Und ich fand es auch unpassend, auf einer anderen Hochzeit. – Aber deine Reaktion hat mir Mut gemacht." Astrid lacht in sich hinein. Ihre Intuition hat sie nicht getrogen. „Es ist einfach wunderbar! Ich danke dir!" „Aber wieso, ich danke dir!" Astrid muss schon wieder lachen. „Nun fang du nicht auch noch so an." Sie muss ihn gleich wieder drücken und küssen, rutscht auf seinen Schoß. „Ich liebe dich so!" „Und ich dich erst!"

Auf der Schattenseite der Motorhaube finden sie eine zusammengerollte Zeitung. Markus nimmt sie wie selbstverständlich und wickelt vorsichtig die darin geschützten Blumen aus. Feierlich überreicht er Astrid fünf Rosen. „Sie sind für dich und dein Ja-Wort." Verblüfft nimmt sie sie an. Markus beantwortet lächelnd ihre unausgesprochene Frage: „Es gibt hier keinen Blumenladen und sie sind auch nicht geklaut." Er zwinkert ihr verschmitzt zu. „Sie sind von Kevin und Marie."

Die Autorin

Margarete Schwer wurde 1970 geboren, ist verheiratet und hat zwei Kinder.